Daphne und der Kaiser

Ein historischer Roman

Angelika Beltz

Impressum

Texte:	© Copyright by Angelika Beltz
Umschlag:	© Copyright by
	pfannerbecker kommunikationsdesign
	Dieter Schütz/pixelia.de
Verlag:	Angelika Beltz
	Alt Auringen 78
	65207 Wiesbaden
	a.beltz@gmx.de
Druck:	epubli, ein Service der
	neopubli GmbH, Berlin

Printed in German

Inhaltsverzeichnis

Februar 2019

Liebe Nicole!

Halte weiterhin den
Kopf so hoch wie bisher
und viel Spaß beim
Lesen.

Deine

Angelika Beltz

3

Flucht aus Constantinopolis 337 n. u. Z.

Daphne war einst eine schöne Frau. Ein aufmerksamer Beobachter vermochte noch immer, einen Schimmer jugendlichen Glanzes auf ihrem Gesicht zu erahnen. Ihre schlanke Gestalt harmonierte mit der mittleren Körpergröße und den grazilen Händen und Füßen. Das gelockte Haar glänzte um die Wette, mit der mit Perlen bestickten weißen Tunika, die ihren Körper sanft umspielte. Aufrecht, die hohe Stuhllehne kaum berührend, saß Daphne inmitten von Blumen und blühenden Sträuchern auf dem Dachgarten ihres Stadthauses in Constantinopolis (Konstantinopel).

Das luxuriöse Anwesen, ein Geschenk Kaiser Konstantins, des Gönners ihrer Familie, den die Byzantiner bald nach seinem Tode den „Großen" nennen würden, lag neben dem kaiserlichen Palast von Constantinopolis. Konstantin verlangte Daphnes Ehemann, Senator Gaius Antonius Rufus Vitruv, in seiner Nähe zu wissen. Vitruvs wiederholt scherzhaft geäußerte Vermutung, dass der Kaiser mehr Interesse an Daphnes Nähe habe, rief bei ihr stets nur die Andeutung eines Lächelns hervor. Regelmäßig hatten Vitruv und Daphne zu intimen Gesellschaften in ihr Haus geladen. Konstantin und die Mitglieder der kaiserlichen Familie waren den Einladungen gerne gefolgt.

In den letzten Jahren erstrahlte das Anwesen selten im Glanz alter Zeiten, als berühmte Geistliche und Philosophen aus den Provinzen des römischen Imperiums und fernen Ländern Constantinopolis besuchten. Es war für sie eine Ehre, Daphne ihre Aufwartung zu machen, der Tochter des römischen Senators Titus Cornelius Orestes und der Witwe des ehemaligen Statthalters der Provinz Belgica Prima. Aber hauptsächlich erregte Daphnes Bibliothek die Neugier der Besucher, eine der größten des Römischen Reiches, mit kunstvoll bemalten Papyrusrollen und Kodizes (als Block gefaltete Pergamentblätter, eingeklemmt zwischen zwei Holzbrettchen), die aufgeschichtet auf langen Regalen lagen. War der Gast gelehrt und anregende Gespräche zu erwarten, ließ Daphne alle Räume hell erleuchten und die Schutzbezüge von den bequemen Klinen, den Ruhe- und Speiseliegen entfernen. Im Garten brannten Fackeln und im triclinium, dem Speisezimmer, trugen festlich gekleidete Sklaven köstlich zubereitete Speisen aus den entferntesten Provinzen des Reiches auf, von denen viele der Gäste vorher weder gehört noch gekostet hatten. Wenn die leiblichen Genüsse befriedigt waren, lasen die gelehrten Männer entzückt die alten Werke griechischer Philosophen. Häufig entschlossen sie sich erst nach mehreren Wochen und schweren Herzens, das gastliche Haus zu verlassen.

Ohne Gäste bestimmten die Einnahmen leichter Mahlzeiten Daphnes Tage, im Winter in der Bibliothek zwischen ihren geliebten Büchern, im Frühjahr, sobald die Sonne warm genug schien, auf der Dachterrasse. Kurze Spaziergänge im Park des Anwesens schlossen sich ebenso bei kaltem Wetter und Regen an. Einmal wöchentlich besuchte Daphne die vor vielen Jahren von ihr und der Kirche von Constantinopolis gegründeten sozialen Einrichtungen, die am Abhang der antiken Akropolis in Richtung Goldenes Horn lagen. Das Waisenhaus, die Schule, das Hospiz und das Haus für alte, gebrechliche Menschen ohne Familie unterhielt hauptsächlich die Kirche. Nicht zuletzt die Zuwendungen aus Daphnes und anderer reicher Christen Vermögen ermöglichten die Versorgung der bedürftigen Menschen von Constantinopolis.

Ebenso unterbrachen die Audienzen im kaiserlichen Palast Daphnes Tagesrhythmus, zu denen sie der Kaiser in den letzten Jahren immer seltener befohlen hatte. Dann kam ein Wagen des Palastes vorgefahren und brachte sie zur Chalke, dem Torbau des Palastgeländes am südlichen Ende des Augusteum, ein Platz, der sich südwestlich an die Hagia Sophia anschloss. Dort wurde sie von der kaiserlichen Garde begrüßt und durch Gänge und Höfe bis zum Daphnepalast geleitet. Mit heruntergezogenen Mundwinkeln, missmutig schweigend, empfing sie der feiste Obereunuch Eutropios. In der Funktion des „praepositus sacri cubiculi", des Oberkämmerers, verantwortete er das „sacrum cubiculum", das Heilige Schlafzimmer, des Kaisers und der Kaiserin und stand dem kaiserlichen Haushalt vor. Er begrüßte Daphne mit einer angedeuteten Verneigung, begleitete sie zu den kaiserlichen Privatgemächern und zog sich auf Wink des Kaisers hörbar grollend zurück. Zu seinem Kummer war es ihm zu keiner Zeit gelungen zu erfahren, was sein Herrscher mit der alten Frau seit so vielen Jahren, zu reden hatte.

Daphnes Blick schweifte über den Daphnepalast, den ihr Ehemann erbaut hatte. Vitruvs Überzeugung, dass der Palast nicht nach der im Park stehenden Skulpturengruppe aus Griechenland, die Daphne, Tochter des Peneios, fliehend vor Apollon darstellte, benannt war, sondern nach ihr, hatte Daphne lachend als Spekulation abgetan.

Das Gelände mit dem Daphnepalast war mit Gebäuden unterschiedlicher Größe bebaut, verbunden mit dazwischenliegenden Höfen und Gärten, ähnlich wie die Paläste Domus Augustana und Domus Tiberana auf dem Palatin in Roma (Rom). Das Gelände lag westlich des Augusteum und breitete sich wie die Fangarme eines Kraken durch fortwährend neu erbaute Gebäude den Hang hinab in Richtung Marmarameer aus, das sich westlich mit den Fluten des Bosporus vereinigte. Seit der Bronzezeit lebten Menschen an den Ufern des Bosporus, der Landverbindung zwischen Europa und Asien. Die von der Ägäis in das Mare nigrum (Schwarze Meer) führende Meerenge war für die Griechen von entscheidender wirtschaftlicher Bedeutung. Hier fuhren die Schiffe entlang, die Athen und andere griechische Städte mit Getreide aus Ländern belieferten, die das Mare nigrum umgaben. Zur Sicherung des strategisch wichtigen Ortes gründeten megarische Siedler die erste Kolonie auf der asiatischen Seite des Bosporus mit Namen Chalkedon (Kadiköy). Die gegenüberliegende Seite des Bosporus besiedelten die Thraker (indogermanisches Volk). Siebzehn Jahre später kam es dort zu einer zweiten Stadtgründung durch die Megarer und Kolonisten der griechischen Städte Argos und Korinth: Sie nannten die Stadt thrakisch „Byzantion" nach ihrem legendären Anführer Byzas aus Megara. Byzantion (Gebiet des Topkapi-Serails) lag auf der östlichen Spitze einer Halbinsel, die nördlich an das „Goldene Horn" und südlich an das Marmarameer grenzte. Durch ihre ausgezeichnete Lage lockten beide Städte in den folgenden Jahrhunderten fremde Eroberer an und führten Kriege im griechisch-kleinasiatischen Raum.

Ab dem Jahr 74 v.u.Z. war Byzantion Teil der römischen Provinz Bithynia, und Kaiser Vespasian gliederte die Stadt in das Römische Reich ein. Die Stadt führte jetzt den Namen Byzantium. Die erste Wasserleitung erhielt Byzantium unter der Herrschaft Kaiser Hadrians. 193 belagerte Kaiser Septimius Severus Byzantium, weil die Stadt seinen Gegner Pescennius Niger unterstützte. Im Winter 195/196, nach zweieinhalb Jahren Belagerung, kapitulierte Byzantium infolge einer Hungersnot, und Kaiser Septimius Severus zerstörte beide Städte. Auf Fürsprache seines Sohnes Caracalla wurde Byzantium wiederaufgebaut.

Zweiundsechzig Jahre später überfielen die Goten Byzantium, plünderten beide Städte und zerstörten sie.

In den nachfolgenden Jahrzehnten wuchs durch die ständige Gefahr germanischer Einfälle über den Danuvius (Donau) und drohender Kriege mit den Persern die Bedeutung der Osthälfte des Römischen Reiches. Das veranlasste die römischen Kaiser der ersten Tetrarchie(gemeinsame Herrschaft von vier Kaisern), ihre Residenzen in den Jahren nach 293 in den Ostteil des Reiches zu verlegen.

Heute, an einem heißen Sommertag des Jahres 337 fanden sich die Eliten des Römischen Reiches, Fürsten befreundeter Germanenstämme und unzählige hochrangige Entsandte ferner Länder in Constantinopolis ein, um Kaiser Konstantin, der mehr als dreißig Jahre über das Imperium geherrscht hatte, auf seinem letzten Weg zu begleiten.

Während Daphne die Chalke beobachtete, die sich jeden Augenblick öffnen würde, um den Trauerzug passieren zu lassen, trat ein Mann in mittleren Jahren hinter ihren Stuhl. Mit zartem Druck der Hände strich er ihr über die Schultern. Überrascht sah sie auf und ein strahlendes Lächeln glitt über ihr Gesicht. Als sie den großen Mann mit der kräftigen Statur und den rötlich-blonden Haaren, die er modisch bis zu den Augenbrauen und in den Nacken trug, ansah, dachte sie einen Augenblick zurück an das kleine Bündel Mensch, das ihr vor vielen Jahren an einem kühlen Abend im Mai im Garten ihrer Stadtvilla in Augusta Treverorum (Trier) von der alten Haushälterin des Bischofs Eustachius in die Arme gelegt worden war. Sie brachte das neugeborene Kind in das Sklavenhaus zu Philomena, die es der Sklavin Asina zum Nähren übergab. In den darauffolgenden Wochen hatte Daphne häufig nach dem Jungen gesehen. Es war nicht viel Zeit vergangen, seit der Herrgott den jüngsten ihrer Söhne wie zwei andere vor ihm, kurz nachdem er das Licht der Welt erblickte, zu sich genommen hatte. Wenn das fremde dicke Kind mit den roten Haaren sie mit seinem zahnlosen Lächeln anstrahlte, hatte sie gewünscht, dass es ihr Sohn wäre.

„Willkommen, mein lieber Germanicus, das ist eine Überraschung, dich in Constantinopolis zu sehen. Ich denke, du willst mir an diesem besonderen Tag Gesellschaft leisten", sagte Daphne, stand auf und umarmte liebevoll den Mann.

„Herrin, wie könnte ich diesen Tag nicht zusammen mit Euch verbringen wollen, den Tag, an dem unser gemeinsamer Freund endlich vor seinem Christengott steht, und bestimmt früher, als er es sich gewünscht hat", antwortete Germanicus lächelnd.

„Ich habe Wichtigeres mit Euch zu besprechen: Eure Familie sorgt sich um Eure Sicherheit, jetzt wo Euer Beschützer nicht mehr unter uns weilt. Es ist immer ungewiss, was nach dem Tode eines Herrschers mit seinen Getreuen passiert."

„Sorgt Euch nicht um mich, keiner wird einer alten Frau etwas zuleide tun. Ich kenne Konstantins Söhne und Töchter von Geburt an, ich bin keine Gefahr, und das wissen sie."

„Herrin, Ihr wisst nicht mit Bestimmtheit, was in den Köpfen und Herzen der Menschen vor sich geht, besonders in dem Augenblick, wenn sie Macht erlangen. Ich bin gekommen, um Euch nach Hause, nach Augusta Treverorum zurückzuholen. Eure Familie wartet auf Euch."

Germanicus löste sich aus Daphnes Umarmung und half ihr, sich zu setzten.

„Du weißt, wie gerne ich seit Jahren in die Heimat zurückkehren möchte. Der Kaiser hat mir den Wunsch wiederholt abgeschlagen, obwohl er meine Gesellschaft oder meinen Rat seit Langem nicht mehr suchte."

„Kaiser Konstantin ist tot, seine Befehle und Wünsche haben für Euch keine Gültigkeit mehr. Wir können abreisen, sobald Ihr Eure Vorbereitungen abgeschlossen habt. Ein Schiff wartet im Hafen, es wird uns in wenigen Tagen nach Portus Romae dem römischen Hafen bringen (25 km südwestlich von Rom)."

„Du hast recht, Germanicus, jetzt hält mich nichts mehr in Constantinopolis. Aber ich muss mich an den Gedanken gewöhnen, diese Stadt zu verlassen, in der ich dreizehn Jahre gelebt habe."

Herrin, Eure Tochter Claudia und ich sind überzeugt, dass Ihr in Gefahr seid, bitte trefft Eure Entscheidung schnell."

„Das werde ich, Germanicus. Schon Morgen sage ich dir, ob und wann ich Constantinopolis verlasse."

Der Mann stöhnte leise, als er merkte, dass er seine Herrin heute nicht mehr von einer schnellen Abreise überzeugen würde.

„Herrin, es interessiert mich brennend, woran unser kaiserlicher Freund gänzlich unerwartet so plötzlich dahingegangen ist?"

Daphnes von feinen Fältchen durchzogenes Gesicht verzog sich zu einem spöttischen Lächeln.

„Unser Freund ist in den letzten Jahren dick und stiernackig geworden. Stell dir vor, er trug eine Perücke, und seine Eunuchen schminkten ihn, um die Zeichen des Alters zu verbergen. Aber mit seinem Tod rechnete niemand, der Kaiser selbst am wenigsten."

„In Augusta Treverorum war Tagesgespräch, dass Konstantin plante, ein letztes Mal in den Krieg zu ziehen. Er soll erzählt haben, dass ihm bis heute nur der Sieg über König Shapur II. von Persien fehlen würde."

„Germanicus, ich habe den Kaiser in den letzten Monaten nicht gesehen, aber der Hofmarschall war vor Kurzem mein Gast. Er erzählte, dass Konstantin sich über die viele Jahre anhaltende Christenverfolgung des persischen Königs empörte. Er fühlte sich für das Seelenheil aller Christen, auch der persischen, verantwortlich. Und es freute ihn, wieder in den Krieg zu ziehen. Die Vorbereitungen ließen den Kaiser mit jedem Tag jünger aussehen, er war aktiver und froher gestimmt als in den letzten Jahren. Prachtvolle Rüstungen wurden geschmiedet. Der Kaiser besuchte mit großem Gefolge den Hafen von Thessalonica (Thessaloniki), um die neu gebauten Kriegsschiffe zu besichtigen. Selbst ein Kirchenzelt für die Feier des Gottesdienstes fertigte man vorsorglich für den Feldzug an. Täglich muss-

11

ten seine Heerführer ihn über alle Kriegsvorbereitungen informieren. Geplant war, das Heer in zwei Abteilungen aufzuteilen: Eine Abteilung sollte auf dem Landweg nach Osten aufbrechen, der Kaiser würde mit der gesamten Flotte durch den Golf von Astakos (Ismit) entlang der kleinasiatischen Küste nach der Provinz Syria segeln. Ich denke, dass Konstantin Shapur II militärisch überzeugt hätte, dass er für das Seelenheil der persischen Christen verantwortlich ist. Aber Gottvater hat ihn zu sich gerufen."

„Herrin, ließ man Euch vor, damit Ihr dem verstorbenen Kaiser die letzte Ehre erweisen konntet?"

„Es dauerte mehrere Stunden bis man mich vorließ. Jeden Tag kamen die Höflinge und machten dem Leichnam erneut die Aufwartung, als wäre ihr Herrscher weiterhin unter den Lebenden. Während ich vor dem Todeszimmer wartete, erzählte mir flüsternd der Hofmarschall, wie schnell die Krankheit unseren Freund schwächte: Weniger als sechs Wochen Krankenbett, gerechnet ab den Osterfeiertagen bis 22. Mai, dem Pfingsttag, an dem er starb. Stell dir vor, eine unbedeutende Erkältung, von seinen unzähligen Leibärzten nicht ausreichend behandelt, führte zu einem quälenden Husten, der über mehrere Wochen sein ständiger Begleiter wurde. Konstantin setzte noch nach Kleinasien über. Auf Drängen des Hofpoeten, Eusebius von Caesarea, zog er wie häufig in der Vergangenheit mit kleinem Gefolge in die Pythia Therme nahe Yalova. Aber das Thermalwasser, es ist 65° Celsius heiß, kohlensäure- und schwefelhaltig, verschaffte ihm keine Linderung, die Schmerzen in seiner Brust nahmen zu. Hinzu kam ein grüner Auswurf. Nachdem keine Besserung eintrat und hohes Fieber ihn weiter schwächte, brachte man ihn nach

Helenopolis (Hersik), in die Stadt, der er den Namen seiner geliebten Mutter Helena gegeben hat. Im Bethaus der Märtyrer, am Grab des von Kaiserin Helena verehrten Lucian von Antiochia schickte er flehentliche Gebete für seine Genesung zu Gott empor. Der Hof war inzwischen in heller Aufregung und sandte berittene Boten zum Caesar Constantius, seinem zweitgeborenen Sohn. Wie du weißt, hat Constantinus von den drei Söhnen am meisten Ähnlichkeit mit dem Kaiser. Konstantin liebte diesen Sohn mehr als die anderen. Jetzt war es an der Zeit, durch Reiter den Senat der Stadt Roma und seine beiden anderen Söhne, Constantinus und Constans, in ihren Residenzen in Augusta Treverorum und Mediolanum (Mailand) zu benachrichtigen. Inzwischen wurde die Situation am Hofe immer dramatischer; denn der Kaiser fühlte den Tod nahen. Sein innigster Wunsch, die Taufe im Jordan zu empfangen wie unser Herr Jesus Christus, konnte sich nicht mehr erfüllen. Für die beschwerliche Reise ins Heilige Land hatte unser Freund keine Kraft mehr. Auf sein Verlangen brachte man ihn in seinen Palast Ankyron, nahe von Nikomedia (Ismit)."

„Ist nicht Basiliana, die Frau von Konstantins Halbbruder Julius Constantius, eine Verwandte von Bischof Eusebius von Nikomedia", fragte Germanicus.

„Ja, der Bischof ist ein kluger Mann", antwortete Daphne lachend.

„Er hat durch diese Heirat seine hervorragende Position bei Hofe als wichtiger kaiserlicher Berater in kirchenpolitischen Fragen weiter ausgebaut, obwohl er nicht der orthodoxen, sondern der arianischen Glaubensrichtung angehört, die Konstantin bisher offiziell nicht unterstützt hat.

Wie du dir denken kannst, eilte der Bischof sofort an das Sterbebett und taufte Konstantin wenige Stunden später als ersten römischen Kaiser.

Der fromme Caesar Constantius war bei der Nachricht über den kritischen Gesundheitszustand des Kaisers aus dem syrischen Antiochia (Antyka), wo sich das Heer für den persischen Feldzug gesammelt hatte, im Eilmarsch an das Krankenlager seines Vaters geeilt. Der Kaiser übertrug ihm die Besorgung seines Begräbnisses. Es war Constantius, der die Conclamatio ausführte: Den letzten Hauch des Sterbenden auffing, die Augen dem Verstorbenen schloss und mehrmals seinen Namen rief. Die Trauer bei den Adjutanten und den Leibwächtern des Kaisers war überwältigend. Sie warfen sich auf den Boden, zerrissen ihre Kleider und beklagten den Verlust ihres Herrn und Kaisers, ihres Vaters. Der Leichnam des Verstorbenen wurde gemäß Konstantins Anweisung in einem Trauerzug nach Hause in seine Stadt Constantinopolis gebracht."

„Waren die beiden anderen Söhne des Kaisers inzwischen in Constantinopolis eingetroffen?"

„Ja. Stell dir vor, zusammen ließen Konstantins Söhne die schon viele Tage auf eine Audienz wartenden römischen Senatoren vor. Unmissverständlich machten sie den stolzen Herren klar - Konstantin hätte seine Freude daran gehabt -, dass sie nicht den Anspruch des Senats von Rom und des römischen Volkes erfüllen würden, die ein Begräbnis in den Mauern der Capitale Roma forderten."

„Die Entscheidung ist aus Sicht der Söhne Konstantins und des Senats von Constantinopolis verständlich, aber sie wird beim Senat von Roma und den Bürgern auf kein Verständnis stoßen."

„Konstantin hat Roma nie geliebt. Er hielt die Senatoren für hochmütig. Seit dem tragischen Jahr 326, als die Römer ihren Unmut über den Kaiser mit Schmähschriften an den Häusern kundtaten, war seine Liebe zu der Stadt am Tiberis (Tiber) gänzlich gestorben. Als er von den Schmiereien an den Häuserwänden erfuhr, tobte er tagelang. Und als der römische Stadtpräfekt die Schuldigen nicht schnell genug fand, enthob er ihn seines Amtes und konfiszierte seinen gesamten Besitz. Der Mann war froh, dass seine Mutter, eine nahe Freundin von Kaiserin Helena, sich bei der Kaisermutter für ihren Sohn einsetzte; er wäre sonst hingerichtet worden."

„Herrin, wer wurde zum Leichenmarschall ernannt?"

„Du glaubst es nicht", antwortete Daphne lachend,

„Constantius ernannte Quintus Metilius Calvus, der stolz die Ehre annahm. Seine theologischen Differenzen mit Konstantin, er gehört der arianischen Glaubensrichtung an, waren auf einmal vergessen. Seine Ehefrau Claudia Serapia kann seitdem die Nase nicht hoch genug halten. Wenn sie ausfährt, ist die Anzahl ihres Gefolges um das Doppelte gestiegen."

„Auf dem Weg hierher hörte ich, dass die Menschen in den Straßen erzählen, ihr verstorbener Herrscher hätte die Macht nach seinem Tod nicht abgegeben und weiterregiert."

„Die Dauer der Aufbahrung von acht Tagen war lang. Heute ist der 30. Mai; auch getaufte tote Kaiser werden mit der Zeit nicht frischer. Ich denke, dass sein Körper nach Art der Ägypter präpariert wurde."

Spielerisch gab Daphne dem Mann, der jetzt neben ihr auf einem Sessel saß, einen zarten Schlag auf den Arm und sagte:

„Wir reden wenig respektvoll über unseren Freund, der jetzt neben dem göttlichen Herrscher sitzt."

„Erzählt Herrin, sah der Kaiser prächtig aus auf seinem Totenlager?"

„Wie du dir denken kannst, achtete der Hofmarschall streng auf die Einhaltung des täglichen Hofzeremoniells. So war es allen Senatoren, Rittern und nicht zu vergessen den „Spitzmäusen des Hofes" möglich, unseren Herrscher prunkvoll gekleidet zu sehen, während sie ihm ihre Aufwartung machten. Stell dir vor, eitel hat er kurz vor seinem Tod die Anweisung für seine Aufbahrung geändert: Konstantin war nicht bescheiden gekleidet und aufgebahrt, wie es sich für einen getauften Diener unseres göttlichen Herrn gehört, sondern er lag auf einem Bett aus purem Gold. Die Farbe seines Gewandes war nicht reines unschuldiges weiß, er trug ein prächtiges mit Blumen und Perlen besticktes purpurfarbenes Totenkleid. Obendrein auf dem Kopf das große Diadem. Ich bezweifle, dass dieser Pomp unserem himmlischen Herrscher gefallen wird."

„Oh sieh´, die Chalke öffnet sich."

Daphne beugte sich über das Geländer, um besser sehen zu können. Ihr Herz begann schneller zu schlagen und ihre Hände wurden feucht, als der von acht Rappen gezogene Wagen mit dem mit Schlachtenszenen verzierten Sarg aus Porphyr (purpurfarbenes Gestein vulkanischen Ursprungs) in ihr Blickfeld kam. Der mächtige Mann, der zu seiner letzten Ruhestätte am Nordstrang der Mese, der Hauptstraße von Constantinopolis, gefahren wurde, hatte in den vergangenen vierzig Jahren ihr Leben wiederholt in Bahnen gelenkt, die sie nur widerwillig gegangen war. Bisher war es ihr nicht möglich sich vorzustellen, dass sie am Ende ihres Lebenswegs frei war. Kein allmächtiger Kaiser würde erneut in ihr Leben und das ihrer Familie eingreifen. Endlich durfte sie nach Augusta Treverorum zurückkehren.

Nachdem der Trauerzug das Palastgelände durch die Chalke verlassen hatte, bewegte er sich über die westlich an das Augusteum angrenzende Rhegia, die Paradestraße der Stadt, vorbei am Daphnepalast, den Zeuxippos-Thermen mit ihrem prächtigen Skulpturenschmuck und dem daran anschließenden Hippodrom, in dem mehrmals jährlich Wagenrennen stattfanden. Langsam zog der Zug in Richtung des der Göttin Tyche geweihten Heiligtums und dem Million, dem Meilenstein der Stadt. Dort begann die Mese, die auf beiden Straßenseiten mit Arkaden und Geschäften bebaute Hauptstraße. Hunderte von weinenden, klagenden Menschen säumten die Straße und verfolgten den Zug.

Dem von Abteilungen des Heeres angeführten Trauerzug folgte der kaiserliche Sarg, umgeben von Lanzenträgern und Schwerbewaffneten. Hoch zu Ross ritt Caesar Constantius voran. Schweigend schloss sich die Menschenmenge dem Ende des Zuges an.

Als der Trauerzug nicht mehr zu sehen war, stand Daphne auf, wandte sich zu Germanicus und sagte:

„Ich wäre dir dankbar, wenn du mich zum Trauergottesdienst in das Mausoleum begleiten würdest, allein hätte ich wegen der Gefahr von Unruhen nicht teilgenommen."

„Das wäre Euch gewiss schwergefallen. Ihr wollt mit eigenen Augen sehen, ob unser Freund es gewagt hat, sich einen Platz unter den Aposteln zu reservieren. Ich hörte in der Stadt das Gerücht, dass der Kaiser den Befehl gab, seinen Sarg zwischen die zwölf Kenotaphe (Scheingräber) der Apostel zu stellen, um wie sie von den Christen Constantinopolis angebetet zu werden."

Daphne antwortete lachend:

„Bei einem unserer letzten Gespräche erzählte mir der Kaiser glücklich, dass er diesen Ort zum Andenken an die zwölf Apostel erbauen ließ, nicht zum Gedächtnis an die zwölf heidnischen Götter des Olymps, wie geredet wird. Du hast recht mit deiner Vermutung, Germanicus. Im Mausoleum soll Gottesdienst gehalten werden. Sein größter Wunsch war tatsächlich, dass er in die Gebete für die Apostel eingeschlossen wird."

„Unser Kaiser war nie demütig, aber das übertrifft alles bisher Dagewesene."

Kopfschüttelnd stand Germanicus auf.

„Ich begleite Euch, Herrin, bis zum Mausoleum. Bitte habt Verständnis, wenn ich vor dem Eingang auf Euch warte. Das unwürdige Schauspiel sehe ich mir nicht an."

Dankbar lächelnd zog Daphne den Kopf des Mannes zu sich herunter und gab ihm einen Kuss auf die Stirn.

Eine halbe Stunde später stiegen beide in schwarze Gewänder gekleidet in ihren Wagen. Im Schutz bewaffneter Sklaven fuhren sie die Küstenstraße entlang, um den Trauerzug auf der Mese zu umgehen. Schon von Weitem sah man das Mausoleum, ein hohes Gebäude, das in den gebrochenen Sonnenstrahlen hellgolden glänzte. Das Dach war zum Schutz gegen Regen nicht mit gewöhnlichen Ziegeln, sondern mit Erz gedeckt; ringsherum lief ein zierliches Gitter aus Gold und Erz. Das Mausoleum umgab ein

18

weitläufiger viereckiger Hof mit Säulenhallen, der die Begräbnisstätte gegen die Häuser für die Unterkunft der Wächter, die Brunnen und Spazierwege abschloss. Germanicus geleitete Daphne zum Eingang, während die Sklaven ihnen den Weg durch die Menge bahnten, die sich vor dem Mausoleum versammelt hatte. Als Daphne die Kirche betrat, blieb sie starr vor Staunen stehen. Vom Boden bis zum Dach erstrahlten die mit Marmorplatten verkleideten Wände in bunter Farbenpracht. Die getäfelte Decke war mit Gold überzogen. In der Mitte des Raumes stand ein silberner Altar. Um ihn herum wie Säulen aufgestellt die zwölf Kenotaphe der Apostel. In der Mitte freigehalten ein Platz für den Sarkophag des Kaisers.

Als der Begräbniszug ohne die vom Trauergottesdienst ausgeschlossenen Soldaten in das Mausoleum einzog, sah Daphne, dass Constantiana, die älteste Tochter Konstantins, die neben ihrer Schwester Helena auf einem mit Seidenstoff bezogenen Sessel saß, den kaiserlichen Kämmerer Eusebios zu sich winkte. Leise sprach sie auf ihn ein und zeigte dabei auf Daphne. So flink es seine Körperfülle erlaubte, bahnte sich der Eunuch umringt von seinen Sklaven den Weg zu ihr. Während zwei Sklaven Daphne fest am linken und rechten Arm nahmen und sie nach draußen drängten, zischte er in ihr Ohr:

„Ihr, Gnädigste, seid an diesem Ort unerwünscht."

Aufgeschreckt lief Philomena mit den anderen Sklavinnen in Daphnes Begleitung hinterher. Daphne war zu überrascht, um sich gegen das für sie unverständliche und brutale Vorgehen zu wehren. Draußen ließen die Sklaven von ihr ab, und Philomena machte Germanicus ausfindig, der

19

aufgeregt zu Daphne eilte, um sie aus der Menschenmenge zu befreien.

„Ich verstehe das nicht Germanicus, man hat mich hinausgeworfen."

Erschöpft sank Daphne in die Polster ihres Wagens.

„Constantiana will nicht, dass ich dem Begräbnisgottesdienst beiwohne. Ich weiß nicht, was ich ihr Böses angetan habe."

„Ich wusste es, Herrin. Ihr habt keine andere Wahl, Ihr müsst Constantinopolis verlassen. Wie ich sagte, es wird ein Machtkampf ausbrechen, dem viele Getreue des Kaisers zum Opfer fallen werden".

Nur langsam kamen sie vorwärts. Hunderte Menschen, die ihnen entgegenkamen und in Richtung Mausoleum liefen, verstopften die Straßen. Als Daphnes Haus in Sichtweite kam, rief Germanicus:

„Herrin, seht, Eure Villa ist von kaiserlichen Soldaten umstellt, wir können sie nicht betreten, ohne Euch zu gefährden. Bei wem können wir uns verstecken, bis ich für unsere Rückreise nach Augusta Treverorum alle Vorbereitungen getroffen habe?"

Daphne, die während der Fahrt mit immer blasser werdendem Gesicht zusammengesunken in den Polstern gesessen hatte, richtete sich mühsam auf.

„Es ist möglich, Schutz in der Hagia Eirene bei Erzbischof Antonius zu suchen."

„Ist der Bischof, ein langjähriger Begleiter und Freund des Kaisers, nicht auch in Gefahr, Herrin? „

„Nein, Germanicus, die fromme Constantiana traut sich nicht, einen heiligen Greis zu verfolgen."

Die Hagia Eirene, die erste Bischofkirche von Constantinopolis, lag auf der antiken Akropolis, wenige Minuten von Daphnes Haus entfernt. Germanicus klingelte am Tor, und man ließ sie eintreten. Johannes, der Presbyter (Ältester) der Kirche, der zusammen mit Daphne in den vergangenen Jahren für die Bedürftigen Constantinopolis gesorgt hatte, erschrak, als er von dem unverständlichen Rausschmiss aus der Apostelkirche hörte. Er brachte sie in einen kleinen Raum, den Erzbischof Antonius nach kurzer Zeit betrat. Der Bischof war nur ein Häufchen Mensch - krumm und kahl, mit krallenähnlichen Händen. Sein langes Leben hatte seinen Körper zerstört, nur die Augen blickten klar und wach wie bei einem Jüngling.

„Meine liebe Tochter Daphne, ich freue mich, dich zu sehen. Ich kann nicht verstehen, was mir mein lieber Johannes erzählt hat, man hat dich nicht am Trauergottesdienst teilnehmen lassen? „

Kurz berichtete Daphne, was geschehen war.

„Natürlich findest du Schutz bei Mutter Kirche, wir werden dir und deinem Gefolge Zimmer herrichten lassen. Ich habe das befürchtet. Gleich morgen muss ich mit meinem Nachfolger, Bischof Paulus, sprechen. Constantiana und Helena haben ihn zu ihrem Beichtvater erwählt. Er muss versuchen, Einfluss auf die Töchter unseres geliebten Kaisers zu nehmen. Die Verfolgung der Getreuen unseres verstorbenen Freundes muss im Keim erstickt werden."

Während Gemanicus in der Nacht mithilfe des Presbyters Johannes die Vorbereitungen für die Reise nach Augusta Treverorum traf - die Kirche stellte Reisewagen, Pferde und Proviant zur Verfügung -, zog Daphne sich mit Philomena zurück, um sich auszuruhen. Auf Vorschlag Bischof Antonius hatte Germanicus aus Sicherheitsgründen die Reisroute geändert: Sie würden den längeren aber sicheren Landweg in die Heimat nehmen, nicht den Seeweg. Das Schiff würde ohne sie ablegen.

In dieser Nacht konnte Daphne nicht schlafen. Viele Jahre hatte sie sich gewünscht, nach Augusta Treverorum zurückzukehren. Jetzt war endlich der Tag gekommen, und sie fragte sich, warum sie sich nicht freute. Sie war eine reiche Aristokratin, geachtetes Mitglied des Hofes und der Christengemeinde, aber Befriedigung fand sie seit vielen Jahren nur in ihrer Tätigkeit für Arme und Kranke. Nicht nur Geld, Nahrung und Kleidung hatte sie zur Linderung der Armut zur Verfügung gestellt, sondern zum Entsetzen ihrer Familie und ihrer Freunde mit ihren eigenen Händen Kranke gepflegt, wie es ihr Glaube ihr eingab.

„Die Arbeit wird mir fehlen", dachte sie. „Jetzt wird etwas Neues beginnen, und das macht mir Angst."

Sie fiel auf die Knie und betete zu Gott, dass er ihr in seiner Güte den rechten Weg weisen würde.

Früh am nächsten Morgen übergab Erzbischof Antonius Daphne Empfehlungsschreiben an die christlichen Gemeinden der römischen Provinzen, durch die sie ihre Reise nach Augusta Treverorum führen würde. Er hatte sie eigenhändig am Vorabend aufgesetzt, in der augenblicklichen Situation war er sich der Loyalität seines Schreibers nicht mehr gewiss.

„Daphne, wir werden uns in diesem Leben nicht wiedersehen. Bis Gott mich in seiner Güte des Himmelreichs für würdig erachtet, werde ich dich nicht vergessen und für dich beten. Du hast die Armen und Kranken von Constantinopolis nicht nur an deinem Reichtum teilhaben lassen, sondern ihnen den Glauben an unseren Herrn Jesus Christus gelehrt. Im Namen unseres Herrn danke ich dir. Diese Empfehlungsschreiben schützen dich auf deiner langen Reise. Unsere christlichen Brüder in den römischen Provinzen werden dich mit frischen Pferden versorgen und dir Unterkunft und Nahrung gewähren. Meine Tochter, gehe in Frieden."

Der Bischof zog Daphnes Kopf zu sich herunter und küsste sie auf die Stirn. Dann bestieg die kleine Reisegesellschaft die Wagen, und die Pferde setzten sich in Bewegung. Wehmütig warf Daphne einen letzten Blick auf das geliebte Marmarameer und die vertrauten Straßen und Plätze. In der Nacht hatte der Bischof den Wachmann eines Nebentors der Stadtmauer, ein Mitglied der Christengemeinde, informieren lassen, dass Christen die Stadt ohne Kontrolle verlassen müssten. Ein nicht zu geringes Geldgeschenk tat das Übrige. Das Tor wurde geöffnet und die Wagen ohne Kontrolle durchgewinkt.

Nach ein paar Stunden, in denen Daphne und Germanicus kaum miteinander sprachen und Daphne nachdenklich die vorbeiziehende Landschaft betrachtete, wandte sie sich Germanicus zu.

„Ich weiß jetzt, warum Constantiana mich aus dem Mausoleum hat weisen lassen - damit mich die Soldaten festnehmen könnten, die vor meinem Haus warteten. Constantiana ist bekannt, dass ich Zeit meines Lebens täglich meine Gedanken und Erlebnisse aufgeschrieben habe. Sie hat Angst, das Volk erfährt etwas, was den Ruhm und das Ansehen ihres Vaters schmälert."

„Herrin, durch das traurige Schicksal meiner Eltern und meines Volkes weiß ich, dass es mehr als genug im Leben Kaiser Konstantins gegeben hat, was nicht für die Ohren des Volkes bestimmt ist. Konstantin war ein Meister der Verstellung und des Schweigens. Warum habt Ihr mir nicht gestern von Euren Aufzeichnungen erzählt, ich hätte sie aus der Villa geholt."

„Das wäre für dich zu gefährlich gewesen. Außer dem letzten Buch, und das darf jeder lesen, liegen alle an einem Ort, den niemand finden wird, Germanicus. Ich brauche die Aufzeichnungen nicht, mein Leben ist fest in meinem Kopf und in meinem Herzen. Wir werden auf unserer langen Reise nach Gallia (Gallien) viel Zeit miteinander verbringen. Ich habe beschlossen, dass ich sie dazu nutze, dir mein Leben zu erzählen. Falls ich Augusta Treverorum nicht lebend erreiche, wirst du alles aufschreiben, wenn du in Sicherheit bist."

„Herrin, ich danke Euch für Euer Vertrauen. Aber wir beide werden gesund in Augusta Treverorum einfahren, und Ihr werdet im Kreise Eurer Enkel und Urenkel hundert Jahre alt."

Nach der nächsten Rast lehnte sich Daphne bequem in die weichen Polster des Reisewagens zurück, und ihre Geschichte begann.

Reise nach Sicilia 286 n. u. Z.

„Mutter, ich bin schrecklich aufgeregt, wann reisen wir endlich?"

Daphne rannte in das von der Abendsonne matt erleuchtete Zimmer und warf sich auf das Bett.

„Ich kann es kaum erwarten, Kaiser Maximian, seine Frau Eutropia und Maxentius, seinen Sohn, kennenzulernen. Philomena sagt, die Familie stammt von Herkules ab, und der Kaiser sieht auch aus wie er: Groß wie ein Riese, mit kräftigen Muskeln an Armen und Beinen und vieleHaaren überall am Körper."

Olympia Licinia, eine Frau mittleren Alters, lag blass in den Kissen. Gestützt auf ihre abgemagerten Arme richtete sie sich mühsam auf und umfasste lächelnd das Mädchen.

„Kind, was für Gedanken in deinem kleinen Kopf kreisen. Du solltest die Einladung auf das neue Landgut von Kaiser Maximian ernster nehmen. Sie ist für unsere Familie eine große Ehre;, in die Provinz Sicilia werden nur wenige Getreue des Kaiserhauses eingeladen."

Ungeduldig streifte Daphne die Arme ihrer Mutter ab und sah suchend im Zimmer herum.

„Mutter, hat Philomena deine Truhen gepackt? Das alte Weib lässt doch keinen anderen Sklaven an deine Gewänder heran. Sie wird bis morgen früh nicht fertig werden, wie letztes Mal, als wir ans Meer nach Baiae (Ortsteil von Bacoli) gereist sind."

Olympia sank mit qualvollem Stöhnen in die aufgeschichteten Kissen zurück.

„Daphne, sprich nicht ungehörig über Philomena, sie braucht meine Kleider nicht einzupacken, ich fahre nicht mit. Ich habe deinem Vater mitteilen lassen, dass ich in Roma bleibe. Meine angegriffene Gesundheit würde keinen vorteilhaften Eindruck von unserer Familie hinterlassen; ich behindere euch nur auf der beschwerlichen Reise. Du bist die richtige Begleitung für deinen Vater und wirst mich würdig vertreten. Philomenas Enkelin, Philomena minor, reist mit dir zu deiner persönlichen Bedienung."

Daphne sah ihre Mutter besorgt an und streichelte ihr liebevoll über die Wange.

„Mama, sind die Schmerzen qualvoller als gestern, hat der Arzt dich heute schon besucht?"

„Sorge dich nicht um mich, ich habe hier in meinem Haus alles, was ich brauche. Meine Philomena leistet mir Gesellschaft."

Schwungvoll öffnete sich die Tür. Mit hochrotem und vor Wut verzerrtem Gesicht stürmte Senator Titus Cornelius Orestes an das Bett seiner Frau.

„Dieses eine Mal könntest du dich zusammenreißen, deine eingebildeten Krankheiten vergessen und mich nach Sicilia begleiten. Du bist die Tochter eines Kaisers, Eutropia, die Ehefrau Kaiser Maximians brennt darauf, dich kennenzulernen."

Olympia zog die leichte Decke aus feinster Wolle und Seide bis an den Hals und sah ihren Mann kühl an.

„Mein lieber Cornelius, du kennst meine Meinung zu diesem Thema. Ich lasse mich nicht von jeder hergelaufenen Kaiserin zur Audienz in die Wildnis befohlen. Ich fühle mich dieser Reise bei Gott gesundheitlich nicht gewachsen. Ihr beide liebt es, beieinander zu sein, ich störe euch nur. Mehr sage ich nicht in dieser Angelegenheit."

Olympia warf einen letzten liebevollen Blick auf Daphne, drehte den Kopf zur Seite und schloss die Augen. Wütend starrte der Senator auf seine Frau herunter, zuckte resigniert die Schultern und winkte seiner Tochter, mit ihm das Zimmer zu verlassen. Daphne folgte ihrem Vater in sein Arbeitszimmer, wo er sich missgelaunt auf den Stuhl am Schreibtisch fallen ließ. Wie häufig in den vergangenen Jahren fragte er sich, ob Olympia noch einmal ihre melancholische Stimmung verlieren würde.

Olympia war die illegitime Tochter von Kaiser Puplius Licinius Egnatius Gallienus. Der Kaiser hatte sich in Graciella, die Mutter von Olympia verliebt, als ihr Vater, Senator Decimus Aurelius Drusus, sie ihm bei einem Pferderennen vorstellte. Das frische vierzehnjährige Mädchen mit den blonden Haaren und der zierlichen Figur hatte Gallienus entzückt. Salonia Pipara, die schöne Ehefrau des Kaisers, eine hochgebildete Griechin aus Bithyna, liebte ihren Ehemann. Häufig begleitete sie ihn auf seinen Reisen durch die römischen Provinzen und auf Kriegszügen. Zu ihrem Kummer gelang es ihr nicht, die Liebesbeziehung zu verhindern. Graciella erlebte mit Gallienus nur eine kurze Zeit der Liebe und Zärtlichkeit. Sie genoss die Gespräche mit ihrem kaiserlichen Liebhaber, der sie in die griechische Philosophie einführte. Und sie liebte die wenigen leidenschaftlichen Nächte, die ihnen vergönnt waren. Das Liebesverhältnis dauerte erst drei Monate, als Graciella zu ihrem Entsetzen bemerkte, dass sie ein Kind erwartete. Versteckt auf einem Landgut nahe Karthago in der Provinz Africa proconsularis, das Orania Clepsina, einer Freundin ihrer verstorbenen Mutter gehörte, gebar sie ein kaum lebensfähiges Mädchen, Olympia. Am Tag der Geburt verblutete Graciella - die Plazenta löste sich nicht aus der Gebärmutter.

Kaiser Gallienus war über den Verlust untröstlich, konnte sich aber nicht entschließen, das Kind als seine Tochter anzuerkennen, obwohl seine Ehefrau Salonia ihm dazu riet. Senator Drusus war darüber mehr als erbost. Auch die kaiserlichen Schenkungen an seine Enkelin Olympia konnten ihn nicht beruhigen: eine palastartige Villa in Roma, Häuser am Golf von Napoli und in den Aventiner Bergen sowie ertragreiche Ländereien in den Provinzen Hispania und Africa proconsularis. Als Dank für das Verständnis seiner Ehefrau und aus Rücksicht auf ihre Gefühle vereinbarte Kaiser Gallienus mit dem Senator, dass Olympia auf dem Landgut von Clepsina aufwachsen würde.

Olympia kehrte erst als junge Frau nach Roma zurück, um eine standesgemäße Ehe einzugehen. Aber als illegitime Kaisertochter standen ihr nicht dieselben protokollarischen Ehren zu wie den legitimen Töchtern eines römischen Kaisers. Olympia litt darunter und fühlte sich in der Gesellschaft von Roma, die ihr die Achtung, die einer Kaisertochter gebührte, versagte, nie zu Hause.

Die Villa, die Kaiser Gallienus seiner Tochter geschenkt hatte, lag auf dem Aventin, einem der sieben Hügel von Roma. Der Aventin bestand aus einer Erhebung mit zwei Gipfeln, die ein Tal trennte. Zur Zeit der Republik ein Wohn- und Geschäftsviertel der Plebejer, entwickelte sich die Gegend zur Kaiserzeit in ein elegantes Wohnviertel, in dem der römische Adel seine prunkvollen Stadtpaläste bauen ließ.

Ein weiteres Mal gestand sich Senator Titus verärgert ein, dass seine Frau Olympia über ein größeres Vermögen verfügte als seine Familie. Ohne ihre hohen Einkünfte hätte er sich seinen aufwendigen Lebensstil mit allen dazugehörenden teuren Pflichten wie das Ausrichten der Spiele im Amphitheatrum Flavium (Colosseum) zu Beginn seines Senatorenamtes und die regelmäßigen Brotgaben an die Bevölkerung nicht leisten können.

Senator Orestes stammte aus einem der ältesten Geschlechter von Roma, die Ahnentafel konnte er bis in die Zeit der Republik zurückverfolgen. Seine Familie hatte dem römischen Volk und ihren Kaisern immer treu gedient, nur das Familienvermögen war dabei auf der Strecke geblieben: Kaiser Nero hatte einen Vorfahren gezwungen, ihm sein Vermögen testamentarisch zu vermachen und im Anschluss von eigener Hand aus dem Leben zu scheiden. Sein Vater verlor einen Großteil seiner Ländereien beim Glücksspiel mit Kaiser Elagabel. Zu dieser Zeit verliebte sich Olympia in den Senator, als er ihr bei einem Fest bei Hofe vorgestellt wurde. Und es war ihm eine Ehre und Freude, das schüchterne, aber freundliche Mädchen zur Frau zu nehmen. Zusätzlich versetzte ihr Reichtum ihn in die Lage, die öffentliche Rolle in der römischen Gesellschaft einzunehmen, die ihm von Geburt zustand.

Olympia war noch nicht lange verheiratet, als sie bemerkte, dass der Senator neben ihr viele andere Frauen beglückte; sie nahm das enttäuscht, aber schweigend hin. Nach Daphnes Geburt war es ihr nicht mehr möglich Kinder zu gebären, und sie zog sich schwermütig immer häufiger in ihre Räume zurück. Als die Gesellschaft von Roma über die Liebschaften des Senators zu tratschen begann, wies

Olympia ihren Ehemann mit der Begründung aus dem Ehebett, seine Leidenschaft ruiniere endgültig ihre Gesundheit. Ein Arrangement mit einer stadtbekannten Kurtisane akzeptierten alle Beteiligten, und es beendete das Gerede in der Stadt. Außerdem besaß der Senator unzählige Sklavinnen, die ihm bei Bedarf zur Verfügung standen. In späteren Jahren verließ Olympia nur das Bett, um an den Versammlungen der römischen Christengemeinde teilzunehmen. Die Christen glaubten an einen einzigen Gott und dessen Sohn, von dem es hieß, dass er viele Jahre zuvor auf Erden gelebt hatte. Der Senator, ein gebildeter Mann mit umfassendem Wissen, begriff nicht, wie seine Frau ihr Herz an diesen Hokuspokus hängen konnte. Doch die Abende in Gesellschaft ihrer Glaubensbrüder machten sie glücklich. Oftmals tauchte sie im Anschluss an das gemeinsame Abendmahl für ein paar Stunden aus ihrer Melancholie auf, und ihre Augen strahlten wie in ihrer Jugend.

Der Senator war ein mittelgroßer, kräftiger Mann von zweiundvierzig Jahren. Man kannte ihn nicht nur als Verehrer schöner Frauen, sondern auch als Genießer exquisiten Essens und süffiger Weine. Letztere genoss er zur Missbilligung seiner Frau meistens unverdünnt, ein Laster, dem er ein gerötetes Gesicht, den nicht zu übersehenden Bauchansatz Ersterem verdankte.

Neben den leiblichen Genüssen liebte er die griechischen Philosophen, anregende Gespräche und Daphne, seine Tochter. Nur zwei Dinge in seinem Leben betrübten ihn: seine beginnende Glatze und dass ihm kein Sohn geboren worden war. Mit den Jahren fand er sich damit ab, dass er keine männlichen Nachkommen haben würde, und wandte sich seiner energischen kleinen Tochter zu, um die sich die Mutter immer weniger kümmerte. Häufig erzählte er dem aufgeweckten Mädchen aufregende Geschichten aus der griechischen Mythologie. Als Daphne älter wurde, ließ er sie in allen Wissenschaften der Zeit unterrichten. Senator Orestes war stolz auf Daphnes umfangreiche Bildung und ihre Schönheit: Der Gedanke, sie an einen Ehemann zu verlieren, behagte ihm gar nicht.

Der Senator sah seine Tochter freundlich an und sagte:

„Daphne, morgen verlassen wir vor Sonnenaufgang Roma mit dem Cursus publicus, dem kaiserlichen Postdienst, um die ersten kühlen Stunden des Tages für unsere Fahrt nach Ostia zu nutzen. Das Schiff wird uns von Portus nach Rating (Catania) auf Sicilia bringen. Von dort aus ist es eine halbe Tagesreise bis zu dem Landgut des Kaisers. Er ist stolz auf sein prächtiges Anwesen mit dem großen und artenreichen Wildbestand. Es ist eine hohe Ehre, dass er uns zusammen mit wenigen Getreuen zur Jagd eingeladen hat."

Daphne hatte sich auf ihr Sofa geworfen, das ihr Vater ihr für die vielen Stunden, in denen er sie unterrichtete, in sein Arbeitszimmer hatte stellen lassen. Sie hob den Kopf und fragte:

„Wer ist denn außer uns eingeladen, Vater, alte Kaiser und seine noch älteren Freunde oder auch junge Leute in meinem Alter?"

Der Senator lachte.

„Außer uns sind zwei Freunde des Kaisers eingeladen: Constantius, Maximians Prätorianerpräfekt mit seinem Sohn Konstantin, der etwas jünger ist als du. Der Zweite heißt Gaius Antonius Rufus Vitruv, ein Mann, von dem man in Zukunft noch viel hören wird. Er möchte dich gerne kennenlernen, teilte mir der Kaiser bei meiner letzten Audienz im Vertrauen mit."

„Ach Vater, bring´ mich nicht schon wieder mit einem Langweiler zusammen, den ich heiraten soll. Du verdirbst mir den Spaß an der Reise."

Dabei runzelte Daphne die Augenbrauen und zog die Mundwinkel nach unten, was ihr das Aussehen eines unzufriedenen Kindes gab.

„Daphne, du weißt, dass ich dich nicht zwinge, einen Mann zu heiraten, den du nicht willst. Ich behalte dich gerne bei mir. Aber ich lebe nicht ewig, und ohne eigene Familie wird es für dich eintönig werden. Jetzt genießen wir erst einmal zusammen die Reise, und im Anschluss sehen wir, wie wir deine Zukunft gestalten."

Beruhigt rannte Daphne aus dem Arbeitszimmer und in den Schlaftrakt des Hauses. In ihrem Zimmer wartete Philomena minor, um ihr bei der Nachttoilette zu helfen.

Die Sklavin, eine Enkelin von Philomena maior, der Amme ihrer Mutter, war Daphne zu ihrem dritten Geburtstag zu ihrer persönlichen Bedienung von ihrem Vater geschenkt worden. Mit Daphne aufgewachsen und erzogen, ihre Mutter starb bei der Geburt, kannte Philomena minor ihren Platz in dem großen Haushalt des Senators und war stolz auf ihn. Sie war ein dünnes Mädchen mit pechschwarzen Haaren, freundlich und ihrer Herrin bedingungslos ergeben. Freudig hatte sie alle von Daphne angezettelten Kinderstreiche mitgemacht, ließ sich aber von den Launen ihrer Herrin nicht aus der Ruhe bringen.

Wie stets, wenn Daphne ihr Zimmer betrat, betrachtete sie sich in dem Spiegel, der den größten Teil einer Wand einnahm. Er war ein Geschenk ihres Vaters, der sie oft liebevoll wegen ihrer Eitelkeit neckte. Daphne war mittelgroß mit kräftigem Körperbau und dicken, lockigen blonden Haaren, die Philomena ihr morgens modisch aufsteckte. Das jugendlich runde Gesicht mit den hohen Backenknochen und den grünen, schräg gestellten Augen beherrschte ein Mund mit vollen roten Lippen, die sinnliche Leidenschaft ausstrahlten. Mit ihrem Aussehen war Daphne zufrieden. Nur an manchen Tagen fand sie sich zu kräftig für eine Römerin aus vornehmer Familie und hätte einen zarteren Knochenbau wie den ihrer Mutter bevorzugt.

Daphne freute sich auf die Reise, war aber wie jedes Mal, wenn sie Roma verließ, etwas traurig: Sie liebte diese laute Stadt mit den mehrstöckigen Häusern, dem Menschengewirr in den Straßen, den schmalen, dunklen Gassen und den imposanten Foren und Plätzen.

Wie Daphne lebten ihre Freundinnen mit ihren Familien im Winter in luxuriösen Stadtpalästen, die inmitten riesiger Grundstücke lagen. Die Gärten der Häuser schmückten griechische Statuen, und in den Teichen tummelten sich farbenprächtige Fische. Dort tuschelten die verwöhnten Mädchen viele Nachmittage über die prächtige Zukunft, die sie alle erwartete. Im Sommer zogen die Familien auf ihre Landsitze in die kühlen Berge oder an das Meer.

Häufig war es Daphne gelungen, zusammen mit der sich nur wenig sträubenden Philomena minor Philomena maior zu entwischen und sich in einer Sänfte durch die Stadt tragen zu lassen. Daphne interessierte brennend, was in den Straßen passierte und wie andere Menschen in Roma ihre Tage verbrachten. Dennoch war sie immer erleichtert gewesen, wenn sich nach ihrer Rückkehr das Tor des Anwesens hinter ihr schloss, und der Lärm und Schmutz der Stadt draußen blieben.

Wie vom Senator angekündigt, standen die Wagen der kaiserlichen Post vor Sonnenaufgang vor dem Eingang der Villa. Der Kaiser hatte mehrere Praedae, vierrädrige, geschlossene Wagen mit vier Sitzplätzen, geschickt, die von jeweils vier auf Trense gezäumten Pferden mit durchbrochenem Mundstück gezogen wurden. Die Kutschen schmückten bronzene Verzierungen und Beschläge aus Silber.

Alle warteten auf Daphne, die sich wie häufig nicht entscheiden konnte, welches ihrer Schmuckstücke sie auf die Reise mitnehmen sollte. Kurz entschlossen wies sie Philomena an, die nervös an der Zimmertür wartete, den gesamten Schmuck einzupacken, aber ihrem Vater nichts zu verraten.

Ostia lag dort, wo der Tiberis in das Meer floss, eine halbe Tagesreise von Romas Stadtzentrum entfernt. Vorbei am Emporium, dem römischen Stadthafen mit seinen Lagerhallen, nahmen sie den kürzesten Weg: Er führte über den Vicus Laci Miliari (Via Ostaiensis), passierte das pyramidenförmige Grab des C. Cestii, und verlief weiter durch das Tor Porto Ostasiens (Paulustor) in Richtung Ostia.

Während der Fahrt versuchte Daphne von ihrem Vater mehr über den Mann zu erfahren, der sie heiraten wollte. Lächelnd schwieg der Senator und machte sich über ihre weibliche Neugierde lustig. Cornelius´ Entscheidung war noch nicht endgültig gefallen, er ahnte, dass es ein Wagnis war, seine Tochter diesem Mann anzuvertrauen. Die Gerüchte, die in Roma die Runde machten, hörten sich nicht vertrauenserweckend an. Für die Verbindung sprach, dass es sich bei dem Heiratskandidaten um einen Verwandten und Günstling Kaiser Maximians handelte. Eine Heirat würde die Stellung der Familie des Senators nicht nur in Roma, sondern im gesamten Römischen Reich aufwerten.

Am frühen Nachmittag erreichten sie die Porta Romana, das Stadttor von Ostia. In der Stadt gehörten dem Senator Schiffe, Lagerhallen und Kontore, die Marcellus, ein tüchtiger Freigelassener, verwaltete; denn Senatoren waren keine direkten gewerblichen Tätigkeiten erlaubt.

Sie fuhren entlang des Decumanus Maximus, der Hauptstraße der Stadt, und sahen die prächtige Therme des Neptunus (Neptun), das Theater, den Getreidespeicher und das Kapitol mit dem Tempel der Roma und des Augustus. Marcellus erwartete sie am Eingang des Hauses und begrüßte sie ehrerbietig. Er war ein großgewachsener Mann mit biegsamer Figur und tiefschwarzen gelockten Haaren, dessen Familie seit vielen Jahren zum Besitz des Senators gehörte. seine Eltern und Großeltern hatten als Haussklaven auf dem Anwesen der Familie in Roma gearbeitet. Schon als Kind war der gewitzte Junge dem Senator aufgefallen. Wiederholt erwischte er ihn dabei, wie er heimlich in der umfangreichen Bibliothek stöberte und versuchte, die Buchstaben auf den Papyrusrollen zu entziffern. Der Senator sorgte dafür, dass der Junge Unterricht in Lesen, Schreiben und Rechnen erhielt und eine kaufmännische Ausbildung abschloss. Im Anschluss übernahm Marcellus die Handelsniederlassung in Ostia. Er vermehrte das Vermögen des Senators so erfolgreich, dass dieser ihn vor dem dreißigsten Lebensjahr freiließ, einschließlich seiner Frau und Kinder. Zudem beteiligte er ihn am wirtschaftlichen

Erfolg des Schiffskontors. Inzwischen war Marcellus zu beträchtlichem Reichtum gekommen. Bisweilen fragte sich der Senator, ob es nicht klüger wäre, ihn häufiger zu kontrollieren.

Die Stadt Ostia wurde laut einer marmornen Inschrift des 2. Jahrhunderts v.u.Z. durch den vierten König von Roma, Ancus Marcius, als Militärlager zum Schutz und zur Verteidigung von Roma und zur Kontrolle des Seehandels gegründet. Nach kurzer Zeit entwickelte sich das Lager zu einer pulsierenden Hafenstadt und zu einem wichtigen Stützpunkt der römischen Flotte.

Im 2. Jahrhundert lebten in Ostia fünfzigtausend Einwohner, und die Stadt erlebte ihre größte wirtschaftliche Blüte. Handwerker wie Seilmacher, Schiffsbauer und Händler ließen sich nieder, um vom Schiffshandel zu leben, denn der Transport über die Meere versprach mehr Profit als über Land. Wichtigstes Handelsgut war das Getreide, das mit riesigen Schiffen von der Provinz Africa proconsularis nach Roma geschifft wurde, um dort die Plebejer zu ernähren.

Nach einer freundlichen Begrüßung geleitete Marcellus sie in das Haus. Daphne bewunderte die Mosaike, die die Fußböden vieler Räume schmückten. Erst zwei Jahre zuvor hatte ihr Vater den Auftrag gegeben, das Haus von Grund auf zu sanieren. Auch ihm gefielen die Böden, nur hatte er den Verdacht, dass die Mosaisten Anhänger des neuen Christengottes waren: Dargestellt waren hauptsächlich Fische, von denen man sagte, dass sie bei dem Gott der Christen eine wichtige Rolle spielen würden.

Nach einem leichten Abendmahl und einer kurzen Nachtruhe fuhr die kleine Reisegesellschaft am nächsten Morgen in das nahe Porto, einem Stadtteil Ostias. Dort wartete das Schiff der Staatspost auf sie.

280 Jahre zuvor hatte die Verlandung des Meeres vor Ostia derart zugenommen, dass der Hafen kaum noch schiffbar war. Daraufhin ließ Kaiser Claudius, wenige zehn pes (Maßeinheit „römischer Fuß") entfernt, ein künstliches Hafenbecken ausheben und es durch einen Kanal mit dem Tiberis verbinden. Kaiser Trajan baute ein zweites Hafenbecken, das größte der römischen Welt, dem zuerst gebauten vorgelagert.

Im Hafen Trajan, westlich von Porto, herrschte geschäftiges Treiben. Viele große und kleine Schiffe ankerten im Hafenbecken. Die Ladungen löschten Sklaven sowie freie römische Bürger, Letztere, um mit dem Verdienst ihren kläglichen Lebensunterhalt zu bestreiten. Sie luden die Ware auf Wagen und fuhren sie an den Kanal, der das Hafenbecken mit dem Tiberis verband. Von dort treidelten die wartenden Boote die Güter zum römischen Handelshafen Empori. Ware, die keinen Käufer fand oder später nach Roma verschifft werden sollte, lagerte in den Speichern von Porto und Ostia.

Daphne sah ihr Schiff schon von weitem, eine kleine Liburne, ausgestattet mit zwei Ruderreihen. Diese Segelschiffe wurden seit Jahren wegen ihrer Wendigkeit und Schnelligkeit bevorzugt von der staatlichen Post genutzt. Der Senator sah beunruhigt zu dem aufgeblähten Segel hinauf.

„Daphne, heute ist deine erste Seereise. Ich hoffe, du bist seefest, wir werden ein bewegtes Meer erleben."

„Vater, ich weiß, dass ich das Schaukeln der Wellen vertrage. Ansonsten hätte ich dich gebeten, in Roma zu bleiben. Wie oft habe ich von der Terrasse unserer Villa in Baiae auf das Meer geschaut und mir gewünscht, es zu befahren. Sorge dich nicht um mich."

Bald darauf verließen sie das Hafenbecken, Daphne stand auf Deck, um nichts zu verpassen. Um kein anderes Schiff zu rammen, segelten sie langsam vorbei an Lagerhäusern und an dem Leuchtturm, der über dem Wrack des Schiffes erbaut war, das unter Kaiser Caligula einen Obelisken aus der Provinz Aegyptus (Ägypten) nach Roma gebracht hatte.

„Sieh Vater, dort am Eingang des Hafens steht eine Statue des Gottes Poseidon. In den Händen hält er einen Dreizack und ein Zepter."

„In vielen Häfen des Römischen Reiches bewacht Poseidon die Ein- und Ausfahrt der Schiffe, Daphne. Wie du weißt, ist er der Schutzgott der Meere, der Flüsse und der Erdbeben. Häufig wird seine Skulptur von einem Delfin und einem Seepferdchen begleitet."

Wie der Senator es vorausgesehen hatte, war das Tyrrhenische Meer für diese Jahreszeit zu unruhig, sodass es den Ruderern schwerfiel, den Kurs zu halten. Dunkle Wellen donnerten an die Seiten des Schiffes und schwappten über die Reling. Daphne genoss die frische Seeluft und war kaum davon zu überzeugen, ihre Kabine aufzusuchen, um ihre nass gewordene Tunika zu wechseln.

Die Schiffsroute führte entlang der Westküste, vorbei an Neapolis (Neapel) durch die Straße von Messina, entlang der Ostküste von Sicilia nach Rating, wo sie den Anker warfen. Als das Schiff am Kai festgemacht hatte, kam ein stattlich aussehender Fremder an Deck. Er begrüßte sie mit eleganter, leicht angedeuteter Verbeugung und sagte mit melodischer Stimme:

„Verehrter Senator, ich habe die Ehre Sie im Namen unseres Augustus Maximian auf Sicilia begrüßen zu dürfen. Ich hoffe, Sie hatten eine ruhige Überfahrt, manchmal kann unser Meer tückisch sein."

Der Fremde verbeugte sich ein zweites Mal und stellte sich als Gast des Kaisers mit Namen Gaius Antonius Rufus Vitruv vor. Der Mann betonte, dass es ihm nicht nur eine Ehre, sondern ein Vergnügen sei, die hochverehrten Gäste zu ihrem Reiseziel zu begleiten.

Nachdem ihr Gepäck verstaut war, wurden sie unter dem Schutz kaiserlichen Soldaten und dem Beifall Schaulustiger, die die staubigen Wege säumten, in das nahegelegene Haus des Provinzstatthalters geleitet. Vor der Weiterreise ins Landesinnere würden sie dort eine Erfrischung zu sich nehmen.

In Vertretung des Statthalters, der auf einer Inspektionsreise auf der Insel Sardinia (Sardinien) weilte, begrüßte sie sein Stellvertreter. Ungeübt im Umgang mit kaiserlichen Gästen wedelte er mit ständigen Verbeugungen aufgeregt um sie herum. Im triclinium waren alle Köstlichkeiten Sicilias aufgetischt. Daphne beteiligte sich wenig an der munteren Unterhaltung. Denn sie erkannte, dass es sich bei dem Fremden um den Mann handelte, von dem ihr Vater ihr am Abend vor ihrer Abreise erzählt hatte, der Mann, der sie heiraten wollte.

Vitruv, ein entfernter Verwandter und Jugendfreund Kaiser Maximians aus der Provinz Pannonia, hatte sich über die Militia equestris, die ritterliche Laufbahn, in der Armee hochgedient und deren vier Rangstufen durchlaufen. Zuletzt kämpfte er unter dem Oberkommando Kaiser Maximians als praefectus alae milliariae (Kommandant einer Reitereinheit von 1000 Mann) gegen die Germanen an den Grenzen von Gallia. Mit Kaiser Diocletian hatte er am Denuvius gegen die Goten gekämpft. Kaiser Maximian war im April des Jahres 286 von Kaiser Diocletian zum Augustus des Westens ernannt worden. Beide Augusti planten, Vitruv im Jahr 288 zum Statthalter der neu geschaffenen Provinz Belgica prima zu ernennen.

Auf Daphne wirkte Vitruv wie ein Wesen aus einer anderen Welt;, er glitzerte und schimmerte, wie sie es noch nie bei einem Menschen wahrgenommen hatte. Für den Rest der Reise sah sie verwirrt auf ihre Füße und brachte entgegen ihrer Gewohnheit kaum ein Wort heraus. Erst am Abend, als sie endlich in ihrem komfortablen Bett lag, beruhigte sich ihr Herz.

Nach dem köstlichen Mahl, von dem Daphne nur Häppchen zu sich nahm, verließen sie mit vielen höflichen Dankesbezeugungen ihren erleichterten Gastgeber. Unter Hurrarufen der Bevölkerung stiegen sie in die bequemen kaiserlichen Reisewagen und fuhren über die vortrefflich ausgebaute Via Publica, die von Rating nach Agrigentum (Agrigent) führte. Bei Castrum Hennae (Enna) verließen sie die Straße, und befestigte Wege führten sie ins Landesinnere. Nach mehr als dreißig Kilometern bogen sie in eine Allee ein, die sie an ihr Ziel brachte.

Die Villa Kaiser Maximians stand unterhalb des Hügels Monte Mangone, der auf einem halbkreisförmigen Plateau am linken Hang eines kleinen Tals lag, durch das der Fluss Gela floss.

Geschickt hatte der Architekt die Hanglage der Terrains ausgenutzt und den Bau über drei Ebenen errichtet. Als Erstes sah man die Thermen, erbaut in der gleichen axillaren Abfolge wie die von Roma.

Der Senator und Daphne stiegen aus, und Vitruv geleitete sie zu dem monumentalen dreitorigen Eingang, in dessen Nischen Wasserbecken eingelassen waren und Seerosen schwammen. Das mittlere Tor führte zu einem mit Marmorsäulen eingefassten Hof mit einem Boden, den ein zweifarbiges Mosaik in Schuppenmusterung schmückte. In der Mitte des Hofes stand ein quadratischer Springbrunnen, aus dem Fontänen in die Luft stiegen. Hier kam ihnen der Haushofmeister des Kaisers mit Namen Plautus entgegen, ein kleingewachsener schmächtiger Mann, dessen leicht nach vorn gebeugter Oberkörper die dienende Haltung seines Amtes angenommen hatte. Während er sich mehrmals tief verbeugte, begrüßte er sie leise mit hoher Stimme im Namen seines Herrn.

Wenige Jahre zuvor hatte Kaiser Maximian Plautus in der Provinz Hispania kennengelernt. Schnell erkannte er die Fähigkeiten des Sklaven, kaufte ihn seinem Besitzer, dem römischen Statthalter der Provinz, für wenig Geld ab und rettete ihn damit vor der Kreuzigung. Plautus hatte sich des Mordes an einem Nebenbuhler schuldig gemacht: Ein Streit um die Gunst eines zarten Knaben eskalierte, und kurzerhand erschlug Plautus den Mann mit der Axt. Kaiser Maximian setzte ihn in seiner Residenz in Mediolanum als Haushofmeister ein und wirbelte damit die Hierarchie innerhalb der Dienerschaft kräftig durcheinander denn

viele der altgedienten Höflinge hatten sich auf das einfluss-
reiche Amt Hoffnung gemacht. Bis zu seinem frühen Tod,
der ihn durch das Messer eines Lustjungen in einem dunklen Nebenzimmer einer Spelunke in Roma ereilte, war
Plautus seinem Herrn treu ergeben. Überall spitzte er für
Maximian seine Ohren, und nicht nur die Sklaven fürchteten ihn. Auch Eutropia, Maximians Ehefrau, und sein
Sohn Maxentius, ein wilder Junge mit schielendem Blick,
der selten vor etwas Angst hatte, bemühten sich Plautus
nicht zu verärgern.

Jetzt ließ Plautus es sich nicht nehmen, die verehrten Gäste
in ihre Zimmer im Gästetrakt der Villa zu geleiten, wo sie
Gelegenheit erhielten, sich von der anstrengenden Reise zu
erholen.

Am frühen Abend holten sie prächtig gekleidete Haussbla-
ven aus ihren Gästezimmern ab. Sie geleiteten sie durch
das Peristylium, einem von Säulen umgebenen Hof, und
weiter durch einen Innenhof. Dann durchquerten sie den
„Wandelgang der großen Jagd“, der aufwendig mit Jagd-
szenen ausgeschmückt worden war, und gelangten in den
Audienzsaal der Villa. Der rechteckige Raum endete an der
Kopfseite in einer Apsis, in der eine marmorne Statue des
Herkules stand.

Kaiser Maximian empfing sie sitzend auf einem Thron in
der Apsis, deren Fenster reich verzierte Lünetten (Bogen-
felder) schmückten. Tiefer neben ihm standen seine Ehefrau Eutropia und ein großer freundlich lächelnder Mann,
dessen ausdrucksvolle Präsenz nur Maximian in den Hintergrund treten ließ. Als der Senator und Daphne dem
Kaiser die Ehre erweisend sich auf die Knie niederließen,
um den Saum der kaiserlichen Tunika zu küssen, erhob

sich Maximian und half dem Senator, sich wiederaufzurichten.

„Mein lieber Freund, ich bitte Euch, lassen wir die Förmlichkeiten, wir sind hier unter uns. Meine Frau und ich freuen uns, dass Ihr den Weg in unsere kleine Sommerresidenz gefunden habt, um mich auf der Jagd zu begleiten. Aber ich vermisse Eure verehrte Frau, sie ist doch eine Berühmtheit. Wer hätte gedacht, dass unser verehrungswürdiger Kaiser Gallienus nicht nur seine kluge Salonina zu schätzen wusste, sondern auch die Vorzüge frischer junger Mädchen kennengelernt hat. Meine Eutropia hat sich sehr gefreut, den Spross der Lenden unseres Gallienus, ihre verehrte Gemahlin, kennenzulernen.“

Mit dröhnendem Lachen klopfte sich der Kaiser auf die Schenkel, während Eutropia peinlich berührt zur Seite blickte. Der Senator überging die Anspielungen auf die kaiserliche Herkunft von Olympia und bedankte sich mit einer tiefen Verbeugung für die Einladung.

„Imperator, ich bedaure außerordentlich und bitte Euch untertänigst um Verzeihung, dass meine Ehefrau nicht hier sein kann. Sie fühlt sich durch Eure Einladung hochgeehrt. Meine Frau ist seit Jahren leidend, und ihre angegriffene Gesundheit gestattet es ihr nicht, in dieser heißen Jahreszeit die lange Reise zu bewältigen. Ich überbringe Ihnen und Ihrer verehrten Frau Gemahlin ihre Grüße und ihr Bedauern, nicht hier sein zu können.“

„Dann wird sich meine Eutropia allein amüsieren müssen, während wir auf die Jagd gehen, Senator. Aber wer ist denn die Schönheit neben Euch, Eure jugendliche Konkubine?“

„Imperator, darf ich Ihnen mein einziges Kind, meine Tochter Daphne, vorstellen, sie ist überglücklich hier sein zu dürfen."

„Meine Liebe", sagte der Kaiser und wandte sich Daphne zu, „ich hoffe, das Meer war Euch wohlgesonnen und Ihr habt die Reise gesund überstanden. Ihr seht mir weitaus kräftiger aus als Eure verehrte Frau Mutter."

Der Kaiser lachte dröhnend.

„Abgesehen vom illyrischen Blut, das unvergleichlich ist, verbessert ein guter Schuss kräftigen latinischen Blutes jedes Geschlecht, auch Göttliches. Jetzt zu wichtigeren Dingen: Hat mein Freund Gaius Antonius Rufus Vitruv Euch interessant unterhalten?", fragte leicht lächelnd der Kaiser, als wenn er sie foppen wollte.

Daphne, die die Anspielung auf die Herkunft ihrer Mutter eines Kaisers für unwürdig hielt, antwortete schnippisch:

„Imperator, ich bedanke mich für die Einladung. Um ihre Fragen zu beantworten: Ja, die See war ruhig und die Reise hat mich nicht angestrengt. Was Herrn Vitruv betrifft, er empfing uns auf das Freundlichste. Ob er unterhaltsam ist, konnte ich bisher nicht feststellen."

„Mir dünkt, hier ist eine junge Dame mit schneller Zunge. Sie wird genügend Zeit bekommen, die vielen Vorzüge meines alten Freundes kennenzulernen", antwortete Maximian hintergründig lächelnd.

„Senator, hattet Ihr Gelegenheit, Euch mit Constantius, einem anderen guten Freund und Gefährten aus meinen Jugendtagen in Illyrien, bekannt zu machen?"

Maximian zeigte auf den imposanten Mann, der vortrat und sich verbeugte.

„Wir haben Großes mit ihm vor, wenn er klug handelt. Aber genug der Konversation, ich habe einen Bärenhunger. Eutropia, mein Häschen, ich hoffe, du hast dafür gesorgt, dass etwas Ordentliches auf den Tisch kommt."

Mit diesen Worten stand der Kaiser auf, klopfte seiner Frau auf das prächtig entwickelte Hinterteil und bot Daphne galant die Hand. Die kleine Gesellschaft ging durch lange Flure mit Mosaikfußböden und bemalten Wänden in das declinicum. Während des zehngängigen Banketts drehte sich die Unterhaltung hauptsächlich um die Jagd, die am morgigen Tag bei Sonnenaufgang beginnen sollte.

Daphne lag auf dem Ehrenplatz neben dem Kaiser, der ihrer Mutter zugedacht war. Sie fühlte sich unwohl neben Maximian, der sie nicht weiter neckte, sondern sie nicht beachtete.

Wie Daphne im Audienzsaal bemerkt hatte, versteckte Maximian seine einfache Herkunft nicht. Mehrmals trafen ihn die strafenden Augen seiner Frau, die eingerahmt zwischen Vitruv und Constantius ihm gegenüberlag: Dröhnend lachte er auf seine zweideutigen Witze am meisten oder verschmähte das Messer beim Zerkleinern der Braten. Den gesamten Abend klopfte Daphnes Herz. Sie wagte nicht, Vitruv anzuschauen, der, ohne sie aus den Augen zu lassen, sich ruhig mit Eutropia und Konstantin, dem dreizehnjährigen Sohn von Constantius, unterhielt. Wie Philomena von der Dienerschaft erfahren hatte, stammte Konstantin aus einer eheähnlichen Verbindung mit einem Schankmädchen mit Namen Helena aus dem kleinasiatischen Bithynia. Seit einiger Zeit drängte Kaiser Maximian Constantius, sich aus dynastischen Gründen von Helena zu trennen und seine Stieftochter Theodora aus einer früheren Beziehung von Eutropia zu ehelichen. Constantius, ein Mann mit zuvorkommender Art, weigerte sich bisher, Helena, mit der er seit Konstantins Geburt zusammenlebte, zu verlassen. Theodora, eine ältliche Jungfrau mit hervorstehenden Augen, fliehendem Kinn und plumper Gestalt, lag neben Konstantin und sah immer wieder hoffnungsvoll in Richtung Constantius. Aufmerksam beobachtete Konstantin die Gesellschaft aus altklugen Augen. Nur wenn Vitruv das Wort an ihn richtete, hellte sich sein Blick auf, und er antwortete mit lebhafter Gestik und Mimik.

Als Daphne am Abend todmüde in ihrem komfortablen Bett lag, konnte sie nicht entscheiden, ob ihr Vitruv gefiel oder nicht. Wenn sie daran dachte, dass sie ihn morgen wiedersehen würde, fühlte sie ihr Herz hart in der Brust schlagen und ihr Atem ging schnell. Philomena, die sie ins Vertrauen zog, fand ihn ausgesprochen gut aussehend: Seine große, schlanke Erscheinung, der schmale Kopf mit den schwarzen Haaren, die prägnante gebogene Nase und die glühenden dunkelbraunen Augen, die funkelten, wenn der schmallippige Mund sich zu einem kaum wahrnehmenden Lächeln verzog. Vitruv strahlte etwas aus, das Daphne nicht kannte und ihr Angst machte.

Zu ihrer Enttäuschung sah sie Vitruv in den nächsten Tagen nur abends beim Essen, bei dem die Gespräche sich hauptsächlich um die Jagderfolge des Kaisers drehten. Wenn die Gäste Maximian genug gewürdigt hatten, speziell auf die Verehrung seiner Eutropia legte er Wert, trug der Hofpoet Panegyrici (Lobreden) vor: Sie verglichen Maximian mit Herkules und dessen Heldentaten, wobei die

Erfolge des Kaisers mindestens als ebenbürtig gepriesen wurden.

Manchmal nahmen der Kaiser und seine männlichen Gäste die Abendmahlzeit ohne die Damen ein, um ungestört über die kaiserlichen Zukunftspläne für das Römische Reich zu sprechen: Zu Beginn des Jahres 286 hatte Kaiser Diocletian begonnen, eine landesweite Verwaltungsreform durchzuführen und die römischen Provinzen neu geordnet. Belgica teilte er auf in die Provinzen Belgica I und Belgica II. Belgica I (Belgica Prima) lag rund um die Mosella (Mosel) mit der Hauptstadt und Kaiserresidenz Augusta Treverorum, seit Jahren Sitz des gallischen Finanzprokurators, dessen Amtsbereich die Provinzen Gallia, Briannia (Großbritannien) und Hispania umfasste. Belgica II (Belgica Secunda) reichte von der Provinzhauptstadt Remorum Civitas (Reims) bis zum Ärmelkanal. Beide Belgica bildeten mit den bisherigen Provinzen Lugdunensis, Germania superior und inferior, Sequana, Alpes Graiae und Poeninae die Diözese Gallia, die der Praefectus praetorio Galliarum, der Prätorianerpräfekt von Gallia, leitete. Seine Residenz sollte ab 318 in Augusta Treverorum sein.

Weiterhin planten die Kaiser, Roma mit einer neuen Therme zu verschönern, die mit noch größeren, noch glanzvolleren Mosaikfußböden und Statuen ausgestattet werden sollte als die Therme des Caracallas. Außerdem gab es den Plan, die von einem Brand zerstört Curia Senatus (Senatsgebäude) wiederaufzubauen.

Zu später Stunde beglückten Schauspielerinnen die Herrenrunde. Die schönen jungen Frauen sangen und spielten dazu auf der Lyra, auf Flöten und der Kithra (griechisches Saiteninstrument). Theaterstücke kamen zur Aufführung, man aß gut und viel und trank viel gewürzten Wein. An einem Morgen sah Daphne die Mädchen durch eine Seitentür still das Haus verlassen.

Während die Männer jagten, amüsierten sich die Frauen bei Musik, Gesang und sportlicher Betätigung. Nach anfänglichem Zögern hatte Daphne sich von Eutropia überreden lassen, beim Ballspiel, Wettlauf und gymnastischen Übungen ihre gewohnte Kleidung abzulegen. Wie sie es bei den Frauen in den Caracalla-Thermen gesehen hatte, behielt sie nur das Fascia pectoralis (Brustband) an. Um ihre Hüften schlang sie das subligar(wollenes Hüftband), wie Männer es trugen. Philomena, die ihr bisher vom Ablegen der Kleider mit dem Hinweis auf ihre Jugend abgeraten hatte, runzelte die Stirn und zog sich leise grollend zurück.

Nachmittags besuchte Daphne zusammen mit den Frauen die prächtigen Thermen. Dabei ging es laut zu, Theodora stritt sich ständig mit ihrer Mutter über ihren mangelnden Erfolg bei Constantius.

„Theodora, du dummes Huhn, so eine Gelegenheit bekommst du niemals wieder. Der Mann sieht gut aus, ist freundlich und wird bald zum Caesar ernannt. Er ist deine Zukunft. Anstatt auf deinem dicken Hintern zu sitzen, dich mit Essen vollzustopfen und ihn mit deinen Fischaugen dämlich anzustarren, solltest du ihn beim Essen bedienen und dich dabei vorbeugen, damit er deine schönen Brüste sehen kann. Wie erzählt wird, ist seine Stallmagd von herausragender Schönheit. Nimm dir ein Beispiel an der Kleinen hier", und sie zeigte auf Daphne, „bevor die Woche endet, hat sie sich den attraktivsten Mann von Roma geangelt."

„Mutter, ich kann das Gezeter nicht mehr hören, was soll ich machen, wenn er mich nicht will."

„Dein Stiefvater, unser geliebter Imperator, muss noch einmal mit ihm sprechen. Wenn wir nicht bald einen adäquaten Mann für dich finden, kannst du einen Bauern heiraten."

Nach drei Tagen gesellte sich Konstantin zu den Frauen. Er hatte sich beim Jagen eines Ebers an der Wade verletzt und sah gelangweilt den Vergnügungen der Frauen zu. Still schloss er sich Daphne an, die der einzige Gast in seinem Alter war. Der Junge, der bisher bei seiner Mutter in geordneten Verhältnissen aufgewachsen war, fühlte sich einsam und in der prächtigen kaiserlichen Umgebung unsicher. Hinzu kam, dass er nicht nach Naissus (Nis) zu seiner Mutter zurückkehren würde, sondern am Hofe Kaiser Diocletians in Nikomedia erzogen werden sollte, wie sein Vater eines Abends erzählte. Daphne hatte Mitleid mit dem Jungen, dessen Gesicht viele Pickel verunzierten und der nicht genau wusste, welches seiner langen Gliedmaßen er als Erstes bewegen sollte. Zusammen durchstreiften Daphne und Konstantin den weitläufigen Park des Anwesens und bewunderten die exotischen Fische in den Teichen, die seltenen Tiere in den Gehegen und die kunstvollen Wasserspiele.

Konstantin stellte sich als scharfsichtiger Beobachter heraus, der Daphne zum Lachen brachte, wenn er die Gäste der Jagdgesellschaft imitierte. Beide hatten so viel Spaß miteinander, dass Daphne ihre anstehende Heirat vergaß und der schillernde Vitruv ihre Gedanken nicht mehr beherrschte.

Die folgenden Tage lag Daphne beim Abendessen neben Vitruv, der mit angedeutetem Lächeln und Blicken aus den schwarzen, schweren Augen sie mit Geschichten aus der römischen Gesellschaft unterhielt. Eines Abends rief ihr Vater sie in sein Zimmer und eröffnete ihr, dass Vitruv bei ihm um ihre Hand angehalten hatte.

„Mein liebes Kind, Vitruv hat eine große Zukunft vor sich, der Kaiser plant, ihn zum Statthalter der Provinz Gallia Belgica prima zu berufen. Wer weiß, welche ehrenvollen Aufgaben ihn noch erwarten. Leider entstammt er keiner alten Familie, was deine Mutter gegen eine Verbindung einnehmen wird. Aber er ist ein weitläufiger Verwandter Kaiser Maximians, und Kaiser Diocletian vertraut ihm uneingeschränkt. Ihr werdet Zugang zum Hofe haben, mit allen Ehren und Vorteilen, die das hohe Amt mit sich bringt. Dazu sieht er gut aus, was nicht unwichtig für eine junge Frau ist."

„Vater, heißt das, dass ich, wenn ich ihn heirate, in Gallia leben muss?"

„Ja, und das ist für mich der einzige Wermutstropfen bei der Verbindung, ich werde dich schrecklich vermissen."

Daphne ging im Geiste die Reihe ihrer Verehrer durch, da war keiner, den zu heiraten sie reizte. Es gab jemanden, einen jungen Mann aus guter Familie mit schwarzen dichten Haaren und glänzenden braunen Augen, der aber bisher keinen Versuch unternommen hatte, ihr näher zu kommen. Zum Missfallen von Philomena maior hatte sie ihm mehr als einmal dazu die Gelegenheit gegeben.

„Vater", sagte Daphne und umarmte den Senator, „ich heirate Vitruv. Ich werde dich und Roma schrecklich vermissen, aber ich freue mich darauf, Gallia und Augusta

Treverorum kennenzulernen. Wir besuchen uns mindestens einmal im Jahr, Gallia ist nicht so weit entfernt von Roma wie die Provinzen Africa proconsularis oder Aegyptus."

Am nächsten Tag lud Vitruv Daphne zu einem Spaziergang in den Park der Villa ein. Beide schwiegen, bis er sie bat, sich mit ihm auf eine Bank zu setzen, die an einem der Teiche stand.

„Daphne, ich habe das Einverständnis Eures Vaters Euch zu fragen, ob Ihr meine Frau werden möchtet."

Dabei streichelte er ihr leicht über die unbedeckten Arme.

„Ihr seid ein schönes und vor allem kluges Mädchen, dem es gelingen wird, mich zu akzeptieren, wie ich bin. Ich kann Euch als meine Frau ein ehrenvolles Leben in Luxus bieten. Euer Vater hat Euch berichtet, dass Kaiser Maximian mich zum Provinzstadthalter berufen wird. Gallia hat schwere Jahre mit vielen blutigen und zerstörerischen Germaneneinfällen hinter sich. Es ist mir eine Ehre, dabei zu helfen, es wiederaufzubauen und den Menschen bessere Lebensbedingungen zu schaffen."

„Vitruv, ich freue mich, Eure Frau zu werden. Sollte es sich herausstellen, dass ich es bei den wilden Galliern nicht aushalte, verlasse ich Euch und kehre nach Roma zurück."

Vitruv lachte und streifte mit seinem Mund leicht über ihre Wange.

„Meine Liebe, auch ich gehörte wie unsere geliebten Kaiser vor noch nicht langer Zeit zu den Wilden. Das Römische Reich besteht seit Jahrhunderten aus vielen verschiedenen Völkern, und es werden immer mehr, die Germanen stehen erneut an unseren Grenzen. Alle wollen an unserem

Wohlstand teilhaben. Daphne, du bist zäh und wirst dich schnell an das raue Leben im Norden gewöhnen."

Als Daphne am Abend in ihrem Bett lag, gestand sie sich ein, dass sie enttäuscht war. Was Vitruvs glühende Blicke versprachen, war von ihm bisher nicht eingelöst worden: Der zarte Kuss auf die Wange war etwas mager. Daphne nahm sich vor, bei ihrer nächsten Begegnung ihre Reize spielen zu lassen, vielleicht brauchte der Mann Ermutigung.

Vom Senator und Vitruv über die vereinbarte Verbindung am selben Tag informiert, zeigte sich der Kaiser hoch erfreut.

„Mein lieber Vitruv, dein Glück ist größer als dein Verstand. Eine reiche und gebildete Schönheit aus einer der ersten Familien des Reiches. Ich werde dir zur Hochzeit eine prächtige Stadtvilla in Augusta Treverorum schenken, damit du schnell bei Hofe bist, wenn ich dich brauche."

Glücklich klatschte der Kaiser in die Hände.

„Was jetzt noch fehlt, ist eine geeignete Frau für meinen Freund Constantius. Allerdings kann ich verstehen, dass ihm die Entscheidung schwerer fällt als dir, Vitruv, Theodora ist keine Augenweide. Aber er muss sich entscheiden, oder seine Zukunft wird nicht so glanzvoll sein wie Diocletian und ich uns das vorstellen. Zum Wohle unseres Römischen Reiches planen wir, in nicht allzu ferner Zukunft zwei Cäsaren zu ernennen, einen für den Osten und einen für den Westen. Constantius ist mit seiner Erfahrung als Tribun und Protektor ein guter Kandidat. Bis es so weit ist, wird Diocletian ihn zum Statthalter der Provinz Dalmatiarum (Dalmatien) ernennen, aber nur unter der Voraussetzung, dass er sich mit meiner Familie verbindet."

Befriedigt gab der Kaiser am nächsten Abend die noch inoffizielle Verlobung seiner Stieftochter Theodora mit Constantius bekannt. Die Braut strahlte den Bräutigam an, der gequält den Boden betrachtete. Mit einem Aufschrei rannte Konstantin bei der Ankündigung aus dem Saal und zog sich bis zur Abreise in sein Zimmer zurück. Am selben Abend informierte der Kaiser die versammelte Gesellschaft, dass er die Jagd abbrechen müsse, um nach Gallia zurückzukehren. Ein Bote war mit der Nachricht eingetroffen, dass Germanen den Rhein erneut überschritten hätten und römischen Boden verwüsteten.

Am nächsten Tag verließ der Kaiser in Begleitung Vitruvs Sicilia, ohne dass sich eine Gelegenheit für ein weiteres Zusammentreffen mit Daphne ergab. Auch Constantius reiste ab, um seinen Sohn nach Nikomedia zu bringen. Konstantin, wieder scheu und still, verabschiedete sich linkisch vom Senator und Daphne. Vater und Tochter verbrachten noch einige Tage ungestörten Zusammenseins auf Sicilia, bis sie die Insel verließen. Ein gewaltiger Sturm zwang Daphne, die Fahrt über das Mare nostrum (Mittelmeer) unter Deck in ihrem Bett zu verbringen.

Heirat in Roma 287 n. u. Z.

Zurück in Roma begann die Vorbereitung der Verlobung, die Anfang November stattfinden sollte. Daphne merkte, dass ihre Mutter nicht glücklich über die geplante Verbindung war.

„Liebes Kind, bist du dir sicher, dass du mit dem Mann dein Leben verbringen willst; er ist viel älter als du, und du wirst bei den Wilden leben."

Daphne umarmte ihre Mutter, die zur Überraschung aller Hausbewohner ihr Bett verlassen hatte und in einem Lehnstuhl am Fenster ihres Zimmers saß.

„Mutter, Vitruv ist der faszinierendste Mann, den ich in meinem Leben kennengelernt habe. Außerdem werde ich Zugang zum Kaiserhof in Augusta Treverorum haben, und ich lerne den nördlichen Teil unseres Römischen Reiches kennen. Ich freue mich auf mein zukünftiges Leben."

Kurz kam Olympia der Gedanke, ihrer Tochter zu erzählen, was sie über Vitruvs Liebesgewohnheiten erfahren hatte, aber sie entschied sich dagegen. Ihre Tochter war wie ihr Vater ein durchsetzungsfähiger Mensch, sie würde ihr Leben in der Fremde meistern.

In den folgenden Wochen war Daphne der Mittelpunkt unter ihren Freundinnen, das Getuschel und Gekicher nahm kein Ende. Alle beneideten sie, und sie sonnte sich in der Aufmerksamkeit. Die Verlobung sollte stattfinden, wenn Vitruv vom Kriegsschauplatz am Rhein zurückgekehrt war. Das Haus des Senators brummte vor Aktivität: Die Einladungen mussten abgeschickt werden, und der zuständige Sekretär schwebte wochenlang in Ängsten, ob er nicht vergessen hatte, eine wichtige Persönlichkeit einzuladen.

Von den besten römischen Juristen ließ der Senator, den Ehevertrag aufsetzten: Die Mitgift bestand aus einem Gut mit einer Villa an der Mosella, das zwei Stunden zu Pferd von Augusta Treverorum entfernt lag. Dazu kam eine Million Aurei (römische Münze). Wie üblich würde beim Scheitern der Ehe die gesamte Mitgift an Daphne zurückfallen oder zu dem aktuellen gültigen Wert an sie ausgezahlt werden.

Sollten Kinder der Ehe entspringen, würden die Söhne beim Vater erzogen und die Töchter bei Daphne bleiben, die zusammen mit ihnen nach Roma zurückkehren könnte. Vitruv kam müde und erschöpft aus Gallia zurück. Erst drei Tage nach seiner Rückkehr sprach er im Haus des inzwischen darüber verärgerten Senators vor. Seine vorher schon schlanke Gestalt war noch magerer geworden, und Furchen gruben sich um die Mundwinkel ein. Als er merkte, dass Olympia der Heirat kritisch gegenüberstand, besuchte er sie und Daphne in den folgenden Wochen jeden Tag. Amüsant erzählte er Mutter und Tochter von den fremdartigen Gewohnheiten der Germanen, so dass beide in schallendes Gelächter ausbrachen. Auch jetzt trat Vitruv Daphne nicht näher als in Sicilia, ein hingehauchter Kuss auf die Wange - das war alles.

Obwohl Daphnes Enttäuschung über seine mangelnde Leidenschaft zunahm, entschuldigte sie ihn mit den überstandenen körperlichen Strapazen des Germanenfeldzuges. Philomena blickte oft sorgenvoll auf ihre Herrin, die wenig sprach und stundenlang allein im Garten saß.

Wie bei den ersten Familien von Roma üblich, wurde die Verlobung im großen Stil gefeiert. Kaiser Maximian bedauerte, nicht teilnehmen zu können, da er in Gallia festgehalten wurde. Er schickte seine Ehefrau Eutropia, die zusammen mit einem Freund des Senators Zeugin war, als das Paar die offizielle Zustimmung zu der Verbindung gab. Vitruv steckte Daphne einen Ring mit einem riesigen Smaragd an den vierten Finger der linken Hand. Außerdem schenkte er ihr eine Kette mit passenden Ohrringen aus kirschgroßen gleichmäßigen Perlen mit rosafarbenem Lüster. Daphne überreichte ihm ein antikes Schwert aus dem Besitz ihres Großvaters, Kaiser Gallienus. Erst nach mehrmaliger Aufforderung des Senators, das Schwert als Hochzeitsgeschenk zur Verfügung zu stellen, schließlich handelte es sich um die Hochzeit ihrer einzigen Tochter, hatte Olympia es schweren Herzens herausgegeben

Das Fest dauerte bis in die frühen Morgenstunden: Eine lukullische Köstlichkeit folgte der nächsten, Musikanten spielten auf, Sänger besangen die Schönheit der Braut und die Tapferkeit des Bräutigams, und die teuersten Schauspieler des Reiches trugen Liebesgedichte griechischer Philosophen vor.

Zwei Wochen später verließ Vitruv Roma in Richtung Augusta Treverorum, um am 1. Januar 287 an den Feierlichkeiten aus Anlass des Konsularantritts Kaiser Maximians teilzunehmen. Auch wollte er die Instandsetzung des Anwesens an der Mosella überwachen und den Bau des Stadthauses in Augusta Treverorum vorantreiben. Die Hochzeit war für den 30. April 287 angesetzt. Sofort danach plante er mit Daphne abzureisen, um rechtzeitig zu seiner Einsetzung in das Amt des Provinzstatthalters im

Juni Augusta Treverorum zu erreichen. Die Hochzeit fand in kleinerem gesellschaftlichem Rahmen als die Verlobung statt. Der Gesundheitszustand von Olympia hatte sich wieder verschlechtert. Sie lag ständig matt in ihrem Bett, und außer Daphne durfte nur ihre Amme Philomena sie bedienen.

Der Senator tobte; denn er hatte eine große Hochzeit für seine einzige Tochter geplant, die so glänzend in die erste Familie des Reiches einheiratete. Er bat und drohte, aber Olympia erklärte sich nicht bereit, ihr Zimmer auch nur für die Hochzeitszeremonie zu verlassen.

Am Abend vor der Hochzeit legte Daphne ihre Kleider ab und opferte sie mit ihren Puppen und Spielsachen der Göttin Venus auf dem Hausaltar ihres Elternhauses. Am frühen Morgen des Hochzeitstags frisierte Philomena sie nach römischer Sitte: Sie teilte ihr Haar mit der gebogenen Spitze einer Lanze in sechs Strähnen und flocht sie mit Wollbändern zusammen. Das Hochzeitskleid war extra für diesen Anlass genäht worden. Wie üblich bei einer römischen Braut handelte es sich um eine grade, saumlose Tunika, die ein doppelter Wollgürtel zusammenhielt. Der Gürtel durfte erst von Vitruv geöffnet werden, wenn sie nach der Hochzeitsfeier im Schlafgemach allein sein würden. Daphnes Kopf und Oberkörper bedeckte Philomena mit einem pflaumenfarbenen Schleier. Bekrönt wurde die Braut mit einem Kranz Wiesenblumen aus Verbenen und Majoran, die Daphne am Vorabend auf einer Wiese im Garten gepflückt hatte. Die für diesen Tag angefertigten dunkelgelben Holzsandalen drückten, und Daphne beschloss, sie gleich nach der Zeremonie auszuziehen. Am späten Vormittag des Hochzeitstages traf Vitruv im Haus des Senators ein. Er trug eine schneeweiße Toga und sah nach Meinung aller anwesenden Damen wie ein junger Gott aus. Vitruv küsste Daphne zur Begrüßung galant die Hand. Um das Wohlwollen für eine lange Ehe mit einer großen Nachkommenschaft zu erbitten, opferten sie gemeinsam den Hausgöttern ein Schwein und ein Rind. Bei der Hochzeitszeremonie vertrat Kaiserin Eutropia wie bei der Verlobung Kaiser Maximian, der in Gallia durch einen erneuten Einfall der Germanen festsaß.

Im mit Blumen prächtig geschmückten Prunksaal des Stadthauses erwartete ein Priester das Brautpaar. Helena, die beste Freundin ihrer Mutter, führte Daphne vor den Altar, wo Vitruv sie erwartete. Beide nahmen auf zwei mit einem Schafsfell verbundenen Sesseln Platz. Nach der Begrüßung durch den Priester reichten sich Daphne und Vitruv die Hände und sprachen nacheinander die gegenseitige ewige Treueverpflichtung nach, die der Ehevertragszeuge ihnen vorsprach. Als Letztes sprach Daphne die Worte: „Wo du bist, will auch ich sein".

Nach der Zeremonie beglückwünschte Olympia als Ehrengast als Erste das Brautpaar. Leicht umarmte sie Vitruv, tippte ihn auf die Schulter und sagte:

„Lieber Vitruv, du hast großes Glück, Daphne als Ehefrau zu bekommen. Sie ist jung und schön und bringt eine ansehnliche Mitgift mit. Zeige dich dieses Glückes für würdig."

Während sie Daphne umarmte, flüsterte sie ihr ins Ohr:

„Liebes Kind, ich wünsche dir so viel Glück, wie ich es erleben durfte."

Die anschließende Feier dauerte entgegen römischer Sitte nur bis kurz nach Mitternacht, Vitruv wollte bereits am nächsten Tag nach Augusta Treverorum abreisen. Bevor Daphne ihr Elternhaus verließ, um in das Haus ihres Ehemannes auf dem Paladin zu ziehen, suchte sie das Zimmer ihrer Mutter auf, um sich zu verabschieden. Olympia hielt nur mühsam ihre Tränen zurück.

„Daphne, versprich mir, dass du sofort nach Roma zurückkehrst, wenn Vitruv dich nicht als seine Ehefrau und Mutter seiner Kinder ehrt."

„Mutter, wir haben in den letzten Wochen oft darüber gesprochen, ich weiß, was ich tue. Ich werde ein aufregendes Leben in Augusta Treverorum führen, und Vitruv wird gut zu mir sein - ich bin sicher."

Mit einer Fackelprozession brachte der Brautzug, der aus drei Brüdern von Daphnes Freundinnen, deren Eltern noch lebten, bestand, Daphne im Wagen in das Haus ihres Ehemannes. Die alte Philomena, die Daphne auf Anweisung von Olympia begleitete, trug für sie eine Spindel und einen Rocken als Symbol ihrer Aufgabe als Frau des Hauses.

Daphnes Zuhause in Roma, eine fürstliche Villa am Hang des Palatins, war ein Geschenk Kaiser Maximians. Vitruv bewohnte das Anwesen, seit er sich in Roma niedergelassen hatte. Wie die Sitte es gebot, bestrich Daphne den Türpfosten ihres Heimes mit Fett und umwickelte ihn mit wollenen Binden. Mit Schwung hob Vitruv Daphne hoch und trug sie über die Schwelle in das Haus. Im Atrium erwartete sie Vitruvs uralte Amme, die auf seinen Wunsch die lange und beschwerliche Reise von Illyrien auf sich genommen hatte. Als Symbol für Daphnes Würde als mater familias, Mutter der Familie, überreichte die Amme ihr

Wasser und Feuer. Damit war Daphne in die Hausgemein-schaft und in die Obhut der Hausgötter aufgenommen.

Reise nach Augusta Treverorum 287 n. u. Z.

Am nächsten Morgen verließen Daphne und Vitruv Roma zusammen mit vielen Sklaven und Wagen, in denen unter Aufsicht Philomenas Daphnes Aussteuer verpackt worden war.

Benommen ging Daphne zu ihrem Reisewagen. Sollte das alles gewesen sein, worüber sie mit ihren Freundinnen dicht aneinandergeschmiegt viele Nächte heimlich getuschelt hatte?

Nachdem Philomena sie am Vorabend verlassen hatte, war Vitruv schwankend ins Zimmer getreten und sagte lallend: „Dann wollen wir mal."

Er löschte das Licht, öffnete den Gürtel ihrer Tunika, wies sie an, sich zu entkleiden und sich zu ihm in das Bett zu legen. Dann drehte er sie, ohne ein Wort zu sagen, um und stellte sie auf die Knie. Bevor sie merkte, was geschah, war er in sie eingedrungen und stieß wie ein Stier immer wieder in sie hinein. Es tat höllisch weh, und sie versuchte, sich ihm zu entziehen. Aber es gelang ihr nicht: Mit einer Hand hielt er ihren Hals umklammert, sodass sie kaum Luft bekam. Nach wenigen Minuten war ihre Qual beendet. Vitruv stand auf, sah gleichgültig auf sie hinunter und verließ das Zimmer mit den Worten:

„Ich schicke dir Philomena."

Erstarrt sah Daphne auf ihre mit Blut verschmierten Schenkel und nahm wie durch einen Schleier wahr, dass ihr ganzer Körper schmerzte, besonders ihr Anus.

„Wo waren die Götter, als der Herr zu Euch kam, haben wir ihnen nicht genug gegeben", schimpfte Philomena, als sie Daphne zitternd im Bett liegen sah.

„Armes Lämmchen, hat die Herrin doch Recht gehabt! „
Vorsichtig wusch sie Daphne, bezog das Bett frisch und blieb bei ihr sitzen, bis sie eingeschlafen war. Als Daphne sich am nächsten Morgen von Philomena verabschiedete, sagte sie zu ihr:

„Du wirst meiner Mutter nichts von der letzten Nacht erzählen, ich will sie nicht beunruhigen. Vitruv hat zu viel Wein getrunken; ich bin sicher, dass so etwas nicht wieder vorkommen wird."

„Lämmchen, ich werde den Göttern jeden Tag opfern und sie anflehen, dass sie dafür Sorge tragen, dass dein Leben schön wird. Am liebsten würde ich mitkommen, um dir in der fernen Provinz beizustehen. Aber ich muss bei deiner kranken Mutter bleiben, sie braucht mich. Du bist jung und stark, es wird dir gelingen, einen Weg zu finden, mit deinem Ehemann in Frieden zu leben. Meine kleine Philomena wird dich begleiten und dir zur Seite stehen. Sie ist ein dummes Ding, aber mit ihrer Unterstützung wird es in der Fremde weniger einsam sein."

Als Daphne in den Reisewagen steigen wollte, trat Vitruv an sie heran und versuchte sie, auf die Wange zu küssen. Entsetzt wich sie zurück, und er sah verlegen auf den Boden, wie es nicht seine Art war.

Der Himmel war verhangen, es roch nach Regen, und für die frühe Morgenstunde war es für die Jahreszeit zu kühl. Die Reise würde sie erst einmal nach Arleate (Arles) bringen, wo sie im kaiserlichen Palast des Augustus Maximian einige Ruhetage verbringen würden. Weiter würde ihr Weg sie über Lugdunum (Lyon) an der Saone nach Cabillonum (Challon sur Saone) führen. Von dort weiter über Castrum Rauracense (Kaiseraugst) nach Augusta Treverorum. Vitruv hatte beschlossen, auf dem Weg nach Norden bei eigenen und Freunden des Senators zu übernachten, um Daphne die Unbequemlichkeiten der kaiserlichen Posthäuser zu ersparen. Die erste Nacht verbrachten sie bei Senator Caius Julius Optatus, einem Jugendfreund des Senators. Die alteingesessene Familie, die ihre Vorfahren bis auf Caesar zurückverfolgen konnte, empfing sie herzlich, lächelte versteckt über Daphnes bleiche Gesichtsfarbe und stellte ihnen die schönsten Räume ihres weitläufigen Landgutes zur Verfügung. Nach einem opulenten Essen, von dem Daphne kaum etwas zu sich nehmen konnte, erwartete sie ängstlich ihren Ehemann in ihrem Bett. Wenig später betrat Vitruv das Zimmer, trat an das Bett und sagte leichthin:

„Ich denke, wir sollten uns heute Nacht ausruhen, die letzten Tage waren anstrengend."

Dann beugte er sich zu Daphne herunter, die krampfhaft das Laken festhielt, das sie bis zu ihrer Nasenspitze heraufgezogene hatte, strich ihr leicht über das Haar und verließ das Zimmer. Daphne, die vor Aufregung die Luft angehalten hatte, atmete erleichtert aus, sprang aus dem Bett und verriegelte die Tür. Aus dem kleinen Raum, der neben ihrem Zimmer lag, kam Philomena minor herausgelaufen. Sie hatte sich dort ein schmales Nachtlager gerichtet, um Daphne zur Hilfe zu kommen, falls es notwendig werden würde.

„Herrin, für heute haben wir Ruhe, können uns erholen und beruhigt schlafen; was morgen sein wird, werden wir sehen."

Sie deckte Daphne zu, wünschte ihr eine gute Nacht und verschwand.

Am nächsten Morgen war der Regen weitergezogen, und die Sonne schien strahlend in das Zimmer. Daphne fühlte sich besser. Die Schmerzen in ihrem Bauch und am Gesäß waren kaum noch zu spüren, und ihr Lebensmut kehrte langsam zurück. Nach einem kleinen Frühstück verließen sie ihre freundlichen Gastgeber und fuhren bis tief in die Nacht hinein in Richtung Norden.

Die folgenden zwei Tage und Nächte verbrachten sie in der Sommervilla eines Freundes Vitruvs, die an einem dunklen See lag. Ein hoch aufragendes Alpenmassiv, dessen Spitze schon von Schnee bedeckt war, grenzte an den See. Am letzten Abend ihres Aufenthalts gab der Hausherr für das frisch vermählte Paar ein rauschendes Fest, zu dem viele gemeinsame Freunde geladen waren. Vitruv kam spät in der Nacht in Daphnes Schlafzimmer, nachdem er mit seinen männlichen Freunden gezecht hatte. Er kleidete sie schweigend aus, spreizte ihre Beine, legte sich auf sie und drang vorsichtig in sie ein. Nach wenigen, kurzen Stößen rollte er sich zur Seite, deckte sie zu, strich ihr über das Haar und verließ wortlos den Raum. Daphne atmete durch und rief Philomena.

„Herrin, meine Großmutter sagt immer, die Ehe ist nicht für das Herz gemacht, sondern für den Fortbestand der Familie. Bekommt schnell viele Kinder, dann habt Ihr Eure Verpflichtung gegenüber den Ahnen und den Göttern erfüllt und könnt Eure Nächte leben, wie Ihr wollt. Wer weiß, vielleicht werdet Ihr dann Freude an der Liebe finden."

„Ach Philomena, in Sicilia war er anders - höflich, freundlich und an meinen Gedanken interessiert."

„Soweit ich mich erinnere, hat er auch dort wenig geredet; er hat Euch interessiert zugehört, schien es, und mit seinen schönen Augen vielsagend geguckt."

In dieser Nacht schlief Daphne tief und wachte am nächsten Morgen erfrischt auf. Zwei ihrer wesentlichen Charaktereigenschaften - Optimismus, gepaart mit Kaltblütigkeit - Wesensarten, die ihr in ihrem zukünftigen Leben über Schicksalsschläge hinweghelfen würden, ließen sie an diesem Morgen hoffen, dass sie lernen würde, mit ihrem seltsamen Ehemann zusammenzuleben. Aber nur unter der Voraussetzung, dass alle folgenden Nächte wie die vorherige sein würden. Viele interessante Dinge warteten auf sie: Ihre Familie war eine der ersten des Reiches, Vitruv und sie würden bei Hofe verkehren und seine vielfältigen Lustbarkeiten erleben. Wie in ihrem Elternhaus würden sie in ihren prächtigen Villen interessante Menschen zu Gast haben und sie mit exquisiten Banketten bewirten. Und schon bald würde sie viele schöne Kinder gebären, auf die große Aufgaben und hohe Ränge im Römischen Reich warteten. Bei all diesen prächtigen Aussichten war ein wenig gesprächiger und grober Ehemann, der außerdem häufig als Statthalter in der Provinz auf Reisen sein würde, nicht von Belang. Für den Rest der Reise war Daphne das fröhliche Mädchen, das sie vor ihrer Hochzeit gewesen war. Sie nahm wieder ihr Tagebuch hervor und vertraute ihm ihre Gedanken und Erlebnisse an. Es war der fünfte Kodex in Folge, alle aus Pergamentblättern, die als Block gefaltet zwischen zwei Holzbrettchen eingeklemmt waren. Seit sie in ihrem achten Lebensjahr von ihrem Vater die lateinische Sprache schreiben gelernt hatte, hielt sie täglich ihre kindlichen Gedanken und Erlebnisse in ihrem Tagebuch fest. Nur Vitruvs schändliches Verhalten fand keinen Eingang in das Buch. Es tat ihr zu weh, und insgeheim war ihre Enttäuschung so groß, dass es ihr nicht gelang, sie in Worte zu fassen.

Während ihrer Weiterfahrt in den Norden genoss sie den Anblick der Landschaften aus dem Fenster ihres Reisewagens und freute sich über die Ehrerbietung, die ihrem Ehemann und ihr an allen Orten entgegengebracht wurde. Vitruv kam jede Nacht in ihr Bett, erledigte seine ehelichen Pflichten ohne ein Wort, verließ sie sofort danach und ging in sein Zimmer. Am Tage sah sie ihn nur zu den Mahlzeiten. Dann plauderte er charmant mit ihr und ihren Gastgebern wie in ihrer Verlobungszeit. Manchmal schien es ihr, dass ihm ihre lebhafte Beteiligung an den Tischgesprächen missfiel. Er sah dann unter sich, seine Augen wurden zu schwarzen Schlitzen, und er trommelte mit den Fingern nervös auf den Tisch. Noch bevor sie Augusta Treverorum erreichten, erkannte Daphne, dass sie ein Kind erwartete. Sie konnte es kaum abwarten, Vitruv die freudige Nachricht mitzuteilen. Als er abends in ihr Zimmer kam, sagte sie: „Vitruv, ich …"

Barsch unterbrach er sie:

„Ich kann ewig plappernde Weiber nicht leiden und gar nicht im Bett. Halte endlich deinen Mund!"

„Aber ich will dir nur …", begann Daphne.

Daraufhin stieg Vitruv mit krebsrotem, wutverzerrtem Gesicht aus dem Bett, nahm seine Reitpeitsche, die er immer bei sich trug, vom Tisch und schlug so lange auf Daphne ein, bis Philomena ihr Schreien im Nebenzimmer nicht mehr aushielt und herausgestürzt kam, obwohl er ihr streng verboten hatte, das Zimmer zu betreten, solange er es nicht verlassen hatte. Während Philomena versuchte, Daphne mit ihrem Körper vor den Peitschenhieben zu schützen, schrie sie:

„Herr, Herr, das Kind, Ihr tötet das Kind."

„Meine Frau ist kein Kind, und ich schlage sie, solange ich will, geh! ."

„Herr, Eure Ehefrau erwartet ein Kind."

Es dauerte eine Weile, bis Vitruv den Sinn von Philomenas Worten verstand und von Daphne abließ. Verwirrt sah er erst Philomena und dann Daphne an und verließ unter Flüchen das Zimmer.

Philomena nahm Daphne in den Arm und wiegte sie wie ein Kind.

„Herrin, ihr müsst Euch von eurem Ehemann trennen und nach Roma in Euer Elternhaus zurückkehren, er ist wie ein Tier, er kann sich nicht beherrschen."

In diesem Augenblick wich Daphnes Traurigkeit über die mangelnde Zuneigung und Ehrerbietung ihres Ehemannes aus ihrem Herzen und machte einer ungeheuren Wut Platz.

„Philomena, wenn wir in Augusta Treverorum sind, werde ich zum Kaiser gehen und mich beschweren, er muss Vitruv bestrafen."

„Herrin, Ihr gehört Eurem Mann, er darf Euch prügeln, solange und so viel er will, der Kaiser kann nichts für Euch tun. Schreibt lieber Eurem Vater, er wird nicht zulassen, dass sein kleiner Liebling gequält wird."

Am nächsten Tag, vor der ersten Mahlzeit, klopfte es an Daphnes Tür und Antiochios, Vitruvs Sekretär betrat das Zimmer. Er war nicht nur jung und schön, sondern auch klug, wie Daphne auf der Reise bemerkt hatte.

„Mein Herr schickt mich, Euch dieses Geschenk zu übergeben. Er lässt Euch ausrichten, dass er hocherfreut ist, dass Ihr seinen Sohn tragt."

Philomena, die sich schützend vor Daphne gestellt hatte, nahm die Schatulle und reichte sie Daphne, die sie öffnete und einen kurzen Blick auf den Ring mit einer pflaumenkerngroßen rosafarbenen Perle warf. Dann wandte sich Philomena dem Sklaven zu und antwortete:

„Richtet Eurem Herrn aus, dass meine Herrin ihm für das Geschenk dankt. Richtet ihm weiter aus, dass meine Herrin leidend ist und in den nächsten Tagen das Bett nicht verlassen kann. Wir werden Euch benachrichtigen, wenn sie die Reise fortsetzen kann."

Als Vitruv von Daphnes Weigerung erfuhr, abzureisen, verfluchte er den Tag, an dem er sich von Kaiser Maximian hatte überreden lassen, nicht nur sie zu heiraten, sondern überhaupt zu heiraten. Es wäre für sein Leben weitaus angenehmer gewesen, auf die Fortsetzung seiner Karriere zu verzichten und sich stattdessen auf seine Güter zurückzuziehen, um sich dort ungestört seinen Leidenschaften hinzugeben. Aber er hatte sich anders entschieden: Die von Kaiser Maximian angebotene Karriere war zu verlockend gewesen. Jetzt war er verheiratet, würde Vater eines Sohnes werden und musste sehen, wie er sein Problem lösen würde. Irgendwie musste er mit der Kleinen fertigwerden. Hoffentlich war seinem Sohn nichts zugestoßen. Noch heute würde er Daphne von der Hebamme ihrer Gastgeberin untersuchen lassen. Auf einmal lachte er so laut heraus, dass der Sklave, der seine Tuniken wegräumte, zusammenfuhr. In diesem Moment war ihm bewusst geworden, dass er seine eheliche Pflicht fürs Erste erfolgreich erfüllt hatte. Jetzt musste er vorerst nicht mehr in das Bett seiner Ehefrau steigen. Sofort besserte sich seine Stimmung, und er rief nach Antiochios, um mit ihm die Thermen seines Gastgebers zu besuchen und hinterher auszureiten.

Fünf Tage nach Vitruvs Gewaltausbruch war Daphne soweit wiederhergestellt, dass sie die Reise nach Augusta Treverorum fortsetzen konnte. Seit dem Zwischenfall hatte Vitruv sich einmal täglich durch seinen Sekretär nach ihrem Befinden erkundigt. Sahen sie sich, gingen sie wie gut erzogene Fremde miteinander um - unverbindlich, höflich und korrekt. Die Mahlzeiten nahmen sie selten gemeinsam ein. Häufig entschuldigte Daphne sich mit Unwohlsein. Besonders morgens konnte sie das Frühstück nicht bei sich behalten, wie viele Frauen in ihrem Zustand.

Als sie nach sechs Wochen ihr neues Zuhause erreichten, hatte Daphne sich über das schändliche Verhalten von Vitruv so weit beruhigt, dass sie beschloss, den Kaiser erst nach der Geburt ihres Kindes aufzusuchen. Auch ihrem Vater wollte sie vorerst nicht schreiben, die Scham verbot es ihr.

Schwangerschaft 287 n. u. Z.

Die Villa an der Mosella übertraf Daphnes Vorstellungen, es war Liebe auf den ersten Blick. Schon von weitem sah man die ländliche Portikus-Villa, die wie ein Schloss auf einer Schotterterrasse des an dieser Stelle breiten Tals der Mosella lag. Ein mit Eichen und Tannen bewaldeter Berghang begann gleich hinter dem Haus und bildete eine schöne Kulisse für das herrschaftliche Anwesen. Morgens leuchtete die auf der gegenüberliegenden Seite des Talufers liegende Hügelkette in allen Farben der aufgehenden Sonne.

Die zweigeschossige Fassade der Villa war einhundertvierzig Meter lang, hatte eine imposante Säulenfront und wurde von zwei dreigeschossigen leicht vorspringenden, massiv gemauerten Eckrisalten (Nebenflügeln) eingerahmt. Den Seitenabschluss bildeten zwei Nebengebäude mit tempelartigem Säulenaufbau. Beidseitig nach Südwesten und Südosten schlossen sich zwei niedrige Wandelhallen mit einer Länge von mehr als zweihundertfünfzig Metern und einer Tiefe von acht Metern an; sie verliefen weit hinein in einen Park, der zu Daphnes Freude verschwenderisch mit Statuen und Wasserspielen geschmückt war.

Über die rechte Wandelhalle erreichte man am äußeren Ende des Parks die Therme. Das fast tausend Quadratmeter große Badhaus verfügte über ein fünfundsechzig Quadratmeter großes Schwimmbecken und sieben Baderäume, von denen drei beheizbar waren. Von ihrem Schlafzimmer im ersten Stock konnte Daphne die Mosella sehen, die an dieser Stelle träge in Richtung Augusta Treverorum floss.

Die nächsten Monate bis zur Geburt ihres Kindes verbrachte Daphne in Begleitung von Philomena. Häufig erkundeten sie die Umgebung nur in Begleitung eines verschwiegenen Sklaven, der den Wagen lenkte. Daphne liebte es, den Weinbauern bei der Ernte der Trauben zuzusehen, die hier entlang der Mosella an sanft ansteigenden Hügeln wuchsen.

Sie fuhren durch dichte Wälder im Hinterland und bewunderten die Blätter der Bäume, die sich von Grün über Rot nach Gelb verfärbten und im November hinunterfielen. Daphne genoss die Ausflüge und fühlte sich freier ums Herz. Bald kannten sie die Menschen des nahe gelegenen Dorfes, die zusammenliefen, wenn sie Daphne in ihrem Wagen kommen sahen. Es machte Daphne glücklich, wenn die Menschen ihr ihre kleinen und großen Sorgen anvertrauten und sie helfen, konnte. Oft las sie abends in der Schrift eines gewissen Tertullian, die ihre Mutter ihr mit den Worten mitgegeben hatte:

„Kind, wenn du in dem barbarischen, kalten Norden unseres Römischen Reiches Trost brauchen solltest, lese diese Zeilen, vielleicht werden sie dir genauso helfen, wie mir in meinem Leben."

Tertullian, geboren in Karthago als Sohn eines römischen Offiziers, erhielt eine juristische und rhetorische Ausbildung. Ab 190 lebte er in Roma und trat dort zum Christentum über. Er übersetzte die in griechischer Sprache verfassten christlichen Schriften in das Lateinische. Seine eigenen christlichen Werke wie das „Apologeticum", in dem er das Christentum vor den Heiden verteidigte, bestachen die Menschen wie jetzt auch Daphne mit seinem scharfen, glänzenden Stil. Jetzt erinnerte sich Daphne, dass ihre Mutter sich einmal wöchentlich von ihrem Bett erhoben hatte und mit Philomena zusammen das Haus verließ. Auf Daphnes neugierige Frage, wohin sie gehe, hatte sie nur gelächelt und ihr über den Kopf gestreichelt.

Vitruv war inzwischen zum Statthalter der Provinz Belgica prima ernannt worden. Er verbrachte die meiste Zeit auf Reisen durch die Provinz, um Recht zu sprechen, oder nahm im fernen Rom an Senatssitzungen teil. Die wenigen Tage, die er in Augusta Treverorum weilte, lebte er in der Stadtvilla, dem Hochzeitsgeschenk von Kaiser Maximian. Selten und nur für wenige Tage kam er auf das Landgut an der Mosella, um sich davon zu überzeugen, dass seine Ehefrau und das ungeborene Kind bei guter Gesundheit waren.

Die Schwangerschaft schützte Daphne vor Vitruvs körperlichen Annäherungen, aber die Atmosphäre zwischen ihnen war so gestört, dass selbst das gemeinsame Abendmahl in seiner Gesellschaft für sie eine Qual war. Außerdem musste sie dann auf ihre geliebten Ausfahrten verzichten. Er hatte ihr streng untersagt, das Haus zu verlassen; sein ungeborener Sohn sollte keiner Gefahr ausgesetzt werden.

Am 3. Februar 288 kam das Kind zu Welt, aber es war kein Stammhalter, sondern eine dicke, schöne Tochter mit einem kräftigen roten Haarschopf. Daphne gab ihr den Namen Alexandra Claudia. Es war keine schwere Geburt, sie dauerte drei Stunden mit leichten Wehen und drei Presswehen, dann lag das kleine Bündel Mensch in ihren Armen. Daphne erholte sich so schnell von der Geburt, dass der Arzt, den Vitruv zusätzlich zu der Hebamme aus Augusta Treverorum hatte kommen lassen und der seit Wochen im Haus auf die Geburt wartete, sie nicht im Bett halten konnte. Vitruv war sicher gewesen, Vater eines strammen Jungen zu werden. Dass das Kind weiblichen Geschlechts sein könnte, hatte er nicht in Betracht gezogen.

Mit Daphne staunte das ganze Haus, als es dem kleinen Mädchen in wenigen Wochen gelang, ihren Vater um den Finger zu wickeln. Von ihrem ersten Tag an liebte Claudia ihren Vater inbrünstig, und ihre Liebe wurde erwidert. Sooft es seine Verpflichtungen zuließen, besuchte er seine Tochter bei ihrer Amme, nahm sie auf den Arm, redete und spielte mit ihr. Claudias erstes Lächeln galt ihrem Vater, und als sie laufen konnte, hing sie an seinen Beinen und schrie jämmerlich, wenn er das Zimmer verließ.

Jetzt, wo das Kind auf der Welt war, konnte Daphne es kaum erwarten, ihre Stadtvilla in Augusta Treverorum kennenzulernen. Als sie Vitruv davon in Kenntnis setzte, dass sie beabsichtige, mit Claudia zeitweise in Augusta Treverorum zu leben, stand er erregt auf und schlug es ihr heftig mit den Worten ab:

„Dein Platz ist hier auf dem Land bei deinem Kind und nicht in einer gefährlichen Stadt."

Durch die Freundlichkeit, die er Claudia entgegenbrachte, war Daphne Vitruv gegenüber versöhnlicher gestimmt. Aber sein Verbot, in Augusta Treverorum zu leben, verschlug ihr zunächst die Sprache. Dann kam die Wut in ihr hoch, sie konnte sich nicht mehr beherrschen und schrie ihn an:

„Die Stadtvilla ist ein Hochzeitsgeschenk von Kaiser Maximian, sie gehört nicht nur dir, sondern auch mir. Wenn du mir verbietest, in Augusta Treverorum zu leben, werde ich meinem Vater schreiben und ihn um Hilfe bitten."

„Dein Vater wird es nicht wagen, sich in meine Rechte einzumischen", brüllte Vitruv zurück.

Insgeheim hatte er Respekt vor seinem Schwiegervater, dem römischen Senator mit dem langen Stammbaum. Vitruv war unsicher, wie der Senator reagieren würde, wenn er erfuhr, dass sein Liebling mit ihrem Ehemann und dem Leben, das er ihr in der Fremde bot, nicht zufrieden war.

Während Daphne auf dem Land die Geburt ihres Kindes erwartet hatte, war Vitruv in Augusta Treverorum in der Stadtvilla seinen Vergnügungen nachgegangen. Er würde Zeit brauchen, die schönen Knaben, die es sich dort gemütlich gemacht hatten, zu entfernen und die ständig tratschenden Hausklaven auszuwechseln, bevor seine Ehefrau und seine Tochter in die Villa einzogen. Auch war Kaiser Maximian in Familienangelegenheiten penibel, eine Trennung von Daphne würde seine Karriere zumindest nicht fördern, sie schlimmstenfalls beenden. Und der Senator würde im Falle einer Trennung der Eheleute darauf bestehen, dass seine Tochter, wie im Ehevertrag vereinbart, zusammen mit seiner Enkelin nach Roma zurückkehren würde. Zum ersten Mal in seinem Leben liebte Vitruv einen Menschen, seine Tochter Claudia, und er wurde von ihr wiedergeliebt. Es würde ihm schwerfallen, auf seine Tochter zu verzichten. Vitruv atmete tief durch, setzte sich und sagte:

„Ich bin einverstanden. Wir fahren in einem Monat, ich muss das Haus für unsere Tochter erst richten lassen."

Daphne merkte, dass etwas nicht stimmte, war aber so glücklich, dass sie ihm zustimmend zulächelte, und beschloss, vorerst nicht nachzuforschen.

Augusta Treverorum

Im Frühling des Jahres 288 zog Daphne zusammen mit ihrer Tochter Claudia in ihre Stadtvilla ein. Zu dieser Zeit blickte Augusta Treverorum auf eine mehrere Jahrhunderte lange, bewegte Geschichte zurück: Schon in den Jahren 56 und 54 v.u Z. besiegten Julius Cäsar und seine Legionen die aufrührerischen Treverer (spätkeltisches Volk) im Gallischen Krieg. Die Bebauung unter dem Westteil der Kaiserthermen sowie die ältesten Wohnbauten entstanden in den Jahren 31 bis 14 unter den Thermen am Viehmarkt.

Die erste hölzerne Brücke über die Mosella, an die sich ein rechtwinkliges Gitter geschotterter Straßen mit seitlichen Entwässerungsgräben anschloss, bauten die Römer in den Jahren 18 bis 17.

Ein Jahr später gründete Kaiser Augustus die Stadt nach römischem Recht und nannte sie Augusta Treverorum, die Kaiserstadt der Treverer. Zu dieser Zeit lebte die Bevölkerung in Häusern mit Wänden aus lehmverstrichenem Flechtwerk. Ihre Toten bestatteten die Menschen in Grabmälern an den südlichen und nördlichen Ausfallstraßen und waren stolz auf ein Ehrenmonument, das zur Erinnerung an, die im Jahr vier verstorbenen Enkel des Augustus errichtet worden war. Der römische Geograf Pomponius Mela bezeugt in einer seiner Schriften für das Jahr 44 n. u. Z., dass Augusta Treverorum als eine der wohlhabendsten Städte im Römischen Reich galt.

Zweimal erhoben sich die Treverer gegen die Römer: Für das Jahr 21 beschreibt der römische Historiker Tacitus in seinen „Annalen", wie sich die Treverer gegen die römische Herrschaft erhoben. Wenige Jahre später führte die

Unzufriedenheit der Treverer mit der Regierung Kaiser Neros zu dem Wunsch, ein selbstständiges gallisches Königreich zu gründen. In den Jahren 69 bis 70 erhoben sich die Treverer zusammen mit dem niederländischen Germanenstamm der Bataver ein letztes Mal gegen die römischen Besatzer unter dem Feldherrn Caius Petilius Cerialis, der den Aufstand im Auftrag Kaiser Vespasians niederschlug.

Kurz nach der endgültigen Niederlage entstand das weite, hundert Meter breite und zweihundertsiebenundachtzig Meter lange Forum am Kreuzpunkt der beiden Hauptstraßen, dem Cardo Maximus, der Nord-Süd-Achse und dem decumanus maximus, der Ost-West-Achse von Augusta Treverorum. Das Forum wurde zum politischen und wirtschaftlichen Mittelpunkt der Stadt. Zwischen den Jahren 82 und 90 errichtete der Kaiser die Provinzen Germania inferior und Germania superior. Im Jahr 100 zählte Augusta Treverorum fünfundzwanzigtausend Einwohner, und man baute zur Unterhaltung der Menschen ein Amphitheater und einen Zirkus wie zu dieser Zeit in vielen Provinzstädten des Römischen Reiches.

Mit dem wirtschaftlichen Aufschwung der Stadt wuchs die Bevölkerung, und es entstanden neue Monumentalbauten, wie eine zweite Brücke über die Mosella, jetzt mit steinernen Pfeilern. Geschützt wurde die Stadt durch eine sechseinhalb Meter hohe Stadtmauer mit siebenundvierzig massiven Toren, das Größte war die Porta Nigra. Ihre Götter verehrten die Menschen im weitläufigen Tempelbezirk am Ufer der Mosella und in den Tempeln am Herrenbrünnchen und dem Lenus-Mars-Heiligtum am Rande der Stadt. Dreizehn Jahre dauerte das im Jahr 259 entstandene gallische Sonderkaisertum, das regiert wurde von den Gegenkaisern Postumus, Victorinus und Tetricus und von dem römischen Kaiser Aurelian beendet wurde. Hauptstützpunkte des Sonderreiches waren die Städte Augusta Treverorum und Colonia Claudia Ara Agrippinensium (Köln), in denen erste Münzprägestätten errichtet wurden.

Um das Römische Reich gegen die in kürzeren Abständen einfallenden Germanen zu schützen, begann im Jahr 83 der Bau des obergermanischen Limes.

Zwei Jahrhunderte später, im Jahr 276, durchbrachen Franken und Alemannen die Rheinbefestigung und drangen tief nach Gallia ein. Zusammen mit Augusta Treverorum gingen siebzig gallische Städte in Flammen auf. Handel und Gewerbe kamen fast zum Erliegen. Das Land glich einer Einöde, die Bevölkerung war geflohen oder durch die Eindringlinge ums Leben gekommen. Viele Landstriche und Städte in Gallia erholten sich nicht mehr von der Zerstörung. Auch Augusta Treverorum hatte schwer gelitten, aber die Menschen fanden die Kraft zum Neuanfang, unter anderem durch den Wiederaufbau der Weinproduktion.

Daphne war von Augusta Treverorum enttäuscht. Die Stadt war kleiner, als sie erwartet hatte, nicht zu vergleichen mit ihrem geliebten Roma. Dabei war Augusta Treverorum eine der größten Städte des Imperium Romanum und hatte jetzt im Jahr 288 eine ummauerte Fläche von 285 Hektar. Im Jahr 285, kurz nach seinem Regierungsantritt als Caesar, machte Kaiser Maximian die Stadt an der Mosella zu einer seiner Residenzstädte: Die Stadt lag in der Nähe der Grenze Germaniens, so dass er schnell im Feindesland sein konnte, wenn germanische Stämme erneut in das Römische Reich eindringen sollten. Aber Maximian war unzufrieden über die vorgefundene Bausubstanz des

Regierungsbezirks der Residenzstadt. Zu Zeiten des "Gallischen Sonderkaisertums" hatten die Gegenkaiser, besonders Victorinus, große und prächtige Gebäude für die kaiserliche Repräsentation errichtet, aber ohne Konzept und Plan. Für Maximian wie für seinen Nachfolger im Amt, Kaiser Constantius, wurde der Ausbau von Augusta Treverorum eine Herzensangelegenheit.

Vitruv stellte schnell fest, dass nicht nur er als Statthalter einen respektablen Amtssitz benötigte, sondern auch der seit dem 2. Jahrhundert in Augusta Treverorum residierende Finanzverwalter des römischen Westreiches. Dessen Prokuratorenpalast war bei dem alles verwüstenden Einfall der Franken zehn Jahre zuvor zerstört worden. Seitdem residierte er mit seiner Verwaltung behelfsmäßig, dabei ständig darüber murrend, in einem wenig repräsentativen Gebäude nahe dem Forum. Nun plante Kaiser Maximian, das zentral gelegene Gelände des zerstörten Prokuratorenpalastes einzuebnen und darauf eine Palastaula als Empfangs- und Thronhalle und für die kaiserliche Rechtsprechung zu errichten. Der kaiserlichen Verwaltung wies Vitruv vorerst Gebäude im Palastbereich zu, die für seinen Aufgabenbereich nicht groß genug waren. Ihm unterstellt war die Rechtsprechung aller Provinzialen, die nicht militärischen, geistlichen oder senatorischen Ranges waren. Die Verwaltung der Provinz, der sein Oberhofmarschall, der Magister Officiorum, vorstand, bestand aus der Garde, der Polizei, dem Archiv, dem Kanzleiwesen für Briefe und Bittschriften, der Terminverwaltung, den Waffenfabriken und der Staatspost. Außerdem wurde Raum benötigt für hochrangige Ämter des Krongutes, des Militärs, und es fehlte an Quartieren für die protectores domestici, die Leibwache des Kaisers, die in der neuen Kaiserresidenz stationiert wurde.

In enger Zusammenarbeit mit dem Curialen (Stadtadel) der Stadt Augusta Treverorum hatten Vitruvs Architekten in den letzten Monaten Pläne erarbeitet, nach denen der Regierungs- und Palastbereich nach Fertigstellung eine stattliche Länge von fast einem Kilometer, umfassen würde, angefangen von den sich im Bau befindenden Kaiserthermen am decumanus maximus als südlicher Abschluss und des Palastes mit seiner Basilika und den sich in Richtung Osten anschließenden Bauten mit Prunkfassaden, Säulenhallen und Innenhöfen - ähnlich den Palästen auf dem Palatin in Roma - bis hin zu einer palastartigen Villa für die Familienmitglieder der kaiserlichen Familie. Die Breite dieses kaiserlichen Regierungs- und Wohnsitzes würde einen halben Kilometer von der Basilika bis zum Zirkus betragen, wobei Letztgenannter sich mehr als einen halben Kilometer lang als östliche Begrenzung am Fuß des Petriberges erstreckte. Auch musste Vitruv bei seiner Planung an die Privathäuser der Beamten und ihrer Familien denken, von denen viele kümmerlich in nicht standesgemäßen Hütten am Stadtrand wohnten.

Von ihrer Stadtvilla war Daphne begeistert. Das zweistöckige Haus lag an der Hauptstraße der Stadt, am decumanus maximus, schräg gegenüber den Barbarathermen, der größten Therme nördlich der Alpen, und nur wenige Schritte entfernt vom Forum. Im hinteren Teil des mit hohen Bäumen bewachsenen Grundstücks lagen die Sklavenhäuser und der Wirtschaftstrakt. Die ganze Stadt war im Aufbruch, überall wurde gebaut, und den ganzen Tag rumpelten hochbeladene Wagen mit Sand, Steinen und Marmor an der Villa vorbei, die von den Sklaven der Fuhrunternehmer mit so durchdringendem Geschrei gelenkt wurden, dass Daphne nicht ihr gewohntes Mittagsschläfchen halten konnte. Aber nach den einsamen Monaten auf dem Land genoss sie das Stadtleben in vollen Zügen: Das Forum mit seinem Markt und seinen Geschäften, in denen alles angeboten wurde, was ihr Herz begehrte und in den nahen und fernen römischen Provinzen hergestellt wurde, und den neuen Regierungs- und Palastbereich. Beide Orte waren nur ein Häuserblock von ihrer Villa entfernt.

Nur Freundinnen hatte sie nicht gefunden. Die Ehefrauen des Finanzprokurators, der Höflinge und der höheren Beamten waren älter als Daphne und hochnäsig und langweilig. Es gab für diese Damen nichts Wichtigeres, als über ihre lange Ahnenreihe und die hohen Ämter und Privilegien ihrer Familien zu reden, neue Frisuren zu kreieren oder Nachrichten darüber auszutauschen, welche in den unterschiedlichsten Farben funkelnden Seidenstoffe aus Tyros in Augusta Treverorum eingetroffen waren. Wenn diese Themen durchgehechelt waren, gaben sie mit den wunderbaren Eigenschaften ihrer Söhne an, die sie in wenigen Jahren für höchste Ämter im Römischen Reich befähigen würden. Auch vergaßen sie niemals, die aufblühende Schönheit ihrer Töchter zu preisen, die in einer nicht allzu fernen Zukunft einer Kaiserin würdig sein würde und berechtigte Hoffnung auf eine Heirat in die höchsten Kreise machte. Für die letzte Schwärmerei hatte Daphne Verständnis, fand sie doch ihre Claudia schöner und intelligenter als alle anderen Kinder zusammen. Auch vergaßen diese wichtigen Damen nie, leise und hinter vorgehaltener Hand über die kaiserliche Familie herzuziehen. Es war doch zu interessant zu mutmaßen, ob die blauen Flecken auf den Unterarmen von Eutropia von ihrem Ehemann oder vielleicht von einem Liebhaber stammten - war ein Eifersuchtsdrama schuld an den unschönen Hämatomen?

Die Mädchen der römischen Elite wurden früh verheiratet, viele schon im Alter von zwölf Jahren. Bis dahin lebten sie in großen Häusern und Landgütern, kaum beachtet von ihren Eltern, aber verwöhnt von ihren Ammen. Häufig lernten sie nur ungenügend lesen und schreiben. Eine höhere Bildung, wie ihre Brüder sie in Mathematik, Geometrie und Rhetorik bekamen, hielt man für das weibliche Geschlecht nicht für notwendig.

Claudia gedieh prächtig unter der sorgsamen Betreuung ihrer Amme Tullia, einem kräftigen Sklavenmädchen aus Germanien. Bevor sie ein Jahr alt war, hatte sie dicke Backen, konnte sitzen und stehen und wäre schon allzu gern mit ihren noch krummen Beinchen ihrem Vater entgegengelaufen, wenn er ihr Zimmer betrat.

Ehekrise 288 n. u. Z.

Daphnes Einzug in die Stadtvilla lag noch nicht lange zurück, als kurz nachdem sie sich eines Abends in ihr Bett gelegt hatte, Vitruv das Zimmer betrat. Seitdem er sie während ihrer Schwangerschaft verprügelt hatte, war er nicht mehr in ihr Bett gekommen. Daphne hatte wider besseres Wissen gehofft, dass diese Seite ihres Zusammenlebens beendet sein würde, obwohl es ihre Pflicht war, Vitruv mindestens einen Sohn zu gebären. Mit einem Ruck zog sie die Decke bis an das Kinn und starrte ihn ängstlich an. Vitruv trat an das Bett und sah freundlich auf sie herunter.

„Daphne, bitte stehe auf, ich will mit dir reden."

„Hat das nicht bis morgen Zeit?"

„Nein, wir können so nicht weiter miteinander leben. Wir gehen uns aus dem Weg, sprechen nicht miteinander, und du siehst mich nur ängstlich an und verlässt das Zimmer, wenn ich es betrete. Ich möchte unser Problem heute mit dir besprechen. Philomena, wir brauchen dich nicht, verlass das Zimmer."

Die Sklavin, die schnell den Raum betreten hatte, als sie Vitruvs Stimme hörte, sah Daphne fragend an, und erst als diese ihr einen Wink gab, verließ sie missbilligend den Kopf schüttelnd den Raum. Widerstrebend erhob sich Daphne vom Bett und ließ sich von Vitruv ein wollenes Tuch umlegen. Sie zog es fest um ihre Schultern und folgte ihm zu einer Sitzgruppe mit zwei kleinen bequemen Sesseln und einem Tisch aus Haselnussholz, den sie aus Roma mitgebracht hatte. Vitruv setzte sich nicht, sondern wanderte durch das Zimmer, während er mit leiser, aber fester Stimme sprach:

„Daphne, ich habe dir und deiner Familie Unrecht getan. Ich weiß jetzt, dass ich dich nicht hätte heiraten dürfen. Ich habe fest daran geglaubt, dass ich mit dir ein normales Eheleben haben könnte. Aber es geht nicht - ich mag Frauen, aber ich begehre sie nicht, der Geschlechtsakt mit ihnen ist mir - sagen wir - nicht angenehm. Daphne, du bist eine schöne, junge Frau, du wirst einen anderen Mann finden. Wenn du dich von mir trennen willst, werde ich mich einer Scheidung nicht verschließen."

Daphne saß da und glaubte ihren Ohren nicht zu trauen. Nachdem sie sich entschlossen hatte, vorerst bei ihrem Ehemann zu bleiben, machte sie sich kaum noch Gedanken über ihre merkwürdige Ehe. Außerdem, wen hätte sie fragen können? Außer Philomena hatte sie niemanden, dem sie ihr Vertrauen schenken konnte, aber Philomena war ihre Sklavin und nicht viel erfahrener als sie selbst. Sie hatte gehört, dass die neuen Haussklaven darüber tratschten, dass Vitruv für gewöhnlich in seinem Amtspalast nächtigte und nicht bei seiner Familie. Wenn sie zusammen mit Vitruv eine Gesellschaft besuchte und zu einer Gruppe ihrer sogenannten Freundinnen trat, verstummte häufig das Gespräch, und die Damen konnten kaum ein mitleidiges oder schadenfreudiges Lächeln verbergen. Daphne erinnerte sich, dass es in Roma ein offenes Geheimnis war, dass stadtbekannte Römer Knaben liebten, sie aber trotzdem mit ihren Ehefrauen und Kindern in Ehre und Anstand zusammenlebten. Warum konnte Vitruv das nicht?

„Vitruv, ich will mich nicht von dir trennen, zumindest jetzt nicht, ich muss unsere Situation erst einmal begreifen. Was soll ich meiner Mutter sagen, wenn ich so schnell nach Roma zurückkehre; sie hat mich vor einer Ehe mit dir gewarnt."

„Ich denke, deine Eltern haben von meinem Problem gewusst, aber das Ausmaß unterschätzt. Es wird sie nicht übermäßig wundern, wenn unsere Ehe zerbricht."

Jetzt setzte sich Vitruv zu Daphne an den Tisch, nahm ihre Hände in seine, lächelte sie freundlich an und sagte:

„Ich freue mich, wenn du und Claudia vorerst bei mir bleiben. Ich würde meine Tochter vermissen, und du wirst es mir nicht glauben - auch du würdest mir fehlen. Vor einem Jahr hätte ich es nicht für möglich gehalten, dass es mir so viel Freude machen würde, mit einem Kind zusammen zu sein und es aufwachsen zu sehen. Ich stehe dir natürlich zu Verfügung, wenn du mehr Kinder bekommen möchtest, und ich verspreche dir, dass ich dir nicht wehtun werde."

Bei dem Gedanken, mit Vitruv das Bett zu teilen, schauderte es Daphne. Vitruv stand auf, strich Daphne leicht über den Scheitel und verließ das Zimmer.

Philomena, die an der Tür gelauscht hatte, kam hereingestürmt und stieß empört hervor:

„Jetzt hat er die Katze aus dem Sack gelassen. Er muss gewusst haben, dass er mit Frauen nicht kann, er ist kein junger, unerfahrener Mann."

Daphne, die wie betäubt auf ihr Bett gesunken war, sagte mit leiser Stimme:

„So ein Unglück, jetzt habe ich einen verführerischen Mann und er will mich nicht."

„Herrin, jetzt bringe ich Euch erst einmal einen süß gewürzten Wein, der lässt Euch gut schlafen. Und Morgen denkt ihr darüber nach, was Ihr tun werdet."

Tatsächlich schlief Daphne in dieser Nacht so lange und gut wie schon seit Monaten nicht mehr. Ausgeruht wachte sie am nächsten Morgen auf, und als ihr das abendliche Gespräch mit Vitruv in den Sinn kam, stellte sie fest, dass sie sich erleichtert fühlte. Sie würde jetzt nicht mehr wie in den vergangenen Wochen Abend für Abend Angst haben müssen, dass ihr Ehemann vielleicht in ihr Bett käme und ihr Schmerzen zufügen würde.

Schnell lief sie in das Kinderzimmer, nahm Claudia auf den Arm und wirbelte lachend mit ihr so stürmisch im Zimmer herum, dass die Amme um die Gesundheit des Kindes zu fürchten begann und es ihr schnell wieder abnahm.

Auch Vitruv war wie ausgewechselt. Wenn er in der Stadt war und sie nicht zusammen Gesellschaften besuchten oder Gäste hatten, verbrachte er häufiger die frühen Abende bei Daphne in der Stadtvilla. Es war inzwischen Sommer geworden, und manchmal setzte er sich zu ihr in den Garten und erzählte von seinen vielfältigen Aufgaben als Statthalter der Provinz. Daphne liebte diese Abende, und sie kamen einander näher, allerdings ohne dass nur ein kleiner sexueller Funke zwischen ihnen zu glühen begann.

Manchmal fühlte Daphne sich etwas unruhig. Dann spannten ihre Brüste, ihr Bauch wurde hart und ihre Scham verkrampfte sich. Sie lief dann unruhig durch das Haus und fragte sich, ob das ihr Leben sein würde bis zu ihrem Tod. Aber die innere Unruhe und die trüben Gedanken hielten nie lange an, und ihr Optimismus kam wieder zum Vorschein.

Vitruv besuchte gerne Gesellschaften, und häufig war Daphne mit eingeladen. Ein Abendessen mit bis zu fünfzehn Gängen, mit Musikern, Poeten und Gauklern konnte bis drei Uhr in der Nacht dauern. Vitruv und Daphne stolperten dann trunken von dem vielen köstlichen Wein in ihren Wagen, und bis er vor ihrer Stadtvilla hielt, waren sie schon eingeschlafen. Unter Philomenas Aufsicht wurden sie dann in das Haus getragen und zu Bett gebracht.

Den nächsten Morgen verschlief Daphne, aber Vitruv betrat bereits um zehn Uhr seine Amtsvilla, nachdem er schon zwei Stunden in den Barbarathermen beim Sport verbracht hatte. Häufig waren sie zu Gesellschaften bei Hofe eingeladen. Diese Feste waren nicht so unkompliziert, wie es der Aufenthalt in der Landvilla des Kaisers auf Sicilia gewesen war. Am kaiserlichen Hof in Augusta Treverorum liefen die Feste streng nach dem neuen Hofzeremoniell ab, das von Kaiser Diocletian eingeführt worden war. Bei der Begrüßung beugte Daphne ihr Knie vor dem Kaiser, küsste den Saum seiner Tunika, den er ihr hinhielt, und musste mit dem Aufrichten warten, bis er ihr die Hand reichte und hoch half. Erst dann durfte sie sich erheben, und er wechselte manchmal wenige unpersönliche Worte mit ihr.

Aufgrund Vitruvs hoher Stellung lagen sie häufig beim Essen nah beim Kaiser, und sie konnte sich kaum unterhalten, denn Kaiser Maximian führte das große Wort. Auch war das strenge Protokoll dafür verantwortlich, dass Daphne die Hofbankette häufig hungrig verließ: Wenn der Kaiser einen Gang der delikaten Speisen zu sich genommen hatte, wurden bei allen Gästen die Teller abgetragen und der nächste Gang serviert. Es kam vor, dass Daphne von Köstlichkeiten nichts abbekam; denn der Kaiser aß gierig, was nicht ohne Folgen für seinen Leibesumfang blieb.

Die Liebe 288 n. u. Z.

„Herrin", hatte Philomena gesagt, „ich kann krank werden oder sogar sterben, dann steht Euch keine vertrauenswürdige Dienerin zur Verfügung. Ich habe ein geschicktes und verschwiegenes Mädchen unter Euren Sklaven gefunden, dem ich alle Fertigkeiten, die Ihr benötigt, beibringen werde."

Daphne hatte zugestimmt und die Angelegenheit vergessen. Jetzt kam ihr Philomenas häufige Abwesenheit doch etwas merkwürdig vor. Sie vermisste die Sklavin, ihre einzige Vertraute im kalten Norden. Als Philomena am nächsten Morgen ihr Schlafzimmer betrat, um ihr beim Ankleiden zu helfen, fragte Daphne:

„Philomena, Asina hat dich häufig in letzter Zeit abends vertreten, was ist los, hast du einen Freund?"

Philomena guckte zuerst erschrocken, als sie aber Daphnes lächelndes Gesicht sah, fing sie an zu kichern.

„Herrin, ein Mann wäre nicht schlecht, vielleicht findet Ihr einen für mich. Nein", und jetzt wurde Philomena ernst, „ich habe etwas Besseres gefunden."

„Was denn, Philomena, spann mich nicht auf die Folter."

„Ich habe den Herrn und seinen Sohn gefunden."

„Wer sind denn diese Männer, kenne ich sie?"

Im selben Augenblick erinnerte sich Daphne an die Schrift des Tertullian, die ihre Mutter ihr gegeben hatte, in der häufig von Vater und Sohn die Rede war.

„Philomena, gehörst du zu den Christen?"

„Ja, Herrin", schuldbewusst besah Philomena sich ihre Sandalen, „aber noch nicht lange! „

„Gehen auch andere unserer Sklaven zu diesen Menschen?"

Philomena druckste herum und sagte dann leise:

„Ja, Herrin, ich glaube der Kutscher Publius und die Köchin Vibia. Verratet bitte nicht, dass ich es Euch erzählt habe. Sie haben Angst, dass Ihr und der Herr sie schlagen werden, wenn ihr es erfahrt, und mit mir würden alle Eure Sklaven nie wieder ein Wort sprechen oder mir sogar Schlimmeres antun."

„Ich werde dich nicht verraten, auch wenn du es verdienst bestraft zu werden."

Jetzt war Daphne neugierig geworden:

„Ich wusste nicht, dass es in Augusta Treverorum diese Menschen gibt. Du musst mir alles erzählen - wo ihr Euch trefft, wer dazugehört?"

„Wir treffen uns im Haus der Witwe Ausonia prima, sie hat dort einen großen Versammlungsraum und einen Taufraum eingerichtet. Am ersten Tag der Woche kommen wir regelmäßig zusammen und feiern gemeinsam den Gottesdienst, und hinterher gibt es immer gut zu essen."

„Ich wusste nicht, dass die Witwe Ausonia prima Anhängerin des Christengottes ist; seit dem Tod ihres Mannes und ihres einzigen Sohnes hat man sie kaum in der Stadt und auf Gesellschaften gesehen. Wer gehört noch dazu? Familien, die ich kenne? „

„Herrin, die meisten werdet Ihr nicht kennen. Es sind eher arme Menschen, einfache Handwerker und Sklaven, die zu uns stoßen."

„Wie ich die Witwe Ausonia kenne, wird sie nicht zusammen mit Sklaven und Armen eine Versammlung besuchen. Gibt es für diese Menschen nicht eigene Versammlungen?"

„Nein, Herrin", antwortete Philomena leise und sah verlegen zur Seite.

„Christus, Gottes Sohn, hat gesagt, alle Menschen sind gleich: Arme und Reiche, Bauern und Sklaven", und leiser, „auch Senatoren".

Daphne schüttelte ungläubig den Kopf.

„Und wer leitet die Versammlung?"

„Wir haben einen heiligen Mann, einen Bischof mit Namen Eustachius, er hält den Gottesdienst. Wenn er auf Reisen ist, vertritt ihn der Presbyter Gaius Papius Afer, nur ist der leider vor einem Monat gestorben. Er war alt und hatte immer Schmerzen in der Brust. Morgen wird unsere Gemeinschaft einen neuen Presbyter bekommen. Er kommt aus der Stadt Ephesos, die in der römischen Provinz Asia liegt, wie Diakon Gaius Elektus uns erzählte, und er soll jung sein. In dem Haus seiner Familie soll vor vielen Jahren Paulus gewohnt haben."

„Wer ist Paulus?"

„Paulus war ein gelehrter, heiliger Mann. Man sagt, dass er auf seinen Reisen die Worte des Herrn im ganzen Römischen Reich verbreitet hat. Außerdem soll der neue Presbyter nicht nur jung, sondern auch schön sein. Ich glaube, es wird ein spannender Abend."

Philomena sah so glücklich aus, wie Daphne es selten bei ihr gesehen hatte.

„Gehst du gerne zu den Versammlungen?"

„Ja, Herrin, ich hoffe, Ihr seid einverstanden", antwortete Philomena schnell und sah Daphne ängstlich an.

„Du hättest mich fragen müssen, bevor du begonnen hast, die Versammlungen zu besuchen. Wenn Du deine Pflichten nicht vernachlässigst, kannst du weiter in das Haus der

Witwe Ausonia gehen, dort wird dir nichts Böses zustoßen."

„Ich danke Euch Herrin", antwortete Philomena und küsste Daphne die Hände.

Daphne nahm sich vor, am Abend Vitruv zu fragen, was es mit den Christen in Augusta Treverorum auf sich hat. Aber sie würde ihm nicht verraten, dass seine Sklaven heimlich die Versammlungen der Gemeinschaft besuchten: Von Sklaven verlangte er Gehorsam. Vitruv reagierte schroff ablehnend, als sie ihn nach der Christengemeinschaft in Augusta Treverorum fragte.

„Daphne, die Christen sind eine Gruppe von Menschen, die glauben, dass das Ende der Welt nahe ist. In unseren afrikanischen Provinzen gibt es viele von ihnen, aber im Westen unseres Reiches, den Göttern sei Dank, nur wenige. Es sind vor allem Arme und Sklaven, die an den Unsinn glauben. In Augusta Treverorum gibt es sie seit einigen Jahren. Es ist ein Mysterienkult, der aus der Provinz Judäa kommt. Die Christen könnten für das Römische Reich gefährlich werden: Ihr Glaube verbietet ihnen, unseren römischen Göttern und unserem Kaiser zu opfern, denn sie dürfen keinen Gott neben dem ihren haben. Kaiser Maximian beobachtet die Gruppe wachsam. Bischof Eustachius ist ein kluger Mann, die Christen in Augusta Treverorum sind bisher nicht auffällig geworden. Aber warum interessierst du dich für diese Menschen? Gibt es etwa Christen in unserem Haus?"

„Nein, Vitruv", log Daphne, „ich habe nur gehört, dass die Witwe Ausonia prima Anhängerin des Christengottes ist."
Vitruv fing an zu lachen.

„Ich hörte auch davon. Die reiche Ausonia gibt Bischof Eustachius immer mehr Geld, in absehbarer Zeit wird ihr Vermögen der Christengemeinde gehören - wenn das ihr verstorbener Mann wüsste."

Als Philomena eine Woche später an einem Abend Daphnes Haar bürstete, erzählte sie aufgeregt von der letzten Versammlung der Christen.

„Herrin, der neue Presbyter ist da, und er ist überwältigend. Er ist so freundlich, sieht aus wie ein junger römischer Gott und erzählt so schön aus der Bibel, dass mir die Tränen gekommen sind. Die Witwe Ausonia ist ständig um ihn herumgeschwänzelt und hat verliebte Augen gemacht. Er hat viel vor. Er sagt, dass Jesus die Hilfe für Arme und Kranke als eine der wichtigsten Aufgaben für unsere Gemeinschaft bestimmt hat. Er will den armen Witwen, Waisen und den Kranken in Augusta Treverorum helfen. Am nächsten Sonntag wird er in sein Amt eingeführt, es wird bestimmt ein feierlicher Gottesdienst werden."

Daphne fühlte einen Stich in ihrer Brust, als sie Philomena so freudig reden hörte. Philomena hatte etwas, auf das sie sich freuen konnte - und was hatte sie? Außer ihrer Tochter nichts, was ihr Herz erwärmte. Plötzlich kam ihr der Gedanke, eine Versammlung der Christen zu besuchen. Schließlich war es wichtig zu wissen, wo ihre Sklaven sich herumtrieben. Um nicht erkannt zu werden, würde sie einen Schleier über den Kopf ziehen und sich im Hintergrund halten. Als Philomena hörte, dass Daphne mit ihr die Versammlung der Christen besuchen wollte, war sie begeistert.

„Herrin, wie herrlich! Wir brauchen mehr Mitglieder aus höchsten Kreisen, damit niemand mehr sagen kann, dass wir eine Gemeinschaft von Armen und Sklaven sind."

Am folgenden Sonntag machten sich beide Frauen am frühen Abend auf den Weg. Das Haus der Witwe Ausonia prima lag in einer Seitenstraße nahe dem Forum. Die Tür der repräsentativen Villa wurde ihnen von sorgfältig gekleideten Hausklaven geöffnet, die sie in das Untergeschoss führten. Dort betraten sie einen großen, nur schwach beleuchteten Raum, der voller Menschen war. Daphne stellte sich neben den Eingang und sah sich um. Der Raum war rechteckig geschnitten und hatte einen schönen Mosaikboden mit Meeresszenen, die Fischer in ihren Booten beim Fischen darstellten. Die Wände waren mit Szenen aus dem Leben von Christus, Gottes Sohn, bemalt, die von Weinranken eingerahmt waren, wie Philomena Daphne am nächsten Tag erklärte.

Die Treverer standen in kleinen Gruppen zusammen und unterhielten sich. Daphne erkannte die Ehefrauen höherer Beamter, von denen sie nie gedacht hätte, sie hier anzutreffen. Zwischen den vielen Menschen wuselte die füllige Hausherrin herum, begrüßte alle, zu Daphnes Erstaunen auch die Armen und Sklaven, die abseits an der Wand standen. Auf einmal kam Bewegung in die Menschen, die Tür ging auf und mehrere Männer betraten den Raum. Hastig watschelte die Witwe Ausonia prima ihnen entgegen und begrüßte sie. Philomena, die nicht von Daphnes Seite wich, wisperte ihr zu:

„Der große, dünne Mann mit der Glatze, der in der Mitte geht, ist Bischof Eustachius, der kleine dicke rechts neben ihm der Diakon Aulus Sepunius Brutus und der linke", und ihre Stimme wurde ganz weich, „unser neuer Presbyter Paulus."

Nachdem die Witwe die Geistlichen begrüßt und der Bischof sie dabei, was Daphne sehr wunderte, auf beide Wangen geküsst hatte, gingen sie nach vorne an die Stirnseite des Raumes. Der Bischof ließ seinen Blick über die Menge schweifen, bis seine Augen kurz bei Daphne verweilten, dabei lächelte er kaum wahrnehmbar. Schnell zog sie den ein wenig heruntergeglittenen Schleier wieder tiefer in ihr Gesicht.

„Meine lieben Schwestern und Brüder in Christus, begann der Bischof, „heute ist ein besonderer Tag, an dem wir einen ganz besonderen Gottesdienst feiern wollen. Ich werde unseren Bruder aus dem fernen Ephesos mit Euch als Zeugen in das Amt des Presbyters unserer Gemeinschaft einführen."

Ein Murmeln schwoll unter der Gemeinde an, das erst, als der Bischof die Arme erhob, langsam wieder erstarb. Philomena wisperte Daphne zu:

„Es ist nicht üblich, einen Mann aus einer fremden Stadt zum Presbyter zu nehmen, er sollte aus den Reihen der eigenen Gemeinschaft gewählt werden; viele unserer Gemeindemitglieder haben sich Hoffnung auf das Amt gemacht."

„Und ich freue mich, Euch nach dem Gottesdienst bei unserem gemeinsamen Abendmahl wiederzusehen", fuhr der Bischof fort. „Herzlich eingeladen sind auch die Menschen, die neu zu uns gefunden haben. Unsere verehrte Schwester, die Witwe Ausonia prima, stellt ein weiteres Mal das Abendmahl zur Verfügung, wofür wir ihr im Namen unsres Herrn danken. Jetzt lasst uns beten zu dem einen Gott, zu seinem Sohn, der für uns gestorben ist, und dem Heiligen Geist."

Als die Menschen auf die Knie fielen, machte Philomena Daphne ein Zeichen, dass sie den Raum verlassen musste. Ein Haussklave sah sie erstaunt an, öffnete ihr die Tür und Daphne verließ das Haus.

Verwirrt ließ sie sich in die Polster ihre Kutsche sinken. Sie wusste nicht, was sie von dem, was sie gesehen hatte, halten sollte. Aufgefallen war ihr, dass die Menschen freundlicher und höflicher miteinander umgingen, als sie es kannte, fast wie Familienmitglieder, so sie sich untereinander verstehen. Wieder erinnerte Daphne sich daran, dass lange bevor ihre Mutter das Haus nicht mehr verlassen konnte, sie häufig beobachtet hatte, wie sie tief verhüllt, zusammen mit Philomena in die Sänfte gestiegen war. Der Senator war dann in Daphnes Zimmer gekommen, und obwohl sie zu dieser Zeit nicht viel älter als vier Jahre alt gewesen sein konnte, hatte sie bemerkt, dass er missgestimmt war. Er sagte:

„Prinzessin, ich wünschte, deine Mutter würde sich so leidenschaftlich um uns kümmern wie um ihren Gott."

Dann hatte er sie auf den Arm genommen und in das Ohr geflüstert:

„Während deine Mutter ihren Herren anbetet, machen wir es uns gemütlich."

Er schickte ihre Amme weg und las ihr aus dicken Buchrollen aus Papyrus Geschichten von Göttern und Ungeheuern vor, die ihr wohlig Angst machten. Irgendwann war ihr Vater zu ihrer großen Enttäuschung nicht mehr gekommen. Aber inzwischen hatte sie ihren achten Geburtstag gefeiert, und der Senator begann damit, sie täglich vormittags, zwischen zehn und zwölf Uhr, in seinem Arbeitszimmer zu unterrichten: Zuerst lernte sie die lateinische Sprache lesen und schreiben, später kam Mathematik und Geometrie hinzu. Bei einem Lehrer mit Namen Decius Clodius Asiaticus, gebürtig aus Antiochia, der ihr von den prächtigen Bauten und Märkten der alten Stadt erzählte, erlernte sie die griechische Sprache in Wort und Schrift. Der Senator, ein glänzender Rhetoriker, seine Reden im römischen Senat waren bei seinen Gegnern gefürchtet, ließ es sich nicht nehmen, sein einziges Kind, das freudig und schnell lernte, obwohl es dem weiblichen Geschlecht angehörte, selbst in der Königsdisziplin, der Rhetorik, zu unterrichten. Daphne erinnerte sich, dass er ihr von vielen fremden Völkern und deren Göttern erzählt hatte, die alle zum großen Römischen Reich gehörten, aber an die Christengemeinschaft konnte sie sich nicht erinnern.

Daphne beschloss, mehr über den strengen christlichen Gott und dessen Sohn zu erfahren. Sie ahnte, dass Vitruv Bischof Eustachius nicht gerne in seinem Haus sehen würde, sonst hätte er ihn schon zu einem seiner Feste eingeladen. Aber zur Zeit war Vitruv in Arleate, und so ließ sie schon am nächsten Tag dem Bischof eine Einladung in ihr Haus durch einen Sklaven überbringen. Daphne begrüßte den Bischof im Empfangszimmer ihres Stadthauses. Zu ihrem Erstaunen begleitete ihn sein neuer Presbyter aus Ephesos, wofür der Bischof sich wortreich mit der Begründung entschuldigte, der junge Geistliche müsse die christliche Gemeinde kennenlernen. Philomena, die den Gästen Erfrischungen servierte, wurde beim Anblick des jungen Mannes flammend rot und verließ kichernd das Zimmer.

„Frau Statthalterin, ich fühle mich hochgeehrt, dass Ihr mich in Euer Haus eingeladen habt. Ich kenne Euren Ehemann, den ehrwürdigen Statthalter Gaius Antonius Rufus Vitruv. Ich habe die Ehre gehabt, ihm meine Aufwartung zu machen, als er sein hohes Amt in Augusta Treverorum antrat. Schon lange wünschte ich, Euch kennenzulernen."

„Bischof, ich freue mich, dass Ihr meiner Einladung gefolgt seid und mein Haus mit Eurem Besuch beehrt. Wir sind uns vor wenigen Tagen im Haus der Witwe Ausonia prima begegnet, als ich an dem Treffen Eurer Gemeinschaft teilgenommen habe. Meine Sklavin Philomena ist Mitglied der Christengemeinschaft und besucht regelmäßig Eure Treffen, aber auch einige meiner anderen Sklaven fühlen sich zu Eurem Gott hingezogen. Ich bin etwas beunruhigt, es wird nicht immer gut über Euch und die Menschen, die zu Euch kommen, geredet."

„Leider muss ich bestätigen, dass nicht gut über uns geredet wird. Aber zu Unrecht, wir sind eine friedliche Gemeinschaft, Frau Statthalterin, unser Herr Jesus Christus hat Gewaltlosigkeit gepredigt und wir folgen ihm."

„Bischof Eustachius, ich habe Euch heute in mein Haus eingeladen, um mehr über eure Gemeinschaft zu erfahren, könnt Ihr mich unterrichten?"

„Frau Statthalterin, gerne würde ich mit Erlaubnis des verehrten Statthalters Gaius Antonius Rufus Vitruv Euch in unserem Glauben unterrichten, aber ein Nachmittag ist dafür viel zu kurz, das braucht Zeit. Unglücklicherweise muss ich schon morgen Augusta Treverorum verlassen und nach Colonia Claudia Ara Agippinensium reisen. Ich werde dort länger verweilen, die dortige Christengemeinde braucht meinen Beistand in schwierigen Glaubensfragen. Aber unser Freund aus Ephesos", und er wandte sich an Paulus, „ist viel besser dazu geeignet, das große Wissen über dar, wie allgemein bekannt ist, verfügt, zu erweitern. Seine Familie ist seit Generationen mit dem christlichen Glauben verwachsen. Der heilige Paulus, dem wir so viel zu verdanken haben, hat nicht nur in Ephesos lange Zeit im Haus seiner Väter gelebt, sondern in der Stadt auch gelehrt und mit den Menschen zu Gott gebetet. Ich kann Ihnen unseren Freund, der auch den Namen Paulus trägt, nur wärmstens ans Herz legen."

Der junge Mann, der bisher kaum der Unterhaltung gefolgt war, sondern unruhig auf dem Stuhl hin und her rutschte und sich die Zeit mit dem Betrachten der Wandmalereien - Gartenlandschaften mit Vögeln, Blumen und Sträuchern - vertrieben hatte, setzte sich auf und sah Daphne freundlich aus großen, blauen Augen an.

„Frau Statthalterin, es wäre mir eine große Ehre, Euch in unserem Glauben zu unterweisen. Können wir gleich morgen anfangen? Soll ich in Euer Haus kommen, oder soll der Unterricht im Haus der Witwe Ausonia prima stattfinden?"

Während der Mann sprach, hatte Daphne Gelegenheit, ihn zu betrachten. Der Presbyter war kaum älter als fünfundzwanzig Jahre, mittelgroß und von schlanker Gestalt. Die vollen blonden Haare, die ihm in die Stirn hingen, glänzten, und seine blauen Augen strahlten wie hundert Sterne. Daphne fühlte sich wie hypnotisiert, denn sein Blick ließ sie nicht los. Da mischte sich der Bischof ein.

„Verzeiht Frau Statthalterin, aber wie Ihr hört, haben wir es hier mit einem ungestümen jungen Mann zu tun. Ich denke, es wird das Beste sein, wenn Ihr uns in den nächsten Tagen eine Nachricht zukommen lasst, wo und wann Ihr die Unterweisung wünscht."

Mit diesen Worten stand der Bischof auf, und es entging Daphne nicht, dass der Presbyter, der sich nach kurzem Zögern auch erhob, einen roten Kopf bekam und sich auf die Lippen biss. Beide Geistlichen verabschiedeten sich höflich und verließen das Haus. Den Rest des Tages fühlte Daphne sich seltsam erregt, wie als Kind nach einem Lauf im Garten ihres Hauses in Roma; ihr Herz schlug hart und der Atem ging schnell. In der folgenden Nacht schlief sie nur wenige Stunden, hauptsächlich, weil sie nicht wusste, wie sie Vitruv beibringen sollte, dass sie sich im christlichen Glauben unterrichten lassen würde. Vermutlich würde er verärgert sein und ihr befriedigendes Einvernehmen wieder gestört werden. Den Unterricht geheim zu halten, war nicht möglich, die Sklaven hatten überall ihre Augen und Ohren, speziell Vitruvs schöner Sekretär Antiochos. Als Vitruv aus Arleate zurückkehrte, unterrichtete sie ihn fest in klaren, einfachen Worten von ihrem Vorhaben. Zuerst sah er sie verdutzt an und fing dann an zu lachen.

„Hat Bischof Eustachius es endlich geschafft, ihr Frauen lasst euch doch viel leichter beeinflussen als Männer. Ich halte deinen Wunsch für überflüssig", fügte aber nachdenklich hinzu, „aber ich denke, es wird nicht zu unserem Schaden sein, wenn wir aus erster Hand wissen, was die Christen vorhaben. Lass dich unterrichten, aber als meine Ehefrau ist ein Beitritt in die Christengemeinschaft unmöglich, das verbiete ich dir."

Eine Woche später betrat Gaius Philippus Paulus die Stadtvilla und Daphnes Unterricht begann. Paulus war kein guter Lehrer, er war ungeduldig. Wenn Daphne seine Ausführungen nicht sofort verstand, begann er wie ein Löwe im Käfig im Zimmer auf und ab zu gehen und Monologe zu halten. Was ihm an pädagogischen Fähigkeiten fehlte, glich seine Begeisterung wieder aus. Sein Herz war erfüllt von seinem Glauben, und er verstand nicht, dass nicht alle Menschen an die Frohe Botschaft Jesu Christi glauben konnten oder wollten.

Der Unterricht fand in Daphnes Bibliothek statt, die sie sich in der Stadtvilla eingerichtet hatte, um ungestört ihren Studien nachzugehen, wie sie es aus Roma gewöhnt war. Der helle Raum lag zum Garten, und durch das große Fenster konnten sie die Vögel beobachten, die ihre Nester in den hohen Bäumen gebaut hatten und ihren Nachwuchs mit Nahrung versorgten.

„Wer war Jesus, hat er tatsächlich gelebt", fragte Daphne in der ersten Unterrichtsstunde.

„Er lebte ungefähr vor dreihundert Jahren in der römischen Provinz Ludaea (Judäa), antwortete Paulus, „geboren wurde er in der Stadt Nazareth. Man sagt, dass zu dieser Zeit ein großer Stern am Himmel stand. Das Land war eine römische Kolonie mit einem römischen Statthalter in Jerusalem mit Namen Herodes Antipas."

„Wer waren Jesu Eltern?"

„Seine Mutter hieß Marjam, wir sagen heute Maria, und Jesus war ihr erstgeborener Sohn."

„Ich habe gelesen, dass ein Gott der Vater von Jesus war."

„Das ist richtig. Maria wurde von dem Engel Gabriel verkündet, dass sie Mutter eines Kindes werden würde, das Gottes Sohn ist."

Daphne kräuselte die Stirn:

„Das ist schwer zu glauben, Kinder empfängt man anders."

„Ein Christ glaubt, obwohl er nicht weiß und vieles nicht bewiesen werden kann."

Daphne lachte und fragte weiter:

„Was wisst Ihr sicher vom Leben Jesu?"

„Sein irdischer Vater hieß Josef und war ein Tekton, ein Bauhandwerker, ein ehrbarer Beruf, den Jesus als Jüngling auch ergriff. Jesus hatte vier jüngere Brüder mit Namen Jakobus, Josef, Juda und Simon und einige Schwestern, deren Namen nicht auf uns gekommen sind."

„Was hat Jesus so Außergewöhnliches getan, dass die Christen ihn verehren?"

„Gott ist Mensch geworden durch seinen Sohn Jesus Christus, der für uns am Kreuz gestorben ist, um uns von unseren Sünden zu erlösen."

Ungläubig runzelte Daphne die Stirn.

„Wie hat Jesus Christus denn auf der Erde gelebt, um die Menschen von ihren Sünden erlösen zu können?"

„Bis zu seinem dreißigsten Lebensjahr hat er bei seiner Familie in seinem Dorf gelebt. Einige Jahre später lernte er den Wanderprediger Johannes den Täufer kennen, den Führer einer apokalyptischen Gruppe, von denen zu dieser Zeit in Galiläa viele umherzogen; sie sagten alle das Ende der Menschheit vorher. Jesus hat dann seine Familie verlassen und ist mit Johannes im Nordwesten Galiläas, im Grenzgebiet zwischen den Herrschaftsgebieten von Herodes Antipas´ und Philips umhergezogen, hauptsächlich am Nordufer des Sees Genezareth im Raum Kapernaum."

„War Jesus denn gebildet?"

„Man vermutet, dass sein Vater ihn lesen und hebräisch gelehrt hat, auch in die heiligen Schriften ist er eingewiesen worden. Vermutlich wurde er als Jude in der Synagoge theologisch ausgebildet und erlernte dort das Lesen und Auslegen der Thora."

„Was hat seine Familie gesagt, als er auf und davon auf Wanderschaft gegangen ist?"

„Obwohl wir wissen, dass Jesus ein charismatischer Mann war, wurde er von den Menschen in seinem Heimatort abgelehnt. Selbst seine Familie hielt ihn zeitweise für verrückt und hat sich von ihm bis zu seinem Tod distanziert. Erst nach seiner Auferstehung wandten sich ihm einige Familienmitglieder wieder zu. Nach kurzer Zeit trennte sich Jesus von Johannes, sammelte wie dieser Jünger um sich und wanderte mit ihnen ungefähr zwei Jahre, zwischen dem 1. Januar und dem 26. April des Jahres 30, durch Galiäa und verbreitete seine Gottesbotschaft."

„Wer waren die Menschen, die mit ihm umherzogen?"

„Es waren einfache Menschen, Kranke und Ausgestoßene, aber auch Frauen zählten zu seinen Jüngern, natürlich nicht solche wie die Witwe Ausonia prima, sondern eher Schankmädchen und Prostituierte."

Daphne musste gähnen, und Paulus sah ihr an, dass seine Unterweisungen begannen, sie zu langweilen. In einem langen Gespräch hatte Bischof Eustachius ihn eindringlich darauf hingewiesen, dass das Wohlwollen der Frau des Statthalters der Provinz für die Sicherung und Weiterentwicklung ihrer Gemeinschaft in Augusta Treverorum von höchster Bedeutung war. In der Vergangenheit hatte es immer wieder Ehefrauen hochgestellter Persönlichkeiten gegeben, die dem christlichen Glauben nahestanden und sich bei ihren Ehemännern für die Christen einsetzten. Bischof Eustachius bemühte sich, solche Kontakte auch in Augusta Treverorum zu pflegen. Ihn beunruhigte, dass sich in allen römischen Provinzen die Anzeichen mehrten, dass es zu einer weiteren Verfolgung der Christen wie zu Zeiten der Herrschaft der Kaiser Nero und Decius kommen könnte.

In der Nacht nach dem Gespräch mit Bischof Eustachius hatte Paulus lange gebetet. Am nächsten Morgen fühlte er sich gestärkt und war bereit, die von Gott erhaltene Aufgabe zu erfüllen. Er würde diese Frau dem christlichen Glauben zuführen und damit die Zukunft der Christengemeinschaft von Augusta Treverorum sichern. Es durfte nicht passieren, dass sie ihr beginnendes Interesse wieder verlor.

„Frau Statthalterin, es wird Sie interessieren, dass es sogar Ehefrauen und Konkubinen römischer Kaiser gegeben hat, die uns unterstützt haben."

Daphne sah Paulus erstaunt an.

„Ich kann mir nicht vorstellen, welche Kaiserinnen das waren, mein Vater hat nie von ihnen gesprochen."

„Es war die Kaiserin Julia Mamaea, die Mutter des Kaisers Severus Antonius, die zeitweise in seinem Namen regiert hat. Unter militärischem Schutz ließ sie unseren großen Kirchenlehrer Origenes nach Antiochia bringen, um sich von ihm in der christlichen Lehre unterrichten zu lassen. Die zweite hochgestellte Frau, von der wir wissen, dass sie sich für uns eingesetzt hat, war die Konkubine von Kaiser Commodus. Ihrem Einfluss ist es zu verdanken, dass Christen Zugang zum kaiserlichen Hof bekamen."

Ungläubig schüttelte Daphne den Kopf und beschloss, ihrem Vater zu schreiben und um Aufklärung zu bitten. Sie plauderten noch ein wenig über die Vorlieben adeliger Damen für die Christen, bis Daphne aufstand und Paulus sich verabschiedete. Als er fort war, stürmte Philomena in das Zimmer und fragte mit blitzenden Augen neugierig:

„Herrin geht es Euch gut, hat der Presbyter Euch gut unterhalten?"

„Philomena, was fragst du mich, du hast bestimmt an der Tür gelauscht", antwortete Daphne lachend. „Es war interessant, aber wenig amüsant; der Presbyter wird wiederkommen und mir mehr von dem Leben eures Jesus erzählen."

Als Daphne Vitruv am Abend erzählte, dass sie der Besuch des Presbyters ermüdet hatte, lachte er und sagte:

„Die heiligen Männer mit ihrer freudigen Botschaft sind alle etwas ermüdend. Du wirst es schon durchstehen."

Eine Woche später bei Paulus` zweitem Besuch war Daphne schon morgens nervös, so dass es ihr schwerfiel, sich für ein Gewand zu entscheiden; auch die Wahl des passenden Schmucks dauerte doppelt so lange wie an anderen Tagen. Philomena, die ihr wie jeden Morgen beim Ankleiden half, lächelte still und nahm gleichmütig ihre Laune hin. Pünktlich um zehn Uhr erschien Paulus in Daphnes Arbeitszimmer und setzte sich zu ihr an den Tisch. Daphne hatte seit ihrem letztem Treffen Fragen zusammengestellt, die Paulus beantworten sollte.

„Welche Botschaft hat Jesus seinen Anhängern gebracht? Alle Menschen sind gleich, wie mir Philomena gesagt hat?"

„Gottes Botschaft ist eine frohe Heils- und Liebesbotschaft; denn Gott liebt alle Menschen. Jeder Mensch kann und soll sich Gott direkt ohne Zwischeninstanz von Priestern mit der völligen Hingabe des Herzens zuwenden. Den Tempelkult der Juden hielt Jesus für überflüssig. Gott ist ein vergebender bedingungsloser Abba - ein liebender Vater, an den sich jeder wenden kann. Aus diesem Verständnis heraus hat Jesus die Menschen zu einer brüderlichen Gesinnung gegenüber dem Nächsten, sei er auch niedriger Geburt, aufgefordert bis hin zur Feindesliebe."

Paulus Stimme wurde lauter, er stand auf und ging erregt im Zimmer auf und ab.

„Jesus war sicher, dass die unmittelbare Königsherrschaft Gottes schon angebrochen war oder kurz bevorstand. Darum hat er die Menschen aufgerufen, die Zeit bis zum Endgericht zu der unverzüglichen notwendigen geistig-religiösen Umkehr zu nutzen, denn jeder Tag bis zum Endgericht ist eine Gnade Gottes, die den Menschen zur Umkehr gewährt wird. Wer Gottes Gebote erfüllt, kann sich seiner göttlichen Gnade und damit seiner bedingungslosen Liebes- und Heilszusage sicher sein, aber nicht als Gegenleistung für Frömmigkeit."

Erschöpft von dem Vortrag sank Paulus auf einen Stuhl. Daphne hatte seiner leidenschaftlichen Predigt mit wachsender Verwunderung zugehört.

„Desto mehr Ihr mir von Jesus und Gott erzählt, umso verwirrter bin ich, und es stellen sich mir immer neue Fragen."

„Frau Statthalterin, das glaube ich Euch. Wir fangen erst mit dem Unterricht an. Schon bald werdet ihr verstehen und glauben."

Zunächst kam Paulus einmal wöchentlich zum Unterricht in Daphnes Haus. Als Bischof Eustachius aus Colonia

Claudia Ara Agippinensium zurückgekehrt war und Paulus einige Gemeindepflichten an ihn wieder abgeben konnte, besuchte er Daphne häufiger. Inzwischen war es Sommer, und bei schönem Wetter verlegten sie ihren Unterricht in den Park der Villa, der von berühmten römischen Gartenarchitekten mit kleinen Teichen, in denen Goldfische und Kois in allen Farben und Formen schwammen, gestaltet worden war. Sitzgruppen, die zum Verweilen einluden, standen unter schattigen Bäumen, umgeben von Skulpturen aus der griechischen Mythologie. Wenn sie Pause von ihren Studien machten, um Erfrischung zu sich zu nehmen, brachte Philomena ihnen Claudia in den Garten, die sich bisher standhaft geweigert hatte, sich aufzusetzen; ohne Spannung im Körper, wie ein nasser Sack, hing sie nach hinten, obwohl die Amme, Philomena und auch Daphne sich immer wieder um sie bemühten. Paulus liebte Kinder, und Claudia wollte in ständig von ihm auf den Arm genommen werden. Da kam Daphne der Gedanke, ihre faule Tochter vor Paulus auf den Boden zu legen, und wie sie es vermutet hatte, ergriff Claudia die ihr hingestreckten Hände und setzte sich strahlend auf.

Daphnes anfängliches Herzklopfen in Paulus´ Gegenwart wurde in den folgenden Wochen nicht weniger; sie war aber erleichtert, dass er von ihren Gefühlen nichts zu ahnen schien. Trotz Paulus` Bemühungen, Daphne Gott und Jesus näherzubringen, blieb ihr der christliche Glauben fremd. Eine vertiefte Auseinandersetzung über christliche Themen war nicht möglich. Jede Diskussion endete mit seiner Aussage:

„Frau Statthalterin, ihr müsst an Gott glauben und ihm vertrauen."

Daphnes Verstand, geschult mit den Werken griechischer Philosophen wie Platon, Sokrates und Epikuros von Samos, war es nicht möglich, ohne Beweise zu glauben.

Der Herbst kam in diesem Jahr spät, war ungewöhnlich mild und sonnig, so dass die Bäume die Farbe ihrer Blätter nur langsam wechselten. Daphne erinnerte sich an die erste Weinlese, die sie auf ihrem Landsitz an der Mosella erlebt hatte und dass sie diese Zeit in vollen Zügen genossen hatte. Schon morgens war sie mit Philomena in die Weinberge gegangen und hatte zur Verwunderung der Sklaven mitgeholfen, die Weintrauben von ihren Stöcken zu pflücken und in die Körbe zu legen. Wenn Philomena sie nicht mit mahnenden Worten an ihr ungeborenes Kind zu denken gehindert hätte, wäre sie zu gern in den Bottich mit den vielen Trauben gestiegen, um mit ihren Füßen den Saft aus ihnen heraus zu stampfen. Eines Tages, als sie mit Paulus im Garten die warme Herbstsonne genoss, fragte sie ihn:

„Presbyter Paulus, was haltet Ihr davon, wenn wir unseren Unterricht auf meinem Landgut an der Mosella fortführen. Dort ist jetzt Weinlese, wir könnten zusehen und frischen Most trinken."

„Frau Statthalterin, ich kann nicht fort aus Augusta Treverorum, ich muss die Gottesdienste halten, aber eine Einladung des Herrn Statthalters wäre eine große Ehre, der ich Folge leisten müsste."

„Mein Mann ist in Nikomedia, bei Kaiser Diocletian. Er wird vor Winteranfang nicht zurück sein. Sie können unbesorgt meine Einladung annehmen."

Paulus lächelte still in sich hinein und antwortete:

„Ich danke Euch für die freundliche Einladung. Weinberge stehen von meiner Heimatstadt Ephesos viele Stunden entfernt, ich hatte nie die Gelegenheit, eine Weinernte zu sehen. Morgen spreche ich mit Bischof Eustachius, vielleicht kann er mich ein paar Tage entbehren."

Eine Woche später fuhren Daphne und Paulus mit dem Reisewagen auf Daphnes Landgut. Philomena war zusammen mit Claudia vorausgefahren, um ihre Ankunft vorzubereiten. Paulus war begeistert von der Landschaft an der Mosella mit ihren hohen Bergen, die zum Teil bis an den Fluss heranreichten. Sie waren mit Tausenden von Weinstöcken bepflanzt, an denen jetzt die reifen Trauben hingen. Den Fluss säumten winzige Orte mit winzigen Häusern, in denen Bauern und Fischer mit ihren Familien lebten. Die Fischer erarbeiteten ihren mageren Lebensunterhalt mit ihren kleinen Booten auf dem Fluss. Den häufig dicken Fang verkauften sie für wenig Geld auf dem nächsten Markt oder tauschten ihn in andere Ware um, die sie zum Leben benötigten. Während der Weinlese arbeiteten die Weinbauern zusammen mit ihrer Familie, den Sklaven und angeheuerten Lohnarbeitern, um die reifen Trauben vor dem ersten Frost in die Weinkelter zur Weiterverarbeitung zu bringen. Von dort wurde der Wein an einen Großhändler verkauft, der ihn auf dem Wasserweg an den kaiserlichen Hof, die Garnisonen in Augusta Treverorum und in andere römische Provinzen bis nach Roma und Britannia weiterverkaufte.

Die Herbstsonne wärmte wohlig das Land, als Daphne und Paulus schon sehnsüchtig von Claudia erwartet auf dem Landgut eintrafen.

„Frau Statthalterin, das ist kein Landgut, das ist ein Palast", rief Paulus bewundernd aus, als er das Anwesen erblickte. Daphne lachte.

„Ich bin stolz auf mein Landgut. Man wohnt komfortabel, aber wir haben auch eine ausgezeichnete Wirtschaft. Wir sind vollkommen autonom und können alles, was wir zum Leben brauchen, selbst herstellen. Mein Vater hat mir einen actor, einen Gutsverwalter und seine Frau geschickt. Es sind Sklaven, deren Familien seit Generationen, uns gehören. Mein Vater hat ihn eine ausgezeichnete Ausbildung absolvieren lassen, er ist mit allen Sparten der Landwirtschaft vertraut. Seine Frau steht kompetent dem großen Haushalt vor. Beide sind zuverlässig und pflichtbewusst, ich kann mich auf sie verlassen. Hoffentlich überlässt mir mein Vater beide noch einige Zeit. Wenn sie sich hier bewähren, will er ihn als procurator (Verwalter) für unsere Besitzungen in Africa proconsularis einsetzen. Wenn es Euch interessiert, können wir uns meine Landwirtschaft in den nächsten Tagen einmal ansehen."

„Frau Statthalterin, ich bin sehr interessiert. Unserer Gemeinschaft gehören Grundbesitz und Sklaven, die mir als ihrem Presbyter von ihrer Arbeit erzählen. Meine Familie hat unzählige Besitzungen in Kleinasien. Es war die Aufgabe meines ältesten Bruders, die procuratoris zu überwachen. Mich haben meine Eltern schon in früher Kindheit für den Dienst in der Kirche vorgesehen."

Noch viele Jahre später, wenn Daphne an die Zeit zurückdachte, die sie mit Paulus auf ihrem Landgut verbracht hatte, wurde ihr Herz weit und sie spürte wieder die warme Herbstsonne auf ihrem Gesicht und die Erregung, die sich damals ihres Körpers bemächtigt hatte.

Früh am nächsten Morgen nach einem kleinen Frühstück zeigte Daphne Paulus ihr Reich. Er war von dem repräsentativen architektonischen Erscheinungsbild der Anlage beeindruckt. Die Villa verfügte über einen Sommer- und einen Wintertrakt. Die Zimmer des Wintertrakts, kleinere Wohn- und Schlafräume für die Familie, lagen nach Süden und verfügten alle über Fußbodenheizungen; an die Schlafzimmer von Daphne und Vitruv schlossen sich kleine Bäder an. Alle Räume der Villa waren luxuriös mit Wandmalereien und Mosaikfußböden geschmückt. Der pars rustica, der Sklaventrakt mit Stallungen, Geräteschuppen und anderen Wirtschaftsgebäuden, schloss sich nach hinten nahtlos an das Haus an. Die Cellae, die Kammern für die Sklaven, waren klein und einfach ausgestattet mit Betten, Tischen und Stühlen aus rohem Holz. Sie lagen im Anschluss an die Küche, die den Sklaven gleichzeitig als Aufenthalts-, Speise- und Ruheraum diente. Direkt an den Sklaventrakt grenzten Stallungen für das Vieh. Die Wohnung des Gutsverwalters lag in dem linken Nebengebäude in Richtung des Haupteingangs des Landguts. Vom Fenster seines Wohnraums aus war es möglich, zu überwachen, wer das Gut betrat und verließ. Der pars fruktuaria, der Vorratstrakt, schloss sich an der anderen Seite gegenüber dem Sklaventrakt an die Villa an. Im ersten Stock gab es Lagerräume für Getreide, Hülsenfrüchte, Heu und Viehfutter. Für die im Erdgeschoss gelagerten eingemachten Früchte und Gemüse hatte die Frau des Gutsverwalters die Verantwortung.

„Wofür ist denn dieser Raum", fragte Paulus, als sie an einer dicken Holztür mit großen Schlössern und gewaltigen Riegeln vorbeikamen.

„Es ist das Arbeitsgefängnis für Sklaven, die während ihrer Freizeit angekettet bleiben müssen. Es gibt widerspenstige Männer, die sich nicht fügen wollen", seufzte Daphne. Von den Gebäuden etwas entfernt hatten der Schmied, der Schlosser, die Zimmerleute und der Wagenmacher ihre Werkstätten.

Daphne und Paulus standen jeden Morgen kurz nach Sonnenaufgang auf und verließen nach einem kurzen Frühstück das Haus. Begleitet wurden sie von dem Fahrer des Wagens und auf Philomenas ausdrücklichen Wunsch von zwei zuverlässigen Sklavinnen, zu ihrer Bedienung und um den Anstand zu wahren. Gut gelaunt fuhren sie entlang der Mosella und durch die nahen Wälder oder sie schauten der Weinernte zu. Der Besuch von Weinkeltereien war ein besonderes Vergnügen. Einige Weinbauern besaßen private Kelterhäuser, die in Nebengebäuden einsam gelegener Gutshöfe lagen. Häufig konnten dort nur geringe Mengen Wein gekeltert werden, da sie nur über drei Becken verfügten, ein Maischebecken, ein Press- und ein Mostbecken. Es gab keine Vorrichtung für Sorten- und Qualitätstrennung. Der gekelterte Wein war zum Eigengebrauch oder wurde auf umliegenden Gehöften verkauft, ein Weiterverkauf nach Augusta Treverorum scheiterte an der schlechten Verkehrsanbindung der Gutshöfe sowie an der Lage der Rebflächen, die häufig mehrere Kilometer von dem Kelterhaus entfernt lagen. Um den Absatz der Weine im römischen Kernland nicht zu gefährden und um mehr Getreide anbauen zu können, hatte Kaiser Domitian für alle römischen Provinzen angeordnet, die Hälfte der Weinberge einzuebnen. Erst Kaiser Probus hob die Anordnung offiziell auf, und sofort begannen die Weinbauern entlang der

Mosella an den steilen Hängen neue Weinreben zu pflanzen und alte, verwilderte wieder instand zusetzten.

Seit Kaiser Maximian Augusta Treverorum zu einem seiner Regierungssitze erhoben hatte, war der Bedarf an Wein wegen der Stationierung von Soldaten gestiegen, zu deren Tagesration billiger Wein gehörte. Daher begann die Provinzverwaltung Weinhänge bester Qualität am Fuße steiler Südhänge, weitab jeder Bebauung zu erwerben. Die dazugehörigen Kelterhäuser lagen unmittelbar an der Mosella und hatten mindestens zwei Maische-, zwei Tret- und ein Mostbecken. Einige Keltern verfügten über Kellerräume zur Zwischenlagerung des Mostes und Weines. Es gab auch zweigeschossige Kelterhäuser: Im Obergeschoss waren Speicher, Lager- und Wohnräume für die Arbeiter des Weingutes oder der Kelter. Zur Förderung des Gärprozesses und der vorzeitigen Alterung des Weines gab es Fumarien, die Rauchkammern. Einige dieser staatlichen Weingüter mit ihren Weinbergen und Keltern wurden von Soldaten erbaut und zusammen mit Sklaven betrieben.

 Bei ihren Ausflügen machten Daphne und Paulus mittags eine Pause, um einen Imbiss einzunehmen, den die Küchensklaven mit Gelächter und Getuschel vorbereitet hatten. Dann lagerten sie an einem schönen Flecken am Rande des Weges oder in nicht ganz so steilen Weinbergen nach einem mühevollen Aufstieg, der mit viel Energie und Gelächter gelang. Nachmittags kehrten sie erhitzt auf das Gut zurück, und nach einem erfrischenden Mittagsschlaf trafen sie sich zum Abendessen. Die Abendstunden verbrachten sie mit ihren Studien, mit denen sie nicht so zügig vorankamen, wie von Paulus geplant: Manchmal taten sie so, als würden sie studieren, aber ihre Gedanken waren bei anderen Dingen. Die erotische Anziehung, die Daphne vom ersten Augenblick an, gespürt hatte, ergriff jetzt auch Paulus. Tapfer versuchten beide, ihre Gefühle zu unterdrücken, wobei Paulus von heftigeren Gewissensbissen gequält wurde als Daphne. Paulus` Unterweisung hatte sie unweigerlich zu der Frage der Ehe für Bischöfe, Presbyter und Diakone geführt, und Paulus vertrat eine eindeutige Meinung.

„Frau Statthalterin", begann er und sprang erregt vom Stuhl auf, „ein Geistlicher hat mit seinem Körper, seinem Geist und seiner Seele der Dreieinigkeit, dem Vater, dem Sohne und dem Heiligen Geist zu dienen. Für eine Familie mit Ehefrau und Kindern ist kein Platz, weder im Kopf noch im Herzen."

„Aber der heilige Paulus war verheiratet", wandte Daphne ein.

„Das muss jeder für sich entscheiden", wehrte Paulus ab, „für mich würde eine Ehe nie infrage kommen."

Nach dieser eindeutigen Aussage verbeugte er sich kurz vor Daphne, verließ den Raum und wartete nicht wie üblich darauf, dass Daphne ihn entließ. Als Daphne kurz danach auf die Terrasse des Hauses trat, um die kühle Abendluft zu genießen, sah sie lächelnd, wie Paulus mit großen Schritten, wie von Hunden gehetzt, durch den Park lief.

Das Jahr schritt fort, und die Blätter der Bäume wechselten in alle Farben des Herbstes. Die Sonne schien wohlig warm, und der frische Wein schmeckte so süß, dass trotz aller guten Vorsätze und redlicher Überzeugung die Gefühle, die Daphne und Paulus füreinander hegten, mit aller

Macht zum Vorschein kamen. Es war auf einem ihrer Ausflüge. Daphne hatte den Fahrer ihres Wagens und die Sklavinnen unter dem amüsierten Blick von Philomena auf dem Gut zurückgelassen und übersah Paulus` Frage in seinen Augen. Paulus übernahm die Zügel, und schweigsam, ohne sich anzusehen und den Ausflug zu besprechen, fuhren sie eine halbe Stunde, bis sie zu einem Wäldchen kamen.

Daphne wurde jetzt doch etwas bang ums Herz. Der Wald war dunkel, und Paulus war vom Weg auf einen schmalen Pfad abgezweigt, der zu einer Lichtung führte, die nach allen Seiten durch hohe Bäume und dichtes Unterholz vor Blicken geschützt war. Hier hielt Paulus an. Ohne ein Wort an Daphne zu richten, half er ihr aus dem Wagen. Er breitete die Decken auf der Wiese aus und stellte zwei kleine Stühle und einen Tisch auf, während Daphne die mitgebrachten Speisen und Getränke aus den Körben auspackte. Plötzlich erschrak Daphne. Paulus war von hinten an sie herangetreten, fasste sie zart um die Taille und drehte sie zu sich herum. Er nahm ihr die Schale mit Trauben, die sie grade auf den kleinen Tisch stellen wollte, aus den Händen und stellte sie zurück in den Korb. Dann legte er den linken Arm um ihre Taille und zeichnete zärtlich mit der rechten Hand ihre Gesichtskonturen nach. Er streichelte über ihre Augen, die Nase und zuletzt über die vollen Lippen. Mit beiden Armen umfasste er jetzt Daphnes Körper und küsste sie zuerst zart, dann immer fordernder und härter auf die Lippen. Daphne spürte, wie ihre Brüste anfingen zu spannen und sich die Brustwarzen aufstellten. Langsam schob Paulus sein rechtes Bein zwischen ihre

Schenkel, sodass sie sein hartes Glied an ihrer Scham fühlte, die feuchter wurde.

„Süße, komm, lass mich deine Brüste küssen", murmelte Paulus leise und streifte Daphne das Brustband ab. Er knetete ihre rechte Brust, während er sich zu ihr herabbeugte und die rechte Brustwarze erst leicht mit der Zunge leckte und dann immer härter an ihr sog. Jetzt wurde Daphnes Bauch immer gespannter, und ihr Uterus fühlte sich an, als ob er im Becken höher steigen würde. Fast verlor sie das Gleichgewicht, so sehr drängte sich Paulus an sie. Plötzlich nahm er sie mit einem Schwung hoch und legte sie auf die Decken. Er band ihr Brusttuch, das in ihre Taille gerutscht war, ab und bedeckte ihren Bauch mit Küssen. Zärtlich streichelte er die Innenseiten ihrer Schenkel. Auf einmal hielt Daphne die Luft an, seine Finger waren zwischen ihren Schamlippen und streichelten rhythmisch über eine Stelle, von deren Existenz Daphnes Freundinnen häufig erzählt hatten. Das Gefühl, das sie jetzt ergriff, war mit nichts zu vergleichen, was sie in ihrem bisherigen Leben erlebt hatte. Fast, als würde sie keine Luft mehr bekommen.

Paulus` Finger verschwanden in ihrer Scham, erst einer, dann zwei und massierten mit ständig wachsendem Druck die Wände ihrer Vagina. Dann legte er sich Daphnes Beine über die Schultern und drang in sie ein. In diesem Augenblick entlud sich ihre sexuelle Anspannung in rhythmischen Wellen, die ihren ganzen Körper erfassten, sodass sie fast bewusstlos wurde. Paulus wartete ein wenig, stieß dann mit kräftigen, tiefen Stößen in sie hinein und blieb erschöpft und schweißüberströmt auf ihr liegen. Später küsste Paulus Daphne zärtlich auf den Mund, half ihr auf, bedeckte sich und wandte sich ab, während Daphne ihre Kleider wieder anlegte. Bis jetzt hatten beide nicht gesprochen, abgesehen von Paulus` erregtem Gestammel. Langsam fühlte Daphne ihre Kaltblütigkeit wieder zurückkommen und sagte:

„Ich denke, wir sollten uns jetzt stärken, ich habe Hunger."

„Frau Statthalterin, Daphne", stotterte Paulus und sein Gesicht rötete sich langsam, „ich darf dich doch Daphne nennen - natürlich nur, wenn niemand in der Nähe ist."

„Ich stelle mir gerade vor, was für ein Gesicht die fette Witwe Ausonia prima machen würde, wenn du mich in ihrer Gegenwart Daphne nennen würdest. Ich glaube, sie würde sofort in Ohnmacht fallen. Aber um deine Frage zu beantworten, ich freue mich, wenn du mich bei meinem Namen nennst."

Mit diesen Worten trat sie an Paulus heran und küsste ihn leicht auf den Mund. Nach einem ausgiebigen Mittagessen, bei dem beide sich unentwegt streichelten und vertraut miteinander plauderten, fuhren sie müde und glücklich zurück auf das Gut.

Schon von Weitem sahen sie Philomena, die nach ihnen Ausschau hielt. Sie half Daphne aus dem Wagen und sagte: „Frau Statthalterin wird sich in ihren Räumen erfrischen wollen, ich habe schon ein Bad eingelassen". Sie schob die verwunderte Daphne mit sanftem Druck ins Haus und weiter in ihr Schlafgemach, wo sie ihr half, sich zu entkleiden. Beide Frauen schwiegen, bis sie gleichzeitig anfingen zu lachen.

„Wie ich sehe", sagte Philomena, und betrachtete schmunzelnd Daphnes mit grünen und braunen Flecken verschmutzte Tunika, „hattet Ihr einen schönen Tag. Vermutlich wird es der letzte sein, Euer Ehemann ist zurück, ein Sklave brachte die Nachricht kurz, nachdem ihr heute Morgen fortgefahren seid. Er erwartet Euch in Augusta Treverorum."

Einen Moment lang wurde Daphne bei dem Gedanken an Vitruv bang ums Herz. Was würde er tun, wenn er erfuhr, was am heutigen Tag geschehen war.

„Philomena, informiere bitte Paulus, er muss sofort abreisen."

„Ich habe ihm die Nachricht von der Rückkehr des Herrn Statthalters überbringen lassen, er hat in dieser Minute das Gut verlassen und ist unterwegs nach Augusta Treverorum. Eure und Claudias Truhen sind gepackt und auf die Wagen verladen, wenn Ihr wollt, könnt Ihr noch heute fahren."

„Ich denke, wenn wir morgen ausgeruht die Reise antreten, ist das früh genug. Vitruv wird sich noch ein wenig gedulden müssen, bis er seine Tochter wiedersieht."

Daphne nahm am Abend nur eine Kleinigkeit in ihrem Schlafzimmer zu sich und träumte aufgeregt mit offenen Augen von Paulus` Zärtlichkeiten. Der Tag kam ihr unwirklich vor. War sie es gewesen, die alle diese Dinge getan hatte, von denen sie bisher nur hatte reden hören. Es war ihr eine Wonne gewesen, und sie fühlte sich wohl wie nie in ihrem Leben zuvor. In dieser Nacht schlief Daphne tief und entspannt bis Philomena sie früh am nächsten Morgen weckte.

In Augusta Treverorum empfing Vitruv sie mit einem kleinen Lächeln, während er seine Tochter während er seine Tochter auf den Arm nahm, die ihm munter ins Gesicht patschte.

„Du hast den Herbst mit Claudia auf dem Gut verbracht, wurde mir mitgeteilt. Und dass, unser neuer Presbyter, wie war noch sein Name - Paulus - dich begleitet hat." Und leiser, „unser Bischof ist ein Fuchs. Es tut mir leid, eure schöne Zeit beendet zu haben, aber ich bin nur kurz in Augusta Treverorum. Morgen reise ich weiter in die Provinz Hispania (iberische Halbinsel), wollte aber nicht versäumen, mein kleines Mädchen vorher zu sehen."

Er strich Claudia über das Haar, die auf seinen Schoß saß, die dicken Ärmchen um seinen Hals gelegt hatte und sich an ihn drückte.

„Wie lange wirst du in Hispania bleiben?"

„Ich weiß es nicht. Es sind dort Unruhen wegen unserer Steuererhöhungen ausgebrochen. Ich hoffe, wir können das Problem schnell lösen. Ich weiß dich bei Bischof Eustachius in guten Händen. Wenn ich zurückkomme, musst du mir erzählen, was es mit den guten und reinen Christen auf sich hat."

Daphne sah Vitruv in sein unschuldig lächelndes Gesicht, auf dem kein Argwohn zu erkennen war.

„Ich gehe heute Abend in den Amtspalast, um zu arbeiten. Dort werde ich eine Kleinigkeit zu mir nehmen und die Nacht verbringen, um dich durch meine Abreise morgen in aller Frühe nicht zu stören. Du brauchst kein Abendessen zu veranlassen. Ich werde jetzt mit Claudia in den Garten gehen und ihr die Geschenke von Kaiser Diocletian zeigen."

Mit diesen Worten verließ Vitruv mit der strahlenden Claudia das Zimmer. Erleichtert sank Daphne auf den nächsten Stuhl. Sie war sicher, dass Vitruv etwas ahnte, aber aus nicht nachvollziehbaren Gründen sich zu diesem Zeitpunkt nicht näher damit auseinandersetzen wollte. Gleich morgen würde sie eine Nachricht zu Paulus schicken, dass sie ihre christlichen Unterweisungen wieder aufnehmen könnten. Bei diesem Gedanken fing ihr Herz wieder schneller an zu schlagen, und sie fühlte ihre körperliche Erregung köstlich steigen.

Acht Wochen später lag Daphne mitten am Tag verzweifelt in ihrem Bett. Sie hatte Paulus nicht wiedergesehen. Ihr Brief war ungeöffnet mit einer Nachricht seines Sekretärs zurückgekommen, dass Paulus nach Ephesos abberufen worden war, um seinen schwer erkrankten Vater, der womöglich im Sterben lag, in seiner letzten Stunde beizustehen. Von Philomena erfuhr Daphne, dass nicht bekannt war, wann er nach Augusta Treverorum zurückkehren würde. Auch Vitruv weilte noch in der Provinz Hispania, und Daphne wartete seit mehr als zwei Monaten auf ihr monatliches Unwohlsein. Nachdem die Blutungen einmal ausgesetzt hatten, machte sie sich noch keine Gedanken. Jetzt war sie aber außer sich. Sollte es möglich sein, dass sie von der einmaligen Vereinigung mit Paulus schwanger war? Wie sie es von ihrer Schwangerschaft mit Claudia kannte, wurden ihre Brüste größer und fester. Philomena guckte sie jeden Morgen besorgt fragend an. Was sollte sie unternehmen?

Daphne wusste, dass es Mittel gab, um eine frühe Schwangerschaft zu beenden. Das konnte aber, wie sie es bei einer ihrer Sklavinnen erlebt hatte, böse ausgehen, die Sklavin starb unter fürchterlichen Qualen. Sie musste unbedingt mit Paulus reden, aber wann würde er zurückkommen, vielleicht war es dann schon zu spät, um etwas zu unternehmen. Sie würde sich scheiden lassen können und Paulus heiraten. Vitruv würde sie gehen lassen, er hatte es versprochen. Daphne war sich sicher, dass ein gemeinsames Kind Paulus´ Einstellung zur Ehe und Familie von christlichen Priestern ändern würde. Seine Liebe zu Kindern war so groß, wie Daphne immer wieder an seinem liebevollen Umgang mit Claudia gesehen hatte. Vielleicht würde die Zukunft doch wunderbar werden.

Zurück nach Augusta Treverorum kam nach zehn Wochen aber nicht Paulus, sondern ein gut gelaunter Vitruv.

„Daphne, wie schön dich wiederzusehen, aber du bist blass, ist dir das Rot für die Wangen ausgegangen?"
Daphne ärgerte sich, sie hatte nie künstlich nachhelfen müssen, um ihre Schönheit zu betonen. Aber sie ließ sich ihren Ärger nicht anmerken und machte ein freundliches Gesicht. In den Wochen, in denen sie verzweifelt auf Paulus gewartet hatte, war in ihr ein Plan gereift, der, wenn er gelingen sollte, einen gut gelaunten Vitruv erforderte.

„Vitruv, ich muss ernsthaft mit dir reden, gleich nach dem Abendessen."

„Gerne meine Liebe, aber wenn es so dringend ist, können wir es gleich tun."

„Vitruv, ich will einen Sohn."

Die Worte stieß Daphne mühsam mit zusammengebissen Zähnen hervor.

Vitruv sah sie mit unergründlichem, aber freundlichem Blick an, und als er nicht antwortete, sagte Daphne:

„Mach´ es mir nicht so schwer. Du hast mir versprochen zur Verfügung zu stehen, wenn ich weitere Kinder haben möchte, und jetzt will ich. Claudia wird bald ein Jahr alt, es ist der richtige Zeitpunkt."

„Liebe Daphne", antwortete Vitruv gleichmütig, „ich werde meiner ehelichen Verpflichtung nachkommen, wie ich es dir versprochen habe. Wann darf ich in deine Gemächer kommen, gleich heute Abend?"

Daphne, von ihrem Mut überwältigt, bekam es jetzt mit der Angst zu tun. Aber die musste sie bezwingen, denn von Paulus war bisher keine Nachricht eingetroffen.

„Einverstanden, Vitruv! Ich erwarte dich heute Abend in meinen Räumen."

Das eheliche Zusammensein war freundlich und geschäftsmäßig, der Geschlechtsakt war nach drei Minuten beendet. Danach plauderten sie ein wenig über Vitruvs Reise nach Hispania, und nach einer halben Stunde verließ er ihr Zimmer.

„Das habt Ihr schön eingefädelt, Herrin", kicherte Philomena, als sie Daphne half, ein Bad zu nehmen.

„Sei nicht frech Philomena, sonst verkaufe ich dich", antwortete Daphne gut gelaunt.

„Herrin, das glaube ich nicht, was würdet Ihr in diesem kalten Land und mit bald zwei Kindern ohne mich machen?"

Zwei Wochen später, an einem kalten Januarmorgen, kam Philomena abends in Daphnes Bibliothek gerannt. Ihre Wangen waren von der Kälte gerötet, und sie war vom Laufen außer Atem. Daphne saß an ihrem Schreibtisch, um ihre täglichen Eintragungen in ihr Tagebuch zu machen.

„Herrin, Herrin", rief sie aufgeregt, „er ist wieder da, ich habe ihn gesehen."

121

Daphne drehte sich um und fragte ganz in Gedanken bei ihren Aufzeichnungen:

„Wer ist da? „

„Unser Presbyter Paulus ist heute aus Ephesos zurückgekehrt."

Langsam stand Daphne auf. Damit hatte sie nicht gerechnet, dass Paulus nach so vielen Wochen wieder zurückkehren würde. Hatte sie sich jetzt eine mögliche Heirat mit ihm vermasselt - warum konnte sie nicht abwarten. Warum musste sie immer so ungeduldig sein und gleich mit Vitruv ins Bett steigen. Morgen würde sie Paulus treffen, sie musste ihn überzeugen, sie zu heiraten. Vielleicht würde ihr Leben doch noch eine glückliche Wendung nehmen.

„Philomena, ich schreibe eine Nachricht an Paulus, überbringe sie ihm heute Abend, ich muss ihn so schnell wie möglich sehen."

Nach einer Stunde kam Philomena zurück und berichtete, dass sie den Brief Paulus´ Sekretär übergeben hatte, da der sich geweigert hatte, seinen schon schlafenden Herrn zu wecken. Mit Herzklopfen legte Daphne sich an diesem Abend in ihr Bett. Was würde der morgige Tag bringen?

Paulus Antwort kam am nächsten Tag gegen Mittag. Er schrieb, dass er im Augenblick zu beschäftigt sei, um sich mit Daphne zu treffen. Er würde sich bei ihr melden, wenn er mehr Zeit hätte. Daphne sank auf den nächsten Stuhl, als sie diese Antwort las. Nach ein paar Minuten, in denen sie wie betäubt dagesessen hatte, kam die Wut in ihr hoch. Niemand durfte so mit ihr umgehen.

„Philomena", schrie sie, „lass den Wagen anspannen, ich fahre aus."

Philomena kam angerannt, und als sie Daphnes aufgeregtes Gesicht sah, wusste sie, was los war.

„Ich lass anspannen und ich komme mit."

„Du bleibst hier, ich kann meine Angelegenheiten allein regeln, dazu brauche ich keine Hilfe."

„Ich habe der Senatorin, Eurer Frau Mutter und meiner geliebten Großmutter versprochen, auf Euch in diesem kalten Land aufzupassen, und das werde ich auch tun."

Mit hoch erhobenem Kopf verließ Philomena das Zimmer und rief nach dem Fahrer des Wagens. Als sie losfuhren, fing es an, zu schneien.

„Ich hasse Schnee", knurrte Philomena, „warum können wir nicht in einem wärmeren Land leben!"

Am Gemeindehaus von Augusta Treverorum angekommen klingelte Philomena an der Tür und wurde eingelassen. Minuten später kam sie zusammen mit Paulus an den Wagen.

„Frau Statthalterin", sagte er mit nichtssagendem Lächeln, „was macht Ihr hier draußen bei dem Wetter?"

„Das Wetter ist im Augenblick unwesentlich; wenn du nicht zu mir kommst, muss ich zu dir kommen."

Paulus sah sich vorsichtig um.

„Kommt herein, Frau Statthalterin, die Leute -."

Er half Daphne aus dem Wagen, geleitete sie in das Haus in sein Arbeitszimmer.

„Bitte setzten Euch Frau Statthalterin, was kann ich für Euch tun?"

„Das kann nicht wahr sein. Erst verschwindest du aus Augusta Treverorum, ohne mir eine Nachricht zu hinterlassen, und jetzt sind wir das erste Mal wieder allein in einem Raum, und du tust, als würden wir uns nur flüchtig kennen, und redest mich mit „Frau Statthalterin" an. Hast du unsere Zeit an der Mosella vergessen?"

Paulus´ Gesicht erstarrte und färbte sich tiefrot. Dann schlug er die Hände vor sein Gesicht. Nach Minuten, in denen beide schwiegen, was Daphne, wütend wie sie war, schwerfiel, nahm er langsam die Hände herunter und fixierte einen Punkt an der Wand oberhalb von Daphnes Kopf.

„Frau Statthalterin, ich habe die Tage an der Mosella nicht vergessen, aber ich würde es gerne. Ich wäre glücklich, wenn ich alles ungeschehen machen könnte. An der Mosella, das war eine unverzeihliche Torheit von mir. Ich habe seitdem gebetet, dass Gott mir vergibt. Frau Statthalterin!" Paulus richtete sich grade auf, und seine Stimme wurde fester, „aber ich habe Euch nicht belogen. Immer habe ich Euch gesagt, dass eine Ehe und Kinder für mich nicht infrage kommen. Auch Liebschaften schwächen die Kraft eines Priesters, die Kraft, die meinem Gott und der ganzen Gemeinde gehört."

Daphne sah ihn sprachlos an.

Dann antwortete sie leise:

„Dann ist alles geklärt", stand auf und sagte:

„Du brauchst mich nicht zu meinem Wagen begleiten zu lassen, ich finde den Weg."

Hocherhobenen Hauptes verließ Daphne das Zimmer und das Haus. Sie verlor erst ihre Beherrschung, als sie in den Wagen eingestiegen war: Sie weinte bis zu ihrem Stadthaus so herzerweichend, dass Philomena sie in den Arm nahm und ihr beruhigend über den Kopf streichelte. Zuhause angekommen, hatte Daphne sich wieder etwas gefasst und war froh, wenigstens eine Nacht mit Vitruv verbracht zu haben. Jetzt musste sie dieses Hintertürchen nutzen, Vitruv musste glauben, das ungeborene Kind sei von ihm.

Eine Woche später teilte Daphne mit verschämt niedergeschlagenen Augen Vitruv mit, dass sie schwanger sei.

„Das trifft sich gut, dass ich dir deinen Wunsch schnell erfüllen konnte", antwortete Vitruv lächelnd.

„Vielleicht wird es dieses Mal unser Stammfolger, ich freue mich, Daphne."

Mit diesen Worten kam er näher, legte leicht den Arm um Daphne und gab ihr einen Kuss auf die Wange.

„Wer wird deine christlichen Unterweisungen übernehmen, wenn unser Sohn geboren ist, nachdem unser schöner Presbyter Paulus nach Roma abberufen wurde? "

Daphne sah Vitruv ungläubig an.

„Ach, ich dachte, das wüsstest du. Er tritt eine hohe Stellung beim Bischof von Roma an und hat Augusta Treverorum schon verlassen."

Dieser Schuft, dachte Daphne, darum bin ich so schnell für ihn unwichtig geworden. Nicht Gott und die Gemeinde brauchen sein Herz und seine Seele, sondern die Karriere in Roma. Daphne straffte sich und strahlte Vitruv an.

„Um deine Frage zu beantworten, Vitruv, ich habe mir ausreichendes Wissen über die christliche Lehre im letzten Jahr angeeignet, ich brauche keinen neuen Lehrer. Aber ich werde weiter die Versammlungen der Christen besuchen, denn ich fühle mich bei ihnen wohl."

Und nachdenklich fuhr sie fort:

„Ich denke, die Christen bewirken viel Gutes. Wir haben viele bitterarme Witwen, Waisen und alte Menschen in der Stadt, um die sich niemand kümmert. Sie alle werden den neuen Gott anbeten und nicht unsere alten Götter, die ihnen niemals in ihrer Not geholfen haben."

Vitruv, der Daphnes Schneid in dieser unangenehmen Situation bewunderte, hatte ihr aufmerksam zugehört und sah sie freundlich an.

„Daphne, ich freue mich, dass du deine Studien der christlichen Lehre erfolgreich zum Abschluss gebracht hast, dein Engagement für die Armen kann ich nur unterstützen. Aber bedenke, die Christen weigern sich, zu opfern, das können wir nicht zulassen. Das Wohlwollen der Götter, ihre Unterstützung bei all unseren Taten dürfen wir nicht verlieren - das Römische Reich darf nicht geschwächt werden. Wir haben schwere Zeiten. Die nördlichen Grenzen unseres Reiches sind in den letzten Jahren durch immer häufiger einfallende Germanen wieder unsicherer geworden. Sie alle wollen unser Land und an unserem Wohlstand teilhaben. Alle römischen Bürger müssen jetzt zusammenhalten, auch deine christlichen Brüder und Schwestern."

An einem heißen Sommertag Anfang Juli 289 gebar Daphne einen Sohn. Die Geburt dauerte drei Tage, die Schmerzen waren unerträglich. Der Junge wog fünf Kilogramm, war fünfundfünfzig Zentimeter lang und entschloss sich fast zu spät, sein warmes Zuhause zu verlassen. Das Kind hatte wenige blonde Haare, aber schöne Augen, die sein ganzes Leben strahlend blau blieben wie am Tag seiner Geburt. Nach der Anstrengung schlief Daphne tief, als Vitruv das Zimmer betrat, um den Jungen anzusehen. Er lächelte amüsiert: Das Baby sah aus wie die kleine Ausgabe von Paulus. Es hatte eine geradezu lächerliche Ähnlichkeit mit dem neu ernannten Monsignore in Roma, wie auch

Philomena kurz nach der Geburt festgestellt hatte. Dann trat Vitruv an Daphnes Bett, gab ihr einen sanften Kuss auf die Stirn und verließ leise das Zimmer. Philomena, die die Szene beobachtet hatte, atmete hörbar aus, als Vitruv die Tür hinter sich geschlossen hatte. Sie beschloss, Daphne von ihrer Beobachtung nichts zu erzählen – warum sollte sie die Herrin beunruhigen. Zu Philomenas Verwunderung fiel Daphne die große Ähnlichkeit des Jungen mit seinem Vater nicht auf, sie sah in das Gesicht ihres geliebten Vaters, wenn sie sich über den Säugling beugte. Daher gab sie ihm den Namen Gaius Antonius Orestes Marcus, wogegen Vitruv lächelnd keinen Einwand erhob.

Claudia liebte ihren Bruder vom ersten Tag an und hätte ihn am liebsten ständig mit sich herumgeschleppt, wenn Philomena und seine Amme sie nicht daran gehindert hätten.

Wie nach Claudias Geburt erholte sich Daphne so schnell, dass Philomena es für eine Dame aus den höchsten Kreisen von Augusta Treverorum für wenig vornehm hielt.

Vitruvs Amt als Statthalter der Provinz Gallia Prima war beendet, er hatte es zwei Jahre mit Freude und Engagement ausgeführt. Da er nicht mehr in den oberen Stockwerken der Amtsvilla des Statthalters wohnen konnte, erwarb er ein Haus am Rande der Stadt, wo er seinen Vergnügungen nachging, wenn er nicht in Roma an Senatssitzungen teilnahm. Wöchentlich besuchte er seine Familie, oder wenn Daphne es wünschte. Daphne war froh über dieses Arrangement, aber es missfiel ihr, dass darüber in der Gesellschaft von Augusta Treverorum geklatscht wurde.

Daphne wird Christin 290 n. u. Z.

Das erträgliche Zusammenleben mit Vitruv wurde in der folgenden Zeit nur einmal gestört, als Daphne beschloss, in die Christengemeinschaft einzutreten.

„Daphne, ich habe dir schon vor langer Zeit unmissverständlich gesagt, dass für meine Ehefrau eine Mitgliedschaft bei den Christen nicht infrage kommt, ich verbiete sie dir."

„Ich kann dein Verbot nicht akzeptieren, Vitruv. Du nimmst keine öffentlichen Aufgaben mehr wahr, warum kann ich jetzt nicht Christin werden? „

„Daphne, du bist eine kluge Frau. Hast du schon daran gedacht, dass der Kaiser mich womöglich in höhere Ämter berufen wird? Und was mir noch wichtiger ist, die Christen sind nicht nur bei unseren Imperatoren unbeliebt, sondern auch bei der Bevölkerung. Sie sondern sich ab und - was noch bedrohlicher ist – sie üben nicht den Kaiserkult aus. Es besteht immer die Gefahr, dass sich etwas gegen sie zusammenbraut."

„Was braut sich zusammen, Vitruv, du musst es mir sagen, wenn meine christlichen Freunde gefährdet sind."

„Daphne, ich habe von der Möglichkeit gesprochen, dass die Christen gefährdet sind, es ist mehr ein Gefühl. Das Römische Reich muss immer häufiger Kriege führen, die Götter sind uns nicht mehr wohlgesonnen. Es wird nicht mehr lange dauern, dann wird man dafür Schuldige suchen."

Daphne sah Vitruv misstrauisch an und sagte:

„Wenn dir nichts Genaues bekannt ist, wodurch meine Mitgliedschaft in der Christengemeinschaft unsere Familie gefährden würde, werde ich Christin. Ich glaube, dass eher dein Lebenswandel deine weitere Karriere gefährdet als meine Mitgliedschaft bei den Christen."

Bei Daphnes Worten erhob sich Vitruv blitzschnell, ging mit wutverzerrtem Gesicht und schwarzen, böse blitzenden Augen auf Daphne zu und hob den Arm, um sie zu schlagen. Dann atmete er durch, senkte den Arm und sagte:

„Du hast immer noch nicht gelernt, deinen Mund zu halten", und verließ den Raum.

Am nächsten Tag bat Daphne Bischof Eustachius, sie als Katechumene anzunehmen.

„Meine liebe Tochter, ich freue mich, dass du dich endlich entschlossen hast, unserer Gemeinschaft beizutreten. Aber was sagt dein Ehemann, der ehrenwerte Senator und ehemalige Statthalter Gaius Antonius Rufus Vitruv, ist er mit deiner Entscheidung einverstanden? "

„Bischof Eustachius, er liebt meine Entscheidung nicht, aber er akzeptiert sie. Auch er verhält sich nicht immer nach meinen und des Kaisers Wünschen", antwortete Daphne. Eustachius ging lächelnd nicht weiter auf Daphnes Antwort ein.

„Meine Tochter, du hast in den vergangenen Jahren wertvollen Unterricht in unserer christlichen Lehre erhalten."

Es entstand eine Pause.

„Ich denke, du hast die dreijährige Vorbereitungszeit, die unsere Gemeinschaft vorschreibt, erfüllt. Wir können also gleich im nächsten Gottesdienst mit der Überprüfung deiner Bereitschaft, die Taufe anzunehmen, fortfahren. Danach wird dich unser Exorzist, der Bruder in Christus Jacobus, von der Macht des Teufels befreien, damit du ohne

Sünde dich bei deiner Taufe zu der Macht Gottes bekennen kannst. Welche Paten können sich für deinen Glauben verwenden? „

„Die Witwe Ausonia und Sabrina Fausta, die Ehefrau des Curialen Antonius Severus Juvencus", antwortete Daphne.

„Deine Taufe, meine Tochter, wird wie bei allen unseren neuen Brüdern und Schwestern kurz vor dem Osterfest am Karsamstag stattfinden."

Und so geschah es. Am Abend vor dem Tag der Auferstehung Jesu Christi taufte Bischof Eustachius Daphne auf den Namen des Vaters, des Sohnes und des Heiligen Geistes. Als Vorbereitung für den großen Tag fastete sie mehrere Tage, und Philomena nähte ihr ein einfaches weißes Taufkleid.

Von all dem bekam Vitruv nichts mit, er war nach ihrer Auseinandersetzung nach Nikomedia zu Kaiser Diocletian gereist, um mit ihm gegen die Alemannen zu kämpfen, die wieder in das Römische Reich eingedrungen waren.

Erste Tetrarchie 293-305 n. u. Z.

Die Unruhen an den Grenzen des Römischen Reiches
waren trotz erfolgreich geführter Kriege gegen die germanischen Stämme nicht weniger geworden. Das veranlasste
die Kaiser Diocletian und Maximian am 1. März 293 ihre
Zweierherrschaft zu einer Tetrarchie, einer Viererherr-
schaft, zu erweitern. Zwei bewährte Soldaten, Constantius
und Galerius, erhoben sie zu untergeordneten Caesaren,
adoptierten sie zu Mitkaisern und ernannten sie zu ihren
designierten Nachfolgern. Gaius Flavius Valerius Constantius - sein Name als Caesar bekam in späteren Jahren wegen seiner blassen Hautfarbe den Zunamen Chlorus - der
Bleiche, stammte aus Thracia (Thrakien) von der unteren
Danuvius, war im Heer bis zum praefectus praetorio (Prä-
torianerpräfekten) von Maximian aufgestiegen und erreichte jetzt den Zenit seiner Karriere. Nicht so strahlend war
bisher die Karriere von Gaius Galerius Valerius Maximia-
nus verlaufen. Er hatte unter den Kaisern Aurelian und
Probus in untergeordneter Stellung im Heer gedient.
Constantius war seit 289 mit Theodora, der Stieftochter
Maximians, verheiratet. Galerius musste seine Ehefrau
verstoßen und bekam die einzige Tochter Diocletians,
Valeria, zur Ehefrau. Beide Caesaren erhielten den Titel
„Nobilissimus Caesar". Geweiht wurde die Tetrarchie
durch die Wahl von Schutzgottheiten: Diocletian erwählte
Jupiter und nahm den Beinamen Jovius an, Maximians
Schutzgott war Herkules, er nannte sich Herculis, die Cae-
saren Constantius und Galerius waren den Göttern ihrer
Oberkaiser unterstellt. Constantius verehrte außerdem den
Sonnengott Sol, der in seiner thrakischen Heimat beson-

ders beliebt war. Mit Beginn der Tetrarchie teilte Kaiser Diocletian das Römische Reich unter den vier Herrschern auf, wobei er Senior-Augustus blieb und jedem Augustus weiterhin eine Reichshälfte unterstand. Die Gesetze hatten Gültigkeit für das gesamte Reich. Kaiser Aurelius Valerius Diocletianus, genannt Diocletian, residierte in Nikomedia (Ismid) und in Antiochia am Fluss Orontes (Orontem), seinen Alterssitz ließ er in Spalato (Split) errichten. Sein Caesar Galerius erhielt Illyrien, seine Paläste standen in Serdica (Sofia), Sirmium (Sremska Mitrovica) und Thessalonica. Der Augustus des Westens, Maximian, herrschte in Italien bis zur oberen Danvius, in den Provinzen Rätien, Hispania und Africa proconsularis; seine Residenzstädte waren Mediolanum, Aquileia und Cordova (Cordoba). Sein Caesar Constantius bekam Gallien und Britannia mit den Residenzstädten Augusta Treverorum, Arleate und Eboracum (York).

 Sofort nach seiner Ernennung zum Caesar reiste Kaiser Constantius nach Augusta Treverorum. Dort führte er den Ausbau der kaiserlichen Residenz fort, den Kaiser Maximian begonnen hatte. 295 war Kaiser Maximian Vater einer Tochter geworden, der er den Namen Flavia Maxima Fausta gab. Lieber hätte er einen zweiten Sohn gehabt – sein Erstgeborener Maxentius war jetzt fünfzehn Jahre alt, nicht besonders kräftig und schielte. Aber dann freute er sich doch so sehr über seine blonde Tochter, dass er sich betrank, bis er die Sinne verlor. 293 bekam Augusta Treverorum eine Münze, die bald reichsweit den weitaus größten Münzausstoß an Silber- und Bronzemünzen verzeichnete und einen hohen Anteil Goldprägungen.

In den Jahren 296 und 297 schlug Kaiser Diocletian einen von dem Usurpator Archilleus angeführten Aufstand in Alexandria in der Provinz Aegyptus nieder. Der dreiundzwanzigjährige Konstantin, Sohn Kaiser Constantius I., nahm an dem Feldzug als Anführer einer tribunus primi ordinis (Reiterabteilung) im Rang eines Tribun ersten Ranges, teil. Unterdessen zog Galerius in die Provinz Syria (Syrien), wo Narses, der Herrscher der Sassaniden, das Römische Reich angriff. Galerius verlor die erste Kampagne, worüber Diocletian derart erbost war, dass er seinen Caesar im vollen Kaiserornat mehrere Kilometer neben seinem Wagen herlaufen ließ. Eine zweite Kampagne gegen die Perser verlief erfolgreich, sodass im Frühjahr 298 ein Friedensvertrag abgeschlossen werden konnte. Zur selben Zeit gelang es Kaiser Maximian nach vielen Jahren, Britannia von dem Usurpator Carausius zurückzuerobern und eine Revolte der Quinquegentiani, einem maurischen Volksstamm in Afrika, niederzuschlagen. Seinen verdienten Triumph feierte er im Jahr 299 in Roma.

Das Jahr 300 verlief ruhig. In der Stadt Luxor in der Provinz Aegyptus entstand ein Tetrapylon,(Prunktor) zu Ehren der Augusti Diocletian und Maximian. Roma bekam den Tempel der Minerva Medica und die Gärten des Licinius, und Galerius baute sich in der Provinz Darcia Ripensis einen Palast, den er nach seiner Mutter Romaulina Felix Romaulina nannte. In Thessalonica stand der nach ihm benannte Bogen, der Galeriusbogen, sein Mausoleum kam jetzt dazu. Er ließ es in Form einer Rotunde, eines Rundbaus, erbauen, mit einer flachen Kuppel aus Ziegelmauerwerk und einer Kuppel mit einem Durchmesser von fünfundzwanzig Metern. Die Kuppel, nur von einem Rundfenster (Okulus) unterbrochen, war die weltgrößte Ziegel-kuppel.

Christenverfolgung 303 n. u. Z.

Im Februar 303 kam Vitruv eines Abends im Galopp in den Hof des Landguts geritten, wie es für gewöhnlich nicht seine Art war. Ohne auf den Sklaven zu warten, dessen Aufgabe es war, ihm beim Absteigen zu helfen, sprang er mit einem Satz vom Pferd und lief jeweils zwei Stufen auf einmal nehmend die Treppe hinauf in Daphnes Zimmer. Philomena hatte Daphne grade die Kinder gebracht, die freudig auf ihren Vater zuliefen, aber er beachtete sie nicht.

„Bring´ die Kinder aus dem Zimmer, ich muss mit der Herrin sprechen", herrschte er Philomena an.

Philomena nahm erschrocken den verwirrt guckenden Marcus und die mit Tränen kämpfende Claudia an die Hand und verließ schnell das Zimmer.

„Ich war heute am kaiserlichen Hof in Augusta Treverorum, dort herrscht große Aufregung. Kaiser Constantius hat Nachricht aus Nikomedia - dort ist die Hölle los. Ein Bote hat die Nachricht gebracht, dass am 23. Februar die christliche Kirche gegenüber dem Palast von einem kaiserlichen Rollkommando mit Beilen und anderen Werkzeugen bis auf die Fundamente zerstört wurde. Ich habe gewusst, dass das kein gutes Ende nehmen wird und dich wiederholt gewarnt, aber du musstest deinen Kopf wie immer durchsetzen und in diese gefährliche Christengemeinschaft eintreten."

Daphne zog ihr Umschlagtuch fester um ihre Schultern, ging zu ihrem Stuhl und setze sich.

„Ich wäre dir dankbar Vitruv, wenn du dich konkreter ausdrücken würdest, ich verstehe, dich nicht."

„Kaiser Diocletian hat am 23. Februar in Nikomedia ein Edikt erlassen, das auf die endgültige Zerschlagung der Christengemeinschaft und die Ausrottung ihrer Anführer und Anhänger zielt."

„Seit fünfzig Jahren, seit der Herrschaft Kaiser Valerians, sind die Christen nicht verfolgt worden, Vitruv, so schlimm wird es schon nicht werden. Was steht genau in dem Edikt?"

„Wie immer weißt du alles besser, obwohl du nichts weißt, Daphne. Das Edikt verbietet die christlichen Gottesdienste, es ordnet nicht nur die Zerstörung der Kirchen an, sondern auch die Verbrennung der christlichen Schriften. Alle Bischöfe und Presbyter werden eingekerkert und gefoltert, bis sie ihrem Glauben abschwören. Und alle Christen, die nicht abschwören und das Kaiseropfer verweigern, werden zum Tod verurteilt. Christliche Beamte am Hof von Nikomedia sind schon ihres Amtes enthoben und inhaftiert worden.

Daphne war bei Vitruvs Worten blass geworden. Einen Augenblick saß sie still da, dann stand sie auf, lief in Richtung Tür und sagte beim Verlassen des Zimmers:

„Ich muss sofort zu Bischof Valerius nach Augusta Treverorum und ihn warnen."

„Du bleibst jetzt hier, und wir besprechen, was wir tun werden. Ich habe dich gewarnt, dass du mit deinem Glauben unsere Familie gefährdest."

Daphne drehte sich um und sagte:

„Vitruv, du kannst unbesorgt sein. Ich habe in der Vergangenheit und werde auch in Zukunft meine Familie nicht gefährden, aber der Gemeindevorstand muss beraten, wie wir uns in dieser Situation verhalten. Du kannst mich nach Augusta Treverorum begleiten, der Bischof muss aus erster Hand von der Gefahr erfahren, die uns droht."

Fünf Stunden später saßen Daphne und Vitruv im Arbeitszimmer des Bischofs. Nachdem Bischof Valerius Vitruvs Bericht schweigend angehört hatte, sagte er:

„Herr Senator, ich danke Ihnen, dass Sie mich unterrichtet haben. Auch ich habe Nachricht von meinem Amtsbruder in Nikomedia in dieser schlimmen Angelegenheit, allerdings konnte er mir noch keine Einzelheiten berichten, so wie Ihr. Ich habe sofort nach Erhalt des Briefes um eine Audienz bei Kaiser Constantius ersucht, aber bisher keine Antwort erhalten, ich hoffe, der Hof wird sich bald bei mir melden."

„Kaiser Constantius ist ein milder Kaiser, er war uns in der Vergangenheit immer wohlgesonnen. Vielleicht haben wir Glück, und die Maßnahmen des Edikts werden hier in Gallia nicht so streng umgesetzt", sagte Daphne.

„Darauf würde ich mich nicht verlassen, meine Liebe. Alle im Römischen Reich erlassenen Gesetzte haben Gültigkeit auch für die entlegenste Provinz", entgegnete Vitruv.

„Überlegt gut Bischof Valerius, wie Ihr Euren Gemeindemitgliedern ratet, sich zu verhalten, wenn sie aufgefordert werden zu opfern."

Schon am nächsten Tag reisten Daphne und Vitruv zurück auf ihr Landgut und blieben dort für die nächsten Monate. Obwohl Daphne sich der Gefahr für ihre Familie und sich selbst bewusst war, fügte sie sich nur murrend, als Vitruv ihr nach dem Gespräch beim Bischof befahl, Augusta Treverorum zu verlassen – sie hatte Angst um ihre Glaubensbrüder.

„Wenn du in Augusta Treverorum bleibst, Daphne, wirst du abschwören müssen, und, wie ich dich kenne, wirst du verweigern. Aber auf unserem Landgut, abseits der großen Straßen und nicht zu vergessen als meine Ehefrau, hast du vielleicht Glück, und sie vergessen, dich aufzufordern zu opfern."

Und so geschah es. Daphne hatte Glück und kam nicht in die Gewissensnot, ihren Glauben verleugnen zu müssen.

In Augusta Treverorum bekam Bischof Valerius keinen Termin für eine Audienz beim Kaiser, das war in der Vergangenheit nie vorgekommen. Immer hatte Kaiser Constantius ein offenes Ohr für die Sorgen und Nöte der Christengemeinde der Stadt gehabt. Mitte April schlossen Soldaten auf Befehl von Kaiser Constantius alle Gotteshäuser in Gallia und Britannia. Die aufgefundenen christlichen Schriften verbrannten sie auf großen Scheiterhaufen. Auch das Abhalten von Gottesdiensten wurde verboten. Bischof Valerius, sein Presbyter, Diakon und Exorzist, blieben unbehelligt. In anderen großen Städten des Römischen Reiches, insbesondere im Osten mit einer viel höheren Anzahl an Christen in der Bevölkerung, kam es zu blutigen Hinrichtungen der Bischöfe, Presbyter, Diakone und Exorzisten, die sich weigerten, ihrem Glauben abzuschwören.

Trotz der blutigen Verfolgung der Christen feierten die Augusti Diocletian und Maximian im November 303 in Roma glanzvoll ihr zwanzigjähriges Regierungsjubiläum zusammen mit dem zehnjährigen Jubiläum der Caesaren Constantius I. und Galerius mit tagelangen Spielen im Amphitheatrum Flavium.

Im Mai 305 endete die erste Tetrarchie mit der gleichzeiti-
gen Abdankung Kaiser Diocletians in Nikomedia und
Kaiser Maximians in Roma. Für die zweite Tetrarchie stie-
gen die Caesaren Constantius und Galerius zu Augusti auf.
Als neue Caesaren berief man einen Freund und einen
Neffen des Galerius, Flavius Valerius Severus und Gaius
Valerius Galerius Maximinus Daia, beides altgediente Sol-
daten.

Im selben Jahr reiste Kaiser Constantius I. nach Schott-
land, um gegen die Pikten, ein keltisches Volk und ihre
Verbündeten, die Kaledonier aus dem Norden der Insel,
zu kämpfen. In Bononia (Bologne sur mer), dem Sammel-
platz des Heeres vor der Überfahrt nach Britannia, stieß
von Nikomedia kommend Konstantin, der Sohn von
Constantius I., dazu. Vater und Sohn kämpften gegen die
Pikten und Kaledonier und besiegten sie. Aber am 25. Juli
306 starb Kaiser Constantius I. in Eboracum.

Am gleichen Tag erhoben die Soldaten Konstantin zum
Augustus des Westens. Sofort sandte er sein Bildnis zu
Kaiser Galerius und bat um Anerkennung der Kaiserwürde, aber der neue Seniorkaiser verweigerte seine Einwilligung, gab sie aber zur Ernennung Konstantins als Caesar
des Westens. Im Oktober desselben Jahres ernannte er
Severus zum Augustus des Westens. Damit war die dritte
Tetrarchie komplett: Galerius und Maximinus Daia regier-
ten den Osten und Serverus und Konstantin den Westen
des Römischen Reiches.

Das Bankett 306 n. u. Z.

Es war im Jahr 306 auf dem Landgut an der Mosella, als Vitruv seinen morgendlichen Spaziergang im Park beendet hatte. Er stieg die Treppe zum achtzig Meter langen Frontportikus (Säulengang) hinauf. Es war ruhig, erst wenige Sklaven hatten mit ihrer Arbeit begonnen. Durch die mittlere der drei Türöffnungen auf der Rückseite des Hauses betrat Vitruv den zweigeschossigen mit bunten Wanddekorationen reich bemalten Mosaiksaal. An der Rückwand des Saales standen mit Kissen gepolsterte Klinen, die die Gäste des Hauses zum Essen und Feiern einluden. Wie jeden Morgen ging Vitruv über die Treppe an der Rückwand des Saales in den ersten Stock, von wo aus er sich der Betrachtung des Mosaiks im Erdgeschoss hingab, dessen Fläche mehr als sechzehn Quadratmeter umfasste. Bewundernd betrachtete er die acht geometrisch angeordneten Bildmedaillons, die mit Tieren kämpfende Gladiatoren darstellten. Eine sexuelle Erregung, wie er sie bei den blutigen Kämpfen im Amphitheater empfand, breitete sich in seinem Körper aus. Er beschloss, gleich morgen nach der Audienz beim Kaiser die Barbarathermen aufzusuchen, um seinem Körper Entspannung zu verschaffen.

Der Körper war schlank wie in seiner Jugend, die Schultern und Beine muskulös durch regelmäßiges Training in den Thermen, und er trug die weißen Haare und seine Kleidung modisch elegant. Lediglich die in der Jugend strahlend braunen Augen mit ihrem brennenden Blick waren glanzlos, und die Mundwinkel zeigten resigniert nach unten.

In den vergangenen Jahren hatte Daphne mit ihren gemeinsamen Kindern für gewöhnlich auf dem Landgut oder in der Stadtvilla in Augusta Treverorum gelebt. Sein Wohnsitz lag am Rande der Stadt, wo er ungestört seinen Vergnügungen nachgehen konnte. Wenn er an die ersten, schwierigen Jahre ihrer Ehe dachte, war er froh, dass Daphne in jenen Tagen nicht nach Roma zurückgekehrt war. Auch er hatte sich großzügig gezeigt und Daphne gestattet, sich der Christengemeinschaft anzuschließen. Dieses Arrangement war ihr gemeinsamer Weg für ein zufriedenes Leben, jeder tat, was ihm beliebte, ohne den anderen zu verletzen. Erst in letzter Zeit fühlte er eine innere Leere, die auch die raffiniertesten Vergnügungen nicht verscheuchen konnten. „Wahrscheinlich ist es das Alter, mit meinen sechsundfünfzig Jahren bin ich nicht mehr der Jüngste", dachte er; „oder ich brauchte eine neue Aufgabe, die mich ausfüllt". Seine Ämter als Statthalter und Senator lagen viele Jahre zurück, und weitere Aufgaben waren ihm vom Kaiser nicht übertragen worden. In Vitruv keimte die Hoffnung, dass der neue Kaiser Konstantin ihn mit einer attraktiven Position betrauen würde.

Stimmen aus dem Erdgeschoss lenkten Vitruv von seinen trübsinnigen Gedanken ab. Gefolgt von ihrer Tochter Claudia betrat Daphne den Festsaal. Mit sechsunddreißig Jahren bewegte sie sich rasch und graziös wie ein Mädchen, obwohl ihre Figur fülliger geworden war. Ihren Stolz, die blonden Haare, Germanenhaare, wie Vitruv sie nannte, frisierte Philomena noch immer nach der aktuellen römischen Mode. Nach Claudia und Marcus hatte Daphne auf eigenen Wunsch weitere vier Kinder zur Welt gebracht. Nur der jetzt fünfjährige Fabius hatte die ersten Lebenstage überlebt. Die anderen drei für das Leben zu schwachen Söhne lagen in der Begräbnisstätte der Familie am südlichen Gräberfeld des Landgutes.

Daphnes liebevolle Verbindung mit ihrem Vater war nach ihrer Heirat und der lieblosen Ehe, für die sich der Senator schuldig fühlte, enger geworden. Wöchentlich wechselten Briefe zwischen Roma und Augusta Treverorum, und jährlich besuchte der Senator sein Mädchen an der Mosella. Zu seiner Freude hatte Daphne ihre Studien wiederaufgenommen und trieb sie engagiert voran.

Daphne machte sich auf eine weitere von vielen Auseinandersetzungen gefasst, die sie in den letzten Jahren mit ihrer Tochter geführt hatte.

„Claudia, ich möchte, dass du heute Abend an dem Bankett teilnimmst und zusammen mit deinem Vater unsere Gäste begrüßt. Wir erwarten Gaius Marius Etruskus mit seinen Söhnen Africanus, Brutus und Lucullus."

Claudia warf sich auf den nächsten Stuhl und verzog das Gesicht.

„Wie du weißt, wünschen dein Vater und ich, dass du einen der drei jungen Männer heiratest. Ein Mädchen deines Alters sollte einen Ehemann und Kinder haben. Viele Mädchen erwarten mit dreizehn Jahren ihr erstes Kind. Ich wiederhole mich ungern, es wird mit der Zeit nicht einfacher, einen respektablen Ehemann aus gutem Hause für dich zu finden."

„Mutter, ich respektiere deinen Wunsch, nehme am Bankett teil und begrüße unsere Gäste. Aber, warum soll ich einen der Söhne des kleinwüchsigen, fetten Etruskus heiraten? Africanus ist schön, aber faul und hat nichts im Ge-

hirn außer den Spielen im Amphitheater und den Wagenrennen im Zirkus. Brutus ist hässlich und heimtückisch,
nur Lucullus ist nett, aber fett wie sein Vater und redet
ausschließlich vom Essen und dem Weinanbau. Wäre die
Familie nicht durch den Handel mit Marmor reich geworden, müssten alle drei betteln gehen oder hungern."

 In Claudias Gesicht senkten sich die Mundwinkel missmutig in Richtung Kinn. Die vielen Gespräche über Heiratskandidaten ermüdeten sie und machten sie von Woche zu
Woche ungeduldiger.

 „Ich muss dir recht geben, Claudia", griff Vitruv in das
Gespräch ein.

 „Die Söhne meines Freundes Etruskus sind nicht belesen,
und nur Africanus mit seinen schwarzen Locken und dem
durchtrainierten Körper sieht gut aus. Der Senator, dein
vornehmer Großvater in Roma, ist wie du von der Verbindung nicht begeistert. Aber das Vermögen des Etruskus ist
gewaltig, und seine verzweigten geschäftlichen Verbindun-
gen in die entferntesten Provinzen des Römischen Reiches
bis hin nach Indien passen hervorragend zu unseren Interessen. Claudia, als Ehefrau von Africanus wirst du ein
geachtetes Leben in Luxus führen können. Nicht zuletzt ist
die Verbindung unserer Familien ein Wunsch unseres verstorbenen Kaisers Flavius Valerius Constantinus."

 „Vater, es macht mich wütend, dass du ständig das tust,
was deinem Kaiser Freude macht, und nur, weil ihr euch
seit vielen Jahren aus Sicilia kennt. Außerdem ist der Kaiser bei seinen Göttern."

 Wütend drehte sich Claudia um und stürmte durch das
angrenzende Atrium in ihr Zimmer. Wie alle Räume des
Hauses war Claudias Zimmer sparsam möbliert. Neben

einem schmalen Bett stand ein zierlicher dreibeiniger Tisch mit einem Stuhl und an der Wand eine kunstvoll geschnitzte Truhe für ihre Kleidung. Philomena, deren schwarzes Haar mittlerweile von vielen grauen Fäden durchzogen war, wartete schon auf Claudia, um sie anzukleiden. Sie reichte ihr eine weinrote Tunika mit weißer Borte, die Claudias schwarze glänzende Haare, die hellblauen Augen und ihren jugendlich vollen Mund vorteilhaft unterstrichen.

Nur überschattet von dem Tod der drei Brüder, hatte Claudia eine schöne Kindheit und Jugend an der Mosella verbracht. Vitruv, der an seinen Kindern hing, besuchte sie, so oft es seine Tätigkeit mit den vielen Reisen erlaubte. Die Mutter lebte versunken in ihre Studien oder stand ihren bedürftigen Brüdern und Schwestern in der christlichen Gemeinde von Augusta Treverorum bei. Zusammen mit ihrem Bruder und den Kindern der Sklaven war Claudia in den Gärten herumgetollt und hatte sich in der Sklavenküche sattgegessen. Philomena ließ sie gewähren, blieb aber in ihrer Nähe, um sie vor Schaden zu bewahren.

Mit Vergnügen dachte Claudia an ihren nur wenig jüngeren großgewachsenen Bruder Marcus, zu dem sie ein liebevolles Verhältnis hatte. Die Eltern und sie waren willige Opfer seiner stürmischen Persönlichkeit. Wie immer ein Lachen im Gesicht betrat Marcus aufrecht mit großen Schritten das Zimmer.

„Claudia, ich hoffe, du bist heute Abend zugänglicher zu meinen Freunden als das letzte Mal, als sie bei uns zu Gast waren. Gib deinem Herz endlich einen Stoß und heirate einen von ihnen, am besten Africanus. Du bist viel zu schön, um ohne Ehemann zu leben, die Liebe wartet."

„Warum soll ich den dummen Africanus heiraten?"

„Er ist der Attraktivste von den dreien, und die Frauen lieben ihn. Außerdem würdest du ihn nicht viel zu Gesicht bekommen, wir planen, zusammen in den Handel mit Purpur einzusteigen und werden des Öfteren auf Reisen sein."

Erschrocken sah Claudia zu ihrem Bruder hoch.

„Marcus, es freut mich, dass du endlich mit deinem Leben Ernsthafteres anfangen willst als tagelang wie Africanus den Wagenrennen zuzusehen oder im Amphitheater die Zeit zu verbringen. Ich will aber auch nicht an der Mosella zurückbleiben mit einer Schar Kinder von deinem langweiligen Freund Africanus, während ihr auf Reisen geht; ich will mit."

„Claudia, du weißt genauso gut wie ich, dass du als unverheiratetes Mädchen nicht in der Welt herumreisen kannst. Als verheiratete Frau besteht eher die Möglichkeit, dich frei zu bewegen."

Mit entschlossenem Blick entgegnete Claudia:

„Wir werden sehen. Ich kann mir den Langweiler heute Abend noch einmal ansehen. Aber ich nehme nicht an, dass er in den letzten vier Wochen interessanter geworden ist."

Lachend verließ Marcus das Zimmer und sagte:

„Vater ist geduldig mit dir, er hat lange genug auf deine Entscheidung für einen Ehemann gewartet. Jetzt soll er sich endlich mit Gaius Marius Etruskus zusammensetzen und deine Heirat mit Africanus vereinbaren. Es wird Zeit, dass wir uns mit wichtigeren Dingen beschäftigen."

„Halte deinen Mund. Ich suche mir meinen Mann selbst aus", schrie Claudia und warf ihrem Bruder eine kleine bronzene Mithrasfigur hinterher.

Gegen fünfzehn Uhr wurde es vor dem Haus laut: Umgeben von einer Schar Sklaven ritten Etruskus und seine Söhne auf das Anwesen. Mit jugendlichem Schwung sprang Africanus vom Pferd und sagte lachend:

„Brutus, runter vom Pferd, lass dir nicht immer von den Sklaven helfen, du bist nicht gebrechlich wie unser Vater."

Inzwischen hatten die Sklaven Schemel an die Pferde von Etruskus und Brutus gestellt und halfen beiden beim Absteigen, wobei Brutus sich ungelenkiger anstellte als sein Vater. In Größe, Statur und Temperament konnten die zwei Brüder nicht unterschiedlicher sein: Africanus, groß mit schmalen braunen Augen und einer bronzefarbenen Samthaut wie seine Mutter, ein schönes Mädchen aus Aegyptus, die Etruskus von einer seiner Reisen mitgebracht hatte. Ein in Alexandria angesehener ehemals reicher Händler gab ihm seine Tochter zur Ehefrau. Dafür erließ der schwer verliebte Etruskus dem Mann die bei ihm angehäuften Schulden. Die zarte Frau lebte nur wenige Winter im kalten Gallia, gebar drei Söhne und starb still, wie sie gelebt hatte. Africanus hatte zum Kummer seines Vaters ein aufbrausendes Temperament, das ihn immer wieder in Schwierigkeiten brachte. Die Prügeleien endeten häufig mit Knochenbrüchen des Gegners, weil Africanus seinen durch Sport in den Thermen trainierten Körper brachial einsetzte. Zudem trank er viel unverdünnten Wein und ließ kein fragwürdiges Vergnügen aus. Brutus war klein wie sein Vater, hatte einen ausgemergelten Körper und lange, dünne Arme und Beine, was ihm das Aussehen einer Spinne verlieh. Im Kleinkindalter hatte er seine linke Gesichtshälfte verbrüht, als er einen Krug heiße Milch vom Tisch ziehen wollte. Die Narben leuchteten rotbläulich, besonders wenn er wütend wurde, was selten geschah, aber dann seine Umgebung umso mehr erschreckte.

Der Sklave, mit der Aufgabe die Tür zu öffnen, hatte die Gäste kommen sehen. Er öffnete ihnen die beidseitig mit Bronzebeschlägen verzierte hölzerne Flügeltür, in deren Mitte jeweils ein Wolfskopf mit einem Ring im Maul als Türklopfer angebracht war. Wie es sich gehörte, gingen die Gäste mit gemessenen Schritten, selbst Africanus zügelte sein Temperament, hinter einem Sklaven her, der sie durch das Haus geleitete. Sie durchquerten einen kurzen Eingangsflur, der zu einem kleinen Atrium führte, zwischen dessen Säulen rote schwingende Vorhänge gespannt waren. Die Mitte des Atriums schmückte ein zierlicher Brunnen aus Travertiner Marmor. Das Brunnenwasser lief durch das aufgerissene Maul eines Löwen in das Becken, in dem Rosenblüten schwammen. Ehrerbietig bat der Sklave sie, sich zu setzten, sie gaben ihre Servietten ab, und wie es Sitte war, wuschen ihnen Sklaven mit parfümiertem Rosenwasser die Füße. Es war üblich, Gäste des Hauses auf verschlungenen Wegen in den Bankettsaal zu führen, um ihnen die Reichtümer der Familie wie den Poseidon geweihten Hausaltar und wertvolle silberne Krüge und Teller, die auf Tischen geschickt arrangiert waren, vorzuführen. Aber Etruskus und seine Söhne kannten das Haus, und Vitruvs Privatsekretär Antiochios begrüßte sie mit einer Verbeugung und führte sie direkt in den Mosaiksaal. Dort empfing sie eine triumphale Weise, gespielt auf Flöten,

Leiern und Tamburinen von Musikern, die versteckt in einer Ecke des Raumes hinter Efeubäumen platziert waren.

Mit eiligen Schrittchen, die Arme schlenkernd zur schnelleren Fortbewegung nutzend, ungeduldig wartend, dass Antiochios seinen Namen und Titel nannte, stürmte Etruskus, seinen kugeligen Bauch vor sich herschiebend, auf den Hausherrn zu. Vitruv, der sich beim Eintritt der Gäste von seiner Kline erhoben hatte, ging mit ausgestreckten Armen auf Etruskus zu und umarmte ihn herzlich.

„Meine Familie und ich freuen uns außerordentlich, Euch und Eure Söhne erneut in unserem Haus begrüßen zu können. Ich bin sicher", Vitruv blickte kurz zu Claudia, deren Wangen sich bei seinen Worten flammend rot färbten, „dass unsere Familien in Zukunft noch enger verbunden sein werden".

Etruskus verbeugte sich bis fast auf den Boden in Richtung von Daphne, die auf der mittleren Kline lag.

„Verehrter Senator Gaius Antonius Rufus Vitruv, geehrte Frau Senatorin, ich bedanke mich auch im Namen meiner unwürdigen Söhne für die schmeichelhafte Einladung auf Euer wundervolles Anwesen. Wir sind überglücklich, dass Ihr uns für würdig befunden habt, in Eurer Gesellschaft ein weiteres Mal den Abend zu verbringen."

„Mein lieber Etruskus, auch ich fühle mich geehrt, Euch und Eurer reizenden Söhne in unserem Haus zu begrüßen können", antwortete Daphne und konnte sich das Lachen kaum verkneifen.

„Leider muss ich meinen jüngsten Sohn, Lucullus, entschuldigen. Wichtige Geschäfte haben ihn aufgehalten, er bedauert außerordentlich, nicht hier sein zu können."

Missmutig dachte er an die Auseinandersetzung mit Lucullus am Morgen, der rundweg abgelehnt hatte, seinen Vater und die Brüder auf das Landgut zu begleiten:

„Vater, ich will unsere Weingüter an der unteren Mosella inspizieren und den dortigen Verwalter aus unseren Diensten entlassen, mir ist zu Ohren gekommen, dass er stiehlt."

„Lucullus, unser Besuch beim Senator Gaius Antonius Rufus Virtruv ist wichtig für unsere Familie. Wenn seine verzogene Tochter sich nicht länger weigert, einen von euch zu heiraten, werden wir bald mit dem Kaiserhaus verwandt sein. Selbst dir brauche ich nicht zu erzählen, was das für unsere Familie und unsere Geschäfte bedeutet."

Lucullus war ein junger Mann, dem sein Äußeres herzlich egal war: Mittelgroß, kurzbeinig und zur Fülle neigend; Letzteres war nicht einer ungünstigen Veranlagung zuzurechnen, sondern seiner Vorliebe für gutes Essen und süffigen Wein. Obwohl verwöhnt, als Nesthäkchen der Familie, entwickelte er sich zu einem Mann, der weder Mensch noch Tier ein Leid antun konnte. Ihm fehlten Talente, Energie und Leidenschaft. Ein unnützer Mensch, bemerkte sein Vater zornig zu der alten Kinderfrau seiner Söhne, wenn er sich erneut darüber geärgert hatte, dass Lucullus seine Zeit im Bett verbrachte oder schlemmte. Worauf diese ihm zu seinem Verdruss stets antwortete:

„Aber freundlich, lieber Herr, und das ist mehr, als man von deinen anderen Söhnen behaupten kann."

Zum Erstaunen seines Vaters hatte Lucullus in den letzten Monaten Interesse an den familieneigenen Weingütern gezeigt, einen fast unfeinen Arbeitseifer entwickelt und nur selten zu viel von den besten Weinen getrunken.

„Und hier ist das Töchterchen, was für ein liebreizendes rundes Figürchen, ich bin entzückt."

Mit diesen Worten wandte sich Etruskus Claudia zu, die auf der linken Kline neben ihrem Vater lag. Er betrachtete sie mit seinen listigen Augen, die lüstern ihre Figur taxierten. Augenblicklich verging Claudia gänzlich die gute Stimmung, hatte Philomena sie nicht erst gestern darauf hingewiesen, dass sie im letzten Jahr fülliger geworden war und es ihrem zunehmenden Alter zugeschoben. Einen Augenblick ging ihr durch den Sinn, wenn ihr und Africanus ein Sohn geboren werden würde, der aussah wie dieser widerwärtige Mann, würde sie ihren Sohn lieben können?

Da es sich bei dem Bankett um eine kleine Abendgesellschaft, im Grunde um ein „Familienabendessen" handelte, waren ausschließlich enge Freunde Vitruvs zugegen. Die Gäste lagen auf drei Klinen, die hufeisenförmig um runde Tische angeordnet waren. Damit die Gäste die kleinen silbernen Schüsseln und Teller mit Häppchen gekochter und gebratener Köstlichkeiten besser erreichen konnten, waren die Klinen in Richtung der Tische erhöht. Zur bequemeren Lagerung gab es zusätzlich auf den Sofas Kissen unterschiedlicher Größe.

Auf der rechten Klinengruppe hatte es sich Vitruvs Freund, Senator Allectius Munius Magnus, bequem gemacht, der mit seinem dicken Bauch das Bild eines gestrandeten Walrosses bot. Neben ihm Porcina minor, die matronenhafte Gemahlin von Corius Nepius Silanus. Sie hatte ein immenses Vermögen aus einer früheren kinderlosen Ehe mit in die Verbindung gebracht und war, was ihren verdrießlichen Gesichtsausdruck erklärte, von Silanus ausschließlich aus diesem Grund geheiratet worden. Silanus, der auf der gegenüberliegenden Kline bei der Frau von Magnus näher als schicklich lag, ließ sich beim Eintritt der neuen Gäste nicht im Gespräch mit der schönen mit fülligen, aber festen Kurven gesegneten Frau an seiner Seite stören. Verbissen beobachtete Porcina ihren Mann, der gierig auf die vollen, hoch angesetzten Brüste seiner Sitznachbarin starrte. Man sah ihm an, dass er sich beherrschen musste, um nicht seine Lippen auf die prallen Äpfel zu drücken.

Wie Vitruv hatten alle männlichen Gäste dem inneren Beraterkreis des verstorbenen Kaisers Constantius angehört und waren geschäftlich eng mit Etruskus verbunden.

„Mein lieber Etruskus, du kennst alle Gäste, eine Vorstellung erübrigt sich. Dein Platz ist heute Abend neben mir und Daphne. Africanus und Claudia haben sich bestimmt viel zu erzählen, er soll sich neben sie setzten.“

„Ich fühle mich hochgeehrt, Herr Senator“, antwortete Etruskus und fiel mehr, als er sich legte auf die mittlere Liege der linken Klinengruppe, den Ehrenplatz. Daphne lächelte ihm zu und sehnte das Ende des Banketts herbei. Wie sie aus Erfahrung wusste, würde der aus allen Poren schwitzende Etruskus im Verlauf des Abends anfangen, unangenehm zu riechen. Warum hatte sie zehn Gänge angeordnet, jetzt würde sie viele Stunden neben ihm aushalten müssen. Africanus warf einen sehnsüchtigen Blick auf die attraktive Frau des Magnus, neben die sich grade sein Bruder Brutus, noch immer verdrießlich, legte. Schnell zauberte Africanus sein charmantestes Lächeln auf das Gesicht, legte sich neben die abermals sanft errötende Claudia und sah ihr tief in die Augen.

Dann klatschte Vitruv in die Hände und rief:

„Lasst uns mit dem Essen beginnen!"

Das war das Zeichen für die Sklaven, die Hände der Gäste mit rosenblätter parfümiertem Wasser zu waschen und mit kunstvoll bestickten Leinentüchern trocken zu tupfen. Ein in ein griechisches Gewand gekleideter zartgliedriger Sklave, der das siebzehnte Lebensjahr noch nicht vollendet hatte und dessen glutäugige Schönheit die Damen zu leisen Seufzern animierte, begann, begleitet von einer Leier, Liebesverse von Asklepiades von Samos zu rezitieren, aus Rücksicht auf Etruskus´ mangelnde Bildung in lateinischer und nicht in griechischer Sprache.

Nachdem der Applaus verstummt war, kündigte der für das Auftragen des Menüs verantwortliche Sklave mit wohlklingenden Worten jede Speise einzeln an:

„Verehrte Gäste, der ehrenwerte Senator Gaius Antonius Rufus Vitruv und seine verehrte Ehefrau, Cornelia Daphne, Tochter des hochverehrten Senators Titus Cornelius Orestes, haben keine Mühe gescheut, Euch ein Mahl zu bereiten, das Ihr niemals vergessen werdet: Seeigel, gefüllte Sauzitzen, Austern, Siebenschläferfleisch und Flamingofleisch, Reiherzungen in Honig und speziell für den verehrten Feinschmecker Etruskus etwas Besonderes aus der Provinz Aegyptus: importierte Linsen."

Nachdem Etruskus von jeder Vorspeise mehrmals genommen hatte, lehnte er sich wohlig zurück, nahm einen der Zahnstocher, die in ausreichender Menge auf jedem Tisch lagen, und puhlte die Reste des Flamingofleisches aus seinen verbliebenen kariösen Zähnen. Die Zahnstocher hatten eine spitze Seite zum Reinigen der Zahnzwischenräume und eine kleine Hand zum Reinigen der Ohren am anderen Ende. Letztere nutzte Africanus ausgiebig,

152

das herausgepuhlte Ohrenschmalz entsorgte er auf den Boden vor seiner Kline.

Zu einem gut geplanten römischen Bankett gehörten wenigstens sieben Gänge. Für diesen Anlass hatte Daphne drei weitere Gänge angeordnet, für die die ministratores (Diener) jeweils sauberes Silbergeschirr auflegten. Bequem lag jeder Gast auf seinem linken Ellbogen, den ein Kissen unterstützte, und balancierte den Teller auf der linken Hand. Mit der rechten Hand nahm er die Köstlichkeiten mit Löffeln und Messern verschiedener Größe oder mit den Fingern zu sich, je nach Konsistenz des Gerichts. Feenhafte Sklavinnen reichten parfümiertes Wasser herum zum Reinigen der Finger. Mit Fortgang des Banketts hörte Daphne erfreut Rülpser - ihren Gästen schien es zu schmecken. Knochen und andere Essensreste fielen auf den Boden vor und unter die Klinen.

Zu den Zwischengängen wurden Steinpilze, Champignons und Trüffeln, gesalzene, geschmorte Schnecken mit gekochten Muscheln gereicht. Sauer eingelegte Oliven, Lauch, Zwiebeln und Gurken reizten wie zu Mus gekochter und stark gewürzter Sauerampfer die Geschmacksnerven. Für Freunde, die Fischiges verabscheuten, hatte Daphne extra Wacholderdrosseln mästen lassen, die entbeint und mit einer schmackhaften Füllung aus mit Wacholder gewürzten Äpfeln und Nüssen auf die Tafel kamen. Als mensa prima, Hauptgang, kam eine Spezialität des Hauses, ein porcus trojanus (trojanisches Schwein), auf den Tisch: Auf einer gewaltigen silbernen Platte lag eine nicht zu kleine Sau, gefüllt mit Wurst und Obst. Im Garten vor der Küche am Stück gegrillt, wurde sie von zwei kräftigen Sklaven serviert, die dazu auf einen Tisch stiegen.

Unter dem gespannten Schweigen seiner Gäste schnitt Vitruv die Sau auf – Jubel und Klatschen brandeten auf, als darmartige Würste herausquollen. Ein wenig Geflügel in Form einer Poularde, Wild sowie mehrere Hasen komplettierten den Hauptgang. Zu jedem der Gänge gab es verschiedene Sorten Brot und Garum, eine aus gesalzenen Fischen hergestellte Soße, die den Eigengeschmack von Fleisch und Gemüsen fast vollständig überdeckte und im Römischen Reich seit langer Zeit beliebt war.

Vier Stunden später drückte der unmäßig genossene Wein nicht nur auf Etruskus Blase. In kurzen Abständen winkten auch Africanus und Magnus einen Sklaven zu sich, der kurz verschwand und mit einem feinen mundgeblasenen Glas zurückkam. Der Sklave trat an Etruskus heran, lüpfte seine Toga, unter die das Glas verschwand. Jetzt stöhnte Etruskus, Tränen traten aus seinen Augen und liefen ihm die dicken Backen hinunter; an seinem erleichterten Gesicht war zu erkennen, dass der Druck auf die Blase nachgelassen hatte.

Nach dem Hauptgang war der Hauptteil des Banketts abgeschlossen. Vitruv machte sich nichts aus der sekunda mensa, der Nachspeise. Sie fiel daher eher klein und unspektakulär aus: Aufgetragen wurden helle und dunkle Trauben, Feigen, Datteln und Äpfel und auf Claudias ausdrücklichen Wunsch in Honig getränkter Kuchen aus Weizen. Als die Nachspeise verzehrt war, bestreuten Sklaven den mit Essensresten vollständig bedeckten Fußboden mit rot gefärbten Sägespänen. Gekehrt wurde erst, nachdem die Gäste sich in ihre Räume zurückgezogen hatten.

Als Daphne am späten Abend im Bett lag, dachte sie wehmütig an die Zeit voller Hoffnung zurück, als sie Vitruv auf Sicilia kennenlernte, und an ihre Verlobungszeit in Roma. Damals war sie glücklich und voller Neugier auf ihr weiteres Leben gewesen. Jetzt würde ihre Tochter heiraten. Sie wünschte von Herzen, dass ihr Kind glücklicher in ihrer Ehe werden würde, als sie es mit Vitruv war. Noch heute erinnerte sie sich an die Empörung ihrer Mutter, als sie mit ihrem Vater aus Sicilia nach Roma zurückkehrte und ihre Mutter von der beschlossenen Heirat erfuhr. Wie Olympia ihr Jahre später erzählte, hatte sie damals seit Wochen das erste Mal das Bett verlassen, war wütend in das Arbeitszimmer ihres Mannes gestürmt und hatte ihn angeschrien:

„Orestes, das ist nicht dein Ernst, du kannst nicht unser kleines Mädchen an diesen Wüstling verkuppeln. Nicht nur, dass niemand seine Familie kennt und er ihr Vater sein könnte - er liebt ausschließlich kleine Jungen!"

„Meine liebe Olympia", hatte ihr Vater geantwortet, „ich habe dieses Gerücht gehört und den Kaiser darauf angesprochen. Er hat gelacht. Wie du weißt, kommt das bei Männern aus den besten Familien vor, und ihre Ehefrauen führen ein zufriedenes und geachtetes Leben."

„Was weißt du schon von einem erfüllten Frauenleben. Du und dein Kaiser, du müsstest es besser wissen: Maximian ist genauso ein Raubtier wie alle Imperatoren mit den gleichen Lastern. Für ihn ist wichtig, dass ihm der Senat keine Schwierigkeiten macht, und das will er mit der Verbindung unserer Familien erreichen. Die Zukunft unserer Tochter interessiert ihn nicht, ich hätte dich für klüger gehalten."

„Wenn du weiter schreist, wirst du bald einen Zusammenbruch bekommen, zieh dich in dein Zimmer zurück!"

„Ich verlange, dass der Ehevertrag einen Passus erhält, der festlegt, dass Daphne sich von ihrem Mann trennen kann, wenn kleine Jungen seine Nächte bevölkern, ansonsten werde ich der Heirat nicht zustimmen. Des Weiteren erwarte ich, dass du die Götter befragen lässt."

„Ich brauche deine Einwilligung nicht", antwortete der Senator kalt; dachte gleichzeitig an die nächsten teuren Spiele, die er dem Kaiser versprochen hatte, zum Sarturnalienfest (Fest zu Ehren des Gottes Saturn) zu veranstalten, und für die er wieder Geld von seiner Frau brauchen würde.

Er seufzte und sagte:

„Ich werde den Ehevertrag nach deinen Wünschen aufsetzen lassen und die Auspizien (Vogelschau) befragen."

Schon nach wenigen Tagen überbrachten die Priester Senator Orestes und seiner Frau die Ergebnisse der Eingeweideschau der Opfertiere und des Vogelflugs. Wie nicht anders zu erwarten, weissagten sie, dass die Verbindung der Familien vom Glück begünstigt war.

Heute würde Daphne nicht mehr die Auspizien befragen, der Wille der Götter war für sie unwichtig. Heut zählte für sie der Wille der Dreifaltigkeit, des einen Gottes, seines Sohnes und des Heiligen Geistes. Daphne kniete sich vor ihr Bett und betete eindringlich für das Glück ihrer Tochter.

Thermenbesuch 306 n. u. Z.

Am nächsten Morgen vor Aufgang der Sonne ritt Marcus zusammen mit Africanus und Brutus nach Augusta Treverorum.

„Das ist gestern Abend gut gelaufen, Africanus, Claudia hat dir mehr Aufmerksamkeit geschenkt, als in den vergangenen zwei Jahren zusammen."

„Na ja, vielleicht entscheidet sie sich endlich für mich."

„Ein wenig mehr Enthusiasmus könntest du entwickeln, meine Schwester ist ein toller Kamerad mit dem Herzen auf dem rechten Fleck."

„Und mit der dazugehörigen schnellen Zunge", warf Brutus sanft lächelnd mit bösem Glitzern in den Augen ein.

Marcus wollte grade aufbrausen, als Africanus sagte:

„Kommt, lasst uns nicht streiten wegen der Frauen. Die Barbarathermen mit den germanischen Bademädchen, die uns verwöhnen, warten auf uns", und gab seinem Pferd die Sporen. Ausgelassen sprengten die beiden anderen hinterher; es versprach ein amüsanter Tag zu werden mit Sport, Baden, Spiel und viel gutem Wein.

Marcus freute sich auf die nächste Woche, die einzig aus Festtagen bestehen würde. Der neue Imperator, Flavius Valerius Constantinus, würde morgen mit einem Triumphzug in die Stadt einziehen. Zusammen mit seinem seligen Vater, Kaiser Flavius Valerius Constantius I., den die Menschen in Gallia wegen seiner Freundlichkeit und Milde geliebt und verehrt hatten, hatte er im Vorjahr die Picten in Britannia besiegt. Vitruv hatte am Vorabend erzählt, dass eine Ladung seltener Tiere eingetroffen war, die in zwei

Tagen in Anwesenheit des Kaisers im Amphitheater gegeneinander kämpfen würden. Aufgeregt sprach man in der Stadt davon, dass Konstantin im Gegensatz zu seinem Vater ein Freund der Spiele sei. Zu Marcus` Freude würden Wagenrennen im Zirkus stattfinden. Heimlich hatte er viel Geld auf seinen Favoriten, Titus, gesetzt, Geld, das für das geplante Geschäft im Purpur-Handel bestimmt war. Aber sein Champion würde gewinnen und er die Rennbahn, mit vielen Tausend Solidi (römische Goldmünze) verlassen. Wenn er verlor, würde er seine Mutter um Geld bitten, die es ihm auch dieses Mal nicht verweigern würde. Morgen würden seine Eltern mit Claudia und dem frechen Fabius für mehrere Wochen in die Stadtvilla in Augusta Treverorum ziehen, um an den Festlichkeiten zu Ehren des neuen Imperators teilzunehmen.

Nach drei Stunden Ritt überquerten die Freunde die im Jahr 71 v.u.Z. von Julius Cäsar errichtete Brücke über die Mosella und erreichten Augusta Treverorum, die Kaiserstadt der Treverer. Obwohl noch neunzehn Jahre nach Regierungsantritt Kaiser Maximians als Caesar überall in der Stadt gebaut wurde, unterschied sich Augusta Treverorum, Roma des Nordens genannt, wohltuend von der Capitale am Tiberis, dem stinkenden Moloch mit den mehrstöckigen Mietskasernen, schmalen Straßen und Hunderttausenden von Menschen. Trotz ihrer Größe und ihrer Monumentalbauten hatte die Stadt an der Mosella das Flair einer reichen Provinzhauptstadt behalten.

Knapp hundert Meter hinter der steinernen Mosellabrücke begann rechter Hand der ausgedehnte Bezirk der Barbarathermen. Stolz erzählte man in der Stadt, dass die Thermenanlage die größte nördlich der Alpen sei. Erbaut in der zweiten Hälfte des zweiten Jahrhunderts unter der Herrschaft der antoninischen Kaiser, mussten dem Bau mehrere Wohnblöcke weichen und das Gelände westlich in Richtung Mosella aufgeschüttet werden, um ausreichenden Baugrund zu gewinnen. Ende des Jahrhunderts führte die neu erbaute Stadtmauer dicht an der Südwestecke der Thermen vorbei. Jede kleine Stadt oder Garnison besaß im Römischen Reich wenigstens eine Therme, häufig mehrere, die den zentralen Ort für das gesellschaftliche, kulturelle und sportliche Leben darstellte.

Die Treverer Thermen waren erbaut in Blendmauerwerk aus behauenen Kalksteinquadern mit einfachen Ziegelbändern als Verstärkung und Vertikalbändern aus mächtigen Sandsteinquadern an statisch besonders belasteten Teilen. Die Außenfassade war verschwenderisch mit Statuen geschmückt, wie ein jugendlicher Athlet mit Siegerbinde.

„Kommt, lasst uns ringen und laufen, bevor wir uns dem süßen Nichtstun im warmen Wasser hingeben", sagte Marcus, der es liebte, Sport zu treiben.

„Bewegt ihr euch, ich habe zu tun, wir sehen uns im Caldarium (Heißbad mit Fußboden- und Wandheizung)", entgegnete Brutus und ließ die beiden anderen stehen.

Africanus, der das Lachen kaum unterdrücken konnte, sagte prustend:

„Mein Brüderlein lässt sich vor dem Schwitzen enthaaren: Er sieht aus wie ein schwarzhaariger Germane, überall ist sein Körper mit zotteligen Haaren bedeckt, selbst ein Germanenmädchen würde ihn nicht nehmen."

Im Apodyterium (Umkleide) halfen ihnen ihre Sklaven, die Kleider abzulegen. Dabei bedauerten die Freunde, dass die Geschlechter nicht mehr wie in der Vergangenheit die

Thermen gemeinsam besuchten: Jetzt waren sie für das weibliche Geschlecht morgens geöffnet, für Männer am Nachmittag. Nackt stürmten die beiden in die Palaestra (dreiseitig mit korinthischen Säulen eingefasste Hofanlage) in der seit dem frühen Morgen die Treverer Sport trieben. Mehrmals liefen sie um die Wette, zum Ärger von Africanus gewann immer Marcus. Beim Ringen ging es umgekehrt, der schwerere Africanus hatte leichtes Spiel beim Herunterdrücken von Marcus´ Schultern. Erhitzt schlenderten sie zu den beheizten Sälen, um ein trockenes Schwitzbad zu nehmen, das, wie die Mediziner sagten, den Körper anregte, schädliche Gifte und Krankheiten über den Schweiß auszuscheiden und den Körper zu reinigen. Dann streckten sie sich wohlig auf Massagebänken aus und warteten auf die Germanenmädchen, die sie immer massierten. Zunächst betrat das Mädchen des Africanus den Massageraum, und später folgte ein ihnen unbekannter junger männlicher Sklave. Beide begannen nach einer kurzen Verbeugung mit ihrer Arbeit. Marcus richtete sich auf und sagte aufgebracht:

„Warum massiert mich nicht die Sklavin Alwina, bring sie her!"

„Herr, wir wissen nicht, wo sie ist", antwortete der Sklave in schlechtem Latein, „bitte wendet Euch an den Verwalter, ich bin heute für die Massagen in diesem Raum eingeteilt."

„Jetzt wird es wohl nichts mit der „Extraverwöhnmassage" der schönen Alwina, Marcus", rief Africanus lachend.

„Ach halte dein dummes Maul, die Massage eines kräftigen Sklaven bekommt mir sogar besser, aber ich werde mich beschweren."

Insgeheim machte sich Marcus Sorgen um das zarte Mädchen mit den goldenen Haaren und dem stillen Lächeln. Sie massierte ihn seit einem Jahr, und er hatte sich an ihre zarten Hände, die zupacken konnten, gewöhnt. Wenn er ehrlich war - er hatte sich in sie verliebt. Seit ein paar Monaten hustete sie, zuerst wenig, dann immer stärker, unbedingt musste er versuchen zu erfahren, was mit ihr geschehen war.

Nachdem die jungen Herren mit wohlriechenden Salben und Ölen massiert worden waren, gingen sie in das Caldarium, eine gewaltige Halle mit einer Fußboden- und Wandheizung, die für eine hohe Temperatur sorgte. Zum Schutz ihrer Füße trugen die Freunde Holzpantoffel, der Fußboden aus schwarzen und weißen rhombenförmigen Marmorplatten konnte bis zu fünfzig Grad heiß werden. Der helle Raum lag nach Süden und hatte große, zu drei Seiten doppelverglaste Fenster, sodass die Sonne von morgens bis abends die Badenden zusätzlich wärmte. Insgesamt gab es an der Ost-, West- und Südseite des Saales fünf Badebecken mit dampfendem Wasser, das in riesigen Metallkesseln in den angrenzenden Eckräumen erhitzt und von Feuerstellen, die unter den Becken lagen, warmgehalten wurde.

„Da kommt unser junger Gott", rief Africanus lachend, als Brutus frisch enthaart zu ihnen stieß.

„Jetzt wird ihn wenigstens Germania erhören", und zeigte auf eine alte, fette Germanin mit watschelndem Gang.

„Lass ihn in Ruhe", stoppte Marcus Africanus, „sonst wird seine Stimmung noch schlechter, als sie gewöhnlich ist. Komm ins Wasser Brutus", fügte er an und rutschte in dem mit kostbarem Marmor verkleideten Badebecken zur Seite.

Ohne seinen Bruder eines Blickes zu würdigen, setzte sich Brutus neben Marcus und schaute sich um. Wie alle Säle der Therme bedeckten die unteren Wandflächen des Calidarium farbige Marmorintarsien mit geometrischen Mustern, die von korinthischen Pilastern und vertikalen Friesbändern unterteilt waren. Mit imposantem Statuenschmuck hatte sich die reiche Stadtprominenz in der Therme ein Denkmal gesetzt: Römische Nachbildungen griechischer Künstler, wie zum Beispiel eine sterbende Amazone aus dem Artemisheiligtum in Ephesos - das Original schrieb man dem großen Phidias zu -, gaben den Besuchern das Gefühl, dem fernen Roma nahe zu sein.

„Seht, dort sind neue Statuen", Brutus zeigte auf eine Gruppe junger Athleten, einer von ihnen mit Siegerbinde, „die Stadt wird für den Kaiser Konstantin herausgeputzt wie eine Hure für ihren Freier."

„Lass das Gemecker Brutus und entspann dich in dem schönen warmen Wasser."

Nach dem Bad schlenderten die Freunde in das Warmluftbad, das Tepidarium, dessen Gewölbe und obere Wandzonen Glasmosaiken auf farbigem Putz bedeckten. Dort ruhten sich die Männer auf Bänken aus und gaben ihren Körpern Gelegenheit abzukühlen. Zum Abschluss des Badetages nahmen sie ein Kaltbad im Frigidarium, das der Stärkung und Abhärtung des Körpers diente. Das Frigidarium, größter Saal der Therme, maß zwanzig Mal vierundfünfzig Meter. Während Africanus und Marcus sich gegenseitig mit dem eiskalten Wasser bespritzten, um sich an dessen Kälte zu gewöhnen, stiegen sie in eine der fünf hundertdreißig Zentimeter tiefen Wannen. Brutus drückte sich, er hasste kaltes Wasser und schwamm lieber ein paar Runden in dem geheizten Wasser des elf Mal zwanzig Meter großen Schwimmbeckens, das man über geheizte Räume beidseits des Frigidarium und Caldarium erreichte. Nachdem Sklaven den Freunden in die Kleidung geholfen hatten, verließen sie erfrischt die Thermen und verabredeten sich für den morgigen Tag, um gemeinsam den Einzug des Imperators Konstantin anzusehen.

Sowie Africanus und Brutus mit ihrem Gefolge außer Sicht waren, verschwand das Lächeln auf Marcus` Gesicht, und mit schroffem Ton wies er seine Sklaven an, vor der Therme auf ihn zu warten. Es hatte ihn viel Mühe gekostet, die Freunde seine Enttäuschung darüber nicht anmerken zu lassen, dass er Alwina nicht angetroffen hatte. Ihre zarten Hände fehlten ihm. Er liebte es, sich mit geschlossenen Augen diesen Händen hinzugeben, den zarten Körperduft des Mädchens einzuatmen und sich vorzustellen, wie er ihre zarten Brüste streichelte und in sie eindrang. Schnell lief er zurück, um den Verwalter der Thermen aufzusuchen, der im Kellergeschoss seine Räume hatte. Wenn nötig, würde er aus ihm heraus prügeln, was mit seinem Germanenmädchen geschehen war. Er traf den dickbäuchigen Treverer, dessen Augensäcke Trunksucht verrieten, in Raum neben der Fußbodenheizung (Hypokausten) an.

„Das Mädchen scheint beliebt zu sein, Herr, ihr seid der vierte, der heute nach ihr fragt. Mein Aufseher hat mir mitgeteilt, dass die faule, dreckige Germanin seit gestern krank ist, bestimmt drückt sie sich vor der Arbeit.“

Leise, eine unausgesprochene Drohung in seiner Stimme war nicht zu überhören, sagte Marcus:

„Rede nicht alter Mann, sage mir lieber, wo ich sie finden kann."

Schwerfällig erhob sich der Verwalter aus seinem Stuhl, ging grinsend auf Marcus zu und hielt die Hand auf.

„Immer zu Diensten Herr, die Sklaven wohnen in Hütten am nördlichen Stadtrand."

Angewidert schmiss Marcus ein paar Münzen auf den mit Essensresten verunreinigten Tisch und verließ ohne Gruß den Raum. Draußen beschloss er, nicht sofort zu den Hütten zu reiten, sondern zuerst seine Sklaven in das Stadthaus der Familie zu bringen. Er wollte nicht, dass ihr Geschwätz über seine Vergnügungen seiner Mutter zu Ohren käme. Sie duldete in ihrem Haus keine Liebschaften mit Sklaven und verachtete Menschen, die Sklaven nicht korrekt behandelten.

„Kommt, ich habe Hunger", rief Marcus den Sklaven zu und alle sprengten die Straße entlang zu der Stadtvilla, wo er von der Hausverwalterin, einem christlichen Schützling seiner Mutter, empfangen wurde. Die Sklaven verschwanden in die Sklavenhäuser im hinteren Teil des Anwesens.

„Eutropia, gib mir schnell was zu essen, ich muss wieder weg."

Erstaunt, den schroffen Ton kannte sie bei dem charmanten Marcus nicht, sah die Sklavin Marcus an:

„Herr, ich werde Euch gleich etwas bringen lassen, ruht Euch inzwischen aus."

„Ich bin nicht müde, ich will essen, beeile dich."

Eine halbe Stunde später ritt Marcus in Begleitung eines verschwiegenen Sklaven zum Tor hinaus und auf kürzestem Weg in den nördlichen Teil der Stadt, wo die Sklaven der Therme in ärmlichen Verhältnissen auf einem Grundstück des Verwalters lebten. Die Hütten bewachte ein Mann, groß wie ein Riese, dick wie ein Elefant und schwarz wie die Nacht. Er trug eine Peitsche, die er immer wieder drohend niederfahren ließ. Um jedem Ärger aus dem Weg zu gehen, gab Marcus ihm etwas Geld, und der Schwarze führte ihn zu einer der vielen baufälligen Hütten.

Alwina teilte den Raum, in den kaum ein Sonnenstrahl hineinkam, mit fünf anderen Sklavinnen. Er war mit zwei wackeligen Bettgestellen, auf denen Heu lag, und mit einer Truhe, die schon bessere Tage gesehen hatte, möbliert. Zugedeckt mit einem dünnen, verschmutzten wollenen Tuch, lag Alwina auf einem der Bettgestelle. In dem bleichen Gesicht waren die Wangen eingefallen, und sie hustete ohne Pause.

Marcus überlegte kurz, hob dann Alwina mit Schwung samt wollenem Tuch hoch und ging mit ihr zu seinem Pferd, ohne auf den Protest des Schwarzen zu reagieren. Sein Sklave gab dem Schwarzen noch einige Aurei, der daraufhin sofort aufhörte zu lamentieren und sich in seine Hütte am Eingang des Grundstücks zurückzog.

Zurück in der Villa brachte er das Mädchen in das Sklavenhaus und wies eine medizinkundige Sklavin an, Alwina zu pflegen, ohne dass seine Mutter davon erfuhr. Dann ritt er in die Barbaratherme und kaufte dem Verwalter das Mädchen für einen viel zu hohen Preis ab, der sich, ob des guten Geschäfts die Hände rieb. Als Alwina sich erholt hatte, wies Marcus sie an, in der Küche zu arbeiten. In den Nächten besuchte sie ihn in seinen Räumen, das Sklavenquartier war ihm zu unbequem. Daphne erfuhr bald von dem Arrangement. Als sie feststellte, dass sich ihr Sohn ernstlich verliebt hatte, schickte sie das Mädchen auf das Landgut an die Mosella. Alwina wurde der Frau des Verwalters unterstellt, um zu lernen, die Hauswirtschaft eines Landguts zu führen.

Einzug in Augusta Treverorum 306 n. u. Z.

Am Abend trafen Daphne und Vitruv mit Claudia und
Fabius in Augusta Treverorum ein. Aufgeregt wirbelten die
Sklaven um sie herum; denn es kam selten vor, dass die
Familie zusammen in der Stadtvilla wohnte. Daphne war
neugierig, Kaiser Konstantin wiederzusehen. Sie erinnerte
sich lebhaft an den linkischen dreizehnjährigen Jungen mit
seinen altklugen Bemerkungen, der sich in Sicilia an ihre
Fersen geheftet und mit dem sie angeregt geplaudert hatte.
Ob er sich an sie erinnerte?

Den Abend verbrachte Daphne in der Christengemeinde,
Bischof Eustachius hatte sie um die Zusammenkunft gebeten. Nach Veröffentlichung des Verfolgungsdekrets Kaiser
Diocletians im Jahr 303 schloss der verstorbene Kaiser
Contantius in Augusta Treverorum in Gallia ausschließlich
die öffentlichen christlichen Versammlungshäuser. Kein
Christ wurde wie in anderen Provinzen gezwungen, seinem
Glauben abzuschwören. Aber jetzt war die Gemeinde
besorgt; denn niemand wusste, wie der neue Herrscher
sich den Christen gegenüber verhalten würde. Kaiser Konstantin war in Nikomedia bei Kaiser Diocletian aufgewachsen und hatte mit ihm gegen die Perser und Germanen
gekämpft. Auch diente er im Heer Kaiser Galerius, der
allen gläubigen Menschen als Christenhasser bekannt war.
Die Gemeindemitglieder befürchteten das Schlimmste. In
Begleitung von Philomena verließ Daphne das Haus und
fuhr zu der Versammlungsstätte außerhalb der Stadt. Lau-
tes Stimmengewirr drang ihnen aus dem überfüllten Raum
entgegen.

„Danke, ich bin froh, dass du gekommen bist, meine Tochter", begrüßte der Bischof Valerius Daphne.

„Bitte sprich zu unseren Brüdern und Schwestern, sie haben Angst, dass die Verfolgungen auch nach Augusta Treverorum kommen."

Der Bischof hob die Hand und die Menschen verstummten.

„Meine lieben Kinder, unsere Schwester Daphne wird jetzt zu Euch reden."

Daphne erhob sich und stellte sich neben den Bischof vor die Menschen.

„Liebe Brüder und Schwestern, ich kann eure Ängste verstehen, aber seid guten Mutes. Wie ich aus sicherer Quelle weiß, wird unser neuer Herrscher unseren Glauben dulden. Es wird uns kein Leid geschehen."

„Meine Kinder, ihr habt gehört, was unsere Schwester Daphne gesagt hat. Wir können ihr glauben, sie kennt den Imperator aus Kindheitstagen. Auch ich habe die gute Nachricht von meinen Brüdern aus Arleate bekommen, dass wir nicht um unser Leben fürchten müssen. Verhaltet Euch die nächsten Wochen ruhig, geht morgen nicht zum Einzug des Kaisers, sonst lauft Ihr Gefahr, in Prügeleien hineingezogen zu werden. Wenn wir zum jetzigen Zeitpunkt auffallen, wird das unserer Sache nicht dienen. Ich werde um einen Termin für eine kaiserliche Audienz nachsuchen, vielleicht kann ich euch schon bei unserem nächsten wöchentlichen Treffen Gutes berichten. Aber genug geredet. Lasst uns beten zu unserem Vater, seinem Sohn und dem Heiligen Geist und sie bitten, uns zu beschützen."

Am nächsten Morgen ließ sich Daphne mit ihren Kindern zum Amtspalast des Präfekten der Provinz bringen, um dort das Eintreffen des Kaisers zu erwarten. Den Familien der Curialen von Augusta Treverorum war dort im ersten Obergeschoss ein Raum mit Balkon zur Verfügung gestellt worden, von dem der Einzug des Kaisers und seiner Truppen gut zu sehen sein würde. Vitruv hatte am Morgen im Gefolge des Präfekten Augusta Treverorum verlassen, um dem Kaiser und seinen Truppen entgegenzureiten und sie zu begrüßen.

Im Laufe des Vormittags füllte sich der decumanus maximus mit Treverer, die neugierig auf ihren Herrscher warteten. Gegen elf Uhr brachte ein Bote zu Pferde die Nachricht, dass der Kaiser in einer halben Stunde die Römerbrücke über die Mosella überqueren würde. Daphne ging auf den Balkon, wo Sklaven den hochgestellten Damen Stühle und Tische aufgestellt hatten und Erfrischungen herumreichten. Aufgeregt wedelten sich die Damen Luft mit feinen Tüchern zu, es war Ende August, und versprach ein heißer Tag zu werden. Plötzlich brandete Jubel auf und Daphne erblickte den Kaiser, der einen schwer zu zügelndem Schimmel ritt und seine in Britannia siegreichen Truppen anführte.

Seitdem bekannt war, dass Kaiser Konstantin von den väterlichen Truppen in Eboracum auf den Schild gehoben worden war, hörte das Getratsche in der Gesellschaft von Augusta Treverorum, besonders unter den Damen, nicht auf. Da wenig über das Privatleben des neuen Kaisers bekannt war, schossen die Gerüchte ins Unendliche. Hinter vorgehaltener Hand wurde von mehreren Geliebten und unehelichen Kindern getuschelt, was bei seinem außerordentlich guten Aussehen nicht verwunderlich war, darüber waren sich alle Damen einig. Sicher glaubte man zu wissen, dass er seit seinem dreizehnten Lebensjahr am Hofe Kaiser Diocletians in Nikomedia aufgewachsen war, vielleicht als Pfand für das Wohlverhalten seines Vaters, Kaiser Constantius I.. Er erhielt eine militärische Ausbildung, die er im Stab von Kaiser Diocletian fortsetzte. Bis zu seiner Kaisererhebung hatte er es auf der Karriereleiter erst zum Protektor und zum Tribun gebracht. Allgemein schloss man daraus, dass Kaiser Konstantin über keine überragende militärische Begabung verfügte, denn seinen vierunddreißigsten Geburtstag hatte er schon gefeiert. Daphne maß dem Gerede keine Bedeutung bei, war aber doch überrascht, als sie ihn jetzt von Angesicht zu Angesicht sah: Der linkische Junge, an den sie sich erinnerte, hatte sich zu einem imposanten Mann entwickelt. Konstantin war größer als die meisten Männer seiner Zeit, dazu kräftig, ohne fett zu sein. Als wäre das nicht genug, sah er gut aus mit seinem schmalen, länglichen Gesicht, der hohen Stirn und den ausgeprägten Jochbögen. Starke, markante Brauen lagen über den tief liegenden großen, graugrünen Augen. Die Nase war vielleicht etwas zu groß und gebogen, es war die seiner Mutter, wie Daphne später feststellte, sie unterstrich den schmalen, männlich entschlossenen Mund. Das Auffälligste an seinem Gesicht war das ausgeprägte Kinn mit einem mittig sitzenden Grübchen, einem Erbteil seines Vaters. An diesem Tag war es nur zu erahnen, denn sein Gesicht schmückten ein schmaler Oberlippen- und ein Kinnbart. Letzterer lief von den Koteletten schmal zum Kinn und vereinigte sich dort mit den beiden Enden des Oberlippenbarts. Der Kaiser trug eine wertvolle

Panzerrüstung und einen Helm, der mit Edelsteinen geschmückt war. Der Mann strömte jugendliche Kraft und Energie aus, was die anwesenden Damen mit glänzenden Augen zur Kenntnis nahmen.

Die Leibgarde des Kaisers hatte Mühe, die begeistert jubelnden Treverer, die nicht aufhörten, „Konstantin, Konstantin" zu rufen, hinter den Absperrungen zurückzuhalten. Einige durchbrachen sie und reichten den Legionären Blumen und Kränze. Vor dem Portal des Amtssitzes des Präfekten angekommen, sprang der Kaiser vom Pferd, warf die Zügel einem Soldaten zu und drehte sich zu dem Präfekten um, der an seine Seite eilte und ihn zu einem am Vortag aufgestellten Podium führte. Der Kaiser hatte eine wohlklingende mitteltiefe Stimme. Fast zu leise begann er mit belegter Stimme und Tränen in den Augen zu den Treverer vom Tod seines Vaters zu erzählen. Voller Leidenschaft berichtete er von dem mit seinem Vater zusammen errungenen Sieg über die wilden Germanen, und schwor, sie zu bekämpfen, bis keiner mehr am Leben sein würde.

Nach der Ansprache sammelten sich die Truppen um ihren Herrscher und zogen unter großer Anteilnahme der Bevölkerung zu dem galloromanischen Tempelbezirk am Altbachtal, um den Göttern zu opfern.

Abends gab Kaiser Konstantin einen Empfang für die Curialen von Augusta Treverorum, zu dem wie üblich die Damen nicht geladen waren, was alle betrübte.

Die nächste Zeit war Daphne mit der Vorbereitung für die Heirat ihrer Tochter beschäftigt. Claudia hatte sich letztendlich bereit erklärt, Africanus zu heiraten. Versüßt wurde

171

ihr der Entschluss mit der großzügigen Mitgift ihrer Eltern, einer herrschaftlichen Villa in Augusta Treverorum und einhunderttausend Solidi. Etruskus war dermaßen glücklich über die zustande gekommene Verbindung, dass er dem jungen Paar eine mit Säulen und Mosaiken geschmückte Villa am Meer in Baiae schenkte, wo es seine Flitterwochen verbrachte und erst im Frühsommer des folgenden Jahres, als das Eis auf den Alpen geschmolzen war, nach Augusta Treverorum zurückkehrte. Wenige Wochen nach Einzug des Kaisers staunten die Bewohner von Augusta Treverorum, als bekannt wurde, dass Kaiser Konstantin Vater eines Sohnes mit Namen Crispus war. Er holte ihn aus Nikomedia nach Augusta Treverorum und aus dem Osten seine Mutter, Helena. Wie aus hofnahen Kreisen zu erfahren war, übertrug Konstantin ihr die Beaufsichtigung der Erziehung des Jungen. Die Damen des Kaiserhofes waren entzückt, als sie den zarten Jungen mit den goldenen Locken kennenlernten. Weniger begeistert waren sie über die resolute Kaisermutter, die schnell allen klarmachte, wer ihrem Sohn am nächsten stand - sie.

In dem darauffolgenden Jahr sahen sich der Kaiser und Daphne häufiger, als es vielen am Hofe lieb war. Nicht nur seine engsten Berater im consistorium (Staatsrat) fürchteten Daphnes wachsenden Einfluss, auch Helena hätte es lieber gesehen, wenn ihr Sohn die geringe Zeit, die ihm für Privates zur Verfügung stand, ausschließlich mit ihr und dem kleinen Crispus verbracht hätte. Aber sie war klug genug sich ihre Eifersucht und ihren Argwohn nicht anmerken zu lassen. Wenn Kaiser Konstantin in Augusta Treverorum weilte, hauptsächlich im Winter, wenn Straßen und Wege durch Schnee, Matsch und Schlamm nur mit Mühe passierbar waren und kriegerischen Auseinandersetzungen oder Schlachten auf das Frühjahr verlegt werden mussten, befahl er Daphne zu sich. Die Audienzen, von Vitruv als „nostalgische Sentimentalität" verspottet, fanden nicht in den offiziellen Audienzräumen des kaiserlichen Palastes statt, sondern in den Privatgemächern des Kaisers. Um das intrigante Geschwätz des Hofes zu verhindern, nahm wenigstens eine adelige Dame des Hofes an den Gesprächen teil. Zunächst war das Eutropia, die Ehefrau Kaiser Maximians, die Konstantin als kluge Frau schätzte, mehr als ihren äußerlich gealterten Ehemann, dem der Verlust der kaiserlichen Macht schwer zu schaffen, machte. Maximian wurde nicht müde zu lamentieren, dass er von Diocletian gezwungen worden war, auf die kaiserliche Würde zu verzichten: Denn es war Diocletian gewesen, der im Jahr 305 nach den Regeln der Tetrarchie abdankte, um sich freudig auf seinen monumentalen Alterssitz in Spalato (Split) zurückzuziehen und dort fortan Kohl anzupflanzen. Seit ihrer Reise nach Sicilia schätzte Daphne Eutropia als mütterliche Freundin und freute sich, sie wiederzusehen. Zu dritt verbrachten sie amüsante Stunden, die der Kaiser entspannt zu genießen schien. Kaiser Konstantin hatte keine Ausbildung im klassischen Sinne erhalten, sein Vater hatte ihn schon als Kind für den Militärdienst vorgesehen. Er war vielseitig interessiert und liebte es, bei philosophischen Themen zu verweilen, über die er stundenlang dozierte, zur Verzweiflung seiner beiden Zuhörerinnen, die nicht wagten, ihn zu unterbrechen. Häufig kam das Gespräch auf den christlichen Glauben.

„Daphne, wo kommen die Menschen her, die sich in Augusta Treverorum zu Christus bekennen, wer sind ihre Ahnen?"

„Die meisten sind in Gallia geboren, stammen von den Kelten ab und kommen aus allen Gesellschaftsschichten. Es gibt viele Arme und Kranke in unseren Reihen, Konstantin, und wie du dir denken kannst, sind ihre Ahnen unbekannt. Viele unserer Mitbrüder und Schwestern leben unter den ärmsten häuslichen Verhältnissen; nur die Hoffnung auf ein besseres Leben nach dem Tode lässt sie ihre Qualen auf Erden leichter ertragen."

„Diese Menschen werden noch lange ihr Elend ertragen müssen, denn wie ich höre, wissen nicht einmal eure Bischöfe, wann das Reich Gottes kommen wird", warf Konstantin lachend ein.

„Darum versuchen wir, die Not unserer Brüder und Schwestern in Christi zu lindern."

„Und was passiert mit den Armen und Kranken, die an unsere römischen Götter glauben? ."

„Auch denen versuchen wir, im Rahmen unserer Möglichkeiten zu helfen. Aber es mangelt an allem, an Brot, Öl und Fleisch und an finanziellen Mitteln, obwohl der christlichen Gemeinde von Augusta Treverorum mehr wohlhabende und reiche Mitglieder angehören als vielen anderen Gemeinden im Römischen Reich, und die meisten geben viel und gerne."

Nachdenklich hörte Konstantin zu und fragte sich, warum Bischof Valerius, dem er regelmäßig Audienz gewährte, ihm nicht von dieser Not berichtet hatte. Er wollte von dem Bischof nicht nur über die Kirchenpolitik informiert werden, mehr interessierten ihn die Gründe für die Faszination, die das Christentum auf die Menschen ausübte, wie er es in Nikomedia erlebt hatte. Bis zum Beginn der Christenverfolgung im Jahr 303 gab es gegenüber dem kaiserlichen Palast einen repräsentativen Gemeindebau, in dem eine große christliche Gemeinde ihre Gottesdienste feierte. Dem Aufruf Kaiser Diocletians an das ganze römische Volk, den Göttern zu opfern, um sie milde zu stimmen und ihre Unterstützung gegen die verheerenden Germaneneinfälle zu erflehen, widersetzten sich viele Christen. Schwere Unruhen begleiteten den Beginn der Christenverfolgung nicht nur in Nikomedia, sondern erschütterten auch andere Städte im Osten des Römischen Reiches. Im Verlauf der Auseinandersetzungen zerstörten die kaiserlichen Soldaten die christliche Kirche von Nikomedia, und eine große Anzahl Christen starb in Straßenkämpfen oder fanden den Tod in der Arena, wenn sie sich weigerten, den Staatsgöttern zu opfern. Damals war Konstantin von der Standhaftigkeit dieser Menschen beeindruckt, die lieber starben, als einen fremden Gott anzubeten. Singend waren sie im Amphitheater in den Tod gegangen, zerrissen von wilden Tieren oder gestorben durch den Feuertod.

„Und was denken die Christen über Sol, unseren verehrten Sonnengott, ist es denkbar, dass er der christliche Gott Vater ist?"

„Ich denke nicht", antwortete Daphne zögernd, „aber er hat Ähnlichkeit mit Gottes Sohn, Jesus Christus. Vielleicht ist Jesus wie Sol nach seinem Tod und der Auferstehung von den Toten vierspännig mit dem Sonnenwagen gen Himmel gefahren."

Gespräche dieser Art führten sie viele, der Kaiser war kritisch und ließ sich nur von logischen Argumenten überzeugen. Mehr Erfolg hatte Daphne bei Eutropia, die schon viele Jahre den Christen nahegestanden hatte. Jetzt ließ sie sich zum Ärger ihres Ehemannes von einem Priester in der christlichen Lehre unterrichten, um in die Gemeinschaft der Christen aufgenommen zu werden. Daphnes Freude an den Treffen mit dem Kaiser war nicht uneigennützig; denn der Kaiser war großzügig und ließ ihr häufig Geldzuwendungen oder Brot und Öl aus Armeebeständen für die Bedürftigen aus Augusta Treverorum zukommen. Die Verfolgung der Christen war nicht in allen Provinzen beendet, besonders im Osten erlitten sie weiter das Martyrium. Die Mitglieder der Christengemeinde von Augusta Treverorum fühlten sich durch den guten Kontakt, den ihr Bischof und Daphne zum Kaiser pflegten, bei der Ausübung ihres Glaubens sicher. Dazu trug bei, dass Konstantin die öffentlichen christlichen Gebetshäuser, die sein Vater, Kaiser Constantius, geschlossen hatte, wieder ihrer Bestimmung zuführte.

Hinrichtung der fränkischen Fürsten 307 n. u. Z.

„Daphne, ich verlange von dir, dass du den Spielen beiwohnst."

Zornig, durchquerte Vitruv mit großen Schritten zum wiederholten Mal Daphnes Schlafzimmer.

„Der Kaiser hat einen zweiten, noch größeren Sieg über unsere Feinde errungen. Nachdem er letztes Jahr die Bructer rechts des Rheins in ihre Schranken verwiesen hat, will er jetzt mit allen Anwohnern von Augusta Treverorum seinen triumphalen Sieg über die gefährlichen Franken feiern."

Es war morgens um sieben Uhr, Daphne schlief noch, als Vitruv sie unsanft aus ihren Träumen geschüttelt hatte. Sie stand auf, legte sich Tuch um und setzte sich an den zierlichen Tisch aus Rosenholz, den sie vor zwanzig Jahren aus ihrem Elternhaus mit nach Augusta Treverorum gebracht hatte. Aus Erfahrung wusste sie, dass es schwer war, Vitruv umzustimmen. Seit sie sich der Christengemeinschaft angeschlossen hatte und getauft worden war, verlangte er nur bei Spielen, die der Kaiser veranstaltete, ihre Teilnahme. Die jetzt anstehenden Spiele, ließ der Hof verlauten, würden alles in den Schatten stellen, was seit dem Bau des Amphitheaters veranstaltet worden war. Zwei Tage zuvor hatte ihr Philomena vom Forum aufgeregt die Nachricht mitgebracht, dass die gefangenen fränkischen Krieger und ihre Häuptlinge Ascaricus und Merogais als Darsteller eines griechischen Schauspiels hingerichtet werden würden. Als Überraschung würden die Zuschauer erst im Amphitheater erfahren, um welches Schauspiel es sich handel-

177

te. Daphne zog das Tuch fester um ihre Schultern, straffte den Rücken und wandte sich Vitruv zu.

„Ich kann deinem Wunsch nicht entsprechen, Vitruv. Ich werde nie wieder ein Amphitheater betreten. Bisher habe ich mir das schreckliche Gemetzel auf deinen Wunsch angesehen; dieses Mal werde ich nicht in Augusta Treverorum sein, sondern auf unserem Landgut. Ich muss nicht wiederholen, dass der christliche Glaube es nicht zulässt, blutrünstige Spektakel anzusehen."

Vitruv unterbrach seinen Marsch durch das Zimmer, blieb vor Daphne stehen und sagte leise mit schneidender Stimme, mühsam seine Wut unterdrückend:

„Komm mir nicht mit deinem Glauben. Ich treffe nicht wenige deiner christlichen Freunde bei jedem Spiel im Amphitheater, oder sind das etwa keine Christen? Sogar unser edler Bischof verpasst selten ein Spektakel, glaubt er nicht an euren Gott?"

Als Daphne anhob zu antworten, winkte Vitruv ab.

„Ich weiß, du gehörst zu den Christen, die den rechten Glauben leben - keine Gewalt gegen Mensch und Tier. Aber die Franken sind unsere Feinde; wenn wir sie nicht geschlagen hätten, wären sie wieder in unser Land eingefallen, hätten alles zerstört und uns getötet. Wir müssen den Treverern zeigen, dass unser Kaiser mit seinem Heer diese gefährlichen Feinde besiegt hat und wir sie nicht mehr zu fürchten brauchen. Ich will es kurz machen, meine Liebe, Kaiser Konstantin hat die Teilnahme aller Mitglieder des Hofes, der Curialen und ihrer Ehefrauen befohlen. Wenn du nicht teilnimmst, fällt schlimmstenfalls unsere gesamte Familie in Ungnade. Und erzähle mir nicht, dass der Kaiser dir kein Leid antun würde. Konstantin ist ein ehrgeiziger

Herrscher, es ist sein erster Sieg als Kaiser, und er will sich feiern lassen. Ich weiß, dass du an meinem Wohlergehen nicht interessiert bist, aber denke an unsere Kinder, auch sie kann der Zorn des Kaisers treffen. Überlege dir deine Entscheidung gut."

Vitruv drehte sich um und verließ das Zimmer.

Resigniert rief Daphne Philomena, die hinter der Tür gelauscht hatte.

„Ach Philomena, was soll ich tun."

„Da hat er Euch an der richtigen Stelle erwischt, Herrin, er weiß, dass das Wohl der Kinder das wichtigste in Eurem Leben ist. Aber Gott, der Herr, und sein eingeborener Sohn werden es verstehen, wenn Ihr dem Spektakel beiwohnt. Die himmlischen Herrscher können nicht wollen, dass den Kindern ein Leid geschieht."

Daphne lächelte Philomena trotzig an und sagte:

„Ich werde den Herbst an der Mosella verbringen und die letzten schönen Sonnenstrahlen genießen."

Besorgt musterte Philomena Daphne.

„Herrin seid vorsichtig. Seit vielen Jahren ist Euer Ehemann zahm wie ein Vögelchen im Käfig, aber seine Wildheit schlummert nur, er kann wieder wie eine Bestie in freier Wildbahn werden."

Und kichernd, hinter vorgehaltener Hand:

„Sogar wilder als unser schöner Kaiser, der Euch sehr verehrt."

„Halte dein Lästermaul, Philomena, sonst verkaufe ich dich auf dem nächsten Sklavenmarkt. Hilf mir lieber beim Ankleiden und Frisieren, ich will ausgehen, es sollen neue Wollstoffe aus Aquileia eingetroffen sein;, der nächste eisige Winter kommt bestimmt."

179

Im Wagen sah Daphne, dass die ganze Stadt auf den Beinen war, der Kutscher kam auf dem decumanus maximus kaum voran.

„Lupius halte an, ich gehe die paar Schritte bis zum Forum zu Fuß."

„Herrin, Ihr könnt bei dem Gedränge nicht ohne Schutz gehen."

„Sei unbesorgt, mir passiert nichts", antwortete Daphne, stieg aus dem Wagen, raffte ihren Umhang zusammen und versuchte am Straßenrand durch die Menschenmenge vorwärtszukommen. Doch je näher sie dem Forum kam, desto größer wurde das Gedränge und sie bereute, den schützenden Wagen verlassen zu haben. Zurück zur Villa zu gehen war unmöglich, erbarmungslos schob die Menge sie vorwärts. Nach wenigen Minuten sah sie das Ziel der vielen Menschen. Auf dem Forum standen mannshohe Käfige aus Holz, in denen Menschen dicht aneinandergedrängt standen - es waren die besiegten Franken. Sie sahen erbarmungswürdig aus, dreckig, mit zerrissener Kleidung, viele mit Wunden von den Kämpfen, die nicht versorgt, jetzt eiterten. Brüllend beschimpfte die Menge die Gefangenen und bewarf sie mit Dreck, faulen Eiern und matschigem Gemüse. Zwei kleinere Käfige standen etwas entfernt, sie waren mit mehr Stroh ausgelegt als die anderen. In einem Käfig standen zwei große Männer mit stolzer Haltung. Sie jammerten nicht wie die anderen, sondern warfen ihren Peinigern verächtliche Blicke zu. In dem zweiten kleinen Käfig saßen zwei Frauen mit langen blonden Haaren, den Kopf gesenkt. Sie hatten sich umfasst, um sich gegenseitig zu schützen und zu trösten. Ein großer Schal, den eine der Frauen umgelegt hatte, konnte nicht verbergen, dass sie hochschwanger war. Daphne schwindelte. Wie kann der Kaiser erlauben, dass Frauen in Erwartung eines Kindes diesem Grauen ausgesetzt werden, auch wenn es sich um besiegte Germaninnen handelt, dachte Daphne. Noch heute muss ich mit dem Bischof sprechen, er muss beim Kaiser um Gnade für die schwangere Frau bitten.

Sie blickte sich um, wie sollte sie aus dem Menschengetümmel herauskommen. Sie schwankte und ihre wurde schwarz vor Augen. Wie durch einen Schleier sah sie plötzlich Vitruv zu Pferde, als er sich zusammen mit Sklaven mit Gewalt einen Weg durch die Menge bahnte und sich suchend umsah. Daphne nahm ihre letzten Kräfte zusammen, und bevor sie zur Erde sank und das Bewusstsein verlor, winkte sie mühsam mit beiden Armen und rief so laut sie konnte Vitruvs Namen. Und sie dankte ihrem Gott, ein Sklave hörte sie. Als die Reiter bei ihr waren, zog Vitruv sie auf sein Pferd und preschte ohne Mitleid durch die Menge - einige Menschen wurden unter den Hufen seines Pferdes begraben - auf die Hauptstraße und zurück in ihre Stadtvilla.

„Philomena", schrie Vitruv durchs Haus, während er Daphne, die langsam wieder zu sich kam, in ihr Schlafzimmer trug. Vorsichtig legte er sie auf ihr Bett.

„Rufe mich, wenn sie ansprechbar ist", wies er die Sklavin an, die aufgeregt angelaufen kam, und verließ das Zimmer.

„Wir werden dich erst rufen, wenn die Herrin in der Lage ist, sich mit dir auseinanderzusetzten", murmelte Philomena.

Am anderen Morgen kam Vitruv in Daphnes Schlafzimmer, um sich nach ihrem Befinden zu erkundigen, fand aber nur ein Sklavenmädchen vor, das das Zimmer aufräumte.

„Wo ist meine Frau, hat sie sich wieder ausfahren lassen", fragte er mit drohender Stimme. Zitternd antwortete die Sklavin:

„Ich glaube, die Herrin ist mit Philomena im Besuchszimmer, Herr."

Schnell lief Vitruv die Treppe hinunter und öffnete seufzend die Tür, er ahnte, wen er zusammen mit seiner Frau in angeregtem Gespräch antreffen würde, Bischof Valerius.

„Gut, dass du kommst, Vitruv, bitte setzt dich zu uns, wir müssen etwas mit dir besprechen."

Ohne eine Antwort abzuwarten, sprach Daphne aufgeregt weiter.

„Vitruv, es ist unbarmherzig und eines Menschen unwürdig, eine schwangere Frau an den Pranger zu stellen, du musst beim Kaiser Einspruch erheben."

„Meine liebe Daphne, warum sollte der Kaiser die Frau verschonen. Ihr ungeborenes Kind, so es männlichen Geschlechts, ist der nächste König der Franken. Außerdem überschätzt du meinen Einfluss auf Konstantin."

Erregt stand Daphne auf.

„Wollt ihr die arme Frau etwa hochschwanger von den wilden Tieren zerreißen lassen?"

Der Bischof, der bisher geschwiegen hatte, wandte sich an Vitruv.

„Herr Senator, ich kann das Anliegen Eurer Frau nur unterstützen, keines der wilden Tiere, die in der Arena gegeneinander kämpfen, würde einem trächtigen Weibchen etwas antun."

„Herr Bischof, Ihr müsst Euch besser informieren, so etwas passiert auch im Tierreich."

Ohne Vitruvs sarkastische Antwort zu beachten, fuhr der Bischof fort:

„Eure Frau hat mich um Hilfe gebeten, aber so sehr ich es bedauere, in dieser Angelegenheit kann ich leider nicht helfen."

„Wieso nicht", fragte Vitruv lächelnd.

„Soviel ich weiß, ist das Beschützen bedrängter Menschen eine Eurer wichtigsten christlichen Aufgaben."

„Ich habe eine Verpflichtung gegenüber unserer Gemeinde. Unser neuer Herrscher unterstützt unsere Gemeinschaft mehr als sein seliger Vater, Kaiser Constantius I.. Wenn ich beim Kaiser um Milde für die schwangere Frankenfürstin bitte, besteht die Gefahr, dass wir sein Wohlwollen verlieren, und das darf auf keinen Fall passieren."

Vitruv warf dem Bischof einen verächtlichen Blick zu, setzte sich in einen Sessel und überlegte.

„Ich könnte es mit einer List versuchen, aber, liebe Daphne", und er wandte sich seiner Frau zu, „ich helfe dir nur unter einer Bedingung, wenn du mich wie vom Kaiser gewünscht zu den Spielen begleitest."

Angewidert sah Daphne Vitruv an und sagte:

„Wenn dadurch Mutter und Kind verschont bleiben, sitze ich während der Spiele an deiner Seite. Ein kurzer Triumph blitzte in Vitruvs Augen auf."

„Ich werde nicht den Kaiser ansprechen, sondern die Kaisermutter Helena. Sie mag mich", er lächelte leicht, „und sie ist vom christlichen Glauben beeindruckt, wie gemunkelt wird. Aber auch Ihr, Bischof Valerius, müsst helfen, ich werde Helena bitten, Euch anzuhören."

Der Bischof rang die Hände.

„Wie ich versuchte, Euch zu erklären, Herr Senator, muss ich Rücksicht auf unsere Gemeinschaft nehmen. Wir Christen in unserer Provinz Belgica prima werden nicht verfolgt wie die Christen im Osten des Römischen Reiches durch die Kaiser Galerius und Severus, wir können hier in Augusta Treverorum ungestört unsere Gottesdienste feiern."

„Ohne Euch wird es nicht gehen, Bischof", antwortete Vitruv, amüsiert die Gewissensqualen des Bischofs beobachtend. Und eindringlicher: „Wenn wir was erreichen wollen, müsst Ihr handeln, lieber Bischof, nur beten und hoffen ist zu wenig, man muss etwas riskieren, um sein Ziel zu erreichen."

Seufzend erklärte sich der Bischof bereit, Helena aufzusuchen.

„Wir machen uns sofort auf den Weg in das Haus der Kaisermutter. Morgen sollen die Spiele beginnen und schon am Tag darauf beide Frankenfürsten, ihre Frauen und Krieger sterben," sagte Vitruv und beide verließen eilig das Zimmer.

Noch am selben Tag wurde Vitruv bei der Kaisermutter Helena vorgelassen, was ihrem Haushofmeister zu verdanken war, der in Vitruvs Schuld stand. Nicht ohne Hintergedanken hatte Vitruv den wendigen Sklaven, den er umfassend hatte ausbilden lassen, an Helena verkauft, als sie verzweifelt nach einem verantwortungsvollen, gebildeten Haushofmeister mit gutem Aussehen für ihren Hofstaat suchte. Helena, mit ihren vierundfünfzig Jahren noch immer anfällig für die Schönheit von Männern, hörte Vitruv aufmerksam zu und erklärte sich bereit, mit dem Bischof zu sprechen, der aufgeregt im Vorraum wartete. Auch dieses Gespräch verlief harmonisch, und gnädig versprach Helena, noch am selben Tag ihren Sohn aufzusuchen, um ihn um das Leben der schwangeren Germanin und ihres ungeborenen Kindes zu bitten.

Am nächsten Tag wartete Vitruv ungeduldig vor dem Eingang der Villa auf Daphne. Schließlich, immer zwei Stufen auf einmal nehmend, rannte er die Treppe empor und betrat ihr Schlafzimmer. Bereits angekleidet wartete Daphne ungeduldig auf Nachricht vom Bischof, der ihr versprochen hatte, sie sofort zu unterrichten, wenn die germanische Fürstin und ihr ungeborenes Kind gerettet sein würden.

„Meine Liebe, wir müssen fahren, sonst kommen wir später als der Kaiser im Amphitheater an, und er wird es bemerken, unsere Plätze sind genau neben seiner Loge."

Kühl antwortete Daphne:

„Ich habe noch keine Nachricht vom Bischof, du wirst allein fahren müssen."

Vitruvs Augen begannen, gefährlich zu funkeln.

„Auch wenn wir keine Nachricht haben, erwarte ich von dir, dass du mich begleitest, ich habe meinen Teil unseres kleinen Vertrags erfüllt."

„Er ist nicht erfüllt und das weißt du", antwortete Daphne mit unbewegtem Gesicht und gab Philomena einen Wink, sie auszukleiden.

„Ich werde mir dieses gotteslästerliche Spektakel erst ansehen, wenn Mutter und Kind gerettet sind."

Vitruv schnaubte, warf Daphne einen wütenden Blick zu und verließ wortlos das Zimmer. Den ersten Tag der Spiele verbrachte er allein im Amphitheater und entschuldigte Daphnes Fernbleiben bei der kaiserlichen Familie mit „Unwohlsein"; die Entschuldigung nahm der Kaiser mit einem Lächeln entgegen.

Spät am Abend ging Daphne, wie häufig bevor sie sich zum Schlafen niederlegte, hinaus in den Garten, um frische Luft zu schöpfen und nach den Sternen zu sehen. Sie hatte in Caesars Bericht über den Gallischen Krieg gelesen, nach dem Erlebnis des gestrigen Tages war ihr Interesse am Volk der Germanen erneut geweckt.

Plötzlich hörte sie einen Wagen vor dem Tor halten und kurz darauf das unwillige Gemurmel des verschlafenen Sklaven, dessen Aufgabe das Öffnen des Tores war. Aber da war noch ein zweites Geräusch. Sie blieb stehen und glaubte ein leises Wimmern zu hören, das lauter wurde. Jetzt tauchte aus dem Dunkel eine Frau auf, in der sie die alte Haushälterin des Bischofs, die Christin Anastasia, erkannte, die ein Stoffbündel im Arm trug. Schnell trat Daphne auf die Frau zu, die ängstlich von dem Bündel hochblickte und erleichtert lächelte, als sie Daphne erkannte.

„Frau Senator, unser Bischof lässt Euch grüßen, ich soll Euch das hier übergeben", und sie reichte der verdutzten Daphne das inzwischen wütend schreiende Bündel.

„Seine Mutter ist bei der Geburt gestorben, sie ist verblutet, aber ich denke, es ist eine Gnade für das arme Ding. Der Kleine ist ein gesunder Junge, nur etwas zart. Er ist zu früh auf diese grausame Welt gekommen, er muss schnell eine Amme mit viel Milch bekommen."

Die alte Frau zog ihren Schal fester über Kopf und Brust, lief flink wie ein junges Mädchen zurück zum Tor und

186

stieg in die wartende Sänfte, die mit ihr in der Dunkelheit verschwand. Daphne schlug das Tuch auseinander und sah auf einen mit Blut und Käseschmiere bedeckten neugeborenen Säugling mit vom Schreien krebsrotem Gesicht. Das Kind war wohlgeformt, hatte eine helle Haut und einen dicken hellroten Haarschopf. Schnell lief sie in das Sklavenhaus, wo Philomena ihr das Kind abnahm.

„Herrin, da haben wir unseren kleinen Germanen, aber wo ist die Mutter?"

„Die arme Frau starb bei der Geburt. Wir brauchen eine Amme, der Kleine muss gestillt werden, er weckt uns mit seinem Geschrei das Haus auf."

„Herrin, bei der Sklavin Asina schießt die Muttermilch grade ein, es wird ihr eine große Freude sein das Kind zu stillen. Sie hat vor wenigen Tagen einen Jungen geboren, der zwei Monate zu früh auf die Welt gekommen ist und nach einem Tag starb."

Als sie Daphnes zweifelnde Miene sah:

„Ihr könnt beruhigt sein, Herrin. Asina ist vertrauenswürdig, sie wird unseren Germanicus nicht verraten, sondern ihn lieben wie ihr eigenes Kind. Er kann bei ihr im Sklavenhaus leben. Ihr braucht Euch keine Sorgen zu machen, ich sehe regelmäßig nach ihm."

Erleichtert lief Daphne zurück in ihr Schlafzimmer. Als sie warm unter der Decke lag, wurde ihr wehmütig ums Herz. Der kleine Junge riss Wunden auf, von denen sie geglaubt hatte, dass sie verheilt wären. Den frühen Tod ihrer drei Söhne hatte sie in ihrem Herzen vergraben und sich nicht gestattet, an die kleinen Körper zu denken, die zu schwach zum Leben gewesen waren. Lange hatte sie ihre Gräber im Park ihres Landguts nicht besucht und mit

Blumen geschmückt. Sie beschloss, vor Winteranfang Gebete an den Gräbern zu sprechen und Gott zu bitten, ihren unschuldigen Söhnen gnädig zu sein.

Am nächsten Morgen beauftragte Daphne Philomena, Vitruv die Nachricht zu überbringen, dass sie bereit sei, ihn in das Amphitheater zu begleiten. Lächelnd erwartete Vitruv Daphne im Atrium der Villa, stellte aber keine Fragen nach dem Verbleib der Germanenfürstin und ihrem Kind. Zusammen stiegen sie in eine Sänfte, die von acht Sklaven entlang des mit Säulen gefassten decumanus maximus bis zum Amphitheatrum getragen wurde.

Die Straße war voller Menschen aller sozialer Schichten, die ebenfalls in Richtung des Theaters strebten, das schon von weitem sichtbar war. Die anderen Großbauten von Augusta Treverorum überragend, lag der Bau zu Füßen des Petrisbergs am östlichen Rand des Stadtgebietes, auf dem Plateau einer erhöhten Schieferplatte des Mosellabettes aus der Eiszeit. Das Amphitheater, erbaut im Jahr 100, bildete den Abschluss des decumanus maximus, der an der Römerbrücke begann und als ostwestliche Hauptachse von der Stadt an den Barbarathermen, dem Forum und den Kaiserthermen vorbeiführte. Die Stadtmauer führte von Norden an das Amphitheater heran. Zwei ihrer Türme gehörten zum Umgang des westlichen Teils des Zuschauerraumes, dann zog die Mauer weiter nach Süden. Der westlich und östlich aufgeschüttete Zuschauerraum hatte einem Umgang und wurde oben begrenzt durch eine Ringmauer mit Verankerungen für das Sonnendach. Das ellipsenförmige Theater war mehr als zweihundert Meter lang, einhundertvierzig Meter breit und an der gefährdeten Petrisberg-Flanke ein starkes Bollwerk gegen Eindringlinge. Die Aufschüttung für den Zuschauerraum lag vierzehn Meter über dem Boden der Arena. Der Keller hatte die Form eines rechtwinkligen Kreuzes, war dreißig Meter tief, dreißig Meter lang und fünfzig Meter breit und verfügte über unregelmäßig verlaufende Seitenwände. Eine Bühnenmaschine war Ende des 3. Jahrhunderts unter Kaiser Maximian zusammen mit fünfzehn verschließbaren Käfigen für wilde Tiere, gefährliche Verbrecher und Gefangene in die ovalen Umfassungsmauern eingebaut worden.

Vitruv nahm Daphne fest am Arm, und sie betraten über den gewölbten Besucherzugang neben der Südeinfahrt das Amphitheater. Dort empfing sie der Haushofmeister des Kaisers und geleitete sie auf ihre Plätze neben der Kaiserloge. Das Theater hatte mehrere Eingänge: Neben der Südeinfahrt gab es eine Nordeinfahrt sowie zwei ebenfalls überwölbte Eingänge unter der Westaufschüttung. Alle Besucherzugänge führten unter dem Zuschauerraum hindurch zum Umgang unmittelbar hinter der ovalen Umfassungsmauer der Arena. Von diesem Ringpodium aus liefen Treppenaufgänge zu den Sitzreihen, die durch ein bis zwei horizontale Umgänge weiter unterteilt und in Sitzblöcke gegliedert waren. Vom oberen Umgang konnte man im Südosten den Zirkus sehen, in dem aufregende Wagenrennen stattfanden, im Süden den Tempel am Herrenbrünnchen sowie den galloromanischen Tempelbezirk am Altbachtal. Im Nordosten lag der Friedhof, auf dem die im Amphitheater getöteten Gladiatoren und Verbrecher bestattet wurden. Kurz nachdem Daphne und Vitruv ihre Plätze eingenommen hatten, betrat die Kaiserfamilie ihre Loge. Sofort brandete Jubel auf, und die Menge rief immer wieder: „Konstantin, Konstantin!"

189

Huldvoll nahm der Kaiser die Ehrung entgegen und hob seine Arme, als wolle er die Menschen segnen. Dann wandte er sich für einen kurzen Augenblick in Richtung der Loge von Vitruv und Daphne und senkte kaum merklich mit angedeutetem Lächeln den Kopf. In Begleitung des Kaisers befanden sich Maximian, der abgedankte Kaiser, der von seinem Altersruhesitz in Campanien angereist war, und dessen Ehefrau Eutropia mit der gemeinsamen Tochter Fausta, einem wenig reizvollen, noch ohne Brüste und Hintern ausgestatteten zwölfjährigen Mädchen. In Hofkreisen wurde getuschelt, dass Konstantin das kleine Ding zu seiner Ehefrau nehmen würde. Daphne konnte das nicht glauben, denn das zarte Kind war bestimmt noch nicht geschlechtsreif. Als letzte betrat die Kaisermutter Helena die Loge. Bevor sie sich setzte, sah sie kurz hinüber zu Vitruv und begrüßte ihn mit einem kaum wahrnehmbaren Kopfnicken.

Die Stimmung im Amphitheater war wie kurz vor dem Siedepunkt von Öl; es lag eine kaum zu ertragender Spannung in der Luft, der man sich nicht entziehen konnte. Jetzt begann die Musik: Zuerst die Wasserorgel, gespielt von einem Sklaven Vitruvs, den er dem Kaiser für diesen großen Tag zur Verfügung gestellt hatte und der das Instrument meisterhaft beherrschte. Dann erklangen zusammen die Lyra und die Kithara mit verschiedenen Leiern. Daphne hörte der Musik nicht zu. Von Mitleid erfüllt, dachte sie an den vergangenen Tag, an dem, Legionäre einen nicht enden wollenden Tross gefesselter Franken, die sich vor Durst, Hunger und Schmerzen nur unter den Schlägen der Soldaten vorwärts bewegten, vorbei an ihrer Villa in Richtung Amphitheater getrieben hatte. Am Straßenrand drängten sich die Treverer, beschimpften lauthals die Häftlinge und bewarfen sie mit Abfall.

In den letzten Wochen war das Gerücht durch die Stadt gegangen, dass der siegreiche Kaiser Tiere, die bisher kein Treverer mit eigenen Augen gesehen hatte, aus den entferntesten Provinzen des Römischen Reiches nach Augusta Treverorum hatte bringen lassen, um seinen Sieg zu feiern. Jetzt warteten die Treverer aufgeregt und ein wenig ängstlich auf die Wunder vom anderen Ende der Welt. Die Gefangenen, die Tiere und alle anderen Akteure des Spektakels erreichten die Arena des Amphitheaters von den Räumen und Käfigen unter der Kampfbahn direkt über das Nord- und Südtor. Zum Schutz des Bedienungspersonals verlief vor der Arena eine Holzpalisade als Umfassungsmauer.

In den Morgenstunden kämpften zunächst Tiere gegeneinander. In den dunklen Wäldern der Germanen hatte der Kaiser gewaltig große Bären fangen lassen, die in der Arena gegen Büffel und Stiere kämpften. Weder den Bären noch den Büffeln gelang es, den todbringenden Hörnern der Stiere zu entkommen. Die Kunststücke dressierter Affen aus Afrika, die den Tierkämpfen folgten, langweilten die Menge. Die Menschen wurden immer ungeduldiger – sie schrien ihren Ärger heraus – sie wollten endlich Menschenblut fließen sehen. Unter den Buhrufen der Zuschauer betraten zuerst venatores und bestiarii, speziell ausgebildete Kämpfer, die Arena, deren Ansehen bei der Bevölkerung geringer war als das der Gladiatoren. Hauptsächlich bewaffnet mit Jagdspeeren hetzten sie harmlose Tiere wie Antilopen oder Hirsche. Dann begann die Jagd auf gefährlichere Tiere, auf Bären und eine Rarität im hohen Norden des Reiches, auf Raubkatzen.

Zur Mittagszeit kochte das Amphitheater. Die Menschen johlten und schrien, sie wollten endlich die besiegten Franken sterben sehen.

Plötzlich verebbte der Lärm, bis kaum noch Stimmen zu hören waren - die Menschen waren starr vor Staunen: Aus mehreren Öffnungen in der Mauer des Amphitheaters floss Wasser in die Arena. Als es die Höhe von zweieinhalb Metern erreichte, kamen vier Schiffe hereingefahren. In dreien standen dicht gedrängt an Händen und Füßen gefesselte Franken. Die Mannschaft des vierten Schiffes bestand aus mit Bogen und Pfeilen, Äxten und Schwertern bewaffneten Soldaten, die gleich begannen, die Franken zu beschießen. Der Jubel der Treverer brandete auf, sie erhoben sich von ihren Sitzen und feuerten die Soldaten mit Rufen an.

Einige der Franken versuchten sich auf den Boden der Schiffe zu werfen, um den Pfeilen zu entgehen, aber sie standen so dicht beieinander, dass bei dem Gedränge viele über Bord gingen und ertranken. Als die meisten Franken tot waren, enterten die Gladiatoren die feindlichen Schiffe. Sie spalteten die Köpfe der Überlebenden mit ihren Äxten oder durchstießen ihre Brust mit den Schwertern. Die Leichen warfen sie eine nach der anderen über Bord. Durch das viele Blut färbte sich das Wasser rot wie ein reifer Granatapfel. Der Jubel der Masse war grenzenlos. Sie schrien:

„Konstantin, Konstantin, lang lebe Kaiser Konstantin."

Der Kaiser erhob sich, riss die Arme hoch – und Daphne wurde schlecht. Sie spürte kaum ihren Körper und bemühte sich, die Sinne nicht zu verlieren. Das Spektakel war zu Ende. Es war schrecklicher gewesen, als sie es sich vorgestellt hatte. Eines war sicher, die Frankenhäuptlinge waren tapfere Männer. Die fürchterlichen Martern hatten sie klaglos über sich ergehen lassen, sie hatten nicht gewehklagt oder Schmerzensschreie ausgestoßen. Daphne war sicher, dass Häuptling Ascarius, kurz bevor sein Kopf durch eine Axt gespalten wurde, zu ihr aufgeblickt und ihr zugelächelt hatte. Vielleicht, so hoffte sie, hat er vor seinem Tod erfahren, dass seine Frau einem gesunden Knaben das Leben geschenkt hatte und das Kind in Sicherheit war.

Vitruvs Sinne waren wie immer, wenn er dem Töten im Amphitheater zusah, in Aufruhr. Das Spektakel war heute noch aufregender gewesen als im Amphitheatrum Flavium in Roma, als Christen brannten wie zu Zeiten Kaiser Neros. Nachdem er Daphne in die Sänfte gesetzt und nach Hause geschickt hatte, nahm er einen Mietwagen und ließ sich in das luxuriöse Freudenhaus am Rande der Stadt fahren. Er besuchte es seit Jahren, wenn seine Sinne nur noch durch außergewöhnliche, Vergnügen zur Ruhe kommen konnten.

In einem luxuriös eingerichteten Raum des Hauses, der etwas abseits von den anderen Zimmern lag, warteten zitternd drei kleine Jungen auf ihn, die der Besitzer des Etablissements, der Freigelassene Gaius Aurelius Petellius Lepidus, extra für Vitruv ausgesucht hatte. Aus leidvoller Erfahrung wusste Lepidus, dass die Ware nicht zu wertvoll sein sollte, die er dem Herrn Senator zur Verfügung stellte, wenn dieser die Spiele genossen hatte. Süß und jung musste sie sein, aber nicht gebildet, wie andere hohe Herren es wünschten. Beim Herrn Senator war immer damit zu rechnen, dass die Jüngelchen beschädigt oder unbrauchbar für das Geschäft wurden, wenn er mit ihnen fertig war. Natürlich regulierte sein schöner Sekretär großzügig den Schaden, aber gut ausgebildete Jungen waren schwer zu bekommen und sie selbst schulen zu lassen, sodass sie hochgestellten Herren gefielen, reduzierte beträchtlich den Gewinn.

Machtkampf und Krieg 307 - 311 n. u. Z.

Im Frühjahr 307 reiste Kaiser Maximian mit Ehefrau Eutropia und Tochter Fausta von seinem Ruhesitz in Campanium nach Gallia, um die Unterstützung Konstantins gegen Galerius zu erreichen, was ihm aber nicht gelang.

Schon im Jahr 306, am 29. Oktober, hatte sein Sohn Marcus Valerius Maxentius auf seine Veranlassung und mithilfe der Prätorianergarde die Macht in Roma an sich gerissen. Aber Seniorkaiser Galerius, Augustus des Ostens, erkannte Maxentius als Caesar nicht an, weil Roma zum Herrschaftsgebiet des Augustus des Westens, Septimius Severus, gehörte. Zu dieser Zeit lebte Maxentius auf seinem Landgut an der Via Labicana, zwölf Kilometer vor Roma.

Zum Ärger von Maximian hatten weder Diocletian noch Galerius Maxentius für eine militärische oder ziviladministrative Karriere vorgesehen, obwohl er Galerius seine Tochter Valeria Maximilla zur Frau gegeben hatte. Jetzt hatte Maximian mit Einverständnis seines Sohnes und der Truppen den Purpur genommen und beanspruchte erneut die Würde eines Augustus. Auch dieser Herrschaftsanspruch fand vor den Augen Galerius´ keine Gnade. Der Versuch Kaiser Septimius Severus´, die Herrschaft von Sohn und Vater militärisch zu beenden, misslang, Severus´ Heer wurde vor Roma von Maximian und Maxentius geschlagen. Severus floh mit Getreuen in das durch Sümpfe schwer zugängliche Ravenna, wo er von Maximian gefangen genommen und in Tres Tabernae, dreißig Kilometer vor Roma, festgesetzt wurde, nachdem er die Kaiserinsignien übergeben hatte. Auch Galerius war kein Glück beschieden, als er im Frühsommer 307 mit einem großen Heer versuchte, Roma zurückzugewinnen: Ihm liefen seine hungernden Soldaten davon. Der listige, in Kriegstechnik erfahrene Maximian hatte nicht nur die Befestigungen von Roma instand setzen lassen, sondern auch die für das Heer notwendige Verpflegung aus der Umgebung der Stadt entfernt. Severus, der Maximian als Verhandlungsmasse im Krieg gegen Galerius jetzt nichts mehr nützte, ließ er erdrosseln.

Deprimiert und gedemütigt zog Galerius sich mit seinem Heer plündernd über die Via Flamina in seinen östlichen Reichsteil zurück. Am 18. November 307 ernannte er seinen Vertrauten Licinius als Nachfolger des ermordeten Severus zum Augustus des Westens, ohne ihn vorher zum Caesar ernannt zu haben. Zu dieser Zeit erschien Maximian erneut in Augusta Treverorum, ein Zerwürfnis mit seinem Sohn Maxentius, der nach den Siegen gegen Severus und Galerius die alleinige Macht in Roma erfolgreich für sich beansprucht hatte, zwang ihn dazu. Erneut schlug Maximian Konstantin vor, ihn bei der Durchsetzung seiner kaiserlichen Ansprüche zu unterstützen.

Jetzt, mit einem getöteten Severus und geschwächten Galerius, willigte Konstantin in den Handel ein. Er erkannte Maximian offiziell als Senior Augustus an. Im Gegenzug bestätigte Maximian Konstantin als Junior Augustus. Konstantin bekam Maximians Tochter Fausta zur Ehefrau und wurde damit Mitglied der Familie der Herculier; die glanzvolle Hochzeit wurde Ende des Jahres 307 in Augusta Treverorum gefeiert.

Gegenüber Daphne erwähnte der Kaiser diese Probleme nicht. Aber er bat sie, die erste Hofdame seiner Ehefrau zu

werden, ein Wunsch, der von Eutropia wärmstens unterstützt wurde.

„Liebe Daphne, ich werde nicht ständig in Augusta Treverorum sein können, Maximian wünscht mich an seiner
Seite, und wer weiß, was die Zukunft bringen wird", seufzte sie.

„Es würde mich beruhigen, wenn du dich um das liebe
Kind kümmern würdest, ich fürchte, sie ist ihrer hohen
Stellung als Ehefrau eines Junior Augustus nicht gewach-
sen, sie muss noch viel lernen."

Daphne freute sich, dass das Kaiserhaus ihr so großes
Vertrauen entgegenbrachte, fragte sich aber, wie sich das
hohe Amt mit ihren Pflichten in der christlichen Gemeinde vereinbaren ließe. Im Übrigen besagten Hofgerüchte,
dass es sich bei der zukünftigen Kaiserin um ein aufmüpfi-
ges Biest mit einem hässlichen Gesicht handeln würde und
dass ihr Vater froh sei, sie strategisch klug und glanzvoll
losgeworden zu sein.

Als Daphne Vitruv von Konstantins Wunsch oder Befehl
erzählte, konnte er nicht aufhören zu lachen.

„Da hat dein Kaiser dir eine schöne Bürde aufgehalst, das
Mädchen soll von seinem Vater verzogen worden sein,
selbst er wird mit ihr nicht fertig."

Tage später ergab sich die Gelegenheit, Fausta kennenzulernen. Konstantin hatte Maximian und seiner Familie
repräsentative Räume im Palastbereich zur Verfügung
gestellt, wo Daphne Eutropia und Fausta besuchte. Wie sie
schon im Amphitheater festgestellt hatte, war Fausta klein
für ihre zwölf Jahre und noch ohne weibliche Formen.
Außer der schönen dreieckigen Form ihres Gesichtes waren ihre Züge grob, die Nase mit breiten Flügeln, der

Mund ausladend und wellig mit schmalen Lippen und die braunen Augen vorstehend wie bei einem Kabeljau. Die dünnen, modisch auf dem Oberkopf zu einem Knoten aufgesteckten Haare in undefinierbarer Farbe ließen die ausgefransten Ohren frei. Das Mädchen wirkte unproportioniert; es war zu hoffen, dass sich ihre Erscheinung in den nächsten Jahren zum Besseren entwickeln würde. Dann begann Fausta mit einer tiefen, melodischen Stimme in fehlerfreiem Latein zu sprechen, und man vergaß ihr ungünstiges Aussehen.

„Mein Verlobter, Kaiser Konstantin und meine Mutter wünschen, dass du meine erste Hofdame wirst, weil du gebildet und vertrauenswürdig bist. Ich halte das für keinen guten Vorschlag. Ich mag es nicht, wenn meine Hofdamen klüger sind als ich, sie sollen mich amüsieren. Mein Verlobter und ich konnten uns in dieser Frage einigen: Du wirst nicht meine Hofdame werden, sondern mich in Latein, Griechisch und Rhetorik unterrichten. Bist du einverstanden?"

Verwirrt sah Daphne zu Eutropia, die ihr lächelnd zunickte.

„Ich würde mich freuen, Fausta, dich mit allen Wissenschaften bekannt zu machen, die mich mein Vater und meine Lehrer gelehrt haben."

„Wie dir bestimmt schon zugetragen wurde, kann ich es nicht ertragen, wenn man mir zu viele Anweisungen gibt. Wenn du dir das merkst, werden wir gut miteinander auskommen. Ich weiß, dass eine Kaiserin über eine hervorragende Bildung verfügen muss, ich werde mich bemühen, deine gelehrige Schülerin zu sein."

Dann stand Fausta auf und sagte:

„Mutter darf ich jetzt in den Garten gehen?"

Eutropia nickte und Fausta verließ mit hocherhobenem Kopf und langsamen Schritten den Raum wie ein Kind sich den Gang einer Kaiserin vorstellt.

„Meine Tochter ist kein schönes, aber ein kluges Mädchen. Der Vorschlag, dass du sie unterrichtest, kam von ihr, und es ist richtig, dass der Kaiser einverstanden ist. Wir beginnen mit dem Unterricht nach der Hochzeit, Ende des Jahres."

„Eutropia, du hast eine bemerkenswerte Tochter", sagte Daphne, krampfhaft das Lachen unterdrückend.

„Wie du sehen konntest, ist meine Tochter körperlich noch keine Frau. Wir sind mit dem Kaiser übereingekommen, dass mit dem Vollzug der Ehe bis zu ihrem ersten Unwohlsein gewartet wird und nur die Götter allein wissen, wann das sein wird. Bis dahin wird sie in diesen Räumen leben, aber den Kaiser bei seinen öffentlichen Pflichten unterstützen."

Bis zum Herbst des Jahres 308 änderten sich die Machtverhältnisse im Römischen Reich nicht: Anstatt Maximian gegen Galerius zu unterstützen, zog Konstantin erfolgreich gegen die Alamannen zu Felde. Maxentius scheiterte in dem Versuch, die afrikanischen Provinzen wieder unter seine Herrschaft zu bringen, die nach einem Aufstand von einem Usurpator regiert wurden. Nachdem Galerius ausführlich seine ihm von Maxentius beigebrachten Wunden geleckt hatte, überredete er Diocletian, seine Altersresidenz in Spalato zu verlassen, eine Konferenz in Carnuntum in der Provinz Panonnonia (Pannonien) einzuberufen und deren Vorsitz zu übernehmen, um die festgefahrenen

Probleme der dritten Tetrarchie zu lösen. Teilnehmer neben Diocletian waren Galerius, Licinius und Maximian. Letzterer versuchte vergeblich, Diocletian zu überreden, mit ihm zusammen erneut den Purpur zu nehmen. Das Ergebnis der Konferenz verschärfte die zwischen den Tetrarchen ohnehin schon angespannte Lage: Der Protegé von Galerius, Licinius, wurde als Augustus des Ostens bestätigt, was nicht nur den übergangenen Caesar Maximinus Daia erzürnte, sondern auch Maxentius, dem damit erneut die Anerkennung verweigert wurde. Maximian traf es am schlimmsten, er musste erneut abdanken und verließ Carnuntum als geschlagener Mann in Richtung Augusta Treverorum, wo sein Schwiegersohn ihm erneut Unterschlupf gewährte. Aber sein Wille war noch nicht gebrochen. Schon im Jahr 309 nutzte er die Gunst der Stunde, als Konstantin mit wenigen Einheiten zu einem Feldzug gegen die Germanen aufgebrochen war. In Arleate, Konstantins Residenz im Süden von Gallia, ließ Maximian das Gerücht ausstreuen, Konstantin sei bei den Kämpfen gefallen, und nahm mit Unterstützung zurückgelassener mobiler Heereseinheiten erneut den Purpur. Als Konstantin davon Nachricht erhielt, kehrte er im Eilmarsch nach Arleate zurück, das die Truppen Maximians verlassen hatten, als sie hörten, dass Konstantin leben würde. Maximian flüchtete nach Marseille (Massila), wo Konstantin ihn gefangen nahm und unter Arrest stellte. Zunächst von Konstantin begnadigt, fand man ihn wenig später erhängt auf. Der Tod Maximians änderte kaum etwas an den bestehenden Problemen: Maxentius herrschte weiter in Roma und war mit Unruhen der römischen Stadtbevölkerung beschäftigt, die, ausgelöst durch eine Hungersnot, ihn jetzt dazu zwangen, die afrikanischen Provinzen, die Kornkammer des Römischen Reiches, zurückzuerobern, was ihm mit einem kleinen Heer gelang. Ansonsten warb er um die Gunst der Bewohner der Stadt Roma, indem er die Stadt mit prächtigen Monumentalbauten verschönerte. Der neue Augustus Licinius hatte in den Osten des Reiches eindringende Germanen abzuwehren, Galerius erkrankte an Prostatakrebs und war zunehmend nicht mehr handlungsfähig. Sein Caesar Maximinus Daia schmollte, weil es ihm nicht möglich war, seinen Herrschaftsbereich, den Maxentius nicht hergab, einzunehmen.

Familie 308 n. u. Z.

Die Jahre 308 bis 310 vergingen für Daphne wie im Fluge. Ihre Aufgaben in der wachsenden christlichen Gemeinde und der Unterricht von Kaiserin Fausta, die sich allen Unkenrufen zum Trotz zu einer freudig lernenden Schülerin entwickelte, füllten sie aus. Der Unterricht fand nicht nur in den kaiserlichen Räumen statt, häufig nahm Daphne die junge Frau mit auf ihr Landgut, wo sie nach dem Unterricht, wie jedes Mädchen ihres Alters, mit der wenig älteren Claudia und dem kleinen Fabius herumtollte. Claudia war bereits drei Jahre die Ehefrau von Africanus, und zu ihrem großen Kummer hatte sich noch kein Nachwuchs eingestellt. Aber wovon sollte ihre Tochter schwanger werden, dachte Daphne häufig. Africanus war immer öfter auf Reisen. Um der Einsamkeit zu entfliehen, lebte Claudia auf dem Landgut ihrer Mutter oder in Daphnes Stadtvilla und nicht in ihrem eigenen großen Haus. Selbst wenn Africanus zu Hause war, verspürte Claudia kaum noch Freude an dem Beisammensein mit ihrem Ehemann. Was sie vor ihrer Heirat befürchtet hatte, war eingetreten. Africanus war schön und sonst nichts. Überall im Haus hatte er Spiegel anbringen lassen, selbst über dem Ehebett. Aber nicht, um seine und die Lust seiner Ehefrau beim Liebesspiel zu steigern, sondern um seinen schönen Körper zu bewundern. Insgeheim gab Claudia ihrem Ehemann die Schuld daran, dass sie kein Kind in ihren Armen halten konnte. Beim ehelichen Beisammensein wurde sein Penis nur kurz größer und hart, um gleich wieder zu schrumpfen, nicht einmal zu einer klitzekleinen Schwangerschaft hatte es bisher gereicht. Da war ihr die Gesellschaft von Fausta gerade recht. Die Kaiserin war klug und amüsant und der Gesellschaft von Africanus vorzuziehen. Beide jungen Frauen hatten viel Spaß miteinander, unter der Voraussetzung, dass es ihnen gelang, den siebenjährigen Fabius abzuschütteln. Der lebte im kaiserlichen Palast in Augusta Treverorum und erhielt dort zusammen mit dem gleichaltrigen Crispus Unterricht.

Crispus war der Sohn Konstantins aus einer Beziehung mit einer Frau namens Minervina, die, wie man sich erzählte, in Nikomedia verstorben war. Germanin soll sie gewesen sein, vom Kaiser verstoßen und in Nikomedia zurückgelassen - aber keiner wusste etwas Genaues, und Konstantin sprach nie über die Mutter seines Sohnes.

Crispus zeichnete sich nicht nur durch Schönheit, sondern auch durch Liebreiz und große Freundlichkeit aus. Schnell stand er unter dem Einfluss von Fabius, der seine Macht weidlich ausnutzte und den Thronfolger triezte, wo er konnte. Insbesondere Vitruv, der seinen Sohn abgöttisch liebte, bemerkte nicht, dass Fabius eine feste Hand gebraucht hätte, um zu einem rechtschaffenen römischen Mann heranzuwachsen. Immer wieder brachte Philomena Daphne kleine Hündchen oder Kätzchen mit gebrochenen Beinen oder mit blutenden Wunden, die der Junge gequält hatte; einmal steinigte er sogar ein Kätzchen zu Tode. Als der christliche Rhetor Lactanz, den Kaiser Konstantin für die Erziehung des Thronfolgers an den Hof berufen hatte, Daphne auf das grausame Verhalten von Fabius ansprach - eindringlich sagte er ihr, dass Fabius sich nicht nach den christlichen Geboten entwickeln würde -, informierte sie Vitruv. Der lachte amüsiert und sagte:

„Daphne, unser Sohn entwickelt sich zu einem gesunden römischen Mann und nicht zu einem Weib, das betend den Christen hinterherrennt."

Der Kaiser, auf das Problem angesprochen, meinte, dass es nur von Vorteil sei, wenn Crispus als zukünftiger Kaiser frühzeitig lernen würde, sich auch bei starken Menschen durchzusetzen.

Marcus´ Versuch, zusammen mit seinen Schwägern Africanus und Brutus in den Handel mit Purpur einzusteigen, war kein Erfolg beschieden. Gemeinsam reisten sie über das Meer nach Tyros, erwarben dort Purpurschnecken, die alle an Kälte verendet waren, als sie nach einer langen und stürmischen Seereise den römischen Hafen Portos erreichten. Daraufhin schlug Marcus zur Freude von Vitruv die Soldatenlaufbahn ein. Erfolgreich absolvierte er die Ausbildung für Offiziere der römischen Armee.

Unterrichtsinhalte wie Reiten, Schwertkampf und Truppenführung lernte er leicht, in Philosophie und Rechtslehre erreichte er nur mittelmäßige Ergebnisse. Inzwischen hatte er zusammen mit dem Kaiser erfolgreich gegen die rechtsrheinischen Germanen gekämpft. Sein germanisches Mädchen Alwina gebar ihm während seiner monatelangen Abwesenheit einen Sohn, der gleich nach der Geburt starb. Untröstlich nahm Marcus wochenlang in Gesellschaft seiner Soldaten mehr unverdünnten Wein zu sich, als ihm guttat.

Nicht selten hatten die Hausherren und ihre halbwüchsigen Söhne in römischen Haushalten mit ihren Sklavinnen Geschlechtsverkehr. Daphne kannte dieses Verhalten von Männern der römischen Oberschicht aus ihrem Elternhaus; auch ihr Vater holte sich regelmäßig seine schönsten germanischen, syrischen oder ägyptischen Sklavinnen in sein Bett. Mit gemischten Gefühlen tolerierte sie das Verhalten ihres Sohnes. Marcus kam mit seinen zwanzig Jahren in das Alter für die Gründung einer Familie, und Daphne wünschte der jungen Ehefrau wenigstens in den ersten Ehejahren die ungeteilte Aufmerksamkeit ihres Ehemannes. Als Ehefrau für ihren Sohn suchte Daphne ein Mädchen, das dem christlichen Glauben anhing. Vitruv bestand darauf, dass die offizielle Ehefrau des Erben der Familie aus einer reichen und berühmten Familie mit einem langen Stammbaum stammen müsse. In Augusta Treverorum gab es viele christliche Familien mit Töchtern im heiratsfähigen Alter und großem Grundbesitz, aber sie waren häufig keltischer Abstammung und erst vor wenigen Generationen unter römischer Herrschaft zu Reichtum gekommen; ihr Stammbaum war nicht länger als der von Vitruv, wie Daphne lächelnd ihrem Ehemann gegenüber bemerkte. Daphne beriet sich mit Bischof Valerius, der anbot, seinem Amtsbruder Heraklius in Roma zu schreiben und ihn zu bitten, sich nach Familien mit heiratsfähigen Töchtern umzusehen, die Vitruvs und Daphnes Voraussetzungen erfüllten. Auch schrieb Daphne an ihre Mutter Olympia mit der Bitte, sich nach geeigneten Heiratskandidatinnen für ihren Enkel umzusehen.

Olympia, die trotz ihres hohen Alters von vierundsechzig Jahren munter die Gottesdienste des Bischofs von Roma besuchte, war nach dem plötzlichen Tod ihres Ehemannes, des Senators Titus Cornelius Orestes, aus heiterem Himmel vollständig gesundet. Am Tag seiner festlichen Verbrennung verließ sie ihr Bett, ließ sich von Philomena maior ankleiden und nahm als wenig trauernde Witwe an der Feier teil. Zurück in ihrer Villa gab sie ihrem verdutzten Haushofmeister detaillierte Anweisungen für den Umbau der Stadtvilla. Sie überreichte ihm lange Listen, auf denen genau beschrieben war, wie das Haus im Anschluss an den Umbau neu einzurichten sei, und verließ am nächsten Morgen zusammen mit Philomena und wenigen Haussklaven Roma in Richtung Karthago in der Provinz Africa proconsularis. Dort verbrachte sie den Winter in der Stadtvilla der verstorbenen Freundin ihrer Mutter und kehrte im Frühling gesund und um zehn Jahre verjüngt nach Roma zurück. Aus Karthago brachte sie einen Sekretär mit, einen schönen, gebildeten Sklaven, dem sie in Afrika die Freiheit geschenkt hatte und der, wie die Damen der Senatsaristokratie aufgeregt tuschelten, mindestens fünfundzwanzig Jahre jünger war als Olympia. Das Getratsche um ihre Person interessierte sie nicht mehr. Sie war eine unermesslich reiche Frau kaiserlichen Geblüts, niemand wagte, ihren neuen Lebensstil öffentlich zu kritisieren, und einen Ehemann, der ihr vorschrieb, wie sie zu leben hatte, gab es, Gott sei gedankt nicht mehr. Nur eines änderte sie in ihrem neuen Leben nicht: Olympia war nach wie vor eine treue Anhängerin des Christengottes. Sie versäumte keinen Gottesdienst und spendete in den vielen Jahren, die ihr noch verblieben, einen nicht unerheblichen Teil ihres Vermögens der römischen Kirche. Als sie den Brief ihrer Tochter mit der Bitte erhielt, sich nach einer Braut für ihren ältesten Enkel umzusehen, klatschte sie vor Vergnügen in die Hände und rief:

„Philomena, hol mir meinen Mantel, wir gehen auf Brautsuche für unseren Marcus. Als Erstes werden wir Bischof Heraklius einen Besuch abstatten, er ist bestimmt daran interessiert, für den Sohn seines schönen Monsignore Paulus ein reiches Mädchen christlichen Glaubens mit langem Stammbaum zu finden.“

Und so war es. Der Bischof, immer bemüht, die reichste und freigiebigste seiner Stifterinnen bei Laune zu halten - für die aktuelle Unterstützung erhielt die Kirche ein großes Gut in der Provinz Africa proconsularis mit vielen Sklaven und fruchtbarem Land, auf dem hauptsächlich Weizen für Roma angebaut wurde -, zeigte sich entzückt, helfen zu können. Als Olympia ihre Bitte vorgetragen hatte - auch der noch immer ansehnliche Monsignore Paulus war anwesend - überlegte Heraklius nur kurz und sagte dann:

„Meine liebe Tochter in Christus Olympia, ich werde schon morgen in dieser für uns wichtigen Angelegenheit mit Marcus Junius Caesonius Nicomachus A. Faustus reden. Du kennst ihn. Das alte Geschlecht der Ancier stammt aus Praeneste (Palestrina). Es ist seit der Kaiserzeit bekannt als reiche stadtrömische Familie, die im 2. und 3. Jahrhundert vom Kaiser mit dem Konsulat beehrt wurde. Im Jahr 299 übte der Senator das Amt des praefectus urbi (Stadtpräfekt von Rom) aus. Die Familie schloss sich schon unter der Herrschaft von Kaiser Maximian dem Christentum an. Sein ältester Sohn, Amnius A. Julianus, übte im Jahr 300 das Amt des Prokonsuls der Provinz Africa proconsularis aus; ich bin sicher, dass auf ihn noch höhere Ämter warten. Die Familie hat einen jüngeren Sohn, A. Paulinus und sechs Töchter, da wird sich eine Jungfrau für unseren Sohn Marcus finden, was meinst du Paulus? “

Paulus, der schweigend zugehört hatte, lief rot an und stammelte:

„Die Familie ist tatsächlich sehr geeignet, Heiliger Vater."

Später flüsterte Olympia einer ihrer Freundinnen zu, dass nur die Jüngste der sechs Töchter, Faustina minor, mit Schönheit, wenn auch nur marginal, gesegnet war und ein leidlich sanftes Wesen hatte. Die anderen fünf zeichneten sich neben einer kaum zu übertreffenden Hässlichkeit, ein Erbe der reichen Familie der Mutter, zusätzlich durch eine spitze Zunge und eine nie enden wollende Streitsucht aus, deren lautstarke Ausübung ohne Unterlass durch den Marmorpalast der Familie schallte. Senator Faustus war zunächst entzückt, als Bischof Heraklius ihn in einem vertraulichen Gespräch über den Wunsch der berühmten Familie informierte. Später rangen in seiner Brust zwei Seelen miteinander; denn die Gens ancius (Geschlecht der Anicier) blickte auf einen weitaus längeren Stammbaum zurück als die Familie des Gaius Antonius Rufus Vitruv. Aber war der verehrte ehemalige Vikar denn der Vater des Bewerbers? Erkundigungen, die Faustus einziehen ließ, besagten, dass der schöne Monsignore Paulus im Jahr 288 in der Christengemeinde von Augusta Treverorum nicht nur als Presbyter erfolgreich gewirkt hatte, sondern auch reichen Christinnen nahegekommen war.

„Bestimmt ist das Gerücht wahr. Warum sonst kümmert sich Bischof Heraklius um diese Angelegenheit, das ist nicht sein Problem, außer –", sagte Faustus zu seiner Ehefrau Faustina, die wie üblich gelagert auf einer Kline ihren dicken Leib in die Luft streckte und ohne das Naschen von Süßigkeiten zu unterbrechen, ihrem Ehemann zuhörte.

„Außerdem gibt es noch die Großeltern, die berühmte Familie des Senators Titus Cornelius Orestes und seiner Frau Olympia", fuhr Faustus fort.

„Und jeder einzelne Stammbaum der beiden ist länger als unsere beiden zusammen", nuschelte Faustina mit vollem Mund.

„Außerdem ist die Familie reich, und wir werden eine unserer schrecklichen Töchter los."

Faustus stöhnte.

„Haben wir die Wahl? Wir stehen mit dem Rücken zur Wand, keiner will die Furien".

Zu seinem Kummer gelang es ihm nicht, das älteste, hässlichste und böseste der Mädchen, Faustina maior, an den Mann zu bringen. Denn auch Olympia sagte zum Senator, nachdem sie sich die Damen angesehen hatte:

„Faustina minor oder keine."

Faustus biss in den sauren Apfel, dachte sich, besser eine als keine, und stimmte der Verbindung zu. Seine Entscheidung lief dem ungeschriebenen Gesetz zuwider, dass Töchter nach ihrem Alter verheiratet werden, zuerst die Älteste und so weiter, und führte zu einer weiteren Verschlechterung der Atmosphäre in seinem Haus. Als das Geschrei nicht aufhörte, riss ihm der Geduldsfaden, und er verfrachtete seine Brut für ein Jahr weit weg nach Africa proconsularis auf eines seiner Landgüter.

Das Ganze ging dann doch nicht so problemlos über die Bühne, wie beide Familien es sich vorgestellt hatten. Als Marcus ein Bild von Faustina minor sah, das ihr noch schmeichelte, weigerte er sich, sie zu heiraten. Als Begründung gab er nicht das wenig schöne Antlitz des Mädchens an, sondern seine Karriere, und stieß damit bei Vitruv auf Verständnis. Die Familien vereinbarten, die Hochzeit zwei Jahre zu verschieben, womit Daphne auch im Hinblick auf das jugendliche Alter der Braut von dreizehn Jahren einverstanden war.

Um seine Erfolge gegen die Germanen zu stabilisieren, ließ Kaiser Konstantin in den Jahren 308 bis 310 eine Kette von Kastellen entlang des Rheins erbauen. Gegenüber von Colonia Claudia Ara Agrippinensium entstand ein befestigter Brückenstützpunkt, das Kastell Deutz. Um Truppen schnell und ungehindert in das feindliche Land der Franken zu entsenden, ließ er eine steinerne Brücke über den Rhein bauen, die Gallia mit dem rechten Rheinufer verband.

Im Jahr 310 feierte die Stadt Augusta Treverorum glanzvoll ihren dreihundertsten Geburtstag.

Unter großen Qualen starb im Mai 311 Kaiser Galerius an Unterleibskrebs. Die von ihm in der Vergangenheit verfolgten Christen freuten sich und hielten seine Krankheit für eine Strafe Gottes. Kurz vor seinem Tode, am 30. April 311, erließ er das Toleranzedikt, das die im Jahr 303 unter Kaiser Diocletian begonnene Christenverfolgung offiziell beendete. Schon kurz nach seinem Tod nahm die Auseinandersetzung um den Titel des Augustus zwischen Maximinus Daia und Licinius Fahrt auf: Licinius eroberte die Balkanprovinzen und Maximinus den orientalischen Reichsteil bis zum Hellespont, beides Reichsteile des verstorbenen Augustus Galerius. Da beide an einer weiteren Auseinandersetzung zum jetzigen Zeitpunkt kein Interesse zeigten, legten sie den Hellespont und den Bosporus als Grenze zwischen ihren Machtbereichen fest. Beide wandten sich jetzt nach Westen, Maximinus suchte die Unterstützung von Maxentius, und Konstantin gab seine bisherige Zurückhaltung auf, schließlich ging es jetzt um die Macht über das gesamte Römische Reich. Er band sich enger an Licinius und bot ihm seine Lieblingsschwester, die blutjunge Constantina, zur Ehefrau an. Sie war seine Halbschwester und entstammte der Ehe seines Vaters mit Theodora, der Stieftochter Kaiser Maximians und Tochter von Eutropia.

Daphne, die die fünf Halbgeschwister von Konstantin erst kennengelernt hatte, bedauerte das Mädchen, das einem dreißig Jahre älteren Mann versprochen wurde.

Schlacht an der Milvischen Brücke 312 n. u. Z.

Daphne saß in ihrem Lieblingsstuhl am Fenster ihrer Bibliothek, schaute in den trüben Himmel und zog sich fröstelnd das wollene Tuch fester um die Schultern. Es war Ende März, aber immer noch schneite es. Die letzten Wochen hatte sie wartend in ihrer Stadtvilla verbracht und wagte aus Angst, Marcus bei seiner Rückkehr zu verpassen, nicht das Haus zu verlassen. Sie wusste, er würde als Erstes seine Sklavin Alwina aufsuchen, die sehnsüchtig im Sklavenquartier auf ihren Liebsten wartete. Selbst die Sklaven waren leiser als gewöhnlich; auch sie hatten Angst um ihren charmanten jungen Herrn, der ihnen immer wieder lachend Geldstücke zugeworfen hatte. Schon bald nach der gewonnenen Schlacht an der Milvischen Brücke erreichte Daphne die Nachricht des Hofes, dass Marcus im Kampf schwer verwundet worden war, aber leben würde. Am liebsten wäre sie sofort nach Roma abgereist, um ihren Sohn nach Hause zu holen, aber die Überquerung der Alpen war im Winter zu gefährlich. Plötzlich hörte sie Pferdetrampeln im Hof und Philomena rufen:

„Herrin, Herrin, kommt, es ist Marcus."

So schnell sie konnte, lief Daphne die Treppen hinunter und zum Wagen, aus dem ein Sklave einen blassen, aber soweit sie sehen konnte, gesunden Marcus heraushob. Auf einmal begann Philomena, die direkt neben Marcus stand, um dem Sklaven zu helfen, zu schreien, und Daphne, die näherkam, sah, dass ihr schöner Sohn nur noch ein Bein hatte.

„Regt euch nicht auf, meine Lieben, ich bin nicht tot. Philomena, bringe mich hinein und hol mir meine Alwina.

Mutter, jetzt wo ich nicht mehr ein ganzer Mann bin, wirst du mir bestimmt gestatten, meine Männlichkeit, in unserem Haus zu beweisen."

Daphne wies den Sklaven an, Marcus in die Empfangshalle zu bringen und dort niederzulegen. Im selben Augenblick kam Vitruv in den Hof galoppiert, warf einem Sklaven die Zügel zu, stürmte in die Empfangshalle und rief:

„Marcus, wie ich mich freue, dich zu sehen", stutzte, als er den Verlust des Beines sah, nahm schnell seinen Sohn in den Arm und fuhr fort:

„Wenn ein Mann den Verlust eines Beines überlebt, braucht er es nicht."

In der Haustherme gesalbt und gebadet von seinem Lieblingsklaven Nasica, der ihn zusammen mit anderen Sklaven auf dem Feldzug begleitet hatte, und gestärkt nach einem erquickenden Schläfchen, bewies er Alwina seine noch eindeutig vorhandene Männlichkeit.

Am frühen Abend legte sich die Familie zum Essen nieder. Vitruv hatte darauf verzichtet, Gäste einzuladen. Zuerst wollte er über den Sieg des Kaisers und seiner Truppen informiert werden. Ein großes Fest zur Heimkehr des Sohnes mit vielen Freunden der Familie würde folgen, wenn Marcus sich von seiner Verletzung und der beschwerlichen Reise erholt hatte.

„Mein Sohn, deine Mutter und ich sind gespannt, erzähle von eurem triumphalen Sieg."

„Wir ihr wisst", begann Marcus und massierte sich den schmerzenden Beinstumpf, „sind wir im April 312 mit dem comitatenses (bewegliches Heer), das aus dreißigtausend gallischen und germanischen Männern bestand, losmarschiert. Die limitanei (Grenztruppe), ungefähr Zweidrittel des Gesamtheeres, sind auf ihren Posten am Rhein geblieben. Mutter, als ich diese kleine Truppe sah, die aufbrach, um Maxentius zu besiegen, musste ich daran denken, was du vor meiner Abreise erzählt hast, dass ein großer Teil des militärischen Stabes dem Kaiser von dem riskanten Einfall in Italien abriet, und mir wurde beklommen ums Herz. Als wir abmarschierten, sahen die Berater des Kaisers noch immer besorgt über das „Abenteuer" aus, wie einer leise unser Vorhaben nannte. Nur Konstantin war bestens gelaunt, er scherzte mit allen, jeder bemerkte, dass er in seinem Element war und sich auf den Kampf freute. Ich wurde als Verbindungsmann der Elitetruppe der Palatinschule zugeteilt, die, wie ihr wisst, hier in Augusta Treverorum stationiert ist. Zunächst musste ich mich an die Germanen gewöhnen, die dort dienen; es sind germanische Laeten, deren Eltern oder Großeltern vor mehreren Generationen in Gallia angesiedelt wurden, sowie weit aus dem hohen Norden des Römischen Reiches stammende Heruler. Diese großen und schweren Männer, viele mit hellem Kopf- und Barthaar, reden nicht viel, sind aber hervorragende Kämpfer und dem Kaiser treu ergeben. Ihr werdet einen Laeten kennenlernen, er heißt Lupus, und Vater, wenn Ihr gestattet, wird er in den nächsten Tagen unser Gast in unserem Haus sein. Nach unserer Rückkehr aus Roma wollte Lupus als Erstes seine Familie aufsuchen, die gewiss so stolz auf unseren Sieg ist wie ihr; denn seine Eltern und Brüder fühlen sich als Römer. Einen treueren Freund als Lupus hatte ich nie; ihm ist es zu verdanken, dass ich lebe, aber davon später.

Über die vom Kaiser im Jahr 310 gebaute Passstraße über den Mont Genevre gelangte unser Heer in wenigen Tagen nach Segusium (Susa), einer kleinen, befestigten Stadt. Dort hatte Maxentius´ Prätorianerpräfekt, Ruricius Pompeianus, ein Kontingent Soldaten stationiert, um unserem Heer den Weg in die Po-Ebene abzusperren. Aber die Hunde haben nicht damit gerechnet, dass wir im Eiltempo über die Alpen kommen. Wir überrumpelten sie, es blieb ihnen nur noch Zeit, die Stadttore zu schließen. Viel genützt hat es ihnen nicht, denn wir hatten schon Leitern an die Stadtmauer und Feuer an die Stadttore gelegt. Dann gab der Kaiser Befehl zum Sturmangriff, wir überstiegen die Stadtmauer und nahmen die Stadt in einem Handstreich. Die ganze Aktion hat nur einen Tag gedauert. Leider griff das von uns entzündete Lagerfeuer auf Susas Häuser über. Um unsere Quartiere nicht zu gefährden - auf ein weiteres Nachtlager bei kalter Witterung war niemand erpicht -, halfen wir der Bevölkerung, das Feuer zu löschen, aber erst nachdem wir die Stadt geplündert hatten.

Am nächsten Tag zogen wir weiter nach Augusta Tarinorum (Turin). Dort ließ es sich nicht so leicht an wie in Susa: Es erwartete uns ein großes, in Schlachtordnung aufgestelltes Heer, angeführt von Clibanarier."

„Was sind das für Soldaten, von denen habe ich noch nie gehört", unterbrach Daphne ihren Sohn.

„Clibanarier sind Reiter, die nach persischer Art von Kopf bis Fuß mit einem dichten Panzer bekleidet sind, sie gelten als unbesiegbar. Die Stimmung unserer militärischen Berater, die nach dem Sieg in Susa merklich gestiegen war, sank wieder, und nicht wenige wären am liebsten sofort umgekehrt und nach Augusta Treverorum zurückmarschiert. Aber durch eine militärische List gelang es unserem Kaiser, die Spezialtruppe des Maxentius zu überwältigen: Zunächst

215

öffnete er die Reihen unseres Heeres, ließ die Panzerreiter hindurchpreschen und vermied dadurch den gefürchteten Zusammenstoß, um dann die verdutzten Clibanarier von beiden Seiten mit schweren Keulenschlägen außer Gefecht zu setzten. Da ergab sich Augusta Tarinorum und ermöglichte uns den kampflosen Vormarsch weiter nach Mediolanum. Die Tore der Stadt wurden widerstandslos geöffnet, und die Stadtbevölkerung begrüßte uns stürmisch. Jubelnde Menschen säumten die Straßen, und die hübschesten Mädchen und Frauen drängelten sich nach vorne, um einmal im Leben unseren strahlenden Kaiser Konstantin mit eigenen Augen zu sehen. Nach nur wenigen Tagen des Feierns und Schlemmens marschierten wir weiter über Brixia (Brescia) - auch hier wurden wir stürmisch begrüßt - nach Verona. Unser Kaiser würde das nicht gerne hören, aber hier stand es auf des Messers Schneide. Die Stadt hat eine wunderbare Lage für den, der sie verteidigt, und das war Ruricius Pomeianus höchstselbst, Maxentius´ Prätorianerpräfekt des oberitalienischen Heeres. An drei Seiten umfließt die Athesis (Etsch) Verona, ein reißender Fluss, der die Provinz Venetia gegen Angreifer abschirmt. Wir mussten einen Umweg bis in die Ausläufer der Alpen machen, bis es uns gelang, die Athesis zu überqueren und die Stadt von Norden und Süden her abzuriegeln. Die Belagerung dauerte Wochen, bis es uns glückte, den einzigen Zugang zur Stadt, eine schmale, gegen Westen gelegene Halbinsel, über die die Belagerten einen unerschöpflichen Nachschub an Mannschaft und Proviant erhielten, zu sperren und damit die Bewohner auszuhungern. Pompeianus versuchte, die Verbindungswege nach Venedig offenzuhalten, was zu schweren Kämpfen außerhalb der Stadt führte.

Die Situation nutzte er, um Verona zwecks Heranführung von Ersatztruppen zu verlassen. Die Schlacht entschied sich, als Pompeianus mit seiner Verstärkung wieder auf dem Kriegsschauplatz erschien. Dieser Moment war für uns sehr gefährlich: Um die Belagerung aufrechtzuhalten, musste Kaiser Konstantin seine Soldaten um die gesamte Stadtmauer herum postieren, Pompeianus konnte sein Heer aber punktuell einsetzen. Beide Befehlshaber, Konstantin und Pompeianus, griffen daher höchstselbst in die mit äußerster Erbitterung geführte Schlacht ein. Nach zähen Kämpfen vor der Stadt fiel Verona, wir nahmen Pompeianus gefangen, und wie seine Männer wurde er in Handfesseln aus umgeschmiedeten Schwertern mitgeführt. Die Eingliederung der Gefangenen in unser Heer kam für Konstantin nicht in Betracht; er und seine Berater befürchteten, dass die feindlichen Soldaten den endgültigen Sieg durch Sabotage gefährden könnten. Mit diesem Sieg entschied unser Kaiser die zweite Phase des Feldzugs für sich. Maxentius´ Heer war von vierzigtausend im Norden stationierten Soldaten auf fünfzehn - bis zwanzigtausend zusammengeschmolzen.

Erst nach Monaten zogen wir weiter, unsere Verluste mussten ergänzt und das Eintreffen von Verstärkung abgewartet werden; auch waren die eroberten Gebiete abzusichern. Außerdem war Hochsommer und so heiß, dass viele Soldaten zu viel Wein tranken, um ihren Durst zu stillen. Vor allem unsere Germanen waren ständig betrunken. Nicht an die Hitze gewöhnt, liefen sie torkelnd und lallend im Lager herum und wurden kaum noch nüchtern.

Im Herbst zogen wir weiter nach der befestigten Stadt Aquileia. Sie wurde dem Kaiser freiwillig von ihren Verteidigern übergeben. Damit kontrollierten wir die wichtige Straße nach Emona (Ljubljana) und nahmen damit Kaiser Licinius die Möglichkeit, als lachender Dritter in die Provinz Venetia einzufallen. Inzwischen gab es kaum noch Nörgler an des Kaisers Ziel, Maxentius zu besiegen, das gesamte Heer war in Hochstimmung.

Von Aquileia aus marschierten wir über Ravenna und Ariminum (Rimini) entlang der Küste des Mare Adriaticum (Adriatisches Meer) und weiter auf der Via Flaminia (Strada Statale 3 Via Flaminia) über die Appenin nach Roma. In allen größeren Städten und kleinen Ansiedlungen, durch die unser Heer zog, wurden wir von der Bevölkerung jubelnd begrüßt. Nur unsere zweite Legion, Italica Divitensium, erlitt bei Spoletium (Spoleto) und Oriculum (Otricoli) durch kleine Truppenteile des Maxentius leichte Verluste. Sie waren in Weilern an der Via Flaminia stationiert und traten uns mutig, aber erfolglos entgegen. Zwanzig Kilometer vor Roma bezogen wir unser Lager. Und da geschah es, dass unser Kaiser um die Stunde der Mittagszeit, als sich der Tag schon neigte, oben am Himmel über der Sonne mit eigenen Augen das Siegeszeichen des Kreuzes zusammen mit der Schrift, „durch dieses siege", aus Licht gebildet sah. In der Nacht, im Traum, beauftragte ihn Christus, das am Himmel geschaute Zeichen auf unsere Schilde als Schutzpanier zu malen und damit die Schlacht zu beginnen."

„Aber wie ist euch gelungen, in so kurzer Zeit die Schilde zu bemalen", fragte Vitruv lächelnd.

„Natürlich konnten wir nicht in einer Nacht alle Schilde bemalen, aber viele. Es war nicht schwer, weil viele Schilde schon sternähnliche Motive zierten und wenige Pinselstriche genügten, um sie in das Heil bringende Zeichen zu verändern."

Daphne, die aufgeregt auf die vordere Kante ihres Stuhles gerutscht war, fragte:

„Wie sieht das Symbol aus, das Konstantin zum Sieg verholfen hat?"

„Es sind die ersten beiden Buchstaben des Namens Christos, die griechischen Buchstaben Chi (X) und Rho (P), man dreht nur den Buchstaben Chi waagerecht und biegt die obere Spitze des P um, ich werde es euch später aufzeichnen."

„Erzähle weiter, mein Sohn, das Zeichen werden wir sicherlich noch häufiger zu sehen bekommen", sagte Vitruv schmunzelnd."

„Maxentius war in einer ausgezeichneten Situation; er hatte sich hinter der Aurelianischen Mauer, der Stadtmauer von Roma, verschanzt, die er und sein Vater Kaiser Maximian vor wenigen Jahren erhöht hatten. Wie wir nach unserem Sieg erfuhren, waren ausreichend Vorräte für eine lange Belagerung vorhanden, und damit stand der Demotivation unseres Heeres durch Aushungern, wie es Maxentius Ende des Jahres 307 bei Kaiser Galerius gelungen war, nichts mehr im Wege. Natürlich hatte Maxentius die Orakel befragt: Eines weissagte, dass er eine Niederlage erleiden würde, falls er Roma verlässt. Daher beschloss er, zunächst nur im Notfall die Stadt zu verlassen. Aber dann weissagten ihm die Sybillinischen Bücher, dass ein Feind Romas in der Schlacht fallen würde, und natürlich dachte Maxentius dabei nicht an sich, sondern an unseren Kaiser. Als uns das Gerücht zu Ohren kam, dass es im Circus Maximus schon zu Sympathiekundgebungen für unseren

Kaiser gekommen sei, begannen wir an dem eindeutigen Rückhalt der römischen Stadtbevölkerung für Maxentius zu zweifeln, was unseren Siegeswillen zusätzlich stärkte. Vermutlich erinnerte sich Maxentius schaudernd an die großen Unruhen während der Zeit des Getreidemangels, als seine Soldaten sechstausend tobende Römer töten mussten. Aber am 28. Oktober 312 war sein sechsjähriges Regierungsjubiläum, was sollte ihm da Schlimmes passieren. Letztendlich war er sicher, dass er siegen würde.

So entschied er sich zu einer neuen Strategie, um dem elenden Konstantin vor den Toren von Roma die tödliche Niederlage beizubringen: Eine kleine Einheit seiner Soldaten sollte Konstantin und sein Heer bei Saxa Rubra, dreizehn Kilometer vor der Milvischen Brücke, abfangen. Bei einem Misserfolg würde er die feindlichen Soldaten durchbrechen lassen, dann mit seinem Heer umfassen und schlagen. Um uns keine Möglichkeit zu geben, die Stadt Roma zu betreten, gab er den Befehl, einen Bogen der Milvischen Brücke herauszubrechen und die Lücke mit einer Holzkonstruktion zu versehen, die schnell wieder entfernt werden konnte. Die neben der Milvischen Brücke erbaute provisorische hölzerne Schiffsbrücke konnte man schnell hochziehen, sollten unsere Truppen versuchen, den Tiberis zu überqueren.

Aber es kam anders, denn die eigentliche Schlacht tobte bei einem Engpass der Via Cassia bei Saxa Ruba. Die Via Cassia kreuzt dort den Tiberis und führt über Arretium (Arezzo) und Florentia (Florenz) bis in die Provinz Liguria (Lombardei). Das Gelände war für unsere Truppen vorteilhaft, denn es fällt hügelig hinab nach Süden bis zur Milvischen Brücke. Wir erreichten den Engpass vor den gegnerischen Truppen und rieben Maxentiux´ Vorhut bei deren Eintreffen auf, sodass die Soldaten in panischer Angst zur Milvischen Brücke flohen und ihre Kolonnen beim Anmarsch behinderten. Erst jetzt rief Maxentius seine Elitetruppe zusammen und verließ an deren Spitze Roma, um den Flussübergang für seine Soldaten offen zu halten und einen geordneten Rückzug in die Festung Roma zu gewährleisten. Aber erst an der Milvischen Brücke gelang es ihm und seinen Offizieren, eine Schlachtordnung unter der Truppe wiederherzustellen, denn unser nachrückendes Heer, die Kavallerie voran, drang mit großer Härte auf die Feinde ein. Einheiten von Maxentius´ Prätorianergarde vermochten dem Ansturm eine Zeitlang standzuhalten, aber auch sie wurden zusammengehauen und aufgerieben. Panik verbreitete sich unter Maxentius´ Soldaten, sie flüchteten über die Brücke oder stürzten sich gleich in den Tiberis, wo sie ertranken oder den Speerwürfen und Pfeilschüssen ihrer Gegner erlagen. Bei dem beispiellosen Gedränge stürzte Maxentius mit seinem Pferd in den Fluss und ertrank, vom Gewicht seiner Rüstung in die Tiefe gezogen. Damit war der Krieg entschieden.

Vor Freude über den Sieg waren wir wie im Rausch, und es gab an diesem Abend keinen Soldaten in unserem Heer, der nüchtern einschlief. Kaiser Konstantin ließ Maxentius aus dem Tiberis bergen, seinen Kopf auf eine Lanze aufspießen und am folgenden Tag an der Spitze des Triumphzuges durch Roma tragen.

„Mein Sohn und du warst dabei, ich bin stolz auf dich“, sagte Vitruv und umarmte Marcus, während ihm Tränen der Rührung über die Wangen liefen. Daphne wunderte sich über Vitruv, der in den letzten Jahren immer häufiger vergaß, dass Marcus nicht sein Sohn war. Es amüsierte sie, dass ihr Ehemann so viel Mut und Kampfeswille, wie Marcus gezeigt hatte, nur dem Sohn eines tapferen Soldaten zutraute und nicht dem Sohn eines Priesters.

„Seid ihr im Triumphzug in die Stadt eingezogen", fragte Daphne.

„Nein Mutter, wir hatten einen triumphalen Empfang, aber ein Triumphzug wurde uns vom Senat nicht gewährt. Kaiser Konstantin hatte einen Usurpator besiegt und damit einen Bürgerkrieg gewonnen, ein Triumphzug wird nur bei Siegen über fremde Länder und Völker gewährt."

„Übergab der Senat unserem Kaiser die Reichsinsignien des Maxentius", fragte Vitruv dazwischen.

„Leider wurden sie nicht gefunden. Bevor Kaiser Maxentius´ Leibsklave ihr Versteck preisgeben konnte, ist er auf der Folter gestorben. Bestimmt hat Maxentius den Befehl gegeben, sie zu verstecken, bevor er Roma verließ. Zu gern hätte unser Kaiser sich mit den drei Zeptern, den Paradelanzen und Standartenlanzen geschmückt."

„Weiß man, wie die Zepter aussehen", fragte Daphne.

„Ein Zepter hat eine Kugel aus hellblauem Stein, der vermutlich aus Indien stammt und auf dem ein goldener Jupiteradler thront. Das zweite Zepter soll ein Kelchzepter sein, mit einer grünen Glaskugel, einer glockenförmigen Basis und einer Scheibe aus Oreichalkos (Bergerz oder Messing). Das dritte Zepter, so wird erzählt, hat einen Stiel aus gedrechseltem Holz, an dessen Enden jeweils eine Kugel aus gelbgrünem Glas sitzt. Vielleicht wird alles bald gefunden, Konstantin hat eine hochrangige Kommission mit der Suche beauftragt."

„Erzähle mir von eurem Einzug in Roma und von der Stadt, was hat sich in den letzten Jahren dort verändert", bat Daphne ihren Sohn.

„Ich kann dir weder von unserem Einzug noch von Roma erzählen, Mutter. Man hat mich sofort nach Betreten der Stadt in ein Lazarett gebracht und mir dort das Bein abgehackt, vor Schmerzen war ich ein paar Tage nicht klar im Kopf. Aber mein Freund Lupus war derart begeistert von Roma, dass er nach seinem Dienst losgestürmt ist und sich die Stadt angesehen hat."

„Es tut mir leid, mein Junge, das war gedankenlos von mir, mein Herz will nicht akzeptieren, dass du ein Bein verloren hast."

„Mutter, wenn ich morgens aufwache, habe auch ich oft vergessen, dass ich nicht aus dem Bett springen kann. Aber ich lebe und werde lernen, mit einem Bein zu gehen. Morgen wird Lupus in Augusta Treverorum eintreffen, er wird dir und Vater mit Freuden von unserem Einzug in Roma erzählen."

Vitruv hatte Marcus´ Wunsch zugestimmt, den Germanen in seinem Haus als Gast der Familie willkommen zu heißen. In den vielen Monaten des gemeinsamen Kämpfens hatte Marcus Lupus als Freund so herzlich liebgewonnen, dass er beschloss, ihn nicht so schnell wieder gehen zu lassen.

Nach einem ausgezeichneten Essen saßen Vitruv und Daphne mit den beiden jungen Männern und Freunden in Daphnes Bibliothek und warteten gespannt auf den Bericht des Germanen. Es war ihm anzumerken, dass es ihm nicht leichtfiel, sich in der luxuriösen Umgebung des

Stadthauses und gegenüber der Familie von Senator Gaius Antonius Rufus Vitruv angemessen zu bewegen. Lupus war wenigstens einen Meterfünfundachtzig groß, größer als Kaiser Konstantin, der viele Soldaten überragte. Etwas unbehaglich bemühte er sich mit seinen über einhundert Kilogramm Gewicht, eine bequeme Sitzposition in einem von Daphnes zierlichen Stühlen zu finden; dann begann er zu erzählen:

„Der adventus Augusti (triumphale Einzug) von Kaiser Konstantin und unseren Truppen am Morgen des 29. Oktober 312 war ein Triumph, die Menschen säumten zu Tausenden die Straßen und jubelten uns zu. Angeführt von unserem Kaiser und seinem Sohn Crispus, gefolgt von Infanterie- und Kavallerieeinheiten, zogen wir über die Via Triumphales in Roma ein. Voran trug ein im Kampf ausgezeichneter Soldat - natürlich war es ein Ceruler – Maxentius´ abgeschlagenen Kopf auf einer Lanze."

„Fuhr der Kaiser auf einem Triumphwagen", fragte Vitruv neugierig.

„Nein, Senator, der Kaiser und sein Sohn Crispus, der wenige Tage zuvor mit seinem Gefolge zu uns gestoßen war, fuhren jeweils auf einem von vier Pferden gezogenen zweiachsigen Prunkwagen in die Capitale ein. Die Truppen marschierten bis zum Amphitheatrum Flavium und bogen dort nach Westen zum Forum Romanum ab. Das Forum durchquerten wir über die Via Sacra in Richtung Kapitol, bogen gleich hinter dem Titusbogen Richtung Süden ab und zogen direkt hinauf auf den Palatin zu den Repräsentationspalästen des Kaisers."

„Hat der Kaiser denn nicht zuerst dem obersten Staatsgott Jupiter Optimus Maximus geopfert", fragte Daphne aufmerksam.

„Nein, auch die Soldaten wunderten sich darüber. Uns wurde gesagt, unser Sieg wäre kein Sieg über ein fremdes Volk, daher müsse nicht geopfert werden."

Kurz sah Vitruv Daphne an und senkte dann seinen Blick.

„Vielleicht hat unser Kaiser nicht geopfert, weil der christliche Glaube das Opfern verbietet", warf Daphne kurz ein.

„Das glaube ich nicht, Mutter", mischte sich Marcus in das Gespräch ein.

„Der Kaiser zeigt sich hier in Augusta Treverorum gegenüber den Riten der christlichen Gemeinde wohlwollend, aber in Roma würde er opfern, wenn es vorgeschrieben wäre. Oder", etwas unsicherer, „hast du andere Informationen?"

„Natürlich nicht, mein lieber Junge. Unser Kaiser tut immer das, was für das Römische Reich gut und richtig ist."

„Am Nachmittag", fuhr Lupus fort, „begab sich Kaiser Konstantin in Begleitung des Hofstaats vom Palatin hinunter, durchquerte das Forum Romanum und traf in der Curia Senatus mit den Senatoren zusammen, die ihn dort offiziell begrüßten, ihn zu seinem Sieg beglückwünschten und ihm den Titel Maximus Augustus verliehen. Am nächsten Tag konnte ich erleben, wie er von der Rostra herab zum römischen Volk von seinem großen Sieg sprach."

„Und wie sieht das neue Monument auf der Rostra aus, das unsere Kaiser Diocletian und Maximilian im Jahr 303 bei ihrer Vincenalienfeier in Roma eingeweiht haben, gibt es dort Statuen von beiden?"

„Es gibt keine Statuen, Frau Senatorin. Beide Kaiser und die Caesaren Constantius und Galerius sind nicht nach ihrem Ebenbild dargestellt, sondern als ihre Genien (Ahnengeister) mit Toga und Füllhorn auf der Spitze von fünf Säulen. Auf der mittleren Säule steht Jupiter als summus Pater (Stellvertreter) zwischen den Genien seiner Abkommen und Nachfahren seines Sohnes Herkules. Jeweils links und rechts des Monuments ist eine Sitzstatue, die vermutlich unsere verstorbenen Kaiser Hadrian und Marc Aurel darstellt."

„Und was gab Konstantin als congiaria (Spende) an das Volk?", fragte Daphne.

„Der Kaiser war sehr freigiebig, jeder Mann bekam im Circus Maximus eine Goldmünze."

„Was bei diesem großen Sieg auch angemessen ist", fiel Daphne ein.

„Aber erzähle, wie sieht mein Rom heute aus, hat es sich sehr verändert", fragte sie wehmütig. „Das letzte Mal sah ich die Capitale im Jahr 310 bei der Einäscherung meines Vaters.

„Ich denke, Daphne, dass Marcus sich ausruhen muss und wir für heute genug gehört haben. Wir danken dir Lupus."

Roma, Capitale am Tiberis 312 n. u. Z.

Wenige Tage später saßen Daphne und Vitruv mit den beiden Kriegsheimkehrern erneut beisammen. Vitruv kannte Roma von vielen Besuchen anlässlich von Senatssitzungen, aber Daphne hatte ihre Heimatstadt Jahre nicht gesehen; sie interessierte, wie Roma sich verändert hatte.

„Wie man mir sagte", begann Marcus, „ist die Ausdehnung von Roma heute größer als vor hundert Jahren, aber es leben weniger Menschen in der Stadt. Ursache ist die dramatisch schlechte Versorgungslage in den Kriegsjahren zwischen 230 und 270, die Menschen hungerten oft und lange, viele starben, vor allem die Kinder. Ein Rückgang der Bevölkerung von circa einenviertel Millionen Römern auf heute achthunderttausend war die Folge."

„Die Masse der römischen Bevölkerung ist wie seit Jahrhunderten von der öffentlichen Unterstützung abhängig. Die Menschen sind durch ihre Untätigkeit - es gibt nicht für alle Arbeit - auf die Gaben des Kaisers in Form von Geld, Getreide, Schweinefleisch und Öl angewiesen", warf Vitruv ein. „Auch die politische Bedeutung von Roma ist durch die Verwaltungsreform von Kaiser Diocletian gesunken. Heute residiert kein Kaiser mehr ausschließlich in Roma, weil zwei Augusti und zwei Caesaren herrschen, jeweils in ihren neuen Residenzen, die viel Geld kosten. Große Teile der höheren Zivil- und Militärämter sind in die neuen Verwaltungszentren übergesiedelt oder dem Gefolge unserer umherziehenden Tetrarchen angegliedert worden.

Die Rolle des römischen Senats als Körperschaft beschränkt sich auf Ehrungen, Zeremonien und auf beratende Funktion in der städtischen Verwaltung. Nur noch pro forma gibt er der Wahl eines neuen Kaisers Rechtsgültigkeit, billigt formell die Gesetzgebung und fungiert innerhalb gewisser Grenzen als Kontroll- und Ausgleichsorgan gegenüber der Macht des kaiserlichen Hofes. Er repräsentiert als Körperschaft und durch seine Mitglieder, die Senatoren, die Geschichte von Roma. Ich denke, dass der Senat die Stadt Roma zum einzigen rechtmäßigen Regierungssitz ungeachtet des jeweiligen Aufenthaltsorts des kaiserlichen Hofes macht, eben weil er fest in Roma angesiedelt ist. Auch im Bewusstsein der römischen Bürger, des gemeinen Volkes wie der Aristokratie, der Bewohner der Provinzen und der nichtrömischen Welt, ist Roma noch immer die Capitale, Herrin des Imperiums und Mittelpunkt der zivilisierten Welt. Bis heute üben eine Anzahl von Senatoren und ihre Familien persönlich beträchtlichen Einfluss durch ihren enormen Reichtum mit ausgedehnten Gütern in Africa proconsularis, Gallia und Hispania aus. Und ihr sozialer Rang mit ihren traditionellen Ämtern wie der des praefecti urbi, des römischen Stadtpräfekten, der Konsuln und der Gouverneure der Provinzen machen sie weiter zu begehrten Gesprächspartnern des Kaisers und seiner Regierung. Auch ernennt der Kaiser die römische Stadtregierung: den praefektus urbi, den preafektus annonae, zuständig für die Lebensmittelversorgung, den Polizeipräfekten und die Aufseher über die Aquädukte, über das Flussbett und das Kanalsystem sowie die Beamten für die Straßenerhaltung und die Betreuung der öffentlichen Denkmäler."

Daphne wurde bei den ausschweifenden Ausführungen ihres Ehemannes immer ungeduldiger und wandte sich ihrem Gast zu:

„Lieber Lupus erzähle weiter, ich bin gespannt zu erfahren, wie mein Rom heute aussieht. Schnell sagte Marcus:

„Ja, bitte Lupus, erzähle weiter."

Aus Erfahrung wusste er, dass sein Vater, je älter er wurde, umso länger und begeisterter redete.

„Die vor vielen Jahren erbaute Stadtmauer von Roma", begann Lupus, „wurde in den letzten Jahren den Erfordernissen der ständig wachsenden Stadt angepasst: Zwischen den Jahren 272 und 279 haben die Kaiser Aurelianus und Probus Roma mit einer modernen Befestigung umschlossen, und Maximian und Maxentius ließen sie als Bollwerk gegen das Heer des Galerius auf die doppelte Höhe aufmauern. Jetzt hat sie eine Länge von achtzehn Kilometern und umschließt achtzehn Quadratkilometer."

Er machte eine Pause, schüttelte den Kopf und fuhr fort:

„Ich verstehe nicht, weshalb Maxentius im Kampf gegen unser Heer Roma verlassen hat, die Aurelianische Mauer hätte ihn und das römische Volk viele Monate bestens geschützt. Vielleicht hätte sogar der Versuch, uns auszuhungern, Erfolg gehabt, denn das Baumaterial der Mauer ist grobkörniger, unverwüstlicher Zement, der mit Ziegeln verkleidet ist, es wäre uns nie gelungen, diese eindrucksvolle Verteidigungsmauer zu stürmen.

Frau Senatorin, sicherlich könnt ihr Euch an die Stadttore und die Straßen, die aus Roma herausführen, erinnern."

„Ach Lupus, mein letzter Besuch war nur kurz, und als ich im Jahr 287 Roma verließ und nach Augusta Treverorum zog, war ich ein kleines Mädchen, das unsere Stadtvilla selten verlassen durfte. Aber erzähle weiter."

„Die Aurelianische Mauer hat vierzehn Stadttore, ergänzt durch Seitentore, die sich zu den Überlandstraßen öffnen.

Sie tragen in der Regel den Namen des Stadttores, an dem sie ihren Anfang nehmen:

Im Norden ist es die Porta Flaminia (Porta del Popolo), im Osten in Richtung Tibur (Tivoli) die Porta Tiburtina (Porta S. Lorenzo), im Südosten die Porta Licana (Porta Maggiore), im Süden die Porta Appis (Porta S. Sebastiano) und die Porta Ostiensis (Porta S. Paolo) und oben auf dem Giaicolo die Porta S. Aurelia) (Porta Pancrazio.

Von den Stadttoren aus verlängern die Hauptverkehrsstraßen die Überlandstraßen bis in die römische Innenstadt: Die Via Lata (Via Corso) zum Beispiel von der Porta del Popolo bis an den Fuß der kapitolinischen Hügel.

Die Hauptstraßen Romas sind recht schmal, die Via Lata, die breiteste Straße, über die ich gelaufen bin, ist circa 10 m breit und zusätzlich durch zwei Triumphbögen eingeengt. Alle Hauptstraßen verlaufen gradlinig mit scharfen Steigungen, häufig ist mir die Luft bei meinem Marsch durch Rom ausgegangen. Aber sie sind gepflastert, es läuft sich gut auf den riesigen Steinplatten. Alle Hauptstraßen enden im Bereich der Kapitolshügel, des Forums und des Colosseums.

Die Seitenstraßen sind enger als die Hauptstraßen, häufig sind es nur schmale, gewundene, um scharfe Ecken biegende ungepflasterte Gassen.

Die Überlandstraßen sind über die Jahre gut instand gehalten worden. Die Via Appia verläuft in Richtung Neapolis und Brisini zu den Seehandelsrouten, die Richtung Osten führen. Die Via Flamina läuft quer durch Umbra (Umbrien) zu den nördlichen Küsten des Mare adreaticum (Adria) und weiter in die Provinzen, durch die die Denuvidus fließt. Die Via Salaria (SS4) zieht durch die Sabiner Berge nach Ancona an die Ostküste.

Andere Straßen stellen die Verbindung zu den ländlichen Außenbezirken von Roma und den nahen Hügelstädten wie Nomentum (Mentana) und Praeneste her sowie zu den Seehäfen Ostia und Ponto.

Die berühmte Via Aurelia, auf der schon Caesar geritten ist, verläuft vom römischen Stadtviertel Travestere entlang der Westküste nach Genova (Genua), in die Provenca (Provence), in die fernen Provinzen der iberischen Halbinsel und nicht zu vergessen in unser schönes Gallia.

Über die Landstraßen und die vielen Brücken, die das Straßennetz ergänzen, erreichen die Reisenden und die unterschiedlichsten Versorgungsgüter die Stadt Rom: Die Ponte Milvio verläuft nördlich der Stadt und versorgt die Via Flamina und die Via Cassia. Im Nordosten überspannt die Ponte Salario die Aniene, der pons Alius (Engelsbrücke) bei dem Hadriansmausoleum (Engelsburg) versorgt wie auch die Nerobrücke (besteht nicht mehr) stadtauswärts die Via Cassia. Die Aurelianische Brücke (Ponte Sisto), die über die Inseln des Tiberis führenden pons Cestius und pons Fabricius, die Aemilianische Brücke (Ponte Rotto) verbinden die Aurelia mit dem jenseitigen Ufer."

„Hier kann ich etwas beisteuern", unterbrach Vitruv, dem es immer schwerer fiel zuzuhören.

„Nachdem ein halbes Jahrhundert Krieg geherrscht hatte, führten die Augusti Diocletian und Kaiser Maximian gleich zu Beginn ihrer Herrschaft die Bautätigkeit in unserer Capitale im großen Stil fort. Ihre Ziele waren die Befestigung und Sanierung von Roma und ein verbessertes Stadtbild.

Für die römische Stadtbevölkerung, seit Jahrhunderten abhängig von staatlicher Fürsorge, war so viel Arbeit vorhanden, wie sie es noch nie erlebt hatten. Die Hauptbautätigkeit wurde in den letzten drei Jahrzehnten durchgeführt. Erbaut wurden die Thermen am Esquelin und das Curia Senatus am Forum Romanum. Gegenüber des Senatsgebäudes hat man die durch einen Brand zerstörte Basilika Julia erneuert. Für die Rostra, die Redetribüne vor der Curia Senatus, wurden die fünf Ehrensäulen, die Lupus eben so schön beschrieben hat, als Erinnerung an die Kaiser der Tetrarchie geschaffen. Ihr werdet es nicht gerne hören, aber auch Maxentius verschönerte Roma in der kurzen Zeit seiner Herrschaft: Der Tempel der Venus und Roma bekam durch ihn eine dem Amphitheatrum flavium zugewandte Gestalt. Und neben dem Tempel, gegenüber des theatrums, begann im Jahr 309 der Bau einer Basilika, einer kolossalen Halle mit kreuzgewölbten Seitenschiffen, beidseits von drei riesigen Tonnengewölben und Nischen flankiert."

„Vater, die Basilika ist immer noch nicht fertiggestellt, sie soll jetzt den Namen Nova Basilika oder Basilika Constantini erhalten; Kaiser Konstantin hat sie als Audienzhalle für den römischen Stadtpräfekten vorgesehen. Auch hat Maxentius weiter östlich in der Nähe der Licinianischen Gärten eine zehneckige überwölbte Gartenhalle, die Minerva Medica, erbauen lassen."

„Es wird bei Hofe gemunkelt", unterbrach Vitruv Marcus, „dass Konstantin einen ausgedehnten Palastkomplex aus dem dritten Jahrhundert, genannt Sessorium (Ruine neben der Kirche S. Croce in Gerusalemme), herrichten lässt und seiner geliebten Mutter Helena zum Geschenk machen wird. Bestimmt kann die alte Dame ihr Glück kaum fassen."

„Außerdem", fiel Lupus ein, „will der Kaiser ein riesiges Herrschaftshaus, geschmückt mit herrlichen Wandbildern, erbauen lassen, eines der Bilder wird die mythischen Vorfahren der konstantinischen Dynastie darstellen."

„Woher weißt du das, du Alleswisser", fragte Marcus.

„Auf meinen Wanderungen durch Roma war ich nicht alleine, manchmal begleitete mich ein Mosaizist, den ich in einer Taverne kennengelernt habe. Er stammt aus Karthago, dort besitzt er eine große Werkstatt. Er ist ein Künstler seines Fachs, und seine Arbeiten sind überall im Römischen Reich bekannt und begehrt. Kaiser Konstantin hat ihn nach Roma gerufen, es ist ihm eine Ehre, für den Kaiser zu arbeiten. Als wir die Via Appia entlangmarschierten, sahen wir die riesige Villa des Maxentius mit ihrem Zirkus für dreißigtausend Zuschauer. Auf dem Anwesen steht ein monumentales Mausoleum, das Maxentius für sich und seine Familie erbauen ließ; jetzt wird dort nur Valerius Romulus, sein im Jahr 310 verstorbener Sohn, seine letzte Ruhe gefunden haben. Seine Frau, Valeria Maximilla, die Tochter Kaiser Galerius´ und Enkelin Kaiser Diocletians, ist zu ihrer Mutter Valeria nach Thessalonica geflohen."

Vor lauter Begeisterung hatte Lupus bei seinem Bericht kaum Luft geholt, seine Augen glänzten, und fast überschlug sich seine Stimme, als er mit seiner Erzählung fortfuhr.

„Jetzt muss ich von der größten Attraktion von Roma, vom Amphitheatrum Flavium, erzählen. Unser Amphitheater in Augusta Treverorum ist groß, aber das römische ist überwältigend in seiner Monumentalität. Es liegt im Zentrum von Roma, ihr erinnert Euch, ich erzählte, dass wir bei unserem Einmarsch daran vorbeigekommen sind, und ihr glaubt es nicht, es hat Platz für fünfzigtausend Zuschauer. Kaiser Vespasian hat es für das römische Volk an dem Ort erbauen lassen, an dem sich der See von Kaiser Neros Domus Aurea, dem „Goldenen Palast", befand. Die Einweihung des Amphitheaters im Jahr 80 übertraf alles bisher Dagewesene. Sie dauerte hundert Tage, Gladiatoren kämpften gegeneinander, und fünftausend Tiere aus allen Provinzen des Römischen Reiches zerfleischten sich in der Arena."

„Hast du eine Vorstellung gesehen", fragte Vitruv gespannt - für ihn gab es nichts Aufregenderes als die Spiele im Amphitheater von Roma.

„Leider konnte ich keine Vorstellung besuchen, zu dieser Zeit fanden keine Tierhetzen statt, aber ich freue mich schon auf unsere Spiele in Augusta Treverorum, auch sie sind fantastisch.

Noch großartiger als das Amphitheater ist das Forum Romanum mit seinen herrlichen Göttertempeln: Der Tempel der Venus und der Roma, die Tempel des Antonius und der Faustina und Dutzende kleine Heiligtümer und Monumente, Ehrenstatuen und Triumphbögen, wie der Titusbogen und der Bogen zu Ehren Kaiser Septimius Severus. Etwas weiter nördlich am Forum Romanum stehen die Basiliken Aemilia und Julia, die Curia Senatus sowie der Tempel der Concordia und des Saturns.

Angrenzend an das westliche Ende des Forums liegen die Kapitolinischen Hügel mit ihren vergoldeten Bronzedächern: Der große Jupitertempel (Grundmauer unter dem

Konservatorenpalast) und das am östlichen Felsabhang liegende Tabularium, das Staatsarchiv."

„Frau Senatorin", Lupus wandte sich Daphne zu:

„Ihr erinnert Euch an die nördlich, parallel zum Forum Romanum liegenden Kaiserforen (Via die Fori Imperiali)?"

Als Daphne heftig mit dem Kopf nickte, fuhr Lupus fort, „sie sind in den letzten drei Jahrhunderten entstanden: Das Forum Pacis, das im Jahr 70 unter Kaiser Vespianus nach Ende des „Jüdischen Krieges" erbaut wurde, das Nervaforum, das unter Kaiser Augustus erbaute Augustusforum mit seiner steil aufragenden Rückwand und der Tempel des Rachegottes Mars sowie das Caesarforum mit dem Tempel der Venux Genetrix."

Vitruv fiel begeistert ein:

„Caesar gelobte vor der Schlacht bei Pharsalus gegen seinen Widersacher Pompeius, den Tempel im Falle eines Sieges zu erbauen."

Lupus´ Redefluss ließ sich nur kurz stoppen und er fuhr fort:

„Das größte und prächtigste Forum ist das im Jahr 113 eingeweihte Trajansforum, für das der südwestliche Ausläufer des Quirinalshügels abgetragen wurde. Vom Amphitheater kommend durchschritt ich den Eingang des Forums, einen im Jahr 116 erbauten Triumphbogen, und lief auf das Reiterstandbild des Trajan in der Mitte des Forums zu. Das Forum breitet sich über zwei weite Halbkreise aus und umgibt die fünfschiffige Basilika Ulpia, die größte Basilika des römischen Imperiums, in der verschiedene Ämter des Reiches ihren Sitz haben. An die Basilika schließen sich zwei Bibliotheken an, jeweils eine für Schriften in griechischer und lateinischer Schrift. Zwischen den

Bibliotheken steht die Triumphsäule Kaiser Trajans, die von seinen Siegen über die Daker berichtet. Bemerkenswert ist der vierstöckige Trajansmarkt, der in Form eines Halbkreises den westlichen Teil des Forums einnimmt. Die Römer können dort in allen Stockwerken und in einem überdeckten Basar Waren aus den entferntesten Provinzen des römischen Imperiums und sogar aus China und Indien kaufen. Ich war wie geblendet von dem vielfältigen Angebot. Meine Mutter ist mit mir sehr zufrieden, ich habe ihr als Geschenk Stoff aus Seide mitgebracht, die Raupen in Tyros gesponnen haben.

Südlich des Forums Romanum auf dem Palatin liegen die Kaiserpaläste, davor in der Talmulde der Circus Maximus.

Südlich des Kapitols und des Palatins habe ich nur kurz das Forum Holitorium (Nicola in Casere), den Kräutermarkt, besucht; das Forum Boarium (S. Giorgio in Velabro), der Viehmarkt, mit seinem umfangreichen Angebot an Tieren aus den entferntesten Gegenden unseres herrlichen Reiches hat mich mehr interessiert.

Nordöstlich vom Amphitheatrum Flavium auf der Colle Oppio liegen das Haus Neros und die Thermen des Titus und des Trajan. Mein Freund, der Mosaist, hat mich in das Theater des Marcellus, das westlich des Kapitols im Südwesten der Stadt liegt, eingeladen. Wir sahen ein Schauspiel; wenn es Euch interessiert, kann ich Euch später davon berichten.

Weiter bin ich bis zum Campus Marticus (Marsfeld) spaziert. Es erstreckt sich vom Südwesten gegenüber der Engelsburg, von der ich Euch später erzähle, westwärts in das Tiberisknie und nordwärts bis beinahe zur Porta del Popolo. Auf dem Campus stehen das Theater des Pompejus, das Stadion des Domitian (Piazza Navona), die Bäder von Nero und der Agrippa und das Pantheon. Ich sah dort den Obelisken, den Kaiser Augustus als riesigen Zeiger einer Sonnenuhr errichten ließ, gleich neben dem Ara paces Augustae, dem Tempel des Friedens des Augustus sowie sein Mausoleum. Näher am Corso liegt der Tempel Kaiser Hadrians (Börse) und nicht weit entfernt konnte ich die Säule des Marcus Aurelius bewundern.

Am westlichen Ausgang des Marsfeldes lief ich über die von Kaiser Hadrian erbaute Aelianische Brücke, die den Tiberis überspannt, und kam direkt zum Pantheon, das Kaiser Hadrian anstelle eines Heiligtums mit einer kolossalen Rotunde und einer von einer Kuppel überwölbten Säulenvorhalle errichten ließ. Der Ehrfurcht einflößende Bau ist innen mit Marmorplatten und am oberen Rand mit Säulengängen und Statuen geschmückt.

Das Marsfeld mit seinen Bauten und Monumenten ist umgeben und durchdrungen von römischen Wohnvierteln. Den monumentalen Bauten ausschließlich vorbehalten sind der Palatin, das Forum Romanum und die durch Mauern abgeschirmten Kaiserforen."

„Die Häuser stehen überall eng beieinander, weil der städtische Boden teuer ist", fiel Vitruv ein.

„In Roma wohnen der öffentliche Glanz unserer Kaiser, der private Reichtum unserer Senatoren und die schäbige Armut gewöhnlicher Menschen nah beieinander. Als ich das letzte Mal Roma besuchte, habe ich mir das Gebäuderegister, die regionaria, angesehen. Es listet die öffentlichen und privaten Bauten in den einzelnen Stadtvierteln auf. Es ist kaum zu glauben, aber Roma hat achtundzwanzig Bibliotheken, sechs Obelisken, acht Brücken, elf Foren, zehn

Basiliken, elf öffentliche Bäder, achtzehn Aquädukte, neun Zirkusse und Theater, darunter welche für gespielte Seeschlachten, zwei Triumphsäulen, fünfzehn riesige Brunnen, zweiundzwanzig Reiterstatuen, achtzig goldene Statuen, vierundsiebzig Elfenbeinstatuen, sechsunddreißig Triumphbögen, Kasernen für die Armee, Polizei und Feuerwehr, zweihundertneunzig Getreidespeicher und Lagerhallen, achthundertsechsundfünfzig private Bäder, zweihundertvierundfünfzig Bäckereien, sechsundvierzig Bordelle und vierundvierzig insulae - die Mehrfamilienhäuser."

„Diese Mehrfamilienhäuser habe ich mir genauer angesehen", fuhr Lupus fort.

„Ihre Länge und Höhe variieren, sechs bis acht Joch (sechzig bis achtzig Meter im Quadrat) sind normal, und vier bis fünf Stockwerke sind nicht ungewöhnlich; es kommen auch höhere Häuser vor, die fast an die Wolken kratzen. In diesen Behausungen leben meistens Handwerker und die Plebs. Die Häuser sind in Größe und Aussehen unterschiedlich, das Baumaterial ist immer Zement, der mit Ziegeln verkleidet ist. Im Erdgeschoss und Halbparterre zur Straßenseite liegen häufig Läden und Speicherräume, rückwärtig wohnen die Menschen. Oft ist die Front der Häuser durch Arkaden, Balkone oder Mauervorsprünge geschützt. Die oberen Stockwerke sind unterteilt in Wohnungen, manchmal gibt es mehr als zwanzig in verschiedenen Größen in einem Gebäude.

Zwischen den Wohnblöcken und Mietshäusern liegen unzählige kleine Mehrfamilienwohnungen, zwei Joche breit oder weniger, mit einem oder zwei Stockwerken. Sie sind mit schlechten Ziegeln erbaut, und das Fachwerk und das Holz sind häufig schlampig zusammengefügt.

Die Straßen zwischen den Blöcken der Mehrfamilienhäuser und kleineren Wohnhäusern sind schmal, dunkel und oft mit Querbögen überspannt. Hier wohnt die Masse der Bevölkerung: Kleine Angestellte, Beamte, Freigelassene und Sklaven, die für sich selbst oder zum Vorteil ihrer Herren im Handel tätig sind. Hier sind auch Legionäre zu Hause, die unregelmäßige Arbeit haben oder arbeitslos sind."

„Was du erzählst, hört sich nicht nur großartig an, sondern auch trostlos", sagte Daphne. „In meiner Kindheit gab es schöne Herrschaftshäuser, ich habe viele gesehen, wenn ich meine Freundinnen besuchte."

„Die gibt es heute noch, Frau Senatorin", antwortete Lupus. „In Roma gibt es circa eintausendsiebenhundertneunzig Privatresidenzen und Herrschaftshäuser. Wie Ihr sicher wisst, sind das niedrige, weitläufige Gebäude, deren Räume sich auf einen oder mehrere Innenhöfe und oft zu Gärten hin öffnen. Die Häuser stehen auf großen Grundstücken und sind immer von Mauern umgeben.

Das dicht bebaute Roma umgibt im Halbkreis ein Grüngürtel, der an und außerhalb der Aurelianischen Mauer liegt. Dort habe ich in den größten Thermen von Roma, den Thermen der Kaiser Caracalla und Diocletian, gebadet. Unsere Barbaratherme ist prächtig, aber mit diesem Luxus kann sie nicht konkurrieren. In dieser Gegend besitzen die Mitglieder der kaiserlichen Familie und die Reichen ihre Landgüter. Es sind prächtige Herrschaftshäuser in wunderbaren Gärten, die ich natürlich nicht besichtigen konnte. Fausta, die Gemahlin unseres Kaisers, hat hier Grundbesitz. Er grenzt an das Grundstück, auf dem die Equites singulares, die niedergelegte Kaserne der kaiserlichen Gardereiter, stand, die Kaiser Konstantin nach seinem Sieg aufgelöst hat, weil sie Maxentius im Kampf unterstützten."

„Und auf diesem Grundstück soll eine christliche Basilika erbaut werden, die Kaiser Konstantin in Auftrag gegeben hat und die größer und schöner als alle Tempel unserer Götter werden soll", fiel Marcus ein.

„Die Basilika wird viel Platz brauchen. Daher wird der Kaiser nicht auf die hinter Faustas Anwesen liegenden Grundstücke verzichten, auf denen jetzt eine große Anzahl imposanter Herrschaftshäuser stehen, wie das Haus meines Onkels Marcus."

„Marcus´ liebe Ehefrau wird überglücklich sein, wenn sie dem Kaiser nicht nur das Grundstück, sondern alle, die er wünscht, schenken darf", sagte Daphne lächelnd.

„Die Bestattung der Asche der Toten", fuhr Lupus fort, „ist gesetzlich, wie überall im Imperium, nur außerhalb der Stadt erlaubt. Die Reichen bestatten ihre toten Familienmitglieder in prunkvollen Mausoleen auf ihren Gütern, wie das Grab der Caecilia Metella an der antiken Straße des Appius (Via Appia antica). Auf dem Ager vaticanus (vatikanischer Hügel) sah ich an einer Gräberstraße Mausoleen geschmückt mit Stuck, Wandmalereien und Mosaiken. In Roma gibt es wie in Augusta Treverorum die claumbaria, die Bestattungsgesellschaften, deren Grabstellen Gemeinschaftsbesitz der Gesellschaften sind. Die Wände ihrer Mausoleen sind ausgehöhlt für Nischen, in die die Urnen mit der Asche der verstorbenen Mitglieder stehen. Aber für die Armen von Roma gibt es auch einfache Friedhöfe."

Lupus, dessen Stimme am Ende seines langen Berichts zunehmend leiser geworden war, stöhnte leicht und sagte:

„Ich denke, in bin jetzt am Ende meines Berichts", und sank ermattet in sich zusammen.

„Wir danken dir, dass du uns ausführlich von Roma erzählt hast. Ich denke, meine Frau ist jetzt umfassend über das heutige Stadtbild ihrer Heimatstadt informiert. Kaiserin Fausta wird sich eine andere Reisebegleitung suchen müssen, wenn sie das nächst Mal nach Roma reist."

„Mutter, du verlässt uns, wann und warum?"

„Dein Vater kann das Sticheln nicht lassen. Die Halbschwester Kaiser Konstantins, Constantina, heiratet Kaiser Licinius. Ich begleite Kaiserin Fausta nach Mediolanum zur Hochzeit ihrer Schwägerin."

Kampf um die Macht 312-323 n. u. Z.

Noch im Jahr 312 ließ sich Kaiser Konstantin vom Senat von Roma zum Senior Augustus erklären und das Recht für die Ernennung der Konsuln des Imperiums übertragen. Für das Jahr 313 übertrug er sich und Maximinus Daia das Konsulamt als Akt der Bedrohung gegen Licinius. Und sein Plan ging wieder auf: Schon im Frühjahr 313 fand in Mediolanum die Hochzeit seiner Halbschwester Constantia mit Kaiser Licinius statt. Für die Verständigung verzichtete Licinius schweren Herzens auf die Provinz Rätien. Dafür versprach Konstantin ihm, sich nicht bei der zu erwartenden Auseinandersetzung mit Maximinus Daia einzumischen. Außerdem vereinbarten sie das sogenannte „Mailänder Toleranzedikt", das die Verordnungen des verstorbenen Galerius bezüglich der freien Wahl des Glaubens im Römischen Reich bestätigte.

In den nun folgenden Kämpfen gegen Licinius in Byzantium und Akarnanien (Herkleia) gelang es Maximinus, siegreich zu sein. Letztendlich aber unterlag er der Übermacht seines Gegners und Onkels Licinius bei Adrianopel. Nach einem letzten vergeblichen Versuch bei Tarsus (Tarsos) in Cicilia (Kikilien), die Tauruslinie mit Hilfe von Befestigungen der Pässe zu halten, gab er sich den Tod. Licinius rottete die gesamte Familie des besiegten Maximinus und die Familie des Maxentius aus, die aus Angst zu Maximinus geflüchtet war, ungeachtet dessen, dass es sich um die Tochter und die Ehefrau Diocletians handelte.

Jetzt gab es noch zwei Herrscher: Konstantin im Westen und Licinius im Osten des Römischen Reiches.

In den folgenden Jahren waren beide Augusti hauptsächlich damit beschäftigt, die eroberten Provinzen des Maximinus Daia in die Verwaltung ihres Reichsteils einzugliedern. Daneben hatte Konstantin Probleme mit christlichen Fanatikern aus Africa proconsularis zu lösen, die unter der Bevölkerung für Unruhe sorgten. Licinius, der in seinem Reichsteil die Christen bis zur Verkündigung des Toleranzedikts verfolgt hatte, nahm nach der Mailänder Vereinbarung die staatlichen Repressionen zurück, sodass die Christen ihre Religion nach zehnjähriger Verfolgung wieder ungehindert ausüben konnten.

Die Reise nach Mediolanum im März 313 war, wie Daphne befürchtet hatte, beschwerlich. Der Boden war an vielen Stellen noch gefroren, und wo er aufgetaut war, mussten sich die Wagen ihren Weg durch tiefen Schlamm bahnen. Kurz vor der Hochzeit kam es zu einer schweren Auseinandersetzung zwischen Constantia und Konstantin, die für Daphne und Fausta kaum zu ertragen war. Auf den Knien herzzerreißend weinend bat das junge Mädchen ihren geliebten Halbbruder, sie nicht mit dem alten Mann zu verheiraten. Aber der Kaiser blieb hart und sah mit unbewegter Miene zu, wie Constantia mit steinernem Gesicht die Ehefrau von Licinius wurde.

Sofort nach der Hochzeit ritt Konstantin im Eilmarsch in Richtung des unteren Rhenus (Rheins) ab, um fränkische Einfälle, die an den Küsten bis hin nach Hispania drohten, zu verhindern. Seit dem Jahr 312 war der militärische Schutz der Grenze des Rhenus durch Abzug vieler Truppenteile in Provinzen, in denen gekämpft wurde, nicht mehr ausreichend gewesen. Das hatte die Germanen motiviert, den Rhenus zu überschreiten und in das Römische

Reich einzufallen. Konstantin und seine Truppen konnten das verhindern. Der Kaiser lockte die Germanen nach Gallia, riegelte den Fluss ab, und wartende Heereseinheiten metzelten die überraschten Franken nieder. Im Anschluss ging Konstantin zusammen mit seinen Truppen selbst über den Rhenus, verwüstete das germanische Land mit seinen Dörfern und führte die Überlebenden als Gefangene nach Augusta Treverorum, wo er sie im Amphitheater wie im Jahr 307 wilden Tieren zum Fraß vorwarf.

Im Jahr 315 feierte Kaiser Konstantin in Roma das zehnjährige Jubiläum seiner Herrschaft, die Dezenalien, und weihte den Triumphbogen ein, den der römische Senat ihm für seinen Sieg über Maxentius gewidmet hatte. Wie viele in dieser Zeit erbaute öffentliche Monumente bestand der Konstantinsbogen hauptsächlich aus Spolien aus der Regierungszeit der Kaiser Trajan und Hadrian. Er stand gegenüber dem Amphitheatrum Flavium, und wenn man durch den Bogen hindurchsah, blickte man auf die Statue von Kaiser Nero als Sonnengott Sol.

Auch Kaiser Licinius wurde von Germaneneinfällen nicht verschont. Er kämpfte in seinem Teil des Imperiums gegen die Goten und Sarmaten, die immer wieder für Raubzüge die Grenze zum Römischen Reich überschritten.

Schwangerschaft 316 n. u .Z

Im August 316 n. u. Z. bekam Daphne einen verzweifelten Brief von ihrer Tochter aus Arleate, wo Claudia zusammen mit Kaiserin Fausta am kaiserlichen Hof den Sommer verbrachte. In den letzten Jahren war Claudia zur besten Freundin und Vertrauten von Fausta geworden und begleitete sie als ihre erste Hofdame überall dorthin, wo das Hofprotokoll oder der Kaiser seine Ehefrau zu sehen wünschte. Mit Einverständnis Konstantins hatte Daphne sich vom Unterrichten der Kaiserin zurückgezogen, um sich mehr ihrer karitativen Arbeit widmen zu können. Claudia übernahm gerne das hohe Amt, sie war ohne Pflichten - ihre Ehe mit Africanus bestand nur auf dem Papier. Kinder waren aus der zehnjährigen Ehe nicht hervorgegangen, Claudia hatte sich inzwischen damit abgefunden.

Africanus lebte die längste Zeit des Jahres in Roma, oder er reiste im Imperium herum, immer auf der Suche nach neuen Vergnügungen. Von seinem enttäuschten Vater Etruskus, der sich gewünscht hatte, dass sein Erbe ein ehrbares Leben führte, bekam er keine Zuwendungen mehr. Nur seine untröstliche Amme steckte ihm immer wieder Geld zu.

Wenn Claudia sich in ihrem Elternhaus in Augusta Treverorum oder auf dem Landgut an der Mosella aufhielt, besuchte sie des Öftern den jüngsten Bruder ihres Mannes, Lucullus. Durch Zukauf von Weinanbauflächen in guter Lage war es ihm in den vergangenen Jahren gelungen, die Gewinne aus dem Weinanbau zu vervielfachen. Er verkaufte seine Mosellaweine an das Heer, an den Kaiserhof in Augusta Treverorum und in alle Provinzen des Römischen Reiches. Der Weinhandel wurde zu einem ertragreichen Geschäft der Familie. Daphne nahm Lucullus´ Besuche erfreut zur Kenntnis, nichts wünschte sie mehr für ihre Tochter als Glück in der Liebe.

Jetzt rief ihre Tochter um Hilfe und schrieb:

„Liebe Mutter, mir geht es nicht gut. Seit Wochen kann ich kein Essen bei mir behalten. Zunächst wurde ich immer dünner, aber jetzt kann ich vor Schwäche nur noch mit Mühe das Bett verlassen. Gerne würde ich nach Hause kommen, aber Kaiserin Fausta braucht mich, sie will den Winter mit dem Kaiser im Osten verbringen, und sie fürchtet sich schrecklich vor der dortigen Kälte und den ungemütlichen kaiserlichen Palästen in Sirmium und Serdica. Bitte komm und hilf mir."

Daphne war äußerst beunruhigt. Sie konnte sich nicht erinnern, dass ihre Tochter sie in der Vergangenheit eindringlicher um Hilfe gebeten hatte, obwohl sie böse Situationen bei Auseinandersetzungen mit Africanus hatte durchstehen müssen.

„Wer weiß, was ihr dort an diesem Hof angetan wird", unkte Philomena, als Daphne ihr Claudias Brief vorlas. „Ich packe die Reisetruhen, wir müssen sofort nach Arleate, das Lämmchen braucht unsere Hilfe", und verließ mit energischen Schritten das Zimmer.

Schon zwei Tage später waren sie mit kleiner Begleitung auf dem Weg nach Arleate, der Stadt an dem Rhodanus (Rhone). Es war Sommer und selbst im Norden von Gallia so heiß, dass Daphne sich freute, als sie die Alpen erreichten und es ein wenig kühler wurde. Die Reise verlief ohne Zwischenfälle, und Mitte September fuhren sie über die

Brücke, die den Rhodanus überspannte und weiter durch das Augustus-Tor. Dort ließ sie anhalten wie immer, wenn sie Arleate betrat, und stieg aus, um sich an dem Anblick der prunkvollen Stadt mit ihrem Amphitheater, dem Theater, den weitläufigen Markthallen und den am Ufer des Flusses neu erbauten Thermen des Konstantin zu erfreuen.

Wenig später schloss sie ihre Tochter in die Arme. Daphne wohnte wie immer, wenn sie Arleate besuchte, in einem Seitenflügel des kaiserlichen Palastes, den der Kaiser für den Hof seiner Frau hatte erbauen lassen. Philomena hatte noch nicht ausgepackt, als kaiserliche Wachen erschienen und sie zu Claudia führten. Zu ihrer Überraschung fand sie ihre Tochter nicht in den Räumen der ersten Hofdame, die neben den Privaträumen der Kaiserin lagen, sondern man führte sie in das Souterrain eines baufälligen Nebengebäudes des Palastes. Am Eingang des Stockwerks blieben die Wachen stehen und zeigten in die Richtung, aus der ein schwaches Licht in den ansonsten stockdunklen Flur drang.

„Wir haben den Befehl, die Räume der ersten Hofdame nicht zu betreten", erklärte einer der Wachen der verdutzten Daphne, „wir werden hier auf Euch warten."

Der Mann gab Daphne die Öllampe, und sie ging bis zu der Tür, aus deren Ritzen das Licht drang, öffnete sie, trat ein und traute ihren Augen kaum. Die Barbaren hatten ihr kleines Mädchen in eine Art Verlies weggesteckt. Der Raum war nicht größer als acht Quadratmeter und unkomfortabel mit nur einem Bett, einem Stuhl und einer Truhe möbliert. Durch eine Öffnung in der Mauer, die man kaum „Fenster" nennen konnte, drang wenig Sonnenlicht in den Raum. Noch mehr erschrak Daphne, als sie ihre in der

Vergangenheit immer ein wenig füllige Tochter sah: Claudia lag, zusammengerollt wie ein Embryo auf dem Bett. Sie war krankhaft abgemagert und leichenblass, die Augen lagen tief in den Höhlen, und die Haut spannte sich über ihrem Gesicht. Daphne ging zum Bett, und als sie ihre Tochter in die Arme nahm, fing Claudia an, leise zu weinen. Daphne drehte das Gesicht ihrer Tochter zum Licht und sagte aufgeregt:

„So wie du aussiehst, bist du schwer krank. Ich verstehe das nicht, hat dich kein Arzt untersucht?"

„Mutter, ich bin krank und doch wieder nicht, antwortete Claudia schluchzend."

„Aber Kind", dann müssen wir sofort Spezialisten hinzuziehen."

Claudia beruhigte sich etwas, richtete sich auf und Daphne setzte sich neben sie.

„Erzähle, was ist mit dir los, warum wohnst du in diesem Verlies?"

„Ach Mutter, ich habe allen gesagt, dass ich eine furchtbar ansteckende Krankheit habe, und da hat mich der neue Oberkämmerer hierherbringen lassen, um eine Ansteckung der kaiserlichen Familie zu verhindern. Und die Ärzte, die Fausta mir geschickt hat, habe ich alle wieder weggeschickt."

„Aber warum das alles", fragte Daphne ratlos. Im selben Augenblick sah sie durch Claudias dünnes Hemd eine kleine, runde Erhebung, obwohl die Knochen am ganzen Körper hervortraten. Zart strich Daphne mit ihrer Hand über die kleine Kugel und fühlte, dass sie fest war. Schwollen schon die Gedärme ihrer Tochter an, musste sie bald mit Claudias Tod rechnen? Auf einmal durchfuhr sie ein Schreck, aber ein freudiger.

„Claudia, bist du vielleicht guter Hoffnung, bekommst du ein Kind?"

Claudia trocknete ihre Tränen, straffte ihre Schultern und sagte:

„Ja Mutter, du wirst endlich Großmutter."

„Aber ich dachte, Africanus ist in Roma", stotterte Daphne, „hat er dich in Arleate besucht?"

Claudia fing wieder an, zu weinen.

„Jetzt rede schon, Claudia, so schlimm wird es schon nicht sein."

„Doch Mutter, es ist schlimm", schniefte Claudia, „ich bin schwanger - aber nicht von meinem Ehemann."

Daphne stöhnte leicht.

„Hast du hier am Hof von Arleate einen netten Mann kennengelernt, den du heiraten willst? Vater wird Africanus zwingen, in die Scheidung einzuwilligen".

„Mutter, ich kann den Vater meines Kindes nicht heiraten, er hat eine Ehefrau."

„Ach Kind, auch das Problem ist lösbar. Wir müssen schnell Africanus herschaffen, ihr liegt eine Nacht beieinander und schon ist alles in Ordnung. Er hat seine Männlichkeit bewiesen und einen Sohn gezeugt, und alle sind glücklich über ein strammes Siebenmonatskind."

„Nein, nichts ist in Ordnung", sagte Claudia leise, denn mein Sohn hat einen kaiserlichen Vater."

Jetzt war es heraus, und Claudia sank erschöpft zusammen.

Daphne starrte ihre Tochter verständnislos an.

„Ich verstehe nicht".

Auf einmal kam ihr ein schrecklicher Verdacht.

„Du willst mir doch nicht sagen, dass unser Kaiser der Vater deines Kindes ist?"

„Doch Mutter, so ist es", antwortete Claudia, jetzt gefasster mit klarer Stimme.

„Wie konnte das passieren, das göttliche Gebot sagt, du sollst nicht ehebrechen", fragte Daphne mit tonloser Stimme.

„Mutter, ich kenne das Gebot, aber es ist passiert. Eben noch hast du vorgeschlagen, dass wir Africanus kommen lassen können, damit er eine Nacht bei mir liegt, Africanus zu betrügen ist auch kein christliches Verhalten."

„Kind, das ist richtig. Aber das hier ist ein Notfall, da gelten andere Regeln. Weiß niemand von der Schwangerschaft?"

„Nein, Mutter. Nachdem ich mir sicher war, ein Kind zu erwarten, habe ich dir sofort geschrieben und um Hilfe gebeten. Als es mir dann immer schlechter ging - ich habe in den vergangenen dreieinhalb Monaten kaum einen Bissen bei mir behalten - und Faustas Ärzte mich unbedingt untersuchen wollten, habe ich den Hof belogen."

Daphne streichelte ihrer Tochter über den Kopf.

„Wir müssen jetzt genau überlegen, was zu tun ist. Zunächst musst du aus diesem Raum heraus und dich erholen - dem Kind darf nichts passieren. Wir werden eine Lösung finden."

Aber zuvor musste Daphne von ihrer Tochter erfahren, wie es zu der Schwangerschaft gekommen war.

„Wie du weißt, Mutter, bin ich in letzter Zeit mit Fausta von Residenz zu Residenz gereist, entweder zusammen mit dem Kaiser oder hinter ihm her. Fausta ist erst vor zwei

Jahren, in ihrem neunzehnten Lebensjahr, zur Frau geworden. Aber sie hat sich weiter geweigert, die Pflichten einer Ehefrau zu erfüllen. Du hast damals selbst in Mediolanum die schrecklichen Auseinandersetzungen zwischen Constantia und dem Kaiser über die Hochzeit mit Licinius miterlebt. Fausta konnte lange Zeit ihrem Ehemann nicht verzeihen, dass er seine Lieblingsschwester gezwungen hat, einen alten, und wie sie sagt, stinkenden Mann zu heiraten. Als die Situation zwischen den Eheleuten zu eskalieren drohte, Konstantin hat schon mit Scheidung gedroht, ist Eutropia angereist und hat Fausta zu sich auf ihr Landgut in die Campania geholt, um ihr in Ruhe, aber unmissverständlich noch einmal klarzumachen, dass es ihre Pflicht ist, kaiserliche Nachkommen zu gebären. Auf Wunsch von Eutropia habe ich Fausta auf dieser Reise nicht begleitet und bin in Arleate geblieben. Da ist es passiert."

„Hat er dich gezwungen, sich ihm hinzugeben?"

„Nein Mutter, er hat nur seinen bekannten Charme eingesetzt. Ich glaube, er hat sich schon am nächsten Morgen nicht mehr daran erinnert."

Daphne stöhnte, während Claudia fortfuhr:

„Fausta ist kurz nach dem Vorfall nach Arleate zurückgekehrt und hatte ihren Abscheu vor ihren Ehemann so weit überwunden, dass sie das Bett mit ihm teilte. Und wie das häufig ist, der Appetit kommt beim Essen. Inzwischen hat sie sich sogar bereit erklärt, mit dem Kaiser den Winter im Osten zu verbringen, obwohl sie die Kälte und den meterhohen Schnee fürchtet und die kaiserlichen Residenzen in Sirmium und Serdica schrecklich primitiv findet."

Daphne hörte ihrer Tochter aufmerksam zu, während sie fieberhaft überlegte, wie sie ihr helfen konnte.

251

„Claudia, ich denke, es gibt mehrere Möglichkeiten, mit dieser Situation umzugehen. Zunächst einmal, wann wird das Kind zur Welt kommen?"

„Ich denke im Februar nächsten Jahres".

„Dann ist es zu spät, etwas gegen die Schwangerschaft zu unternehmen, es würde dein Leben gefährden".

„Mutter, ich habe viele Jahre darauf gewartet, ein Kind in den Armen zu halten, ich werde das Kind bekommen".

„Dann müssen wir eine andere Lösung ins Auge fassen. Am liebsten würde ich dich zurück mit nach Augusta Treverorum nehmen, dort könntest du dich erholen und in Ruhe und Frieden das Kind gebären. Aber das gefährdet euch beide, dich und deinen ungeborenen Sohn, die Reise über die Alpen ist zu anstrengend. Außerdem hätte dein Kind keinen Vater. Selbst Africanus´ Gehirn ist durch den vielen Wein, der seine Kehle hinabgeflossen ist, nicht so weit geschädigt, dass er sich daran erinnert, ob er in Arleate bei dir gelegen hat oder nicht. Ich komme auf meinen Vorschlag von vorhin zurück. Du lockst deinen Ehemann nach Arleate, stellst ihm Geld in Aussicht, bei seinen ständigen finanziellen Problemen wird er bestimmt kommen und verführst ihn. Dein Kind wird dann offiziell mehrere Monate zu früh zur Welt kommen, aber kräftig und gesund sein."

Claudia machte bei der Aussicht, noch einmal das Bett mit Africanus zu teilen, ein angewidertes Gesicht.

„Mutter, Africanus ist ein Trinker, aber nicht dumm. Er würde sofort beim Betreten des Palastes von meiner schweren Krankheit erfahren, und so verzweifelt ist seine finanzielle Lage nicht, dass er seine Gesundheit riskiert - außerdem bin ich im Augenblick nicht sehr verführerisch."

„Du hast recht, Claudia, dann gibt es aber nur noch eine Möglichkeit", antwortete Daphne.

„Ich suche den Kaiser auf und informiere ihn darüber, dass er Vater wird. Vielleicht bekennt er sich zu seinem Sohn; schließlich hat er Crispus anerkannt, und letztendlich ist er Spross eines Konkubinats, auch wenn er das gerne vergessen würde."

„Mutter, das ist möglich", antwortete Claudia lebhafter.

„Schließlich hat Fausta ihm bisher keine Kinder geboren, und ob sie je dazu in der Lage sein wird, ist ungewiss. Der Kaiser muss daher damit rechnen, dass Crispus sein einziger Nachkomme bleiben wird, und ein Sohn ist zu wenig für das Weiterbestehen einer Dynastie."

Daphne überlegte kurz und sagte:

„Claudia, du wartest hier auf mich, und ich versuche noch heute den Kaiser aufzusuchen, vielleicht kann Fausta mir Zugang zu ihm verschaffen."

Nach einer kurzen Umarmung verließ Daphne das Zimmer, winkte die Wachen heran und befahl ihnen, sie zu den Gemächern der Kaiserin zu bringen, was sie aber nicht taten. Stattdessen führte man sie in die prunkvollen Räume von Eusebios, dem neuen Oberkämmerer, der sich zu ihrer Überraschung als ein in lange wallende seidene Gewänder gehüllter, ungeheuer großer und dicker Eunuch herausstellte. Später erzählte Claudia ihr kichernd:

„Konstantin hat eine hohe Summe für ihn bezahlt. Er kommt aus Persien, dort hat er den Harem von Kaiser Schapur II. bewacht. Hier hat er die Oberaufsicht über die Privaträume und die persönliche Bedienung des Kaisers und der Kaiserin. Es wird gemunkelt, dass er Fausta bewachen soll, aber durch seine Fettleibigkeit ist er so unbeweglich, dass er sie kaum einfangen könnte, falls es ihr in den Sinn käme wegzulaufen."

Daphne erwiderte, dass Eusebios, wenn es die Situation erforderte, sich leichtfüßig, wie eine Tänzerin und schnell wie ein Läufer in Olympia bewegen könne.

Jetzt durchquerte Eusebios leichtfüßig den Raum und richtete sich mit seiner beeindruckenden Körpergröße und seinem massigen Leib vor Daphne auf.

„Frau Senatorin, ich freue mich, dass Ihr schnell den Weg über die Alpen gefunden habt, um unserer lieben Kranken in ihrer Not beizustehen".

Eusebios sprach mit der hohen Stimme einer jungen Frau oder eines Kindes, während seine kleinen tief im Fett der Augenhöhlen liegenden Äuglein Daphne kalt musterten. Sie betrachtete den Mann und war sicher, dass er ihr heute keine Audienz beim Kaiser verschaffen würde, allein, um seine Macht zu beweisen, außer, es würde ihr in den nächsten Minuten gelingen, ihn auf ihre Seite zu ziehen oder ihn zu ängstigen.

Daphne beschloss, alles auf eine Karte zu setzten, und wählte die zweite Möglichkeit, denn der Oberkämmerer war neu im Amt und seine Macht bei Hofe nicht gefestigt.

„Eusebios, ich benötige noch heute eine Privataudienz beim Kaiser. Meine Tochter ist nicht krank, wie ihr sagt, sie ist schwanger."

Bei Daphnes Worten ging ein Ruck durch den Mann, und seine Gesichtshaut wurde um einige Nuancen blasser.

„Wie kann das sein, ich sah Eure Tochter, sie ist nicht schwanger, sondern krank, schwer krank, ihr müsst Euch irren."

„Es ist mir gleichgültig, ob du mir glaubst oder nicht, entweder du verschaffst mir sofort einen Termin beim Kaiser, oder ich muss glauben, dass du der Vater des Kindes bist."

Der große Mann sah Daphne starr an und fing kaum merkbar an zu zittern.

„Was redet Ihr da, Frau Senatorin, seid Ihr blind, ich kann nicht der Vater des Kindes Eurer Tochter sein".

„Man wird die Wahrheit schon aus dir herausholen".

Bei Daphnes Worten trat Eusebios der Schweiß aus den Poren, und vergeblich versuchte er, sich mit einem zarten bestickten Tuch das Gesicht trocken zu wischen. Als Daphne sah, dass das wabernde Fett des Eunuchen wie im Fieber zitterte, legte sie ein wenig nach.

„Dem Kaiser wird nicht gefallen, dass sein neuer Oberkämmerer seine Pflicht, die Kaiserin und die Hofdamen zu beschützten, vernachlässigt hat; ich möchte nicht in deiner Haut stecken, sie sitzt nicht allzu fest."

Eusebios fixierte Daphne teils mit ängstlichen, teils verschlagenen Blicken, während Daphne ihn freundlich anlächelte. Kurz ging Daphne durch den Kopf, was wäre, wenn der Eunuch sie und ihre Tochter in das tiefste Verlies des Palastes werfen lassen würde - sie würden elendig zugrunde gehen, bevor Vitruv das Mare nostrum überquert hätte, um sie zu retten.

Nach einigen Minuten, während keiner ein Wort sagte, drehte sich Eusebios um und ging langsam zu einem flachen Tisch, um den herum bunt bestickte Kissen lagen. Mit einer eleganten Geste lud er Daphne ein, auf einem der Kissen Platz zu nehmen, er selbst ließ sich graziös wie eine Tänzerin ihr gegenüber nieder. Dann winkte er einen

Sklaven heran, der zuerst Daphne, dann ihm goldgelben Tee in Tassen aus dünnen, mit grünen Gräsern bemaltem Porzellan reichte. Schweigend tranken sie. Dann begann der Eunuch, mit zarter Stimme zu sprechen:

„Frau Senatorin, Ihr habt ein Problem, und ich bin glücklicherweise in der Lage, Euch zu helfen und es zu Ihrer Zufriedenheit zu lösen."

Daphne atmete innerlich auf, und nach einer kleinen Pause antwortete sie:

„Mein Ehemann, Senator Gaius Antonius Rufus Vitruv und ich werden dir dankbar sein und uns erkenntlich zeigen, wenn du uns in dieser nicht einfachen Lage hilfst."

Eusebios leckte sich bei Daphnes Worten die Lippen.

„Wenn ihr liebreizendes Töchterchen guter Hoffnung ist, muss das Kind einen Vater haben - aber wer könnte das sein?"

Unschuldig lächelnd sah Eusebios Daphne an.

Plötzlich kam ihr der Gedanke - kannte dieser Mann das Geheimnis ihrer Tochter? Vielleicht hatte er ihre Tochter weggesperrt und verschaffte ihr jetzt keine Audienz beim Kaiser, um seinen Herrn zu schützen. Oder es gab jemandem, der hinter ihm stand; wer könnte sein Auftraggeber oder seine Auftraggeberin sein - der Kaiser, Fausta oder vielleicht Helena? Daphne tippte auf die Kaisermutter. Das Verhältnis zwischen Helena und Daphne war in den vergangenen Jahren nie schlecht, aber distanziert gewesen. Auch nach vielen Jahren am konstantinischen Hof war Helena auf alle Frauen eifersüchtig, deren Rat ihr Sohn schätzte. Das hatten neben Daphne auch Eutropia, Constantia und nicht zuletzt Fausta zu spüren bekommen. Es war in Helenas Sinn gewesen, dass Konstantin und

Fausta viele Jahre nebeneinanderher gelebt hatten und kein kaiserlicher Erbe das Licht der Welt erblickte. Es war bekannt, dass sie eine Trennung der Eheleute begrüßen würde - ein schönes, stilles Mädchen aus ihrer Familie stand schon bereit, die nächste Kaiserin zu werden. Bei einer Scheidung hätte nicht nur Fausta, sondern auch Eutropia den Hof verlassen müssen und damit ihren Einfluss auf Konstantin verloren. Aber es war alles anders gekommen. Fausta teilte freudig das Bett mit ihrem Ehemann, und Claudia erwartete einen Sohn vom Kaiser, was Daphnes Einfluss als Großmutter eines Thronerben weiter stärken würde.

Aber Daphne irrte. Eusebios hatte weder einen Auftraggeber noch eine Auftraggeberin, er war tatsächlich überrascht, dass Claudia schwanger war. Was würde passieren, wenn Daphne weiter behauptete, er sei der Vater des Bastards? Eusebios war unsicher, ob der Kaiser zu ihm stehen würde. Wenn nicht, würde er dem Henker übergeben oder den wilden Tieren im Amphitheater zum Fraß vorgeworfen werden, und vor dem Tod kam die Marter!

Verschwörerisch lächelnd sah Daphne Eusebios an und sagte:

„Eusebios, wenn du mir noch heute eine Audienz beim Kaiser verschaffst, verspreche ich dir, dass unser gemeinsames Problem sich in Luft auflösen wird."

Eusebios war ratlos. Sollte er dieser Frau vertrauen, oder gab es noch eine andere Möglichkeit? Seufzend verwarf er den Gedanken, Mutter und Tochter verschwinden zu lassen, denn beides waren geachtete Mitglieder des kaiserlichen Hofes, keine unwürdigen Sklaven oder arme Freie, die niemand vermissen würde. Eusebios seufzte noch einmal, erhob sich schwerfällig von dem Sitzkissen und sagte: „Frau Senatorin, ich werde sehen, ob ich Euch eine Audienz beim Kaiser ermöglichen kann, wartet hier", und verließ mit schleppenden Schritten den Raum.

Daphne lächelte leicht in sich hinein und dachte:" wenn der Eunuch jetzt nicht die Wachen holt, um mich abführen zu lassen, habe ich gewonnen". Sie versuchte eine bequemere Sitzposition zu finden, eines ihrer Beine war eingeschlafen, dann sah sie sich im Zimmer um. Das Audienzzimmer des Oberkämmerers war einer der schönsten und repräsentativsten Räume des Palastes. Der Boden, geschmückt mit Mosaiken, auf denen Szenen aus der griechischen Mythologie dargestellt waren und Jünglinge, die berauscht vom Wein sich umarmten, die Wände rötlichbraun mit Eroten im 2. pompejanischen Stil bemalt.

Daphne war eingenickt, die lange Reise steckte ihr in den Knochen, als Eusebios in der Dämmerung zurückkam und Daphne mit freundlichen Worten aufforderte, ihm zu folgen. Gemessenen Schrittes lief er Daphne voran, seine Leichtfüßigkeit war einem watschelnden Gang, einer Ente gleich, gewichen. Der Kaiser erwartete sie sitzend in einem mit geschnitzten Löwenköpfen verzierten Sessel in seinem privaten Audienzzimmer, in dem Begegnungen mit der königlichen Familie, nahen Freunden und engen Beratern stattfanden. Wie in ihrer langjährigen freundschaftlichen Beziehung üblich, eilte Daphne auf Konstantin zu, um ihm nach einer kleinen Verbeugung die Hand zur Begrüßung zu reichen. Sie kam nicht dazu, denn im selben Augenblick, als sie dem Kaiser die Hand reichen wollte, riss Eusebios sie mit brutaler Gewalt zurück und drückte sie zu Boden.

Konstantin verzog keine Miene, sagte aber leise:

„Lass gut sein, Eusebios."

Mühsam rappelte sich Daphne wieder auf und setzte sich schnaufend, ohne den Kaiser zu begrüßen, auf den kleinen Stuhl, den der Eunuch auf Wink Konstantins zögernd für sie herangezogen hatte. Dann stellte Eusebios sich in gebührendem Abstand hinter den Sessel des Kaisers. Daphne blickte verwirrt den Kaiser an, sollte der Eunuch ihr Gespräch mithören, dann würde der gesamte Hof erfahren, wer Claudia geschwängert hatte.

„Daphne, ich freue mich, dich zu sehen, auch wenn der Anlass traurig ist. Wie mir zunächst berichtet wurde, ist die erste Hofdame der Kaiserin schwer erkrankt. Jetzt aber erzählt mir Eusebios aufgeregt etwas von einer Schwangerschaft, wie kann das sein?"

Die Anspannung fiel von Daphne ab, und sie merkte, wie Ärger in ihr hochkam. Erst schwängerte dieser Mann ihre Tochter, und dann machte er ihr vor, ihr - die ihn schon als pickeligen dreizehnjährigen Jungen gekannt hatte –, er wüsste von nichts. Aber sie musste jetzt klug sein und schluckte ihren Zorn hinunter. Dann begann sie mit ruhiger Stimme zu sprechen.

„Konstantin, ich bin dir sehr dankbar, dass du mir diese Audienz gewährt hast. Meine Tochter hat mir geschrieben und mich gebeten, nach Arleate zu kommen und ihr zu helfen. Und wo habe ich sie gefunden, die erste Hofdame Kaiserin Faustas - in einem kleinen Raum, was sage ich - in einem Verlies, im Keller eines baufälligen Hauses, schwach und elend, niemand hat sich um sie gekümmert, außer einem mitleidigen Küchenmädchen, das sie mit ein wenig Nahrung versorgte."

„Deine Tochter hat sich geweigert, sich von den Ärzten meiner Gemahlin untersuchen zu lassen. Hätten sie festgestellt, dass sie ein Kind erwartet, wäre sie nicht isoliert worden."

„Meine Tochter hatte ihre Gründe, ihre Schwangerschaft geheim zu halten. Ja, sie ist krank, aber unter dieser Krankheit leiden nicht wenige Frauen in den ersten Monaten ihrer Schwangerschaft. Sie kann keine Nahrung bei sich behalten, und wenn ihr jetzt nicht schnell geholfen wird, ist nicht nur sie in Gefahr, sondern auch das Kind."

Bei dem Wort „Schwangerschaft" war der Kaiser kaum merklich zusammengezuckt, was weder Daphne noch dem aufmerksamen Eunuchen entgangen war.

„Wir müssen Klarheit haben, ist deine Tochter jetzt bereit, sich von Faustas Ärzten untersuchen zu lassen?"

„Natürlich, ich bitte sogar darum. Aber zunächst erbitte ich deinen Rat in einer geheimen familiären Angelegenheit."

Bei Daphnes letzten Worten begann der Kaiser unruhig auf dem Sessel hin und her zu rutschen, dann gab er Eusebios einen kurzen Wink, sich zu entfernen. Als der Eunuch mit einem bösen Blick auf Daphne den Raum verlassen hatte, sah Konstantin sie mit verschlossenem Gesicht an und fragte:

„Hat Claudias unwürdiger Ehemann sie in Arleate besucht und sie geschwängert", und weiter achselzuckend, „aber was geht mich die Sache überhaupt an."

„Africanus hat sie nicht besucht, er kann sie nicht geschwängert haben."

„Wer ist dann der Vater des Kindes?"

Jetzt platzte Daphne der Kragen.

„Das musst du doch wissen, du kannst doch nicht vergessen haben, dass du das Bett mit ihr geteilt hast."

Lange starrte der Kaiser Daphne mit unbeweglicher Miene an, ohne das Wort an sie zu richten. Als die Atmosphäre anfing, sich bedrohlich anzufühlen, sagte er freundlich mit fester Stimme:

„Das ist richtig, wir haben einmal das Lager geteilt. Aber das einmalige Beiwohnen einer Frau führt selten zu einer Schwangerschaft, das ist mir aus Erfahrung bekannt. Sage mir nur eines, hat deines Wissens deine Tochter in der fraglichen Zeit mit einem anderen Mann Verkehr gehabt? Mir wurde erzählt, dass Africanus´ Bruder Lucullus häufig die Nähe deiner Tochter sucht."

„Kein Mann hat meiner Tochter beigewohnt, dafür lege ich meine Hand ins Feuer. Sie hat mir versichert, dass ihr ungeborenes Kind dein Sohn ist, und ich glaube ihr."

Wieder schwieg der Kaiser, dann seufzte er kaum wahrnehmbar, erhob sich, trat an Daphnes Stuhl und streichelte ihr zart über die Schulter.

„Dann wird mein Sohn dein Enkelkind sein", und leiser, „es ist lange her, aber ich hätte mir auch eine andere Konstellation vorstellen können."

Langsam trat er von Daphnes Stuhl zurück.

„Sollten die Ärzte die Schwangerschaft bestätigen und das Ungeborene männlichen Geschlechts sein, werden Fausta und ich das Kind als unseren Sohn in unsere Familie aufnehmen. Claudia wird das Kind sofort nach der Geburt in unsere Obhut übergeben."

Daphne nickte und stand auf.

„Und was wird aus dem Kind, wenn es weiblichen Geschlechts ist?"

„Ich werde auch ein Mädchen als mein Kind anerkennen, wenn es als meine Tochter in meiner Familie aufwächst. Ein Mädchen kann aber auch in deiner Familie aufwachsen, allerdings würde ich das Kind dann nicht als meine Tochter anerkennen. Du bist mir dafür verantwortlich, dass Claudia bis zur Geburt des Kindes weder mit Africanus noch mit einem anderen Mann Verkehr hat. Weiter befehle ich, dass die Schwangerschaft nicht bekannt wird. Du und deine Tochter werden ein geeignetes Anwesen in Arleate zugewiesen bekommen und es nicht verlassen, bis das Kind geboren ist. Danach könnt ihr beide nach Augusta Treverorum zurückkehren."

Damit war die Audienz beendet. Kaum hatte der Kaiser das Audienzzimmer verlassen, stürzte Eusebios herein und geleitete Daphne freundlich zu den Wachen, die sie zurück zu ihrer Tochter brachten. Hatte er etwa an der Tür gelauscht? Als Daphne ihrer Tochter berichtete, wie der Kaiser entschieden hatte, fing Claudia an zu weinen.

„Heißt das, Mutter, dass ich meinen Sohn nie in den Armen halten werde? "

„Kind, du solltest dem Schicksal dankbar sein. Es ist möglich, dass dein Sohn nach Konstantins Tod zumindest einen Teil des Römischen Reiches erben wird, vielleicht wird er sogar über das ganze römische Imperium herrschen. Das ist mehr, als unsere Familie zu hoffen gewagt hat. Ich wünschte, mein Vater könnte das noch erleben, und Olympia wird ganz aus dem Häuschen sein, wenn sie es erfährt. Außerdem, vielleicht wird es ein Mädchen, das kann bei uns aufwachsen, und du kannst es ausgiebig verziehen."

Claudia trocknete ihre Tränen und fühlte sich etwas erleichtert. Einen zukünftigen Kaiser zu gebären, war eine große Ehre, auch wenn ihr Herz schon jetzt wehtat, wenn sie daran dachte, dass sie ihren Sohn nicht würde aufwachsen sehen.

Schon eine Stunde später wurde Claudia von Faustas Ärzten untersucht. Sie bestätigten die Schwangerschaft, stellten aber eine starke Unterernährung und Entkräftung der Mutter fest. Noch in der Nacht wurden Daphne und Claudia zu ihrem neuen Domizil gebracht, einer prächtigen Stadtvilla, die an der Rhone nahe der Brücke lag. Dort wusch, salbte und bettete Daphne zusammen mit Philomena die Schwangere. Philomena, die den ganzen Tag voller Angst auf ihre Herrin gewartet hatte, flößte Claudia löffelweise Haferschleim ein, den sie eigenhändig in der Küche zubereitet hatte.

Eine Woche später war Claudia so weit zu Kräften gekommen, dass sie feste Nahrung bei sich behielt und am Arm ihrer Mutter im Atriumgarten der Villa spazieren gehen konnte. Faustas Ärzte kamen täglich, um den Gesundheitszustand von Mutter und Kind zu überprüfen. Zusätzlich war eine Sklavin in das Zimmer neben Claudia eingezogen, die die Hebammenkunst meisterlich beherrschte. Drei Wochen später, die Dämmerung war schon angebrochen, wurde Daphne ein Mitglied des Hofes gemeldet. Es war der Kaiser, der sich inkognito ein Bild über den Gesundheitszustand von Mutter und Kind machen wollte. Claudias guter Appetit war inzwischen wieder zurückgekehrt und das Kind kräftig gewachsen, was ihrem schwellenden Leib anzusehen war. Das Treffen verlief förmlich, der Kaiser richtete das Wort nicht an Claudia und vermied es, sie anzusehen. Auch Daphne redete nur das Nötigste, sie konnte Konstantin nicht verzeihen, dass er ihre Tochter und damit ihre ganze Familie in diese schwierige Situation gebracht hatte, auch wenn es jetzt so aussah, als würde sich alles zum Guten wenden. Daphne hatte Vitruv über die Schwangerschaft schriftlich in Kenntnis gesetzt, ohne ihm mitzuteilen, wer der Vater war. Sie erwartete ihn jeden Tag aus Karthago zurück und war froh, als sie hörte, dass der Kaiser dann weit weg sein würde - sie kannte ihren Mann in seinem Zorn.

„Ich werde den Winter in Sirmium und Serdica verbringen, Fausta wird mich begleiten", hatte der Kaiser Daphne informiert.

Konstantin dachte an die unangenehme Unterredung mit Fausta, als er sie über den überraschenden Familienzuwachs informierte. Er hoffte, dass auch Fausta bald schwanger werden würde und dass sich damit das Einvernehmen mit seiner Ehefrau, das endlich in ein befriedigendes Stadium getreten war, durch die aktuelle Situation nicht wieder negativ verändern würde. Aber die Nachricht, dass er ein weiteres nicht eheliches Kind als seinen Sohn anerkennen würde, hatte Fausta nicht aufgeregt, das kam vor. Mehr Sorgen machte ihr, ob ihre Hofdame Claudia als Konkubine des Kaisers mit am Hof leben würde.

„Wird Claudia nach der Geburt deines Sohnes wieder am Hofe als meine Hofdame leben", hatte sie kaum die Tränen zurückhaltend gefragt.

„Nein, meine liebe Fausta, das Kind wird vor der Welt und den Menschen als unser Sohn aufwachsen."

Er fügte hinzu:

„Meine Liebe, ich darf dich daran erinnern, dass du an dem anderen Kind nicht ganz unschuldig bist. Hättest du mich früher in dein Bett gelassen, wäre das nicht passiert. Und denke daran, dass zwischen der Geburt dieses Kindes und unserem Kind, das du tragen wirst, neun Monate liegen müssen, das sollte auch in deinem Interesse sein.

Damit war für Konstantin das Thema erledigt. Fausta freute sich auf das andere Kind, denn nur Gott konnte wissen, ob sie selbst ein Kind tragen würde. Vor der Welt würde Claudias Sohn ihr Sohn sein und ihre Position als Kaiserin und Mutter festigen, und die Gefahr, dass Konstantin sie wegen Unfruchtbarkeit verstieße, wäre gebannt.

Konstantins Besuch bei Claudia und Daphne dauerte nur eine Viertelstunde. Er sagte:

„Ich denke, Daphne, ihr habt hier alles, was ihr braucht. Eusebios wird mich in den Osten begleiten, er steht nicht zu eurer Verfügung, aber mein Oberhofmarschall wird sich um euch kümmern und dafür verantwortlich sein, dass es euch an nichts fehlt. Zu Claudias medizinischer Versorgung wird einer von Faustas Ärzten in Arleate zurückbleiben, er wird mich wöchentlich über den Gesundheitszustand meines Sohnes unterrichten. Ich denke, dass ich rechtzeitig zu seiner Geburt wieder zurück sein werde."

In den folgenden Monaten, die Claudia wartend auf die Geburt ihres Sohnes in Arleate verbrachte, dachte sie häufig an Lucullus, und diese Gedanken wärmten ihr das Herz. Der tölpelhafte Mann hatte inzwischen einen dickeren Bauch als in seiner Jugend, aber sie war sicher, dass er verlässlich war und sie liebte. Nur schwer hatte sie ihn davon abhalten können, sie in Arleate zu besuchen, aber sie musste ihm versprechen, dass sie sich im Frühjahr an der Mosella wiedersehen würden. Vielleicht war Lucullus ihre Zukunft.

Kurz vor Claudias Niederkunft erwartete Daphne Vitruv aus Karthago zurück. Aber nicht er kam, sondern ein Brief von seinem Sekretär Antiochios, in dem er Daphne davon in Kenntnis setzte, dass Vitruv schwer an Pocken erkrankt mit dem Tode ringen würde. Aber er beschwor sie, wegen der großen Gefahr der Ansteckung, nicht nach Karthago zu kommen, um ihrem Ehemann beizustehen. Daphne war ganz erschrocken, als sie den Brief las, die Pocken fürchtete sie nicht, aber aus Rücksicht auf Claudias Zustand beschloss sie, erst nach der Geburt ihres Enkels nach Karthago zu reisen.

In Vertretung Vitruvs führte Daphne mit Africanus die Verhandlung über die Auflösung der Ehe, sie ging ohne Komplikationen über die Bühne. Daphne informierte Africanus über die Schwangerschaft, aber nicht über die Vaterschaft des Kaisers. Es wurde vereinbart, die Ehe in aller Stille aufzulösen. Etruskus war untröstlich über das Ende der Ehe, hatte aber schon von dem Interesse seines jüngsten Sohnes an Claudia gehört. In der Vergangenheit hatte er Lucullus reiche und schöne Mädchen als Ehefrauen vorgeschlagen, war aber immer am Widerstand seines Sohnes gescheitert. Etruskus war ein pragmatischer Mann; wenn nicht der eine Sohn Mitglied der illustren Familie des Senators Gaius Antonius Rufus Vitruv und seiner Ehefrau Cornelia Daphne aus der Familie des Senators Titus Cornelius Orestes und seiner Ehefrau Olympia, illegitime Tochter Kaiser Gallienus bleiben wollte oder wie er ahnte, konnte, würde es eben der andere sein; Hauptsache, die Geschäfte litten nicht unter der Trennung. Vielleicht würde Lucullus gelingen, was Africanus nicht zuwege gebracht hatte, endlich einen Enkel zu zeugen. Dazu wurde es Zeit, sonst würde seine Familie aussterben. Wofür hatte er wenig vornehm so viele Jahre Tag und Nacht gearbeitet, wenn nicht für die Familie?

Kampf um die Alleinherrschaft 315-321 n. u. Z.

Ab Mitte des Jahres 315 versuchte Kaiser Konstantin einige Provinzen des Licinius nicht mit kriegerischen Auseinandersetzungen, sondern mit einer intriganten Kampagne an sich zu bringen. Aus der Ehe seines Vaters mit Theodora, der Stieftochter Kaiser Maximians, waren außer der unglücklichen Flavia Julia Constantia weitere fünf Kinder hervorgegangen: Anastasia, Galeria Valeria Eutropia, Flavius Hannibalianus, Flavius Delmatius und Flavius Julius Constantius. Den Letzteren sandte Konstantin jetzt zu Licinius, mit dem Auftrag, ihn zu überreden, Bassianus, den Ehemann Anastasias, zum Caesar zu erheben und ihm den ehemaligen Herrschaftsbereich des verstorbenen Kaisers Severus zu überlassen. Zunächst warb Constantius erfolgreich um die Unterstützung für Konstantins Plan bei Senico, dem Bruder Bassianus, der am Hof von Licinius lebte und in dessen Gunst stand. Aber Kaiser Licinius lehnte empört Konstantins Vorschlag ab, er hätte zu dem neu zu schaffenden Herrschaftsbereich des Bassianus große und wichtige Provinzen wie das gesamte westliche Illyrien, das außerdem eine ergiebige Region für die Rekrutenaushebung war, beisteuern müssen. Jetzt wandten sich beide Brüder, Bassianus und Senico, gegen das Anliegen Konstantins, was diesen dermaßen erboste, dass er Bassianus des Hochverrats beschuldigte und seine Hinrichtung befahl. Anastasia, die sich gefreut hatte, als Frau eines Caesaren zu hohen Ehren zu kommen, war untröstlich und verfluchte ihren Halbbruder, der ihren geliebten Ehemann für seine Zwecke ausgenutzt und dann hatte ermorden lassen. Aber damit nicht genug: Konstantin forderte von

Licinius die Auslieferung des Senico, die dieser verweigerte und stattdessen in seinem Reichsteil an der Grenze zum Weströmischen Reich in Emona die Statuen Konstantins umstürzen ließ. Das wertete Konstantin als Kriegserklärung, und ein Krieg war unumgänglich. Die Kontrahenten stießen mit ihren Heeren bei Cibale (Vukovar) in der Provinz Dalmatia (nordöstliches Kroatien) aufeinander, und wieder war Konstantin erfolgreich. Wie im Krieg gegen Maxentius waren Konstantins Schnelligkeit und Kühnheit sowie die korrekte Lagebeurteilung und die Leistungsfähigkeit seiner Truppen für den Sieg ausschlaggebend. Damit hatte Konstantin die erste Schlacht auf dem Weg zur Alleinherrschaft über das Römische Reich gewonnen, aber nicht den Krieg. Licinius floh mit dem Truppenrest und seiner in Nikomedia zu ihm gestoßenen Familie sowie einer großen Geldmenge nach Adrianopel (Edirne) in der Provinz Thracia. Dort erhob er seinen Dux Valenz zum Augustus, vermutlich aus Dank für die Zuführung frischer Truppen von der Danuvius und aus dem Orient. Konstantin und seine Truppen verfolgten Licinius über Serdica bis Philippopolis (Plovdiv), wo ihnen eine Abordnung des Licinius entgegen ritt, um Friedensverhandlungen aufzunehmen. Eine Einigung kam nicht zustande. Es folgte eine zweite kriegerische Auseinandersetzung am Campus Ardiensis, westöstlich von Adrinopel, die abermals endete, ohne dass einer der beiden Gegner einen eindeutigen Sieg errungen hatte. Licinius zog sich zunächst nach Stara Zagora (Beroea/Bulgarien) im Norden zurück. Schmerzlich und persönlich hinderlich war es für Konstantin, dass eine Heereseinheit des Licinius bei Torso den Tross seiner von Eusebios geleiteten kaiserlichen Leibdienerschaft gefangen nahm. Wiederum ging jetzt die Initiative für einen Frieden von Licinius aus: Er sandte in dieser für ihn vorteilhaften Situation den Comes Mestrianus zu Konstantin, um ihm einen Kompromissfrieden anzubieten. Konstantin, dessen schlechte Stimmung über den Stillstand des Krieges inzwischen alle Untergebenen zittern ließ, gewährte dem Abgesandten erst nach mehr als einer Woche eine Audienz, während der er einen seiner gefürchteten Wutanfälle über die Ernennung des Dux Valens „dieses billigen Sklaven", zum Augustus bekam. Letztendlich zeigte er aus Rücksicht auf seine Halbschwester Constantia Bereitschaft, Verhandlungen aufzunehmen, und es gelang ihm, sie zu seinen Gunsten abzuschließen: Licinius überließ Konstantin fast die gesamte Balkanhalbinsel und Griechenland. Außerdem einigte man sich, drei neue Caesaren zu ernennen, in Serdica, am 1. März 317, ernannte Konstantin seinen ältesten Sohn Crispus und den kleinen einmonatigen Constantinus Junior zu Caesaren. Den Dritten im Bunde durfte Licinius ernennen, es war der gemeinsame Sohn mit Constantia, der zwanzig Monate alte Licianus Licinius. Obwohl Konstantin diesen Sieg kaum genießen konnte – zutiefst wurmte ihn, dass er auch in diesem Krieg die Alleinherrschaft nicht hatte erringen können -, hielt der Friede sechs Jahre.

Im Februar 317 hatte Claudia einen gesunden Jungen zur Welt gebracht. Konstantin traf wenige Tage vor der Geburt, zusammen mit der inzwischen glücklich schwangeren Fausta, aus Serdia kommend in Arleate ein.
  Der Oberhofmarschall und die Mutter von Fausta, Eutropia, waren bei der Geburt des Kindes zugegen. Noch

am selben Tag nahm Eutropia das in dicke Decken einge-
wickelte Neugeborene mit sich in den kaiserlichen Palast.
Obwohl sie wusste, dass sie ihren Sohn würde abgeben
müssen, war Claudia untröstlich. Ihre Tränen waren in den
nächsten Wochen kaum zu stoppen, sodass Daphne an
Lucullus schrieb und ihn bat, nach Arleate zu kommen.
Sofort nach Erhalt von Daphnes Hilferuf ließ Lucullus die
Kisten packen und machte sich durch Eis und tiefen
Schnee der winterlichen Alpen auf den beschwerlichen
Weg gen Süden. Mit seiner tatkräftigen Hilfe gelang es
Daphne, Claudia aus ihrem seelischen Tief zurück ins Le-
ben zu holen. Dazu trug bei, dass Kaiser Konstantin, wie
versprochen, Claudias Kind, als seinen Sohn anerkannte
und ihm den Namen Constantinus gab.

Reise nach Karthago 317 n. u. Z.

Jetzt konnte Daphne über das Mare nostrum nach Karthago reisen, um dem von den Pocken noch nicht genesenen Vitruv beizustehen. Aber die Reise verzögerte sich; denn das Meer war wegen extremer Windverhältnisse häufig erst ab Ende Mai schiffbar. Bis zu ihrer Abreise genoss Daphne das Fest der navigicum isidi, ein Fest zu Ehren der der Göttin Isis, der Schutzheiligen der Seefahrt. Jedes Jahr am fünften März verabschiedeten die Menschen in Arleate, viele maskiert als Esel, Philosoph oder Gladiator, Fischer oder Vogelsteller, mit einem Umzug den Winter und begrüßten das Frühjahr.

 Endlich, am ersten Mai war es soweit: Die Winde wehten sanft, und Daphne bestieg im Hafen von Arleate ein großes, seetaugliches Schiff, das sie über den Fossae marianae, einem im Jahr 102 erbauten Kanal, an das Rhonedelta brachte, das vierundzwanzig Kilometer entfernt lag. Von dort ging es weiter über das Mare nostrum nach Karthago.
Daphne besuchte zum ersten Mal die Kornkammer des Römischen Reiches, die Provinz Africa proconsularis mit ihrer berühmten Hauptstadt Karthago, wo im Jahr 196 v.u.Z. die römischen Legionen endgültig die Punier besiegt hatten. Schnell erkannten die Römer die besondere geografische Lage der Stadt am Meer und bauten die nach drei wüsten Kriegen zerstörte punische Stadt prunkvoller wieder auf, als sie es gewesen war. Im zweiten Jahrhundert wurde Karthago die Hauptstadt der römischen Provinz Africa proconsularis und war eine der größten Städte des römischen Imperiums.

Jetzt besaß Karthago zwei hintereinanderliegende Häfen: Im ersten, dem rechteckigen Handelshafen, wurde das Korn für Roma und andere Güter eingeschifft, der sich anschließende runde Hafen war der Kriegshafen. Östlich, vor der Einfahrt in den Handelshafen, schützte eine Mole die in den Kanal einfahrenden Schiffe vor rauen Winden. Daphnes Schiff passierte den dreihundertfünfzig Meter langen, zwei Meter tiefen und achtzehn Meter breiten Kanal vom Meer kommend bis kurz vor den Handelshafen, der mit einer einundzwanzig Meter langen Eisenkette versperrt war. Dort musste Daphnes Schiff warten, bis die Eisenkette geöffnet wurde und es an einem der vielen Ankertaue festmachen konnte. Den vom äußeren Handelshafen nicht einsehbaren inneren Kriegshafen umgab ein ringförmiger Wasserkanal; in der Mitte des Kriegshafens war für die Admiralität eine kreisrunde Insel mit einem Radius von einhundertzwanzig Metern angelegt. Leicht radial angeordnet standen auf der Insel fünfzehn zum Wasserkanal hin sich öffnende Schiffshäuser mit einem sechseckigen Innenhof im Zentrum. Ein zweigeschossiger Ausguck stand an der Südseite der Insel. Neben dieser Hafenanlage, die im gesamten Römischen Reich ihresgleichen suchte, konnte Karthago als drittgrößte Stadt des Imperiums nach Rom und Alexandria mit großartigen Monumentalbauten aufwarten: Es gab drei Foren, das größte lag auf der Spitze von Byrsa (Festung über dem Hafen der antiken Stadt Karthago), wo die beiden Hauptstraßen die Stadt in vier Stadtteile aufteilte. Das Forum schmückten Tempel orientalischer Gottheiten, ein Tempel war dem Gott Saturn geweiht. In Karthago stand ein Kapitol, eine Justizbasilika, eine Bibliothek und ein fünfhun-

273

dertsiebzig Meter langer Zirkus, der siebzigtausend Menschen Platz bot und der zweitgrößte im ganzen Reich war. Das Amphitheater bot Platz für sechsunddreißigtausend Menschen, das Theater für zehntausend, und im Odeion mit seinen dreitausend Plätzen fanden Konzerte und Vorträge statt. Natürlich fehlten die Thermen nicht. Die prächtigste, die komplett mit Marmor ausgekleidete und mit Mosaiken und Säulen aus Porphyr geschmückte Therme des „Antonius und Pius" lag am Meer.

Das Wasser für die Versorgung der Stadt wurde von den neunzig Kilometer entfernten Zaghouan-Bergen nach Karthago geleitet und über den Hadrian-Aquädukt in den mächtigen Zisternen von La Mlaga und Bordj Jedid gespeichert.

Die Cholera, die in der ganzen Stadt gewütet und jungen wie alten Menschen den Tod gebracht hatte, war inzwischen weitergezogen, seit mehreren Wochen gab es keine Neuerkrankungen. Am Hafen wurde Daphne von Antiochios erwartet, Vitruvs treuer Sekretär, der nicht mehr so betrübt aussah, wie seine Briefe geklungen hatten. Auch an ihm war das Alter nicht spurlos vorübergegangen. Von dem bildschönen Jüngling, den Daphne kurz nach ihrer Hochzeit während ihrer Reise nach Augusta Treverorum kennengelernt hatte, war nicht viel übrig. Seine zarte Figur hatte er sich durch maßvolle Nahrungsaufnahme erhalten, aber sein Gesicht durchzogen viele kleine Fältchen, die ihm bei näherem Hinsehen das Aussehen einer Schildkröte verliehen. Mit seinen sechsundvierzig Jahren war Antiochios im gleichen Alter wie Daphne, sah aber um Jahre älter aus. Mit der Zeit war er über seine Aufgaben als Lustjunge und Sekretär seines Herrn hinaus zum Vertrauten

Vitruvs geworden, der alle Geheimnisse kannte, sie hütete und schwieg. Im Gegensatz zu vielen anderen seiner Sklavenjünglinge hatte Vitruv Antiochios nicht ausgewechselt, als er den Schmelz der Jugend verlor, sondern seinen körperlichen Verfall, wie häufig bei Liebenden anzutreffen, nicht bemerkt. Antiochios war kein armer Mann. Nachdem Vitruv ihm die Freiheit geschenkt hatte, war er mit Unterstützung seines Herrn, der ihm das Grundkapital vorgestreckte, in den Sklavenhandel eingestiegen. Er spezialisierte sich auf junge schöne Knaben, die er an Privatpersonen und einschlägige Bordelle verkaufte. Nach wenigen Jahren erhielt Vitruv sein Geld mit Zins und Zinseszinsen zurück. Seit Kaiser Galerius in den Neunzigerjahren des dritten Jahrhunderts der Harem des persischen Kaisers in die Hände gefallen war, wurde es am Kaiserhof und in hochgestellten Familien des Römischen Reiches Mode, die weiblichen Mitglieder der Familie in ihren Privaträumen von Eunuchen bedienen zu lassen. Dementsprechend günstig entwickelte sich dieser Markt. Antiochios, der als Erster den Bedarf erkannte, wurde richtig reich. Die kleinen Jungen, entmannt vor dem Eintritt in die Geschlechtsreife, nahmen in den großen Haushalten ihrer Herren häufig schon nach kurzer Zeit wichtige Stellungen ein. Bei all seinem Erfolg vergaß Antiochios nie, wem er den Aufstieg zu verdanken hatte. Nach wie vor begleitete er Vitruv auf dessen Reisen und kehrte erst auf sein luxuriöses Anwesen zurück, wenn sein ehemaliger Besitzer ihn nicht mehr benötigte.

Sich vor Daphne tief verneigend sagte Antiochios:

„Herrin, wie freue ich mich, Euch zu sehen. Ich bin sicher, auch unser Herr wird glücklich sein, Euch in seiner Nähe zu wissen."

„Mein lieber Antochios, dein lächelndes Gesicht sagt mir, dass es meinem Mann besser geht, hat er die Krankheit inzwischen überstanden?"

„Herrin, er ist auf dem Weg der Besserung, aber -,"

„Heraus mit der Sprache, Antiochios, was ist mit meinem Ehemann?"

„Die Krankheit hat er fast überwunden", stotterte Antiochios, „aber der Herr redet kaum, ich glaube, er ist sehr unglücklich."

„Anscheinend musste er während der Krankheit auf seine gewohnten Vergnügungen verzichten, das ist ihm auf das Gemüt geschlagen ", antwortete Daphne spitz.

Antiochios seufzte und half Daphne in die Sänfte.

Seit seiner Ankunft in Karthago war Vitruv Gast des Prokonsuls in dessen Palast am Forum, dort wo die beiden Hauptstraßen der Stadt aufeinandertrafen. Bei Ausbruch der Krankheit ließ der Prokonsul Vitruv in ein Haus am Rande der Stadt bringen, stellte ihm aber seinen eigenen Leibarzt und ausreichend Sklaven zur medizinischen Betreuung und Pflege zur Verfügung. Vitruvs Krankenzimmer roch noch immer leicht nach Eiter und war durch Vorhänge verdunkelt; die Beleuchtung bestand aus einer kleinen Öllampe, die auf einem Tisch neben dem Sessel stand, in dem er mit zur Tür abgewandtem Gesicht saß. Als Daphne näherkam, um ihn zu begrüßen, sagte Vitruv mit scharfem Ton:

„Keinen Schritt weiter, Daphne, ich bin noch nicht vollkommen genesen."

Daphne wich erschrocken zurück. Kurz hatte sie Vitruvs Gesicht gesehen und sofort gewusst, warum ihr Ehemann unglücklich war: Sein Gesicht, das im Alter von siebenundsechzig Jahren noch jugendlich gewirkt hatte, war entstellt. Wie seine Hände war es, übersät mit Narben. Vitruv, der stolz auf seine schlanke Figur war, hatte so stark an Körpergewicht verloren, dass er aussah, als wäre er kurz vor dem Verhungern. Seine Augen lagen tief in den Höhlen, die Jochbögen stachen hervor, und seine Arme hatten den Umfang der Arme eines Kindes. Daphne musste schlucken, als sie ihren ehemals schönen Mann so hinfällig sah. Dann setzte sie sich in einen Stuhl in seine Nähe. Lange schwiegen beide.

„Jetzt siehst du, was die Krankheit von mir übriggelassen hat", sagte Vitruv mit leiser Stimme.

„Ich wünschte, ich wäre wie viele andere in Karthago gestorben."

Daphne wusste nicht, was sie antworten sollte.

„Die Krankheit hat bei mir länger als bei anderen gedauert", fuhr Vitruv fort, „ich war schon fast genesen, da hat sich auch noch meine Lunge entzündet."

Daphne holte tief Luft, nahm all ihren Mut zusammen und stieß hervor:

„Du hast die Krankheit besiegt, jetzt musst du zu Kräften kommen, dass wir nach Hause reisen können; noch heute werde ich mit deinem Arzt sprechen."

Vitruvs Arzt war schön wie ein junger Gott. Nur war dieser weltliche Gott, anders als der blonde geistliche vor unendlich langer Zeit, dunkel gelockt, mit großen, fast schwarzen Augen, die wie Feuer brannten, wenn er Daphne ansah. Sie überlegte nicht lange – und erlebte herrliche Tage am Ufer des Mare nostrumm. Silanus, mit vollem Namen Aulus Antonius Silanus, gebürtig aus der Provinz Aegyptus, war vom Prokonsul teuer eingekauft worden. Seine umfangreichen medizinischen Kenntnisse hatte der Sklave an der berühmten Schule für Medizin in Alexandria erworben. Nachdem Silanus das Leben der blutjungen Geliebten des Prokonsuls bei der Geburt eines Sohnes gerettet hatte - sogar das Kind überlebte, als er es durch das viel zu schmale Becken des dreizehnjährigen Mädchens herausquetschte - schenkte der glückliche Vater Silanus aus Dank die Freiheit. Daraufhin eröffnete er am Forum von Karthago eine Praxis für Frauenkrankheiten, die ihn in kurzer Zeit zu einem reichen Mann machte. Silanus war dreißig Jahre alt und nicht verheiratet. Die Frauen Karthagos waren so begeistert von ihm, dass er in jeglicher Hinsicht keinen Mangel zu erleiden hatte. Daphne entsprach mit ihren siebenundvierzig Jahren nicht ganz seinem Schönheitsideal, aber Silanus´ Herz war groß mit Platz für viele Frauen, und die Ehefrau eines Senators hatte er noch nicht bestiegen. Er wurde nicht enttäuscht. Daphne entpuppte sich als unersättlich, und über ihren durch die Schwangerschaften schlaff gewordenen Bauch sah er großzügig hinweg. Als Vitruv nach vielen Wochen soweit wiederhergestellt war, dass er zurück nach Gallia reisen konnte, schieden Daphne und Silanus in Frieden und Freundschaft.

Zwischen dem zweiten und dritten Krieg gegen Licinius hielt sich Kaiser Konstantin auf dem Balkan in seinen

Residenzstädten Serdica und Sirmium auf, um die Verwaltung der von Kaiser Licinius im zweiten Krieg erbeuteten Provinzen zu ordnen. Den Sommer 318 verbrachte die kaiserliche Familie in den Residenzen in Mediolanum und Aquileia. Das Familienleben gestaltete sich harmonisch, Fausta war glücklich mit ihren zwei kleinen Söhnen im Alter von jetzt knapp einen und eineinhalb, Jahren. Beide Jungen entwickelten sich gut und waren gesund. Constantius sah seinem Vater ähnlicher als Constantinus, wobei der Letztere, der nach klassisch griechischem Vorbild Schönere von beiden zu werden versprach. Crispus war jetzt dreizehn Jahre und entwickelte sich zu einem anmutigen Jüngling.

Aquileia war im Jahr 181 v.u.Z. als Bollwerk gegen die Kelten und als strategische Ausgangsbasis für die Erweiterung des Römischen Reiches gegründet und mit aktiven Soldaten besiedelt worden. Nach wenigen Jahren entwickelte sich die Hafenstadt durch ihre günstige Lage, nicht weit vom Adrianischen Meer entfernt, zu einer Handelsmetropole von Rang. Der Flusshafen von Aquileia lag an der Mündung des Izonso (Torre) und zählte zu den wichtigsten des Römischen Reiches.

Unter Kaiser Augustus wurde Aquileia zur Hauptstadt der Provinz Venetia et Histria (Provinz Venetien und Istrien) mit einem Verwaltungsbezirk bis zur istrischen Halbinsel und der Provinz Dalmatia.

Früh trugen die Menschen das Christentum über das Mare nostrum nach Aquileia; das christliche Verwaltungsgebiet reichte bis zur Danuvius und zum Relso (Plattensee).

Der Statthalter der Provinz und Bischof Theodorus begrüßten die kaiserlichen Gäste mit allen Ehren. Der Kaiser hatte den Bischof im Jahr 314 in Arleate kennengelernt, als beide an dem Konzil teilnahmen. Er schätze den Geistlichen als seinem Gott und seinem Kaiser ergebenen Bischof, der tatkräftig die Interessen seiner Gemeinde vertrat. Es war Bischof Theodorus zu verdanken, der über Jahre hartnäckig Stifter und Stifterinnen geworben hatte, dass Aquileia nach mehrjähriger Bauzeit über ein imposantes Gotteshaus verfügte. Die Basilika hatte zwei rechteckige, ostwärts gerichtete, parallel zueinanderstehende Aulen, die durch eine ostwestlich orientierte dritte Aula verbunden waren. Zwischen den Aulen lagen das Baptisterium und die Diensträume des Bischofs. Die Aulen dienten der Synaxis -, dem Zelebrieren der Messe, der Katechese -, dem Bibelunterricht der Taufanwärter und der confirmatio -, der Firmung. Der gesamte Komplex umfasste eine Fläche von circa zweitausendfünfhundert Quadratmetern.

Konstantin und seine Familie betraten die Basilika durch den östlich zum Hafen liegenden Eingang und besichtigten zuerst die nördliche Aula. Ihr Boden war geschmückt mit Mosaiken: In einem Paradiesgarten lebten die unterschiedlichsten Tiere wie Hummer, Esel, Stier, Steinbock, Papageien, Pfau und andere Vögel mit Nestern und Jungtieren friedlich zusammen. Einfachere Mosaike stellten in Schüsseln angerichtete Steinböcke, Schafe und Schnecken dar, sowie Pflanzen in geometrisch geformten Rahmen.

Als sie die Südhalle betraten, hielt der Kaiser den Atem an und dachte beschämt: „So etwas Prächtiges nennen selbst die Paläste auf dem Palatin in Roma nicht ihr Eigen". Den Boden schmückten Mosaike, die in zehn Teppichen, lebhaft und fantasievoll die Wahrheit des Glaubens darstell-

ten; den ersten und größten Teppich zierte ein Christus-
monogramm mit der Inschrift:

*„Glücklicher Theodor, denn mithilfe des allmächtigen Gottes und
der dir anvertrauten Herde konntest du diese Kirche bauen und
einweihen."*

Die Inschrift schwamm in einem Meer, in dem prunkvoll
gekleidete Fischer, dargestellt als geflügelte Eroten, in ihren cymbae und scaphae (römische Fischerboote mit dem
Bug in Form von Vogelköpfen und stumpfem Heck), die
Mollusken, Fische und Krustentieren fingen. Das zentrale
Motiv des Christentums – der Fisch – war mehrfach dargestellt. Er symbolisierte den Gläubigen, der von den
Aposteln, den „Menschenfängern" für das Christentum
gefischt wird. Auch fehlte nicht die Darstellung des Hirten,
der ein Lamm auf seinen Schultern trägt.

Der wesentliche Unterschied zu den Mosaiken der nördlichen Aula war die Darstellung von Menschen, insgesamt
vierzehn, Stifter und Stifterinnen, gekleidet in höfischer
Tracht. Zu seiner Freude und Befriedigung erkannte Konstantin mehrmals sein Porträt.

„Bischof Theodor, du hast Großes zur Ehre unseres
Herrn geschaffen. Dieses Gotteshaus ist fast so prächtig
wie meine Basilika auf dem Lateran in Roma. Ich freue
mich, an der feierlichen Einweihung und an dem anschließenden Gottesdienst mit meiner Familie teilzunehmen."

Und so geschah es, obwohl kein Mitglied der kaiserlichen
Familie die heilige Taufe empfangen hatte.

Sieg 324 n. u. Z.

Ab 321 rüstete Kaiser Konstantin zum dritten Krieg gegen Licinius. Er war sicher, dass der Krieg nicht zu Lande, sondern zur See ausgetragen werden würde. In Thessalonica ließ er einen großen Hafen bauen. Auch in Athen (Athenae) und in vielen anderen Küstenstädten der griechischen Provinz (Provinz Graeceae) liefen in den folgenden Jahren unzählige Schiffe vom Stapel. Licinius rüstete ebenfalls sein Heer zu Land und zur See auf. Daneben schürte er die Kriegsbereitschaft Konstantins auf eine andere Art; er begann den Christen in seinem Reichteil abermals Beschränkungen aufzulegen, die konträr waren zum Mailänder Edikt des Jahres 313: Er entfernte sie von seinem Hof und aus dem Heer, verbot die Versammlungen der Bischöfe und letztendlich überhaupt deren Zusammentreffen. Gottesdienste mussten außerhalb der Stadtmauern stattfinden, Frauen und Männern wurde untersagt, zusammen den Gottesdienst zu besuchen, und Frauen durften nicht mehr von einem Mann religiösen Unterricht erhalten. Das Christentum hatte Licinius nie überzeugt; er war ein Jovier, ein Anhänger des Gottes Jupiter, geblieben, obwohl er zunächst in seinem Reichsteil das Mailänder Edikt durchgesetzt hatte. Doch jetzt war die Situation eine andere, er war im Krieg mit Konstantin und nicht mehr verpflichtet, in der Vergangenheit abgeschlossene Vereinbarungen einzuhalten.

Dieser entscheidende Krieg zwischen beiden Herrschern begann im Jahr 323. Auslöser waren die Goten, die den Danuvius überschritten und in den Reichteil des Licinius eindrangen, um zu plündern. Licinius war nicht schnell genug in der Lage zurückzuschlagen, seine mobilen Truppen standen im Orient. Konstantin nutzte die Gunst der Stunde, ritt mit seinen Truppen in den Reichsteil seines Gegners ein, schlug die Goten zurück und schloss mit ihnen einen Friedensvertrag. Konstantins Vorgehen wertete Licinius als Eingriff in seine Rechte als Herrscher und erhob bei Konstantin Einspruch. Beide Gegner begannen, sich gegenseitig zu verunglimpfen: Konstantin, indem er Licinius der Habgier, des Mordes und der Frauenschändung bezichtigte; Licinius ließ Goldmünzen einschmelzen, auf denen Konstantin als Bezwinger der Sarmanten gepriesen wurde.

Endlich, im Frühling 324, sammelten beide Kaiser in Thracia ihre Streitkräfte. Konstantin entschloss sich, den Gegner direkt am Fluss Hebron anzugreifen. Unter dem Schutz von fünftausend Bogenschützen setzte Konstantin zusammen mit achtzig Reitern über den Fluss, er selbst galoppierte mit zwölf Kavalleristen voran. Und wie schon oft in seinem Leben war ihm das Glück hold, und er gewann mit seinen Truppen die Schlacht, obwohl er am Schenkel verletzt war. Licinius floh mit einem Teil seines Heeres nach Byzantium, wo seine Flotte lag. Dort ernannte er Martinianus, seinen magister officiorum, den Leiter der Hofverwaltung und Befehlshaber der Leibgarde, zum Augustus und übertrug ihm die Verantwortung für die folgende Seeschlacht. Konstantin war seinem Gegner gefolgt und begann mit der Belagerung von Byzantium. Die Armada Konstantins, die unter dem Oberbefehl seines ältesten Sohnes Crispus stand, segelte von ihrem Stützpunkt Thessalonica zum Eingang der Hellespont, wo der größte Teil der Schiffe vor Anker ging. Nur achtzig Schiffe durchfuhren den Hellespont und stellten sich am Eingang zum Marmarameer dem Gegner, der ihnen mit zweihundert Schiffen entgegenkam. Die Seeschlacht wurde erst in den frühen Abendstunden ergebnislos abgebrochen und Crispus´ Schiffe zogen sich zurück. Am nächsten Tag stieß der am Hellespont wartende Flottenteil von Crispus zu den Kameraden und entsetzte damit den gegnerischen Admiral Admandus, der ohne das Wissen über die Flottenstärke des Gegners erneut eine Schlacht angeboten hatte. Erschwerend kam für Admandus hinzu, dass ein seit dem frühen Morgen blasender Nordwind bis zur Mittagszeit in einen Südsturm umgeschlagen war und hundertdreißig seiner Schiffe mit fünfzehntausend Mann an Bord an die Klippen warf, wo sie zerschellten.

Inzwischen war es Konstantin noch nicht gelungen, Byzantium zu stürmen. Um eine Anlandung des Gegners zu verhindern, bezog Licinius mit dem Rest seiner Truppe am gegenüberliegenden Ufer von Byzantium bei Chalkedon Stellung. Dort erhielt er Unterstützung durch neue Soldaten des gotischen Fürsten Alica. Da verzichtete Konstantin auf die schwierige Anlandung und bezog stattdessen einen Tagesmarsch entfernt Stellung am Heiligen Vorgebirge, an der Mündung des Schwarzen Meeres. Das konnte Licinius nicht zulassen, denn damit war seine rückwärtige Verbindung abgeschnitten. Schnell sammelte er alle verfügbaren Soldaten, und marschierte in Richtung des ihm entgegenkommenden feindlichen Heeres. Die Gegner trafen bei Chrysopolis (Stadtteil Üsküdar von Istanbul) nahe von Chalkedon aufeinander. Die Schlacht, bei der hunderttausende Männer ihr Leben verloren, gewann Konstantin. Licinius floh mit wenigen Tausend Soldaten nach Nikomedia. Von dort sandte er zwei Tage später seine Ehefrau Constantia zu ihrem Halbbruder Konstantin, um Friedensverhandlungen aufzunehmen. Die Geburt des gemeinsamen Sohnes, Licianus Licinius, hatten Licinius und Constantia einander nähergebracht. Constantia war ihrem Ehemann liebevoll wie einem Vater zugetan. Das eheliche Beisammensein hatte sie erfolgreich auf ein Minimum beschränkt, ihr Ekel vor dem Körper des alten Mannes war geblieben.

Als Constantia herzzerreißend weinend vor Konstantin stand und um Gnade für ihren Ehemann bat, brachte er es nicht über das Herz, seiner Schwester zu sagen, dass ihr Ehemann auf jeden Fall sterben müsse – wenn nicht jetzt, dann später. Für den Augenblick verlangte er von Licinius, bei ihm im Feldlager als öffentlicher Bittsteller zu erscheinen, ihn mit Kaiser und Herr anzureden und ihm als Symbol seiner Entsagung des Kaisertums seinen Purpurmantel zu Füßen zu legen. Und so geschah es in einer für Licinius und Constantina demütigenden Zeremonie. Im Anschluss schickte Konstantin beide zusammen mit ihrem Sohn nach Thessalonica in die Verbannung. Dort wurde Kaiser Licinius wenige Monate später erdrosselt aufgefunden.

Konstantin hatte sein Ziel erreicht, er war Alleinherrscher über das Römische Reich.

Um seine Dynastie nach außen zu festigen, erhob er am 8. November 324 seine Ehefrau Fausta und seine Mutter Helena offiziell zu Augustae – zu Kaiserinnen mit dem gleichen protokollarischen Rang wie der des Kaisers. Gleichzeitig ernannte er seinen dritten Sohn Constantius, neben seinen Söhnen Crispus und Constantinus, zum Caesar.

Die Jahre zwischen der Geburt ihres Enkels Constantinus und dem endgültigen Sieg Kaiser Konstantins über Kaiser Licinius verliefen für Daphne und ihre Familie ruhig und beschaulich.

 Sofort nach ihrer Scheidung von Africanus heiratete Claudia dessen Bruder Lucullus und lebte mit ihrer jedes Jahr größer werdenden Familie auf ihren Weingütern an der Mosella. Innerhalb von sechs Jahren bekam sie fünf schöne und lebhafte Töchter, die Lucullus' und ihr ganzer Stolz waren. Selbst Etruskus konnte sich dem Charme der kleinen quirligen Damen nicht entziehen, obwohl er heimlich bedauerte, dass ihm bisher kein männlicher Enkel geboren worden war. Vitruv war nach seiner Heimkehr aus Karthago ein anderer Mensch geworden. Sein Aussehen hatte sich etwas verbessert - die Narben im Gesicht wurden mit der Zeit heller, aber wer ihn von früher kannte, erschrak bei seinem Anblick. Aus diesem Grund gab er fast alle seine öffentlichen Ämter auf, zog sich auf das Gut an der Mosella zurück und widmete sich dem Studium der griechischen Geschichte und Architektur, Letztere war seine älteste Leidenschaft. Daphnes Bibliothek nahm durch Vitruvs Studien an Umfang zu, nicht zuletzt aber auch durch die Bibliothek ihres verstorbenen Vaters. Auch Vitruvs Leidenschaft für schöne Jünglinge und die Kämpfe im Amphitheater gehörten der Vergangenheit an. Seit Kaiser Konstantin im Jahr 316 Augusta Treverorum endgültig verlassen und seine Hauptresidenzen in den Osten nach Serdica und Sirmium verlegt hatte, war es in der Stadt an der Mosella ruhiger geworden. Zu Vitruvs Kummer war der Ausbau der Kaiserresidenz ins Stocken geraten, wie die Treverer an der nach vierzehn Jahren noch nicht fertiggestellten Palastaula sehen konnten. Daher kam er gerne der Bitte des Caesar Crispus nach, ihn beim weiteren Ausbau der Stadt zu beraten. Von Caesar Crispus, den sein Vater im Jahr 317 zum Caesar der westlichen Provinzen des Römischen Reiches ernannt hatte, erzählte man sich in vielen Residenzen des Reiches hinter vorgehaltener Hand, dass er seinen Vater an Schönheit und Klugheit übertreffen würde. Crispus, der seinen Vater in allen kriegerischen Auseinandersetzungen mit Kaiser Licinius unterstützt hatte, war der endgültige Sieg über die Flotte des Licinius an den Dardanellen zu verdanken.

Indes sei es nicht nur sein erstgeborener Sohn gewesen, der den Feind besiegt habe, wurde Konstantin nicht müde in dem inneren Zirkel des Hofes zu betonen, sondern ein tosender Sturm, durch den die feindlichen Schiffe auf den Boden des Meeres sanken.

Crispus war seit zwei Jahren mit einer zarten jungen Frau, einer nahen Verwandten seiner Großmutter Helena verheiratet, die deren Namen trug. Obwohl die Heirat von der Kaisermutter mit der Familie des Mädchens verabredet worden war und das Paar sich erst kurz vor der Hochzeit kennenlernte, liebten sich die beiden jungen Menschen. Ein Jahr nach der Hochzeit wurde die Ehe mit einem strammen Stammhalter gekrönt.

Daphne widmete sich in diesen Jahren weiter der karitativen Arbeit in der christlichen Gemeinde von Augusta Treverorum. Zu ihrer Freude führte Caesar Crispus die finanzielle Unterstützung der christlichen Gemeinde großzügig fort, was auch seinem Erzieher, dem christlichen Rhetor Laktanz zuzuschreiben war. Konstantin hatte die Bekanntschaft von Laktanz in seinen jungen Jahren am Kaiserhof von Nikomedia gemacht, an den Kaiser Diocletian den Rhetor berufen hatte. Die Christenverfolgung zwang Laktanz, viele Jahre im Untergrund zu verbringen. Voller Dankbarkeit, für die kaiserliche Unterstützung der Christen folgte er dem Ruf Kaiser Konstantins an den Kaiserhof von Augusta Treverorum.

Seit dem Sieg an der Milvischen Brücke, der in den Augen der Christen ein Sieg des Christentums über die heidnischen Götter war, entwickelte sich die christliche Gemeinde von Augusta Treverorum prächtig. Sie zählte jetzt dreimal so viele Mitglieder und jeden Monat stellten etliche Treverer Antrag auf Aufnahme in die christliche Gemeinschaft. Daphne sah diese Antragsflut mit gemischten Gefühlen. Natürlich freute es sie, dass sich jetzt viele Menschen dem christlichen Glauben zuwandten. Aber sie befürchtete, dass es nicht wenige darunter gab, die nicht der christliche Glaube erfüllte, sondern die Gier nach Vorteilen, die eine Mitgliedschaft bei einer vom Kaiser bevorzugten Gemeinschaft nach sich zog. Kaum einem Treverer war entgangen, dass immer mehr Christen auf der Karriereleiter des Hofes und der Verwaltung des Römischen Reiches aufstiegen.

Häufig leistete Daphne Vitruv auf dem Gut an der Mosella Gesellschaft. In dieser Zeit kamen sich die Eheleute so nah wie nie zuvor. Oft erhielten sie Besuch von ihren Enkelinnen, die den lieben langen Tag durch die Villa tollten und genauso begeistert bei der Weinernte halfen wie ihre Großmutter in ihrer Jugend. Die Mädchen besuchten die Großeltern auch gerne in Augusta Treverorum, vor allem wenn Festlichkeiten in der Stadt stattfanden, wie zum Jahreswechsel die beliebten Saturnalienfeiern. Häufig reisten

Daphne und Vitruv im Sommer nach Roma, um Marcus und seine Familie zu besuchen und mit ihnen die schönsten Tage des Jahres in Baiae am Meer zu verbringen. Sie erfreuten sich an ihren vielen Enkelkindern, die nicht genug davon bekamen, im Wasser herumzutollen. Glücklich machte es Daphne, in den neu erbauten Kirchen zu beten, die auf Befehl Kaiser Konstantins in den Jahren nach seinem Sieg über Maxentius errichtet worden waren.

Es war im Jahr 324, als das ruhige Leben von Vitruv und Daphne vorbei war. Kaiser Konstantin hatte den endgültigen Sieg gegen Kaiser Licinius errungen und rief Vitruv in seine Stadt am Bosporus.

Daphne in Constantinopolis 324 – 337 n. u. Z.

„Ich kann es kaum glauben, Vitruv, ich habe gesiegt. Mein Schlachtenhelfer, der Christengott, hat mir wieder zum Sieg verholfen."

Schwer ließ sich Kaiser Konstantin in den Sessel fallen.

„Zwanzig lange Jahre habe ich gekämpft", und etwas leiser, „manchmal, vor allem des Nachts, konnte ich selbst kaum noch an meinen Sieg glauben."

Es war im November 324, die beiden Männer befanden sich allein in einem großen kreisrunden Zelt, das auf einer Anhöhe außerhalb der Stadt Byzantium stand. An diesem Ort hatte der Kaiser zu Beginn des dritten Krieges gegen Kaiser Licinius das Lager für sein Heer aufschlagen lassen.

„Mein Kaiser, ich überbringe dir meine und die meiner Familie tief empfundenen Glückwünsche zu deinem triumphalen Sieg. Die Götter haben dich zu uns gesandt, um die Größe und Einheit unseres geliebten Römischen Reiches unter deiner Herrschaft wiederherzustellen."

„Ich danke dir, Gaius Antonius Rufus Vitruv, du kannst dich aufrichten."

Dem alten Mann gelang es nur mühsam, auf die Beine zu kommen. Ohne die Hilfe des Kaisers, der mit beiden Händen half, Vitruv hochzuziehen, wäre er gestrauchelt.

„Bitte, setze dich zu mir", forderte der Kaiser Vitruv auf und zeigte auf einen Stuhl, der etwas erniedrigt neben seinem stand.

„Wir haben ein gutes Stück Lebensweg zusammen zurückgelegt. Du hast mir immer treu und gehorsam gedient, obwohl", er lächelte mild, „meine Entscheidungen nicht immer dein Einverständnis hatten, und wer weiß, vielleicht warst du das eine oder andere Mal im Recht. Aber ich will nicht sentimental werden, genug von der Vergangenheit, jetzt brauche ich dich wieder. Du musst diese wunderbare Stadt, die ich erobert habe und die meinen Namen tragen wird, schöner, größer und prunkvoller aufbauen als vor so vielen Jahren das ferne Augusta Treverorum, meine kaiserliche Residenz an der Mosella."

Vitruv war auf ausdrücklichen Befehl des Kaisers aus dem fernen Augusta Treverorum nach Byzantium gereist. Er war inzwischen vierundsiebzig Jahre, ein hohes Alter, dachte er häufig, selbst reiche Römer wie Senatoren, die sich in ihrem Leben immer satt gegessen und hervorragende Ärzte unter ihren Sklaven besaßen, lebten selten länger als sechzig Jahre. Sklaven oder Menschen aus dem einfachen Volk sahen dagegen spätestens zwischen dem dreißigsten und vierzigsten Lebensjahr den Tod kommen. Bei den letzten Worten des Kaisers erschrak Vitruv, denn er war nicht nur alt, sondern auch krank. Seine Pockenerkrankung hatte er überstanden, aber seit einiger Zeit wollten die Beine nicht mehr. Immer häufiger benötigte er einen Stock, und sein Rücken schmerzte von Tag zu Tag mehr. Noch einmal die Verantwortung, für eine so große Aufgabe zu übernehmen, wie den Ausbau einer Stadt zu einer Kaiserresidenz, dazu fühlte er sich nicht mehr kräftig genug.

„Mein Herr und Kaiser, ich danke dir, dass du noch einmal großes Vertrauen in mich setzt. Gerne würde ich die Aufgabe übernehmen, dir zu Ehren deine Stadt so großartig aufzubauen, dass sie selbst Roma in den Schatten stellt. Aber sieh mich an - den starken Mann von damals, als du nach Augusta Treverorum kamst, gibt es nicht mehr, dein Wunsch übersteigt meine Kräfte."

Ohne Vitruvs Einwurf zu beachten, sprach der Kaiser weiter:

„Ich habe beschlossen, dass diese Stadt, das alte Byzantium, meine Stadt werden soll, nicht Thessalonica, Chalkedon oder Ileon (Troja), von wo Aeneas nach Roma aufgebrochen ist. Hier an diesem Ort habe ich den endgültigen Sieg errungen, und die Stadt wird meinen Namen tragen und Constantinopolis heißen. Sie wird in ihren Ausmaßen gewaltig werden, mit prächtigen Palästen, großen Häusern und Monumenten, und ich werde sie mit vielen stolzen Statuen aus dem gesamten Römischen Reich schmücken. Wie in Roma werden wir einen Senat haben, und für römische Senatoren wird es eine Ehre sein, mir in mein Constantinopolis zu folgen. Ich werde Ablatius anweisen, dir finanzielle Mittel in unbegrenzter Höhe zur Verfügung zu stellen, du wirst alles bekommen, was du für diese wichtige Aufgabe brauchst. Und ich werde dich fürstlich belohnen: Ich schenke dir einen Palast am Hippodrom, damit du es nicht so weit hast, mir über die Fortschritte deiner Arbeit zu berichten. Auch lass ich dir ein Landhaus am oberen Bosporus bauen, wo seine Fluten in das Mare nigrum fließen. Ich habe mir sagen lassen, dass es dort im Sommer angenehm kühl sein soll, es ist mir wichtig, dass deine Ehefrau Daphne es in Constantinopolis luxuriös und bequem hat. Außerdem werde ich Ablatius Anweisung geben, dir und deiner Familie alle Wünsche zu erfüllen, ihr sollt bekommen, was eure Herzen begehren, Ländereien in den fruchtbarsten Gegenden des Römischen Reiches, Gold und Silber, soviel ihr wollt."

Mit diesen Worten erhob sich Konstantin, auch Vitruv stand schwerfällig auf, der Kaiser trat auf ihn zu, umarmte ihn und brachte ihn zum Ausgang des Zeltes.

„Vitruv, mein Freund und Kampfgefährte, wir werden uns in Zukunft wieder häufiger sehen, und ich freue mich darauf."

Vitruv verbeugte sich tief, stieg in seinen zweispännigen Wagen und fuhr zurück nach Byzantium, wo er mit seinem Gefolge in einem der wenigen Häuser, das bei den Kämpfen zwischen Konstantin und Licinius nicht zerstört worden war, Unterkommen gefunden hatte. Sofort ging er in sein Schlafzimmer und legte sich stöhnend auf sein schmales Bett, dem erstaunten Sklaven gab er einen Wink, das Zimmer zu verlassen. Er musste nachdenken - was sollte er tun? Der Kaiser war unberechenbar, das hatte sich in den letzten Jahren immer wieder gezeigt. Eine Ablehnung würde er nicht akzeptieren, womöglich bestand sogar die Gefahr, dass seine ganze Familie in Ungnade fiel. Vielleicht würde der Kaiser Daphne verschonen – manchmal war er ein wenig sentimental. -, aber bestimmt nicht ihn, seine Kinder und Enkel. Die ihm gestellte Aufgabe benötigte die Kraft eines Herkules, konnte er sie überhaupt noch leisten? Es genügte nicht, vom Schreibtisch aus, den Ausbau der Stadt zu leiten. Die Erfahrung hatte ihn gelehrt, dass er regelmäßig vor Ort die Fortschritte würde überprüfen müssen. Damals in Augusta Treverorum hatten die Architekten und Bauleiter gute Arbeit geleistet, aber ständig hatte er sie antreiben und immer ein Auge darauf haben müssen, dass kein Baumaterial von den vielen Baustellen gestohlen wurde. Wie er es drehte und wendete, er würde dem Befehl des Kaisers - und ein Befehl war es - Folge leisten müssen. In der Sänfte wie ein Weib und nicht wie früher zu Pferde, würde er sich von seinen Sklaven auf den Baustellen herumtragen lassen müssen. Mühsam versuchte er, eine bequemere Lage für seine schmerzenden Beine zu finden. Aber was würde Daphne sagen, auch sie war älter geworden und nicht mehr abenteuerlustig wie in ihrer Jugend. Nur ungern würde sie ihre Tochter und Enkelinnen in Augusta Treverorum verlassen und bestimmt ihre karitativen Aufgaben vermissen. Da erinnerte er sich, dass der Kaiser ihm Geld ohne Limit versprochen hatte. Vielleicht könnte Daphne in der neuen Stadt des Kaisers wie in Augusta Treverorum Häuser für Arme und Kranke bauen lassen. Das würde ihr den Verlust der Heimat erleichtern und dem Kaiser gefallen, hatte er doch in der Kaiserresidenz an der Mosella die christliche Gemeinde großzügig unterstützt. Der Gedanke an Daphne erleichterte sein Herz ein wenig, sodass er sich langsam beruhigte, einschlief und erholt, zwei Stunden später erwachte. Nachdem er sich mithilfe seines Sklaven erfrischt hatte, rief er seinen Schreiber zu sich und diktierte einen Brief an seine Ehefrau, in dem er ihr den Befehl des Kaisers schilderte und sie dringend bat, die Reise nach Constantinopolis vor Eintritt der Herbststürme im Mare nostrum anzutreten. Der Brief befördert als Eilbrief mit dem Cursus Velox, der römischen Staatspost, erreichte Daphne zwei Wochen später.

Daphne, inzwischen eine Matrone von dreiundfünfzig Jahren, war in den vergangenen Jahren wieder schmal geworden wie in ihrer Mädchenzeit. Aber ihre Gestalt hatte die schlanke Biegsamkeit der Jugend verloren und das

Haar seine goldene Farbe, es war jetzt fast weiß. Nach Lektüre von Vitruvs Brief seufzte Daphne und ließ sich von Philomena ein Glas starken, gesüßten Wein bringen. Was ihr Ehemann von ihr verlangte, ging über ihre Kräfte. Fest hatte sie sich vorgenommen, Augusta Treverorum nur noch zu verlassen, um Roma, die warme Heimat ihrer Kindheit, zu besuchen. Aber in Byzantium – was sollte sie dort, was würde sie in der fernen Provinz erwarten? Am selben Abend traf sie mit Bischof Maternus zusammen, um den Rat des langjährigen Freundes einzuholen. Der Bischof war begeistert.

„Daphne, meine Tochter, dein Ehemann hat dich gerufen, er braucht dich. Ich muss dir nicht sagen, was unser Herr Jesus über die Pflichten einer Ehefrau gesagt hat. Außerdem wird es unserer Dreifaltigkeit gefallen, wenn du auch in der fernen Stadt versuchst, das Leid der Armen und Kranken zu lindern. Deine Aufgabe in unserer christlichen Gemeinde in Augusta Treverorum hast du ohne Fehl und Tadel erfüllt, aber hier gibt es genügend Christinnen, die darauf brennen, deine Arbeit fortzuführen."

Und als Daphne ihn zweifelnd ansah, streichelte er ihr die Hand und sagte:

„Sei guten Mutes, dort wirst du gebraucht. Noch heute werde ich Erzbischof Metrophanes von Byzantium schreiben, ihm deine Ankunft ankündigen und ihn bitten, dich bei deiner Arbeit zu unterstützen."

Es war für Daphne nicht schwer, sich geschlagen zu geben, denn insgeheim hatte sie plötzlich ein über die Jahre längst vergessenes Gefühl der Aufregung in ihrem Herzen verspürt. Wie in ihrer Jugend würde sie ein fremdes Land erobern und sich in eine neue Aufgabe stürzen können.

Ihre Jugend war unwiderruflich vorbei, aber vielleicht würde ihr die Zukunft in Konstantins Stadt etwas Neues, Schönes bringen, bevor das Alter von ihr endgültig Besitz ergriff.

Zwei Monate später landete Daphne in ihrer neuen Heimat. Der Kaiser hatte ihr ein schnelles Schiff nach Porto geschickt, das Daphne mit der zeternden Philomena, die das Unternehmen für selbstmörderisch hielt, und den Haussklaven ihrer Stadtvilla bestieg. Stürme und hoher Wellengang verschonten sie, sodass die Seereise nur wenige Tage dauerte. Als das Schiff sich Nerion, dem Hafen von Byzantium näherte, stand Daphne an Deck und konnte sich nicht sattsehen an der Schönheit des Meeres, das mit lebhaftem Wellenschlag an die dicht bewaldeten Hänge des Bosporus brandete. Die kleinen Inseln im Marmarameer lagen wie hingetupft in der Abendsonne. Dann erblickte sie die hügelige Halbinsel, die ihre Heimat werden sollte.

Vitruv, schwer auf seinen Stock gestützt, begrüßte Daphne am Hafen:

„Ich freue mich, dich gesund und wohlbehalten wiederzusehen, meine Liebe. Ich bin dir dankbar, dass du es auf dich genommen hast, in diesem heißen und unwirtlichen Land zu leben."

„Vitruv", antwortete Daphne, ging auf ihren Mann zu und umarmte ihn, „ich habe in den vergangenen siebenundzwanzig Wintern für mehrere Menschenleben im Voraus gefroren. Jetzt bin ich alt und mir ist noch kälter als in meiner Jugend, ich freue mich auf die Hitze."

Lachend antwortete Vitruv.

„Du, täuscht dich. Hier sind die Sommer nicht nur heiß, sondern häufig auch schwül, dafür kann es im Winter schneien; in manchen Jahren sind sogar Eisschollen vom Schwarzen Meer bis an unsere Küste von den Fluten des Bosporus getragen worden."

Ungläubig sah Daphne ihren Mann an.

„Das kann ich nicht glauben, aber jetzt bin ich hier und werde mit Hitze und Kälte leben müssen und dir, so gut ich es vermag, bei deiner großen Aufgabe helfen. Wenn es überhaupt jemanden gelingen wird, diesen kargen Ort zur Kaiserresidenz aufzubauenden dann dir."

Daphne war sich nicht so sicher, wie ihre nachdrücklich vorgetragenen Worte glauben machen sollten, dass ihr Ehemann die Aufgabe auch gesundheitlich durchstehen würde. Bei Vitruvs Anblick erinnerte sie sich einen Augenblick wehmütig an den verführerischen Mann in Sicilia, in den sie sich vor vielen Jahren verliebt hatte.

„Ich danke dir, aber komm in den Wagen, wir fahren nach Hause, zu unserm Stadthaus, ein Geschenk des Kaisers."

Daphne und Vitruv bestiegen eine Sänfte, und die Träger brachten sie vom Hafen den Hügel hinauf bis zu ihrem Anwesen, das östlich an das Hippodrom, der Pferderennbahn, grenzte. Kaiser Septimius Severus hatte mit seinem Bau begonnen, es war aber noch nicht fertiggestellt. Vitruvs luxuriöses Anwesen lag in einem parkähnlichen Garten, dazu gehörten der Wirtschaftstrakt und Sklavenhäuser. Was Daphne sofort für das zweistöckige Haus einnahm, war eine große Dachterrasse, von der aus, der Blick vom Bosporus zu den Inseln im Marmarameer und über die Stadt schweifen konnte.

Schon eine Woche später erhielt Daphne von der scrinium dispositionum (Kanzlei) Kaiser Konstantins, die seine Termine koordinierte, die Einladung zu einer Audienz. Sie fand im privaten Rahmen statt, eine große Ehre, die nur wenigen zuteilwurde.

Konstantin residierte in einem kleinen Palast, nicht weit vom Hippodrom entfernt. Er lag in der Nähe der alten Kirche Hagia Irene, in deren Nachbarschaft eine größere, neue Kirche erbaut werden sollte, ähnlich der Palastaula in Augusta Treverorum, erzählte ihr später Vitruv. Der Kaiser empfing sie in einem schlichten Saal im Erdgeschoss. In seiner Begleitung war Flavius Ablatius, ein Höfling kretischer Abstammung und designierter Vikar der Provinz Asia, der durch Verbindlichkeit und einen schnellen Geist das Vertrauen des Kaisers erlangt hatte. Er stand etwas niedriger neben dem Sessel des Kaisers. Daphne warf sich auf den Boden und wartete, bis der Kaiser ihr einen Wink gab, sich zu erheben. Während Konstantin darüber sprach, wie seine Stadt Constantinopolis in wenigen Jahren aussehen würde - wie von vielen gefürchtet, redete er langatmig -, hatte Daphne Gelegenheit, ihn nach so vielen Jahren eingehend zu betrachten: Konstantin war im einundfünfzigsten Lebensjahr und man sah ihm die Jahre an. Er war stärker geworden, auffällig war sein dicker Hals, der ihm ein unbewegliches Aussehen gab. Seine Haare hatten sich gelichtet und die Farbe von reifen Kastanien angenommen.

Vermutlich lässt er sie färben, dachte Daphne, bei seiner großen Eitelkeit.

„Daphne, ich freue mich, dass du deinem Kaiser eine gehorsame Untertanin und deinem Ehemann eine gehorsame Ehefrau bist und unserm Wunsch in meinem Constantinopolis zu leben, Folge geleistet hast. Ich habe Vitruv befohlen, meine Stadt Constantinopolis aufzubauen, sie soll schöner werden als jede Stadt im Römischen Reich. Aber auch du wirst eine Aufgabe zu erfüllen haben. Ich habe dein tatkräftiges Wirken für die christliche Gemeinde von Augusta Treverorum immer sehr geschätzt. Die Wohltätigkeit der Christen ist für viele Menschen die letzte Hoffnung. Ich befehle, dass du auch hier in meinem Constantinopolis karitative Einrichtungen gründest. Dabei denke ich nicht nur an einen Ort für arme, alte Menschen, sondern auch an Häuser für unheilbar Kranke und Waisen und an einen Ort, an dem Arme Speisen und medizinische Versorgung erhalten können."

„Konstantin, es wird mir eine große Ehre und Freude sein, diese Aufgabe zu übernehmen, die du mir zugedacht hast. Ich werde zu meinem Herrgott beten, dass es mir gelingt, sie zu deiner Zufriedenheit zu erfüllen, aber versprechen, dass es gelingen wird, kann ich nicht. Nicht nur mein Ehemann ist alt und gebrechlich, auch ich bin kein junges Mädchen mehr, meine Kräfte sind schwächer geworden."

Da lachte der Kaiser und sagte:

„Liebe Daphne, du bist jünger an Jahren als Vitruv und siehst viel wohler aus als dein Ehemann. Unser Gott wird dir zum Erfolg verhelfen. Außerdem musst du die Aufgabe nicht alleine bewältigen, du bekommst einen Mitstreiter", und nach einem Wink des Kaisers öffnete ein Sklave eine Tür und hereinkam ein großer, schlanker Mann mit vollem eisgrauem Haar. Der Mann warf sich vor dem Kaiser nie-

der und stand, nach einem Wink des Kaisers, mit ge-
schmeidigen Bewegungen, wieder auf.

„Sei gegrüßt Senator Zotikus, ich freue mich, dass du
endlich den Weg nach Constantinopolis gefunden hast."

„Konstantin, meine Studien und meine Weihe zum christ-
lichen Priester haben mich in der alten Hauptstadt am
Tiberis aufgehalten. Aber jetzt stehe ich ganz zu deiner
Verfügung."

Der Kaiser erhob sich, stieg die Treppen hinab und umarmte den verdutzten Mann.

„Ich freue mich für dich und gratuliere dir, fast wäre es
mir lieber gewesen, wenn du Senator geblieben wärst, im
römischen Senat kann ich jede Unterstützung gebrauchen.
Aber ich habe auch für dich in deiner Funktion als Priester
eine wichtige Aufgabe."

Und wie zuvor Daphne, erläuterte er Zotikus sein Vorhaben. Dann wandte er sich Daphne zu und sagte:

„Das ist Cornelia Daphne, die Ehefrau meines langjährigen
Gefährten Gaius Antonius Rufus Vitruv."

Der Mann machte in Richtung von Daphne eine form-
vollendete Verbeugung, die nicht zu seinem einfachen
Gewand aus hellbrauner, billiger Wolle passte.

„Daphne ist seit vielen Jahren Mitglied der Christengemeinde in Augusta Treverorum und verfügt über ausgezeichnete Erfahrung in der Armen- und Krankenfürsorge,
sie wird dich unterstützen. Ich habe Ablabius befohlen,
Euch nicht nur alle finanziellen Mittel zur Verfügung zu
stellen, die ihr benötigt, sondern in jeder Weise zu unterstützen, damit meine karitativen Einrichtungen in kürzester
Zeit eröffnet werden können. Ablabius wird Euch das
Terrain zeigen, das ich für die Häuser vorgesehen habe, es

liegt am Abhang der antiken Akropolis in Richtung Goldenes Horn."

Damit waren beide entlassen. Bevor sie die Tür erreichten, hörte Daphne den Kaiser sagen:

„Ablasius, um deine Frage nach dem Wohlergehen meines zweiten Sohnes, Caesar Constantinus, zu beantworten, er ist wohlauf und entwickelt sich prächtig."

Daphne drehte sich kurz um und lächelte dem Kaiser zu, der nicht Ablasius ansah, sondern sie und ihr freundlich zunickte. Vor dem Audienzzimmer verabschiedete sich Daphne von Zotikos mit einer angedeuteten Verbeugung und ging zu ihrer Sänfte.

Zuhause amüsierte sich Vitruv köstlich, als er hörte, dass Zotikos Daphnes Vorgesetzter werden würde.

„Da hat dir dein Kaiser aber etwas Schönes eingebrockt: Zotikos ist ein fanatischer Christ, mit ihm zusammenzuarbeiten, wird nicht einfach sein. Du solltest dir Unterstützung in der christlichen Gemeinde von Constantinopolis sichern, sonst stehst du auf verlorenem Posten. Zotikos wird dich an dem Vorhaben nicht beteiligen, sein in Roma gefürchteter Ehrgeiz als Senator wird als Priester nicht kleiner geworden sein."

Daphne beschloss, unverzüglich Erzbischof Metrophanes aufzusuchen, ihm den Brief von Bischof Maternus zu überbringen und ihn um Hilfe zu bitten. Dann setzte sie sich an ihren Schreibtisch und schrieb Claudia einen Brief, in dem sie ihr das Wohlergehen ihres Sohnes mitteilte.

Am 8. November 324 ernannte Kaiser Konstantin seinen Sohn Constantius zum neuen Caesar. Zeitgleich gab er der Stadt Byzantium seinen Namen und nannte sie Constantinopolis. In den nächsten Jahren war Konstantinopel eine

301

große Baustelle, weil Vitruv mit seinen Architekten umgehend mit der Planung von Nova Roma - Neues Rom, wie die Stadt bald genannt wurde, begann. Auf Befehl des Kaisers sollte sich das Stadtbild an den Städten des Ostens des Römischen Reiches wie Palmyra und Gerasa in der Provinz Syria (Syrien) orientieren. Aber weder der Kaiser noch Vitruv und Daphne erlebten zu ihren Lebzeiten die Fertigstellung der zweiten Kapitale am Bosporus.

Daphnes Urenkel in Constantinopolis 370 n. u. Z.

Daphnes Urenkel, der den Namen seines Großvaters, Gaius Curius Etruskus, führte, besuchte die vollendete Stadt und staunte über ihre unzähligen Bildwerke. Etruskus war der Sohn von Claudias Tochter Angelika. Im Jahr 352 waren Angelika und ihr Ehemann bei dem furchtbaren Barbareneinfall, der unter Kommando des Alemannenfürsten Rando stand, auf ihrem Landgut in Gallia erschlagen worden. Die Alemannen setzten alle Gebäude des Gutes in Brand, nahmen die Sklaven mit sich und verkauften sie für gutes Geld auf dem nächsten Sklavenmarkt. In höchster Not wickelte Etruskus' Amme, ein kluges Mädchen aus der Provinz Syria, den knapp vier Monate alten Jungen in nasse Decken, strich seinen Mund mit Honig aus und versteckte ihn in einem unauffälligen, verbeulten Schrank in der Küche, bevor sie in Gefangenschaft geriet. Nachbarn, die das Feuer aus der Ferne sahen und der Familie zur Hilfe kommen wollte, hörten schon von Weitem das wütende Geschrei des Jungen, der inzwischen hungrig und nass bis unter die Ohren, aber unversehrt war. Unter Lebensgefahr rannten Sklaven in das lichterloh brennende Haus, es war ein Wunder, dass sie es ihnen gelang, den Säugling vor dem Flammentod zu retten. Man brachte Etruskus nach Augusta Treverorum zu seiner Großmutter Claudia, wo er unter ihrer liebevollen Fürsorge zu einem unternehmungslustigen, jungen Mann heranwuchs.

 Im Jahr 370 aus Constantinopolis nach Augusta Treverorum zurückgekehrt, berichtete Etruskus an einem schönen Herbsttag seiner greisen Großmutter Claudia von der Stadt

am Bosporus. Sie saßen in der Bibliothek der alten Stadtvilla gegenüber den Barbarathermen.

„Großmutter, die Stadt, in der meine Urgroßeltern gelebt
haben, ist riesengroß und überwältigend schön. Ich habe
Constantinopolis über einen Platz mit Namen Exakion
betreten; er liegt vor der Stadtmauer, die das Gebiet des
alten Byzantium umgibt. Kaiser Konstantin hat im Jahr
324 Constantinopolis als einzige seiner Residenzstädte von
zwei auf sechs Quadratkilometer vergrößert. Das Exakion
ist wie viele Orte in Constantinopolis mit einem Säulenmonument Kaiser Konstantins geschmückt und führt
direkt auf das Goldene Tor, das Haupttor der Stadtmauer.
Dort habe ich meinen Reisewagen verlassen und bin in
eine Sänfte umgestiegen, die mir der Stadtpräfekt geschickt
hatte.

Auf der Stadtseite des Goldenen Tores, das mit einer Statue Kaiser Konstantins gekrönt ist, beginnt die Mese, die
Hauptstraße der Stadt. Sie ist ein breiter Portikus, eine
Säulenstraße mit zweigeschossigen Ladenreihen, und führt
über die Hügel der Stadt, die zu beiden Seiten steil zum
Marmarameer und zum Goldenen Horn abfallen. Glaube
nicht, dass diese prächtige Straße die einzige Säulenstraße
der Stadt ist, es soll in Constantinopolis zweiundfünfzig
Säulenstraßen geben. Bevor ich das Konstantinsforum,
diesen herrlichsten aller Plätze der Stadt erreichte, machte
ich halt an einer kleinen dreieckigen Platzanlage, mit Namen Philadelphion, an der sich die Mese in einen
Südstrang und einen Nordstrang gabelt (i. B. der Laleli
Camii). Hier steht eine Säule, an die Kaiser Konstantin
eine Inschrift hat anbringen lassen, die besagt, dass er
Constantinopolis die gleichen Rechte – das ius italicum -

wie Roma verliehen hat. In der Mitte des Philadelphion steht ein Pfeiler aus Porphyr mit einem mit Gold, Gemmen und Glas besetzten Kreuz und einer Skulpturengruppe der Kaiser der ersten Tetrarchie (Ecke des Schatzhauses von San Marco/Venedig), Diocletian, Maximian, Galerius und Constantius. Der Stadtpräfekt von Constantinopolis sagte mir später, dass man die Skulpturen lange Jahre für die Söhne Kaiser Konstantins gehalten hat, die sich dort nach seinem Tod getroffen haben und sich umarmen. Aber damit nicht genug; außerdem ist der Platz mit Statuen der Familienmitglieder des Kaiserhauses geschmückt.

Ich bin dann wieder in meine Sänfte gestiegen und erreichte durch einen Torbau aus prokonnesischem Marmor das Konstantinsforum. Der Platz hat zwei Torbauten, einen im Norden und einen im Osten; letzterer ist geschmückt mit Standbildern von Konstantin und seiner Mutter, Kaiserin Helena. Das Forum liegt auf dem zweiten Stadthügel mehr als fünfzig Meter über dem Meer. In vorkonstantinischer Zeit war dort eine Nekropole. Großvater hat das Terrain um eineinhalb Meter aufschütten lassen, bevor er dort zu bauen begann. Zweistöckige Arkaden, in denen Reiterbilder stehen, begrenzen das Forum. Der Platz ist kreisrund und hat einem Durchmesser von einhundertvierzig Metern."

„Und weißt du, warum das Forum rund ist, wo fast alle Plätze im Römischen Reich eine rechteckige Form haben, mein Kleiner?"

Etruskus dachte kurz nach und sah dabei verwirrt die vergnügt lächelnde, alte Frau an.

„Dein Großvater hat es mir geschrieben, damals, als der Kaiser ihm befohlen hat, Constantinopolis aufzubauen:

Das Zelt des Kaisers stand inmitten der Zelte seiner Truppen, dort, wo jetzt das Konstantinsforum ist – und Konstantins Zelt war rund!"

„Großmutter, was du noch alles weißt", staunte der junge Mann.

Claudia kicherte.

„Ich habe noch ein gutes Gedächtnis, wie meine Mutter bis zu ihrem Tod. Aber erzähle weiter, lass dich nicht stören von einer geschwätzigen Alten."

„Das Forum ist mit dicken Platten aus prokonnesischem Marmor gepflastert, die einen Meter breit, einen Meter lang und bis zu fünfundzwanzig Zentimetern dick sind. Den nördlichen Halbkreis des Portikus nimmt der Senatsbau ein, vor dem die Statuen der Göttin Athena aus Bronze und ein Standbild der Göttin Amphitrite stehen. Auch hier gibt es vergoldete Standbilder Konstantins und seiner Söhne. Aber am besten, gefallen hat mir das Nycäum, eine wunderschöne Brunnenanlage am südlichen Portikus, die geschmückt ist mit einer Statuengruppe, die Daniel zwischen den Löwen und dem Guten Hirten darstellen. Der Stadtpräfekt, der mich außerordentlich freundlich empfing und gastlich bewirtete, hat dort seine Residenz, wo die Mese von Osten in das Forum einmündet. Am oder in der Nähe des Forums, ich kann mich nicht mehr genau erinnern, liegt das Tribunal, der Sitz des obersten Kommandanten des Heeres sowie das Praetorium, der Amtssitz des römischen Statthalters, an den sich das Gefängnis anschließt. In der Flucht des Mese, im geometrischen Mittelpunkt des Forums, steht ein Säulenmonument, die berühmte Konstantinssäule, die, wie mir der Stadtpräfekt stolz erzählte, in den letzten Jahren zum Schutzheiligtum der Stadt geworden ist. Immer mehr Menschen besuchen die Säule, um dort zu beten und die Hilfe Kaiser Konstantins zu erflehen. Auch feiern Menschen, die keinen Wohnsitz in Constantinopolis haben, zu Füßen der Säule Hochzeit. Die Säule ist fünfzig Meter hoch und besteht aus neun Porphyr-Trommeln, die aus dem Apollontempel in Roma stammen sollen. Im Jahr 328, noch vor der Einweihung der Stadt, erhielt die Säule eine aus vergoldeter Bronze gearbeitete Statue, die Kaiser Konstantin darstellt; sie hält in der linken Hand einen Speer und in der ausgestreckten Rechten ein Kreuzzepter. Geschmückt ist Konstantins Kopf mit einer Strahlenkrone."

„Wie ist die Statue gekleidet", fragte die Alte kichernd.

„Sie ist nackt wie Kaiser Neros Statue in Roma", antwortete Etruskus, und Claudia lachte, bis ihr die Tränen kamen.

„Eitel und größenwahnsinnig über den Tod hinaus, würde meine Mutter jetzt sagen. Unser lieber Kaiser hat sich mit dieser Statue als heidnischer Apoll oder als der Sonnengott Sol darstellen lassen. Sein Grab als dreizehnter Apostel in der Apostelkirche spricht die gleiche Sprache, nur ist es dort keine heidnische, sondern eine christliche."

„Großmutter, Konstantins Sohn, Kaiser Constantius, hat den Sarg schon bald nach dem Tod des Vaters aus der Runde der zwölf Apostel-Kenotaphe entfernen lassen."

„Ein gottesfürchtiger und vernünftiger Junge. Aber sag, gibt es eine Inschrift an der Säule?"

„Es wurde mir von einer Inschrift aber mit unterschiedlichen Inhalten berichtet, gesehen habe ich eine, die lautet: „Dir, Christus, Gott, widme ich die Stadt."

„Und wie soll die Zweite lauten?"

„Dem Konstantin, der der Sonne gleich leuchtet."

„Die zweite Inschrift klingt nach unserem Kaiser, die Erste nicht."

„Sei nicht so streng mit dem Mann, Großmutter, er war doch ein gläubiger Mensch."

„Wenn du meinst, mein Kleiner. Aber erzähl weiter, ich bin ganz aufgeregt, etwas von der Stadt meiner Eltern zu erfahren."

„Kaiser Konstantin hat damals für sein Forum dreißig Säulen aus prokonnesischem Marmor in Auftrag gegeben. Einige davon stehen kreisförmig wie ein Chor um die Säule herum und sie tragen Standbilder seiner Söhne.

Der nächste große Platz auf meinem Weg war das Stategion. Er liegt circa dreihundert Meter östlich der Neorin- und Prosphorionhäfen an der Nordküste, an der alten Stadtmauer Kaiser Severus. Von dort führt eine Straße zum Million und verbindet den unteren wirtschaftlich genutzten Teil Constantinopolis´ mit der Oberstadt, wo die Administration ihren Sitz hat. Auf dem Torbogen des Hauptzugangs des Platzes steht eine Statue der Göttin Tyche mit einem Füllhorn und einer Reiterstatue; man ist sich nicht sicher, ob sie Kaiser Konstantin oder Antonius den Großen darstellen soll. Auch befindet sich dort das älteste Gefängnis der Stadt und das prächtige Haus des Patriziers Urbikos.

In der Nähe des Strategions bin ich auf ein Nymphäum mit Namen Horrea gestoßen und auf zwei Altäre für die griechischen Heroen Archilles und Aiax. Das „Kleine Strategion", es wird dort mit Blei und Silber gehandelt, ist Teil des großen Strategion.

Den westlichen Abschluss der Mese bildet ein Portikus mit einem Durchgang zum Kapitol. Hier ist die erste Station der kaiserlichen Prozessionen, die von der Apostelkirche, der Begräbnisstätte Konstantins, oder vom Goldenen Tor zum Kaiserpalast führen.

Der Stadtpräfekt erzählte mir, dass am Kapitol die Einweihungszeremonie Constantinopolis´ begann und auf dem Forum des Konstantins endete. Astrologen hatten den Tag der Einweihung auf den 4. November 330 festgelegt. Die Feierlichkeiten für die Namensgebung sollen offiziell zum ersten Mal am 11. Mai 330 stattgefunden haben. Das Fest dauerte vierzig Tage mit glanzvollen Spielen im Hippodrom. Zum Abschluss opferte das Volk in Tempeln, der Kaiser aber feierte den Gottesdienst in der Hagia Irene."

„An der Einweihung von Constantinopolis haben deine Urgroßeltern teilgenommen", fügte die Greisin mit zittriger Stimme hinzu und konnte Tränen der Rührung kaum zurückhalten.

„Aber am meisten", fuhr Etruskus fort, „hat mich das Augusteum, die einstige Agora des alten Byzantium, begeistert. Der rechtwinklige Platz mit einem Seitenmaß von einhundertdreißig Metern ist dem Kaiser und seiner Familie vorbehalten und mit Statuen Kaiser Konstantins und seiner Familie geschmückt."

„Ich glaube, mich zu erinnern, dass Kaiser Konstantin meinen Vater beauftragt hat, im Nordosten des Platzes eine Palastaula ähnlich der unseren in Augusta Treverorum zu bauen, hast du sie besucht? "

„Ihre Fertigstellung hatte sich immer wieder verzögert, die Aula wurde erst unter Kaiser Constantius II im Jahr 360 eingeweiht. Auch die Magnaura, das Senatsgebäude, ist fertig, es steht im Südosten des Augusteums.

Die Zeuxippsothermen hat Konstantin im Südwesten des Platzes erbauen lassen. Ich habe die Thermen besucht, was Prachtvolleres ist auch in Roma nicht zu finden.

An der nordwestlichen Seite des Augusteums, im Bereich der großen Zisterne, vor der Basilika, die dort schon immer ihren Platz hatte, steht der Million, der Meilenstein der Stadt. Auch ihn schmücken Statuen von Kaiser Konstantin und Kaiserin Helena."

„Ich versuche mich grade, zu erinnern, gibt es nicht auch in Roma einen Million?"

„Ja, Großmutter, wie das römische Milliarum Aureum listet der Million von Constantinopolis in goldenen Buchstaben die Distanz zwischen beiden Städten und anderen wichtigen Orten des Reiches auf. Neben dem Million steht der Tempel der griechischen Göttinnen Rhea und Tyche, der von Konstantin restauriert wurde. An der Million endet die Mese, und von dort führt eine zweigeschossige Säulenstraße mit Namen Rhegia, zum Chalketor, dem Eingang des kaiserlichen Palastareals mit dem Daphnepalast."

„Kind, habe ich das richtig verstanden, wie du weißt, bin ich ein wenig schwerhörig, ist der Name des Palastes noch immer Daphne?"

„Ja, Großmutter", antwortete der junge Mann lachend.

„Auch ich habe den Atem angehalten, als ich den Namen hörte. Wie mir der Stadtpräfekt erzählte, hat Konstantin den Namen der griechischen Mythologie entnommen."

„Das glaube ich nicht, die Mythologie der Griechen war ihm unwichtig, vermutlich kannte er sie nicht einmal. Nie hätte er seinen Palast nach einer Frau aus einer griechischen Geschichte benannt, obwohl mir jetzt einfällt, dass eine Skulptur der Daphne den kaiserlichen Garten schmückte. Aber ich erinnere mich gut daran, dass Kaiser Konstantin meine Mutter, deine Urgroßmutter, verehrt hat. Oft befahl er sie in seine Paläste zur Audienz, zunächst in Augusta Treverorum und später in Constantinopolis. Ihre Tagebücher, die Licht in das Verhältnis der beiden bringen könnten, sind vernichtet worden - vermutlich."

„Wer hat sie „vermutlich" vernichtet, Großmutter?"

„Ein Mann, der es mit unserer Familie nicht gut meinte", antwortete Claudia einsilbig.

Etruskus richtete sich interessiert auf.

„Vielleicht kann ich die Tagebücher finden. An welchen Orten hast du gesucht, Großmutter?"

„Kind, lass die Vergangenheit ruhen", wehrte die Alte ab, „es bringt nichts, die Geister der Vergangenheit zu wecken. Erzähle mir lieber, ob du den Palast betreten durftest?"

Etruskus wollte erst protestieren, besann sich dann eines Besseren und beschloss, seine Großmutter an einem anderen Tag zu überreden, ihm mehr von ihrer Suche nach den Tagebüchern von Urgroßmutter Daphne zu erzählen.

„Großmutter, ich habe den Palast gesehen. Als Urgroßenkel von Gaius Antonius Rufus Vitruvs und Cornelia Daphne wurde ich vom Magister officiorum, dem kaiserlichen Oberhofmarschall, persönlich empfangen und von mehreren seiner Mitarbeiter der scrinium barbarum, der Abteilung für Außenangelegenheiten, herumgeführt. Das Palastareal ist prächtig mit großen und kleinen Palästen bebaut, sie erinnerten mich an die Paläste auf dem Palatin in Roma, Domus Augustana und Tiberana. Dort stehen auch unzählige Paläste und Häuser, die durch Höfe, Plätze und Gänge auf verschiedenen Ebenen zu immer engeren, oft labyrinthischen Konglomeraten miteinander verbunden sind. Ich betrat den Hofbereich im Osten am südlichen Ende des Augusteums durch die Chalke, einen mit Dachschindeln aus Bronze gedeckten Torbau. Dann wurde ich in den Empfangssaal, in die Magna Aula, geführt, der von Bauten der Militärgarden umgeben ist. Architektonisch ähnelt die Aula unserer Basilika in Augusta Treverorum, und wie bei uns steht in ihrem Empfangssaal ein über Stufen erreichbarer Thron.

Hinter der Aula, in südwestlicher Richtung, konnte ich die Quartiere der kaiserlichen Leibgarden, die Höfe der Scholae (Schulen) und der Excubiten (Palastgarde) sehen sowie eine unserem christlichen Herrgott geweihte Kirche.

Westlich der Magna Aula liegt der Daphnepalast mit den kaiserlichen Wohnräumen, die ich natürlich nicht besichtigen konnte. Aber meine freundlichen Führer haben mir die Kathisma gezeigt, mit der der Palast verbunden ist.‟

Die Greisin lächelte triumphierend und ihre Augen leuchteten:

„Ich erinnere mich an einen Brief meiner Mutter. Sie schrieb, dass Urgroßvater Vitruv und sie bei der Einweihungsfeier von Constantinopolis mit in der Loge des Kaisers sitzen durften und von dort den glanzvollen Pferderennen zusahen. Wo ist diese Loge, ist sie in der Nähe der Kathisma, darüber schrieb meine Mutter nichts?‟

„Großmutter, die Kathisma ist ein gewaltiger Bau mit einer offenen Säulenhalle auf dem Niveau des Hippodroms als Basis. Auf ihrem Dach steht eine Quadriga aus

Kupfer. Die Kathisma hat mehrere Tore und eine breite Treppenanlage, die mit einer in Richtung Hippodrom liegenden Tribüne verbunden ist. Und diese Tribüne beherbergt die kaiserliche Loge, von der deine Eltern zusammen mit dem Kaiser und der kaiserlichen Familie während der Einweihungszeremonie den Pferderennen zusahen. Ich habe auf der Tribüne gestanden, der Blick auf das Hippodrom ist überwältigend.

In der Mitte der achtzig Meter breiten Arena steht die Spina, eine niedrige Mauer, auf der zahlreiche Denkmäler und Statuen wie berühmte Pferde und Wagenlenker aufgestellt sind wie auf der Spina des Circus Maximus in Roma, ihrem architektonischen Vorbild. Auf der Spina in Constantinopolis steht die berühmte bronzene Schlangensäule. Drei sich einander umwindende Schlangen sind die Mittelstütze eines riesigen Dreifußes, die Köpfe der Schlangen tragen eine goldene Schale. Die Schlangensäule wurde im Jahr 479 v.u.Z. von den griechischen Städten zu Ehren ihres Sieges über die Perser bei Plataeae (Plataiai) gegenüber dem Apollontempel in Delphi errichtet; Kaiser Konstantin ließ die Säule nach Constantinopolis bringen.

Auch Konstantins Sohn, Constantius II. verschönerte das Hippodrom: Er ließ aus Karnak in der Provinz Aegyptus einen Obelisken aus rosafarbenem Granit nach Constantinopolis bringen, den Tutmosis III. nach einer siegreichen Schlacht zu Ehren des Sonnengottes Amun errichten ließ. Das dritte große Monument der Spina ist der gemauerte Obelisk, der aus Kalkquadern gefertigt und mit vergoldeten Bronzeplatten verkleidet ist.

Die Arena hat die Form eines lang gestreckten U, sie ist vierhundertdreißig Meter lang und einhundertfünfundzwanzig Meter breit. Der Südwestabschluss des Hippodroms ist ein Bau, der Spendome genannt wird. In Richtung der Mese bildet ein mehrgeschossiger Torbau den Abschluss. Die Ränge des Hippodroms fassen bis zu vierzigtausend Zuschauer. Der obere Abschluss des Baus ist teilweise mit einem zweigeschossigen Säulenumgang geschmückt. Die Rennbahn hat Eingänge im Westen und im Osten: im Westen das Lauso-Tor und ein weiteres Tor, im Osten ein Tor zum Kathisma-Palast und eines zum „Großen Palast“.“

„Hast du ein Pferderennen im Hippodrom gesehen“, fragte Claudia.

„Ja, ich hatte Glück, denn häufiger als bei uns in Augusta Treverorum finden die Rennen auch in Constantinopolis nicht statt.“

„Und der Kaiser, wie sieht er aus?“

„Zurzeit gibt es keinen Kaiser. Es wird gemunkelt, dass ein Mann namens Theodorus sich gegen den weströmischen Kaiser Valens erhoben hat, aber Genaues weiß man nicht.“

„Alles wird immer schlimmer in unseren schweren Zeiten. Aber mein lieber Junge, ich freue mich, dass ich noch erfahren darf, wie die Stadt deines Großvaters heute aussieht. Ich danke dir für deinen Bericht. Aber jetzt bin ich müde und will ein wenig schlafen.“

Zwei Sklavinnen halfen der alten Frau, aufzustehen und brachten sie in ihr Schlafzimmer, wo sie noch lange glücklich an ihre Eltern dachte und dann einschlief.

Kämpfe der Arianer und Donatisten um den rechten Glauben

„Ich weiß nicht, was ich noch alles befehlen muss, damit diese Streithammel endlich Ruhe geben."

Kaiser Konstantin ließ sich in den Sessel hinter seinen Schreibtisch fallen und sah resigniert Bischof Ossius von Cordoba an, der ihm gegenübersaß. Der Bischof, geboren in der Provinz Hispania und 296 zum Bischof geweiht, war unter der Christenverfolgung Kaiser Maximians, der zu dieser Zeit in seiner kaiserlichen Residenz in Cordova mit Zirkus und Rennbahn prächtig residierte, in Haft gekommen und gefoltert worden. Kaiser Konstantin machte die Bekanntschaft des Bischofs im Jahr 307 während eines Besuchs in der spanischen Kaiserresidenz. Seit 312 befand sich Ossius im Gefolge Konstantins, der ihn als überzeugten Christen und sachkundigen Berater in allen Fragen des christlichen Kultes schätzte.

Die Männer befanden sich im kaiserlichen Palast von Nikomedia, einer Stadt, die vom bithynischen König Nikomedes I. 264 v. u. Z. als Hauptstadt von Bithynia gegründet worden war. 74 v. u. Z., nach dem Tode König Nikomedes IV., kam sie testamentarisch unter die Herrschaft des Römischen Reiches. Kaiser Diocletian, 284 in der Nähe der Stadt zum Kaiser erhoben, baute Nikomedia zu seiner bevorzugten Residenz aus und organisierte von hier aus die Christenverfolgung. Wenige Jahre später ließ Kaiser Galerius in der Stadt am 30. April 311 das Toleranzedikt veröffentlichen, das allen Menschen des Römischen Reiches erlaubte, dem Glauben anzuhängen und auszuüben, den sie sich erwählten. Kaiser Konstantin nahm

Nikomedia, eine weitläufige Residenz der Tetrachen mit Palästen und einem Amphitheater, nach seinem Sieg gegen Licinius in Besitz.

„Erst der Ärger mit den Donatisten, jetzt mit den Arianern, ich kann und will davon nichts mehr hören."

Unwillig verzog Kaiser Konstantin seine Mundwinkel nach unten und fuhr fort:

„Allein, wenn ich bedenke, wie viele Jahre ich mich mit diesen Geschichten schon befasse. Schließlich trage ich, als Pontifex maximus, die Verantwortung für die korrekte Ausübung der Kulte in meinem Römischen Reich."

„Ich kann dir nur zustimmen, Konstantin", antwortete der Bischof von Cordova.

„Es sind schon zwölf Jahre vergangen, seit in der christlichen Gemeinde von Karthago der Streit ausbrach, der zu dem Schisma, der Spaltung der Gemeinde führte: Damals warf Bischof Donatus von Caesa Nigrae seinem Amtskollegen Bischof Caecilianus von Alexandria vor, nicht von einem rechtmäßigen Bischof geweiht worden zu sein, sondern von Felix von Aptungi, einem Traditor, der schuldig war, während der Verfolgung der Christen durch Kaiser Diocletian heilige Schriften an die staatlichen Behörden ausgeliefert zu haben."

„Ich erinnere mich nur zu gut", antwortete Konstantin mit grimmiger Miene.

„Die Bischöfe entzogen Caecilianus das Bischofsamt, schlossen ihn aus der Gemeinde aus und weihten seinen Nachfolger, Bischof Maiorinus, obwohl ich Caecilianus unterstützt habe. Auf deinen Vorschlag, Ossius, riet ich Caecilianus schriftlich, sich in dieser Angelegenheit vertrauensvoll an meine hohen staatlichen Funktionsträger,

Prokonsul Anullinus und Vikar Patricus zu wenden. Das beeindruckte seine Widersacher aber nicht, denn in der Folge klagten sie bei Anullinus gegen ihn und verfassten zusätzlich eine Eingabe an mich, in der sie ihm Straftatbestände vorwarfen. Mir blieb nichts anderes übrig, als die Klage anzunehmen. Als Nächstes beauftragte ich den römischen Bischof Militates, eine Synode, ein kirchliches Gericht, ausschließlich besetzt mit Bischöfen einzusetzen, die sich mit Caecilianus´ Rechtsbrüchen auseinandersetzte, und überprüfen sollte, ob seine Weihe mit der rechten christlichen Lehre vereinbar ist. Damals war ich voller Hoffnung, dass diese überflüssige Auseinandersetzung mit dem Urteil der Synode ein für alle Mal beendet sein würde. Um die Eintracht in der Kirche wiederherzustellen, fand ich mich sogar bereit, die Entscheidung der Bischöfe zu akzeptieren, wozu ein römischer Kaiser zu keiner Zeit bereit gewesen war. Dann berief Bischof Militantes die Synode nach Roma ein und Bischöfe aus Gallia, aus den Städten Arleate, Aurun und Colonia Claudia Ara Agrippinensium und fünfzehn italienische Bischöfe nahmen daran teil. Die Synode fällte das Urteil, Caecilianus als rechtmäßigen Bischof anzuerkennen und Donatus, seinen zweiten Nachfolger nach Maiorinus, zu verurteilen. Aber wir haben uns beide getäuscht, sie gaben keine Ruhe. Die nächste Synode in dieser Angelegenheit fand in Arleate im Jahr 314 statt und bestätigte das Urteil der römischen Synode. Aber auch damit war das Problem nicht zur Zufriedenheit aller Beteiligten gelöst. Im Jahr 316 fand eine weitere Verhandlung vor dem kaiserlichen Gericht in Mediolanum statt, in der das römische Urteil zum dritten Mal bestätigt wurde. Zusätzlich fällte man ein Grundsatzurteil, das die Verbannung vieler aktiver Donatisten, Konfiszierung ihres Besitzes und Schließung ihrer Kirchen enthielt. Und dann vor vier Jahren, im Jahr 321, habe ich mich leider von Bischof Donatus, dessen Name dieser unselige Streit jetzt zu meinem Ärger trägt, beschwatzen lassen, ein Amnestiegesetz für die Donatisten zu erlassen."

Der Kaiser seufzte.

„Und jetzt die Auseinandersetzung zwischen Presbyter Arius und Bischof Alexander von Alexandria, widerlich! Dieser Streit bedroht mehr die Einheit der Kirche als der Zwist der Donatisten, denn er greift inzwischen auf die westlichen christlichen Gemeinden über. Für das Wohl, den Frieden und die Einheit des Römischen Reiches ist es unwichtig, ob Jesus von Gott geschaffen wurde, wie Arius behauptet, oder ein Mensch war, wie Alexander meint. Jetzt hat Arius mich um Hilfe angerufen. Er schreibt mir, dass er von Bischof Alexander aufgefordert wurde, sich von seiner Auffassung zu distanzieren. Und als er sich weigerte, hat Alexander eine Synode ägyptischer Bischöfe einberufen, die Arius aus der Kirche ausschloss."

Konstantin starrte böse vor sich auf den Schreibtisch.

„Ich muss die Streithammel endlich zu Ruhe bringen."

Er sah auf und fixierte Ossius.

„Ich befehle, dass du als mein Legat einen Brief nach Alexandria zu Bischof Alexander und dem Presbyter Arius bringst, in dem ich beiden mit deutlichen Worten mitteile, dass der Streit über Nebensachen pöbelhaft und eher unvernünftigen Kindern angemessen ist. Das Ganze schickt sich nicht für Priester und jeden verständigen Menschen. Wie ist es möglich, dass ein Bischof, eine Passage im heiligen Gesetz von Presbytern interpretieren lässt und sie sich dann zu eigen macht, wie Arius es tat. Und Alexander, der Dummkopf antwortet auch noch auf diesen Blödsinn. Sie müssen den Streit beenden, einander vergeben und wieder in die Gemeinschaft eintreten. Du überwachst mir, dass sich die beiden einigen. Mache ihnen unmissverständlich klar, dass ich es nicht dulde, dass der Friede und die Einheit meines Römischen Reiches durch sie gefährdet werden."

Monate später kehrte Bischof Ossius von Cordoba aus Antichia (Antakya) nach Nicomedia (Izmit) zurück und wurde von Kaiser Konstantin empfangen.

„Sei gegrüßt Ossius, was bringst du mir? Ich hoffe, du konntest diesen gefährlichen Streit in Alexandria endlich einvernehmlich beenden."

Der Bischof warf sich vor Konstantin auf den Boden, küsste den Saum seines Mantels und dankte dem Kaiser, während der ihm half, sich aufzurichten.

„Sei gegrüßt, Kaiser Konstantin", antwortete er mit gepresster Stimme und mühte sich, wieder zu Atem zu kommen.

„Leider habe ich keine guten Neuigkeiten für dich. Die in deinem Namen von mir einberufene Synode, bei der ich die Ehre hatte, den Vorsitz zu führen, hat stattgefunden."

„Und ich hoffe, die Bischöfe haben sich geeinigt und dieses Mal das Richtige beschlossen", fragte der Kaiser.

„Ich denke, das Ergebnis wird dir nicht gefallen, mein Kaiser. Die Synode beschloss, die Bischöfe, die die gleiche Auffassung wie Arius vertreten, ebenfalls zu exkommunizieren. Ich bin untröstlich Kaiser Konstantin, dass es mir nicht gelungen ist, die Parteien zu einigen, aber Streitsüchtigeres als diese Bischöfe habe ich in meinem Leben nicht erlebt. Anstatt froh zu sein, dass sie dein uneingeschränktes Wohlwollen und deine Unterstützung haben, denken sie sich immer neue theologische Spitzfindigkeiten aus."

„Es ist genug", schrie der Kaiser erregt und erhob sich so schnell und heftig von seinem Sessel, dass der ins Wanken geriet. Er stapfte die Stufen herab und begann im Audienzsaal mit ausholenden Schritten auf und ab zu gehen.

„Ich habe mit euch Allen große Geduld gehabt, jahrelang, jetzt ist es genug. Wenn diese Dummköpfe nicht allein in der Lage sind, die Einigkeit der Kirche wiederherzustellen, nehme ich diese unselige Angelegenheit in die Hand und werde diese fruchtlosen Streitereien beenden. Seit meinem Sieg gegen Licinius bin ich allein für die Kulte im Römischen Reich zuständig: Ich werde eine Synode einberufen und deren Vorsitz übernehmen."

Der Kaiser wurde etwas ruhiger, ging zurück zu seinem Sessel und setzte sich.

„Wie du weißt, halte ich diese theologischen Diskussionen für überflüssige Haarspalterei, und ich werde meine Meinung zu der Frage, ob Jesus von Gott geschaffen wurde oder ein Mensch war, nicht ändern." Lächelnd fügte er hinzu:

„Behalte es bei dir, aber ich halte Arius´ Auffassung in dieser Angelegenheit für nicht so falsch, schließlich ist bezeugt, dass Jesus als Mensch in Galiläa gelebt hat. Aber er ist auch auferstanden und gen Himmel gefahren, wozu ein normaler Mensch nicht fähig ist. Ich denke, es ist möglich, dass Jesus gleichzeitig Mensch und Gott ist, oder wie Arius sagt:

„Ein Geschöpf und ein Geschaffenes."

Und nach kurzem Nachdenken:

„Die Synode wird in Nicäa stattfinden, und dort werden wir alle Probleme lösen."

„Darf ich dir den Vorschlag unterbreiten, Konstantin, die Synode in Ankyra (Ankara) stattfinden zu lassen, wir haben dort auf dem Bischofsstuhl mit Bischof Markell einen ausgezeichneten Kirchenmann sitzen."

„Mein lieber Bischof Ossius, ich weiß, dass Markell genau wie du ein großer Gegner der Arianer ist. Aber ich will auf meiner Synode Ergebnisse erzielen, das wird aber nicht geschehen, wenn schon der Tagungsort eine der Parteien verärgert und Anhänger von Bischof Alexander aus diesem Grund nicht teilnehmen werden. Ich kann die Bischöfe nicht zwingen zu kommen, auch wenn ich es gerne täte. Außerdem gibt es außer diesem unseligen Streit viele andere anstehenden Fragen und Probleme, die wir lösen müssen, wie zum Beispiel das Datum des Osterfestes. Es ist ein Frevel, dass der Tag, an dem unser Herr Jesus vom Grabe auferstanden ist, von den Christen in meinem Römischen Reich an unterschiedlichen Tagen gefeiert wird. Auch dafür müssen wir eine Lösung finden. Nicäa ist als Tagungsort besonders geeignet: Die Stadt ist Bischofssitz und hat mit dem Metropoliten Eusebius von Nikomedia und dem Ortsbischof Theognis zwei von mir geschätzte Bischöfe. Außerdem liegt die Stadt nahe bei Nikomedia, sodass ich an der Synode teilnehmen kann, ohne viel Zeit für weite Reisen zu verlieren."

„Aber beide, Eusebius und Theognis, sind Arius gewogen. Eusebius hat Arius und seine Anhänger nach seiner Exkommunikation aufgenommen, und die von ihm einberufene Synode bithynischer Bischöfe hat die Auffassung von

Arius bestätigt und Alexander aufgefordert, ihn wiedereinzusetzen", fiel Ossius ein, seine Erregung kaum verbergend.

Der Kaiser erhob sich und lächelte den Bischof kühl an.

„Meine Entscheidung ist gefallen und endgültig. Übernehme bitte die gesamte Organisation der Synode, ich verlasse mich auf dich."

Konzil von Nicäa 325 n. u. Z.

Konstantin setzte den Termin für den Tag der Eröffnung der Synode auf den 20. Juni 325 fest. Er plante sein Thronjubiläum, das sich am 6. Mai 326 zum zwanzigsten Mal jährte, im Anschluss an die Synode zusammen mit den Bischöfen und Geistlichen des christlichen Kultes festlich zu begehen. Mit einem ehrenvollen Schreiben lud der Kaiser persönlich alle Bischöfe des Römischen Reiches nach Nicäa (Iznik) in der Provinz Bithynia in seinen Sommerpalast ein, der idyllisch an einem See lag. Jeder der Bischöfe konnte zwei Presbyter und drei Diakone mitbringen. Der Kaiser erleichterte den Bischöfen und ihren Begleitern die Reise, indem er ihnen das Privileg der evectio einräumte. Das bedeutete, dass sie als Transportmittel den Cursus puplicus, die kaiserliche Post, nutzen durften und ihnen reichlich Lasttiere zur Verfügung gestellt wurden. Außerdem stellte Konstantin für die Dauer der Synode die Verpflegung aller Teilnehmer sicher, bestimmte aber auch die Tagesordnung. An dieser ersten ökumenischen Synode nahmen mehr als zweihundertfünfzig Bischöfe teil, davon kamen nur fünf aus dem Westen des Römischen Reiches. Dort hatte die zu klärende Frage, „der Menschlichkeit oder Göttlichkeit Jesu" nicht die gleiche Relevanz wie im Osten des Reiches, denn die Kenntnis der Werke griechischer Philosophen war geringer, und es wurde aus ihnen weitaus weniger rezitiert. Die Teilnehmer des Westens waren Ossisus von Cordoba, Caecilian von Karthago, jeweils ein Bischof aus Kalabrien, Gallia, Pannonien und eine aus zwei Personen bestehende Delegation aus Roma. Besonders erfreute es den Kaiser, dass ein gotischer Bischof, ein Germane angereist war.

In der Aula des kaiserlichen Palastes hatten sich am 25. Mai 325 die Teilnehmer der Synode versammelt und erwarteten schweigend Kaiser Konstantin. Unter ihnen herrschte große Genugtuung über die Wende der Dinge. Einige trugen Wunden der Verfolgung, wie Papuntius, dem seine Folterer ein Auge ausgestochen hatten, aus dem noch immer Eiter floss. Das Kommen des Kaisers wurde durch den Eintritt seines Sohnes Crispus, der aus seiner Residenz Augusta Treverorum angereist war, und zwei Männern aus dem Kreise der gläubigen Freunde des Kaisers, Bischof Ossius von Cordova und Eusebius von Caesarea, angekündigt.

Was jetzt geschah, schrieb später Eusebius von Caesarea nieder:

„Auf das Zeichen aber, das die Ankunft des Kaisers verkündete, erhoben sich alle, und nun trat er selbst mitten in die Versammlung wie ein Engel Gottes vom Himmel her, leuchtend in seinem glänzenden Gewand wie von Lichtglanz, strahlend in der feurigen Glut des Purpurs und geschmückt mit dem hellen Schimmer von Gold und kostbarem Edelgestein. So war seine äußerliche Erscheinung; seine Seele aber war sichtlich mit der Furcht und Verehrung Gottes geziert; es deuteten auch dies seine gesenkten Augen an, das Erröten seines Antlitzes, die Art seines Ganges und seine ganze Gestalt, die an Größe ebenso alle seine Begleiter überragte wie an blühender Schönheit, an majestätischer Würde und an unüberwindlicher Körperkraft, und diese Vorzüge, mit denen sich der milde Charakter und die große Güte des Kaisers paarten, ließen seine außerordentliche Gesinnung über alle Beschreibung erhaben erscheinen. Als er aber bis zur vordersten Reihe der Plätze gegangen war und dort, wo ihm ein

kleiner Sessel aus Gold hingestellt war, mitten in der Versammlung stand, wollte er sich nicht eher setzen, als bis die Bischöfe ihn durch Winke dazu aufgefordert hatten. Dasselbe tat auch die ganze Begleitung des Kaisers. Dann erhob sich der Bischof Eusebius, der auf der rechten Seite den ersten Platz einnahm, und hielt eine ziemlich kurze Rede, in der er sich an den Kaiser wandte und seinetwegen dem allmächtigen Gott, feierlich Dank sagte. Als sich aber auch dieser gesetzt hatte, trat Stille ein; aller Augen blickten unverwandt auf den Kaiser, dieser aber sah sie alle mild mit freundlichem Blicke an, sammelte sich im Geiste, begrüßte die Teilnehmer der Synode und sprach seinen ausdrücklichen Wunsch nach Wiederherstellung der Einheit des christlichen Kultes aus."

Dann gab Kaiser Konstantin das Wort an Bischof Ossius von Cordova, an den er die Sitzungsleitung in theologischen Fragen delegiert hatte. Konstantin behielt den formalen Vorsitz der Synode als Bischof für Außenangelegenheiten und für alle Untertanen des Römischen Reiches; er erteilte den Bischöfen das Wort und fällte die Entscheidungen. Wenn der Kaiser an Sitzungen nicht teilnahm, überwachte ein hoher Palastbeamter, der Magister officiorum Philomenus, die Diskussionen und kontrollierte die von den Bischöfen abgegebenen Stimmen.

Der Streit zwischen Arius und Alexander von Alexandrien wurde nach vielen, häufig lautstarken Verhandlungen nicht beigelegt, weil Arius und seine Anhänger zu keinem Kompromiss bereit waren. Daher beschlossen die Bischöfe mit der Mehrheit ihrer Stimmen eine neue Glaubenformel, nach der Gottvater und Christus *„homoousios - wesensgleich"* seien und Christus *„gezeugt und nicht geschaffen"* worden sei. Beides stimmte nicht mit der Position des Arius und seiner Anhänger überein. Auf diese Festlegungen wurde ein von

Ossius von Cordova vorgeschlagenes Glaubensbekenntnis formuliert, das für alle Gruppierungen der christlichen Kirche verbindlich sein sollte, „das Apostolische Glaubensbekenntnis", auch „das Nizäum" genannt. Es wurde von allen Bischöfen unterschrieben. Nur zwei ägyptische Bischöfe, Theonas und Secundus, weigerten sich weiterhin, sodass Kaiser Konstantin sie zusammen mit Arius nach Illyrien verbannte. Außerdem beschloss man, Arius´ Bücher zu verbrennen, den Besitz seiner Schriften unter Todesstrafe zu stellen und ihn und seine Anhänger als Feinde der Christenheit zu bezeichnen.

Neben vielen anderen Canones (Artikel des kanonischen Rechts) wurde einvernehmlich der Termin des Osterfestes für alle christlichen Gemeinden einheitlich auf den Sonntag nach dem jüdischen Pessach-Fest und nach Frühlingsbeginn festgelegt. Die Synode, in späteren Jahren nach der Stadt, in der sie stattgefunden hatte, *„Konzil von Nicäa"* genannt, endete am 25. Juli 325 mit einem feierlichen Bankett im kaiserlichen Palast. Kaiser Konstantin feierte zusammen mit den Teilnehmern der Synode sein zwanzigjähriges Thronjubiläum, dessen außerdem in allen römischen Provinzen mit Festversammlungen gedacht wurde.

Eusebius von Nikomedia berichtete:

„Dass der Kaiser selbst ein Festmahl für die Diener Gottes veranstaltete, an dem er mit ihnen, nachdem sie Frieden geschlossen hatten, teilnahm, um durch sie damit gleichsam Gott ein würdiges Opfer darzubringen; kein Bischof fehlte an der Tafel des Kaisers. Jeder Beschreibung aber spottet, was da geschah; denn Leibwächter und Trabanten wachten, die scharfen Schwerter gezückt, rings um den Vorhof des kaiserlichen Palastes; mitten unter ihnen konnten aber furchtlos die Gottesmänner hindurchgehen und bis ins Innerste des

Palastes gelangen. Da nun lagen die einen auf demselben Polster zu Tisch wie der Kaiser, während die andern auf Polstern zu beiden Seiten ruhten. Leicht hätte man das für ein Bild vom Reiche Christi halten oder wähnen können, es sei alles nur ein Traum und nicht Wirklichkeit."

Festigung der Macht 326 – 327 n. u. Z.

„Lasst mich zu meinem Sohn, weg mit euch."

Energisch schob die alte bucklige Frau die Wachen vor der Tür von Kaiser Konstantins Schlafzimmer zur Seite.

„Ich habe ihn geboren, und ich werde jetzt mit ihm sprechen."

Mit dem Rücken zur Tür, groß und schwer, gekleidet in ein Gewand aus purpurfarbener mit Goldfäden durchzogener Seide saß der Kaiser an einem mit Papyrusrollen bedeckten Tisch und las. Langsam drehte er sich um, ein Sklave schob den pompösen Sessel zurück und er erhob sich.

„Lasst Kaiserin Helena, meine Mutter, eintreten und entfernt euch, alle!"

Erregt durchmaß die in eine verschmutzte Tunika gekleidete Frau, die Haare hingen ihr unfrisiert in das Gesicht, mit kleinen Schritten den mit farbigen Mosaiken an Wänden und Boden geschmückten Raum. Dicht vor Konstantin blieb sie stehen und trommelte mit ihren geballten Fäusten auf seine Brust.

„Wie konntest du, mein Sohn! Dein Erstgeborener, dein Nachfolger, mein innig geliebter Enkel, der bei allen Untertanen beliebte Caesar Crispus, du hast ihn töten lassen – warum nur? Du hast alle Macht der Welt errungen, du bist alleiniger Kaiser des Römischen Reiches, was hat er dir getan, dass du so gnadenlos an ihm handeln konntest?"

Die Stimme der Frau überschlug sich, während ihr die Tränen über die Wangen liefen. Kaiser Konstantin sah gleichgültig zu seiner Mutter herunter.

„Mutter, Ihr vergesst Euch. Wer gibt Euch das Recht, so respektlos mit mir zu sprechen."

„Nachdem was passiert ist, wird niemand den Mut haben, so zu dir zu sprechen, folglich muss ich, die Frau, die dich geboren hat, es tun. Du hast schon so viele Mitglieder unserer Familie in den Tod geschickt, hat das nie ein Ende? Was sagt das große göttliche Gesetz - du sollst nicht töten. Du wirst nie die große Glückseligkeit erfahren, für dich wird es keinen Platz im Himmel geben und keine Auferstehung nach dem Tode, da bin ich mir sicher."

Ermattet sank die Frau auf den Stuhl ihres Sohnes. Der Kaiser straffte seinen Körper, atmete tief durch und begann mit auf den Rücken verschränkten Händen durch das Zimmer zu gehen.

„Mutter, ich werde mit Euch nur dieses eine Mal über diese böse Angelegenheit reden, und dann nie wieder."

Er blieb vor ihr stehen und sah sie mit steinerner Miene an.

„Crispus war mir stets ein gehorsamer Sohn und dem Römischen Reich ein glänzender Caesar und Soldat, bis zu dem Tag, an dem er den Sieg über Licinius bei den Dardanellen erlangte. Seitdem wurde er immer unzufriedener, die Macht eines Caesars über den westlichen Teil des Römischen Reiches genügten ihm nicht mehr. Zuletzt hat er nach meiner Krone gegriffen."

„Das glaube ich nicht", stieß Kaiserin Helena aus, „da steckt etwas anderes dahinter."

Ohne ihren Einspruch zu beachten, sprach Konstantin weiter.

„Zu meinem Kummer musste ich vor nicht allzu langer Zeit erfahren, dass Crispus zusammen mit Getreuen, die er in den letzten Jahren um sich versammelt hat, mich, seinen Vater und Kaiser absetzen und töten wollte. Schnelles Handeln war da angezeigt. Ich habe meinen Sohn nach Pula (Pola) bringen und dort hinrichten lassen. Seine Familie und alle Mitverschwörer hat das gleiche verdiente Los ereilt."

Die alte Frau heulte auf wie ein verwundetes Tier, als sie erkannte, dass auch ihre Großnichte Helena, Crispus´ Ehefrau, und den gemeinsamen kleinen Sohn, ihren Urenkel, das gleiche traurige Schicksal wie den Vater ereilt hatte. Mit von Hass verzerrtem Gesicht wandte sie sich Konstantin zu.

„Woher hast du dein Wissen über Crispus´ Verrat, hat Fausta, deine dich liebende Ehefrau, dir über das ehrlose Verhalten deines Sohnes berichtet?"

„Mutter, lass Fausta aus dem Spiel. Wie du weißt, war sie mir stets eine treue Ehefrau und neigt nicht zum Intrigieren."

„Fausta hat schon immer ihre Interessen bei dir durchsetzen können, und da Crispus jetzt tot ist, steht ihr nur noch Constantinus im Weg, er wird der Nächste sein. Wenn Constantinus nicht mehr lebt, haben ihre Söhne das Recht dich zu beerben. Aber du bist nicht mehr jung mit deinen einundfünfzig Jahren. Du kannst bald von uns gehen, und an wem ist es dann zu herrschen? Nicht Constantius und Constans, sie sind zu jung, Fausta wird in ihrem Namen herrschen, dann hat sie es endlich geschafft."

„Sei still Mutter", erwiderte der Kaiser mit gefährlich leiser Stimme.

„Ich möchte, dass du dich in deine Gemächer zurück-
ziehst."

Die kleine Frau erhob sich aus dem Stuhl, straffte ihren
Rücken, tupfte sich mit einem Tuch die Tränen ab und
sagte:

„Ich werde in das Heilige Land reisen, nach Jerusalem, und
das Grab von unserem Heiland suchen. Wenn ich es gefunden habe, werde ich über dem Ort eine Kirche bauen
lassen und dort für deine Entsühnung beten. Möglicher-
weise wird der Herr in seiner Güte sich deiner armen Seele
erbarmen und dich trotz deiner Sünden in sein Himmel-
reich aufnehmen."

Kaiserin Helena raffte ihren Umhang zusammen und
verließ hoch erhobenen Hauptes das Zimmer. Konstantin
blieb allein zurück, ihm war nicht wohl zumute. Es war das
erste Mal in seinem Leben, dass seine Mutter so lieblos mit
ihm gesprochen hatte. Immer hatte sie zu ihm gehalten,
obwohl er manchmal geahnt hatte, dass ihr seine Entscheidungen in der einen oder anderen Angelegenheit
missfielen. Er liebte die kleine energische Frau, aber dieses
Verhalten ging eindeutig zu weit. Sie hatte kein Recht respektlos mit ihm, dem Kaiser des Römischen Reiches, zu
reden, auch wenn sie ihn geboren hatte. Immer hatte er auf
ihre Wünsche Rücksicht genommen. Ihr zuliebe hatte er in
der Vergangenheit seine Halbbrüder, die Söhne von Theodora, nur selten mit offiziellen Aufgaben beehrt, was die
ihm treu ergebenen Männer zunehmend betrübt hatte.
Sein Groll auf seine Mutter wuchs, und er beschloss, ab
sofort keine Rücksicht mehr auf sie zu nehmen: Seine
Halbbrüder, Julius Constantius und Flavius Dalmatius,
würden ihn nach Roma zur Feier seiner Dezenalien beglei-

ten. Außerdem würde er sie mit ehrenvollen Aufgaben betrauen. Langsam setzte er sich und atmete erleichtert mit dem wohltuenden Gefühl aus, sein Leben wieder in den Griff zu bekommen. In der Nacht suchte er Fausta auf, und ihre Vereinigung war leidenschaftlich wie in ihrer Jugend.

Aber Konstantins Ruhe war nur von kurzer Dauer. Schon zwei Tage später in der Mittagshitze bat seine Halbschwester Constantia um eine Audienz. Am liebsten hätte er sie abgewiesen, aber er kannte sie, es wäre ihr trotzdem gelungen, zu ihm zu gelangen. Konstantin erschrak, seine attraktive Schwester war über Nacht zu einer alten Frau geworden, oder hatte er in der Vergangenheit ihren körperlichen Verfall nicht bemerkt? Vor nicht einmal einem Monat hatte er sie das letzte Mal getroffen und sie war mit ihren einunddreißig Jahren von fast derselben strahlenden Schönheit, wie zur Zeit ihrer Hochzeit mit Licinius im Jahr 313. Jetzt kam sie mit schlurfenden Schritten und gebeugten Schultern auf ihn zu. Als sie ihre Kopfbedeckung zurückschlug, sah er, dass ihr schwarzes Haar von weißen Strähnen durchzogen war. Ihre ehemals regelmäßigen Züge wirkten verzerrt und die Gesichtsfarbe hatte die graue Farbe Sterbender. Er hinderte sie daran, vor ihm niederzufallen, und führte sie zu einem kleinen Stuhl. Lange schwieg sie, dann hob sie mit leiser Stimme an, zu sprechen.

„Warum Bruder, warum, er war doch nur ein kleiner Junge, grade zwölf Jahre alt."

Was sollte er sagen, die Wahrheit, dass auch ein kleiner Junge ihm in nicht allzu ferner Zukunft den Thron entreißen könnte - sie würde es nicht verstehen, sie war seine

Mutter. Für sie würde Licinius Licianus immer der Junge mit den goldenen Haaren und dem fröhlichen Lachen bleiben, auch wenn er sich zu einem verschlagenen Mann entwickeln hätte, der nicht ruhte, bis er seinen Vater, Licinius, gerächt und die Alleinherrschaft im Römischen Reich an sich gerissen hätte. Eine Lüge war hier angebrachter wie die Wahrheit.

„Meine Liebe, wovon sprichst du?"

„Ach, Konstantin, du könntest wenigstens zu deinen Taten stehen."

„Ich hatte keine andere Wahl, Constantia."

„Man hat immer eine Wahl, Konstantin, erst recht als mächtiger Kaiser", antwortete sie, erhob sich, warf ihm einen letzten, ihren Schmerz, ihre Müdigkeit und ihre Resignation spiegelnden Blick zu und verließ den Raum, ohne seine Erlaubnis sich zu entfernen, abzuwarten. Konstantin fühlte eine Niedergeschlagenheit in seiner Brust aufsteigen, die er vergeblich versuchte zu beherrschen. Die Tränen schossen ihm in die Augen, und er fing hemmungslos an; zu weinen. Warum waren alle gegen ihn - es war doch seine Familie! Alle hatten von seiner Macht und Großherzigkeit profitiert: mit Gold, Edelsteinen, riesigen Ländereien und Villen an den herrlichsten Orten des Römischen Reiches hatte er sie beschenkt. Aber es war nicht genug gewesen. Sie alle hatten sich um Crispus geschart, den jungen, strahlenden Caesar, der mehr als alles auf der Welt die Macht seines Vaters begehrte, und alle wollten einen Kaiser Crispus, sogar seine Mutter und Constantia. Konstantin trocknete seine Tränen und straffte die Schultern, aber sie würden keinen Kaiser Crispus bekommen, er war tot, tot mit allen seinen Getreuen. Er beschloss Constantia zum Trost für ihren Verlust den Titel „nobilissima femina" (Edelste Dame) zu verleihen, das würde sie freuen und ihren Kummer ein wenig vergessen lassen. Und er könnte den Hafen der Stadt Gaza nach ihr benennen, diese Ehre würde ihren Schmerz, so hoffte er, endgültig lindern.

Konstantins letzten trotzigen Gedanken folgte wieder Verzagtheit; denn das Schlimmste stand ihm womöglich bevor - Daphne.

Sie wird wie die anderen zu mir kommen, dachte er. Vermutlich nicht aufgelöst in Tränen wie Constantia oder ängstlich um mein Seelenheil bangend wie Mutter. Sachlich und kalt wird sie mir die Gefolgschaft kündigen. Nur der Gedanke bescherte ihm erneut ein flaues Gefühl in der Magengegend. Fabius´ Tod war vielleicht nicht notwendig gewesen, was konnte ihm der bösartige Tor schon anhaben, aber sein Tod war gerecht. Bestimmt war er es gewesen, der Crispus den Appetit auf die Krone ins Herz gesetzt hatte, oder alle zusammen, die sein ältester Sohn um sich versammelt hatte – Fabianus und die anderen Freunde.

Er, der Kaiser, hatte alle Verräter in Pola hinrichten lassen. Gift hatte seinem Sohn das Sterben leicht gemacht, die anderen gestanden den Verrat unter der Folter. Aber jetzt musste er mit Daphne fertig werden. Sie wird von mir wissen wollen, wo die sterblichen Überreste ihres Sohnes bestattet sind. Was soll ich ihr sagen - ich weiß es nicht. Auf seine Anordnung waren alle Verräter irgendwo in der Provinz Dalmatia verscharrt worden.

Jetzt bleibt mir noch, über Crispus die damnatio memoriae aussprechen - ihn zu verfluchen und sein Andenken für alle Ewigkeit tilgen - dann wird wieder Ruhe in mein

Leben und in das Römische Reich einkehren. Ich habe den Schmerz von Mutter und von Constantia ertragen, Daphne ist nur eine unwichtige Frau und Untertanin, der getreue Vitruv wird mein Handeln, das eines großen Kaisers, verstehen.

Aber es gab keine Auseinandersetzung mit Daphne – sie kam nicht.

Daphne erhielt die Nachricht vom Tod ihres Sohnes Fabius auf ihrem Landgut an der Mosella. Nach zwei Jahren anstrengender Arbeit, in denen sie den Aufbau der sozialen Einrichtungen in Constantinopolis unermüdlich vorangetrieben hatte, schiffte sie sich kurz entschlossen ein, die Sehnsucht nach ihren Enkelkindern war immer größer geworden. Die Winde standen günstig, sodass sie Porto schnell erreichte und sofort weiter nach Roma reiste, ohne sich in Ostia in der Handelsniederlassung der Familie von der Seereise auszuruhen. Dort betete sie in der prächtigen Lateranbasilika, die Kaiser Konstantin gleich nach der gewonnenen Schlacht an der Milvischen Brücke hatte erbauen lassen.

Nachdem Claudia über das Eintreffen ihrer Mutter auf dem Landgut an der Mosella informiert worden war, suchte sie Daphne dort auf. Claudia war mit ihren achtunddreißig Jahren keine junge Frau mehr, und es war ihr anzusehen. Nicht nur die vergangenen Jahrzehnte, dazu die vielen Geburten hatten sie zu einer dicken, glücklichen Matrone werden lassen. Sie liebte ihre Kinder, acht von ihnen hatten das Säuglings- und Kleinkindalter überlebt, und sie war nach wie vor in der Ehe mit Lucullus, dessen Bauch im Laufe der Jahre die Form eines Fasses angenommen hatte, glücklich. Die Ehe mit Africanus hatte sie fast vergessen, selbst an ihren ältesten Sohn Constantinus dachte sie selten. Wenn sie sich an die aufregende Zeit ihrer Schwangerschaft und Geburt ihres Sohnes in Arleate erinnerte, erschien ihr alles, so unwirklich, als wäre es nur ein Traum gewesen. Wenn sie eine Münze mit dem Bild von Constantinus in der Hand hielt, konnte sie kaum glauben, dass sie vor langer Zeit den abgebildeten Kaisersohn geboren hatte. Einen Wermutstropfen gab es in ihrem Leben, das war die Krankheit von Lucullus: Er litt an süßem Urin, und seine Füße schmerzten unablässig, was ihn zwang, seine Aktivitäten in der Weinherstellung aufzugeben. Da hatte Claudia die Zügel des Familiengeschäftes in die Hand genommen, was zu Tratschereien in der Gesellschaft von Augusta Treverorum Anlass gegeben hatte. Das Gerede ging über, „Arbeit ist ihres Standes nicht würdig", bis zu, „eine arbeitende Frau ist keine richtige Frau", und, „warum lässt sie die Arbeit nicht, wie es sich gehört, von ihren Verwaltern machen".

Aber Claudia und Lucullus hörten nicht auf das Geschwätz, denn Claudia arbeitete außergewöhnlich erfolgreich und vermehrte mit ihren Geschäften das Familienvermögen. Lucullus, der, immer umgeben von einigen seiner Kinder, gemütlich auf einer Kline lag, im Sommer im Park des großen Landguts, im Winter im wohlig beheizten Winterzimmer der Villa in Augusta Treverorum, war stolz auf seine tüchtige Frau. Währenddessen sie in Geschäften unterwegs war, ließ er es sich mit opulenten Mahlzeiten und Wein von den eigenen Weinbergen gutgehen, ohne auf die Warnungen der Ärzte zu hören, die ihm eindringlich zur Mäßigung rieten.

Es war früher Nachmittag, als Claudia eilig das Schlafzimmer von Daphne betrat. Daphne hatte die lange Reise dermaßen erschöpft, dass sie neun Stunden durchgeschlafen hatte. Jetzt stand sie die Augen reibend langsam auf und legte sich ein wollenes Tuch um die Schultern, um sich vor der Morgenkühle zu schützen.

„Claudia, mein Kind, ich freue mich, dich zu sehen. Der Bote, der dir die Nachricht von meiner Rückkehr gebracht hat, muss geflogen sein, du hättest dir mehr Zeit lassen können."

„Mutter", Claudia trat dicht an Daphne heran und nahm sie in den Arm „„ „ich bringe schlechte Nachrichten."

„Hast du Nachricht von Vater, er fühlte sich nicht wohl, als ich Constantinopolis verließ."

„Nein, von Vater haben wir keine Nachricht, aber von Fabius."

„Mein Gott, was hat der Junge jetzt schon wieder angestellt", stöhnte Daphne.

„Mutter, bitte setzt dich", sagte Claudia und führte Daphne zu einem Stuhl.

„Behandle mich nicht wie eine alte Frau, sondern sage mir, was los ist."

Claudia rang um Fassung und sagte dann leise:

„Fabius ist tot, er ist in Pola zusammen mit Crispus und vielen ihrer Freunde hingerichtet worden."

Daphne sah ihre Tochter verständnislos an.

„Wieso hingerichtet und mit Crispus? Fabius kann ein sehr böser Junge sein, aber er ist schlau und er hängt am Leben. Er würde nie etwas tun, wofür er getötet werden könnte."

„Laktanz, der ehemalige Lehrer von Crispus und Fabius, war vor zwei Tagen bei mir. Er kam in der Morgendämmerung, nur von einem Sklaven begleitet, in unser Haus gehuscht und erzählte aufgeregt, dass er vor Sorge die ganze Nacht kein Auge zugetan hätte. Soldaten seien am Abend zuvor auf Befehl Kaiser Konstantins in den Palast eingedrungen und haben Helena, Crispus´ Ehefrau und ihren kleinen Sohn gefangen genommen."

Betrübt hatte der alte Mann Claudia weiter berichtet:

„Helena hat mich sofort rufen lassen, um ihr zu helfen, aber der Kommandant der Soldaten konnte einen schriftlichen Befehl des Kaisers vorweisen. Zu meinem großen Kummer waren mir damit die Hände gebunden. Gott sei gedankt, kenne ich den Kommandanten aus Nikomedia, er ist einer von uns; wenn es damals sein Dienst erlaubte, hat er den Gottesdienst besucht. Als er meine große Bestürzung und Helenas Angst sah, nahm er mich beiseite und erzählte mir, dass unser Caesar Crispus mit vielen seiner Freunde nach Pola gebracht worden ist und dort den Tod gefunden hat. Auf meine Frage, wohin Helena und der unschuldige Junge verschleppt werden, konnte oder wollte er mir keine Antwort geben."

„Aber wieso denkst du, dass ebenfalls Fabius in Pola ermordet wurde", fragte Daphne.

„Weil ich Crispus und Fabius zusammen mit ihren Freunden nach Roma habe abreisen sehen, sie hatten vor, dort an den Feiern zu Kaiser Konstantins zwanzigjährigem Thronjubiläum teilzunehmen."

„Das bedeutet nicht, dass Fabius gefangen genommen wurde, und, dass er tot ist."

„Mutter, der Kommandant hatte den Befehl nicht nur Helena und das Kind festnehmen, er hat auch Crispus, seine Freunde und meinen Bruder gefangen genommen und nach Pola gebracht. Der Mann ist glaubwürdig.“

„Was wollten sie überhaupt in Roma“, fragte Daphne verwirrt?

„Mutter, dir muss doch zu Ohren gekommen sein, dass der römische Senat brüskiert darüber war, dass der Kaiser sein dreißigjähriges Thronjubiläum im letzten Jahr nicht in Roma, sondern in Nikomedia gefeiert hat. Um den Frieden mit dem römischen Senat zu wahren, lenkte Konstantin letztendlich ein. Er beschloss, das Jubiläum in diesem Jahr noch einmal in der Capitale am Tiberis zusammen mit allen Familienmitgliedern zu feiern; sogar die Söhne von Theodora sollten daran teilnehmen, obwohl Kaiserin Helena ihre Gegenwart bei allen Feierlichkeiten bisher verhindert hat.“

„Natürlich Claudia, die Dezenalienfeier in Roma, du hast es eben erzählt. Aber sage, wie ist Fabius zu Tode gekommen?“

„Der Kommandant wusste mit Bestimmtheit, dass Crispus vergiftet wurde. Durch Zufall sah er, wie Soldaten Fabius und die anderen tot auf einen Wagen geladen haben. Er erkannte Fabius aufgrund seiner blonden Mähne.“

Daphne schlug die Hände vor das Gesicht, stand auf, ging taumelnd zum nächsten Stuhl und umklammerte die Lehne, um sich zu stützen.

„Mutter, setzt dich wieder“, sagte Claudia, ging zu Daphne und drückte sie sanft auf den Stuhl.

„Dein Vater und ich haben Fabius immer wieder gewarnt“, sagte Daphne mit leis.

„Seit dem Sieg über Kaiser Licinius hat er darüber lamentiert, dass Crispus Anrecht auf mehr Ehren und Macht habe. Nur Caesar unter seinem Vater, das sei zu wenig, denn ohne den Sieg von Crispus vor den Dardanellen hätte der Kaiser den Krieg nicht gewonnen. Auch war dein Bruder der Meinung, dass Kaiser Konstantin wie die Kaiser der Tetrarchie nach zwanzig Dienstjahren die Kaiserwürde abzutreten habe. Ich kenne den Kaiser schon viele Jahre, es war nur eine Frage der Zeit, bis solch gefährliches Gerede ihm zu Ohren kommen würde. Konstantin lässt sich seine über Jahrzehnte errungene Macht nicht aus den Händen nehmen, schon gar nicht wegen überholter Regeln der Tetrarchie. Kaiser Diocletian ist als einziger Herrscher der Tetrarchie nach zwanzig Jahren Herrschaft freiwillig abgetreten. Schon Kaiser Maximian griff nach seiner erzwungenen Abdankung wiederholt wieder nach der Macht. Crispus war ein so liebenswertes Kind, das zu einem hervorragenden Mann und Soldaten herangewachsen war, er wäre nach dem Tod von Konstantin ein guter Kaiser geworden. Ich kann nicht glauben, dass er seinem Vater die Kaiserwürde entreißen wollte. Aber dein Bruder, Gott hab ihn selig, war bisweilen wie ein böser Geist, ich mag mir nicht vorstellen, welche Rolle er in dem Drama gespielt hat."

„Mutter, wir werden den Hergang der Geschichte vermutlich nie erfahren. Aber Fabius´ sterbliche Überreste sollten wir nach Hause holen und ihn hier auf dem Landgut bei seinen Brüdern begraben. Wenn sich alles beruhigt hat, wird sich Lucullus um die Überführung von Fabius kümmern."

„Ich danke dir, Claudia. Ich möchte jetzt etwas ruhen und dann deinem Vater schreiben und ihm den Tod von Fabius mitteilen. Es wird schwer für ihn werden, er hat ihn geliebt."

Kaiserin Helena in Nikomedia gab keine Ruhe. Nach wenigen Tagen, in denen ihr Kummer über den Tod ihres Enkels Crispus, den sie innig geliebt und in Augusta Treverorum aufgezogen hatte, immer größer wurde und gleichzeitig der Zorn auf ihre Schwiegertochter Fausta an ihr fraß, suchte sie erneut ihren Sohn auf.

„Mutter, ich liebe und achte dich, aber ich will nichts mehr über die Angelegenheit hören", sagte Konstantin abweisend, als Helena wieder in Tränen ausbrechend begann, über den Tod ihres Enkels zu reden.

„Du bist blind, mein Sohn. Nicht Crispus wollte deine Macht, sondern Fausta will sie. Ich denke, sie sinnt sogar auf deinen Tod."

„Mutter, dein Hass auf Fausta nimmt langsam groteske Züge an, ich möchte davon nichts mehr hören. Was Fausta mir über die Verschwörung gegen mich berichtet hat, entspricht der Wahrheit, alle Freunde von Crispus haben das unter der Folter gestanden."

„Ich habe dich für klüger gehalten, mein Sohn. Du musst doch wissen, dass fast jeder Mensch alles unter der Folter gesteht, unabhängig davon, ob es der Wahrheit entspricht oder nicht."

„Mutter, zieh dich sofort zurück."

„Wenn du denkst, ich lüge, höre Clepsina, Faustas Skavin, an", antwortete Helena.

„Clepsina ist Fausta immer treu ergeben gewesen, sie ist mit ihr zusammen in Roma aufgewachsen, und Fausta hat sie bei eurer Heirat mit nach Augusta Treverorum gebracht."

„Mutter, ich weiß, wer Clepsina ist. Fausta macht keinen Schritt ohne sie, sie schläft sogar vor Faustas Bett. Ich verstehe nicht, wieso diese Freigelassene sich dir anvertraut hat, sie kennt dich kaum."

„Es stimmt, Clepsina war Fausta immer treu ergeben, aber sie kannte auch Crispus aus Augusta Treverorum. Und sie liebte ihn wie viele Menschen und kann seinen Tod nicht verwinden."

Der Kaiser seufzte:

„Also gut, lass Clepsina kommen."

Kurz blitzte Triumph in Helenas Augen auf, und sie rief die Sklavin herein, die von Soldaten bewacht vor der Tür wartete. Totenblass fiel Clepsina vor dem Kaiser auf die Knie. Auf Aufforderung von Kaiser Konstantin erzählte sie mit tonloser Stimme, nur durch heftiges Schluchzen unterbrochen, dass Fausta in der Vergangenheit viele Male darüber gesprochen hatte, wie wütend es sie macht, dass Crispus, und nicht ihre Söhne den Thron besteigen würden, und dass sie das zu verhindern wüsste. Ruhig, mit unbeweglichem Gesicht, hörte der Kaiser sich den Bericht der Sklavin an. Nachdem er lange geschwiegen hatte, gab er den Wachen einen Wink und sie führten Clepsina ab. Dann stand der Kaiser auf, und ohne seine Mutter eines weiteren Blickes zu würdigen, verließ er den Raum.

Helena blieb allein zurück. Ein zufriedenes Lächeln glitt über ihr Gesicht, sie straffte sich, raffte ihren Mantel zusammen und ging langsam zurück in ihre Gemächer. Dort nahm sie ein heißes Bad, trank unverdünnten süßen Wein und ließ anschließend ihren alten Körper von zwei schönen, jungen Sklaven mit Rosenöl massieren.

In der folgenden Nacht machte Konstantin kein Auge zu. Wie ein Löwe im Käfig lief er durch sein Arbeitszimmer und bekam den Gedanken nicht aus dem Kopf: Konnte es sein, dass Fausta seinen Tod wollte? Als die Sonne aufging, hatte er eine Entscheidung getroffen, er gab den Befehl, die Tür des Badesaals zu verschließen, während Fausta ihr morgendliches Bad in der Therme nahm, und das Bad so lange anzuheizen, bis ihr Tod eingetreten war. Und so geschah es. Kaiserin Fausta erstickte zusammen mit ihren Sklavinnen.

 Clepsina überlebte ihre Herrin nur um wenige Stunden, man fand sie erdrosselt im Garten des Palastes. Aber nicht nur Herrin und Sklavinnen fanden den Tod. Alle, die an der Ermordung von Kaiserin Faustas beteiligt waren, die Heizer, die Sklaven der Therme und ihre Leibsklaven starben innerhalb der nächsten Tage durch Gift oder wurden von Unbekannten erschlagen.

In den folgenden Wochen fand in den Räumen Kaiserin Helenas mit den christlichen Beratern des Hofes ein Gespräch nach dem anderen statt. Um die Schuld zu sühnen, die der Kaiser mit den Morden an seinen engsten Familienmitgliedern auf sich geladen hatte, rieten die geistlichen Herren Helena hinter vorgehaltener Hand, in allen Provinzen des Römischen Reiches christliche Gotteshäuser errichten zu lassen.

Kaiser Konstantin, der bisher nicht auf den Gedanken gekommen war, Unrecht gehandelt zu haben, letztendlich war er und nicht sein Sohn Crispus der von Gott auserwählte Kaiser, hielt es in Anbetracht der verhaltenen Stimmung, die gegen ihn unter seinen engsten Beratern und nicht nur den christlichen herrschte, für klüger einzulenken. Auf Anraten von Bischof Eusebius stellte er seiner Mutter unbegrenzte Mittel für ihr Vorhaben zur Verfügung.

In den folgenden Jahren entstanden überall im Römischen Reich prächtige Gotteshäuser, zuerst in Roma. Dort hatte Kaiser Konstantin schon kurz nach seinem Sieg über Maxentius auf einem Gelände der von ihm aufgelösten Prätorianergarde und einem anliegendem Grundstück der römischen Familie Laterani die Lateranbasilika erbauen lassen und mit ausgesuchten liturgischen Geräten aus Gold, Silber und Edelsteinen ausgestattet. Im Jahr 324 folgte auf dem ager vaticanus, dem Vatikanhügel, zu Ehren des heiligen Petrus über seinem Grab die fünfschiffige Petersbasilika. Zu Zeiten der Kaiser Caligula und Nero waren dort ein Palast und ein Zirkus erbaut worden, und, um beides schnell zu erreichen, eine Brücke über den Tiberis. Auch entstanden jetzt Memorialbasiliken für christliche Märtyrer auf Friedhöfen an den Ausfallstraßen der Stadt.

In Augusta Treverorum ließ Kaiserin Helena den Teil des kaiserlichen Palastes abreißen, in dem Crispus einen Großteil seiner Jugend verbracht hatte, und schenkte das Gelände der Christengemeinde der Stadt. Schon im Jahr 327 begann der Bau einer Bischofskirche, die sich im Laufe der Jahre zu einer mehrgliedrigen, nach Osten ausgerichteten Doppelkirchanlage entwickelte.

Noch im Jahr 326 schiffte sich die inzwischen sechsundsiebzig Jahre alte, aber noch vitale Augusta mit großem hauptsächlich aus christlichen Geistlichen bestehendem Gefolge nach Judäa ein. In Jerusalem empfing sie der römische Statthalter mit allen Ehren, die einer Kaiserin des Römischen Reiches zustand. Im Jahr 328 begann der Bau der Grabeskirche in Jerusalem. Nach einem Besuch Zyperns, wo sie Klöstern beträchtliche finanzielle Mittel zur Verfügung stellte, kehrte Kaiserin Helena im Frühjahr 329 nach Nikomedia zurück.

Nachdem sie ihrem Sohn über die erfolgreiche Reise berichtet hatte, zog sie sich in ihr Haus zurück, um sich auszuruhen. Aber die Ruhe bekam ihr nicht – sie wurde schwächer und konnte nach kurzer Zeit nur noch selten das Bett verlassen. Kaiserin Helena starb am 18. August 329 in Nikomedia. Mit großem Gepränge wurde sie nach Roma überführt und in einem mit Schlachtszenen geschmückten Sarg aus Porphyr in einem Mausoleum (Tor Picnattara), das ihr Sohn vor dem Sieg über Kaiser Licinius für sich und seine Familie an der Kirche für Marcellinus und Petrus an der Via Labicana erbaut hatte, bestattet.

Grundsteinlegung Constantinopolis 328 n. u. Z.

Im Jahr 328 fand die Grundsteinlegung von Constantinopolis nach traditionellem römischem Ritus statt. Um die Götter mild zu stimmen, beauftragte Kaiser Konstantin den neuplatonischen Philosophen Sopatros von Apameia, ein geeignetes Datum für den großen Tag zu finden. Mehrmals befahl der Kaiser den Vorzeichendeuter Praetextatus zur Audienz, ein weiterer Astrologe erstellte ein Horoskop und Auguren verkündeten das Wohlwollen der Götter, nachdem sie den Flug der Vögel beobachtet hatten. Zusammen mit vielen Honoratioren nahmen Vitruv und Daphne an der Zeremonie teil. Noch am selben Tag schilderte Daphne in einem Brief ihrer Tochter Claudia den Ablauf der Zeremonie:

„Unter Assistenz paganer Priester führte unser Kaiser die limitatio aus: Als oberster Priester des Römischen Reiches umschritt er mit einem Speer die neuen Grenzen der Stadt. Die Fläche von Constantinopolis ist jetzt dreimal so groß wie die des alten Byzantion. Und stell dir vor, liebe Claudia, man erzählt sich, dass die Begleiter, die nahe bei dem Kaiser schritten, die Ausdehnung der neuen Stadt übertrieben groß fanden. Aber der Kaiser hat auf ihre Frage:

„Bis wohin noch, Herr", geantwortet, „mich führt eine himmlische Macht, ich werde so lange gehen, bis der, der vor mir geht, stehen bleibt."

Aber dein Vater und ich haben das nicht gehört, obwohl wir in der Nähe des Kaisers mitliefen."

Tod von Vitruv 329 n. u. Z.

Zwei Monate nach Tod von Kaiserin Helena starb Vitruv im hohen Alter von neunundsiebzig Jahren. Es war kein friedlicher Tod, sondern ein qualvolles, tagelanges Sterben. Sein Atem war in den letzten Jahren schwächer geworden, sodass es ihm immer schwererfiel, den Aufbau von Constantinopolis zu lenken. Die letzten zwei Lebensjahre hatte er liegend auf einer Kline verbracht, im Winter in seinem Schlafzimmer und von den ersten warmen Tagen an auf der Dachterrasse der Stadtvilla, wo der frische Wind des Marmarameeres ihm das Atmen erleichterte.

Nach paganer Sitte verbrannte sein Leichnam in Anwesenheit von Kaiser Konstantin und der gesamten kaiserlichen Familie auf einem Scheiterhaufen. Auf seinen ausdrücklichen Wunsch brachte Daphne seine Asche in seine Heimatstadt Sirmium, wo er in einem monumentalen Grabmal die letzte Ruhe fand.

Daphne war froh, als alles vorüber war, Vitruvs Krankheit hatte sie seelisch angestrengt. Obwohl ihre Liebe zu ihrem Ehemann schon vor vielen Jahren gestorben war, tat es ihr weh, ihn derart schwer und lange leiden zu sehen. Die Reise zu seinem Begräbnis hatte sie weiter ermüdet, obwohl es sie freute, Claudia wiederzusehen, die die letzten Lebenstage ihres Vaters an seinem Bett wachte und ihre Mutter zur Beisetzung begleitete.

„Mutter, komm mit uns zurück nach Augusta Treverorum. Vater ist tot, was willst du allein in Constantinopolis.“

„Claudia, ich bin ein Mitglied des Hofes und kann die Stadt nicht ohne kaiserliche Genehmigung verlassen und nicht zurückkehren", antwortete Daphne.

Claudia drang nicht länger in ihre Mutter, denn nicht weit entfernt von Constantinopolis lag Nikomedia, wo ihr Sohn Constantinus im kaiserlichen Palast aufwuchs. Mit Einverständnis von Kaiser Konstantin hatte Daphne ihren Enkel dort in den letzten Jahren regelmäßig besucht. Es hatte Claudia glücklich gemacht, durch die Briefe ihrer Mutter, die in kurzen Abständen an der Mosella eintrafen, am Heranwachsen ihres Sohnes teilzuhaben. Bald würden die kaiserlichen Prinzen in den fertiggestellten Palast von Constantinopolis einziehen, und es damit für ihre Mutter noch einfacher sein, Constantinus zu sehen.

Noch vor Beginn der Herbststürme im Mare nostrum verließ Claudia Constantinopolis und fragte sich, ob sie ihre Mutter noch einmal im Leben wiedersehen würde.

Rückkehr 338 n. u. Z.

Schweren Herzens ritt Germanicus mit seinem Gefolge über die Römerbrücke in die Stadt Augusta Treverorum ein. Das Stadthaus der Familie gegenüber der Barbatherme bewohnte jetzt Claudia, Daphnes Tochter mit ihrer großen Familie. Der freundliche Lucullus war schon vor vielen Jahren, tief betrauert von seiner Ehefrau, den Kindern und Enkeln, gestorben - die Törtchen und der Wein hatten ihm häufig zu gut geschmeckt.

Marcus lebte mit seiner Familie in Roma. Er war mit seinem Leben nicht zufrieden gewesen, seine Ehefrau hatte sich mit den Jahren zu einer strenggläubigen Christin entwickelt. Nachdem er mit ihr zehn Kinder gezeugt hatte, von denen sechs am Leben geblieben waren, bestand sie darauf, mit ihm in einer Josefsehe zusammenzuleben. Das erzürnte ihn erheblich, denn er fühlte sich zu jung, um ohne körperliche Liebe zu leben. Da erinnerte er sich an die kleine Germanin, die er bei seiner Heirat in Augusta Treverorum zurückgelassen hatte. Jetzt ließ er sie nach Roma kommen und richtete ihr ein großzügiges, bequemes Haus ein, in dem er mit ihr zusammenlebte. Seine Ehefrau hielt dieses Arrangement für Sünde. Er besuchte sie, wenn sie es wünschte, was selten vorkam, denn meistens war sie damit beschäftigt zu beten.

Außer der ermordeten Angelica waren Claudias Töchter alle vorteilhaft mit Söhnen alteingesessener und reicher Familien der Elite von Augusta Treverorum verheiratet. Sie hatten Claudia zur Großmutter unzähliger Enkel und Enkelinnen gemacht, die das Stadthaus der Familie bevölkerten, wenn es Feste zu feiern gab, Spiele im Amphitheater oder Pferderennen auf der Rennbahn veranstaltet wurden.

Störrisch wie ihre Mutter in ihrer Jugend hatte sich Angelica geweigert, einen Mann zu heiraten, den ihre Eltern ihr ausgesucht hatten. Letztendlich wählte sie einen knorrigen Weinbauern von der Mosella, den sie liebte und der ihre Liebe erwiderte. Mehr als Angelika liebte der Mann seine Weinberge. Das nahm Lucullus derart für ihn ein, dass er Angelica, gegen Claudias´ Willen, die den Auserwählten ihrer Tochter für nicht standesgemäß hielt, als Mitgift einen nicht unerheblichen Teil seiner Weinberge mit in die Ehe gab. Davon war wiederum, der Bräutigam dermaßen entzückt, dass er von dieser Zeit an Angelica mehr liebte als seine Weinberge.

Jetzt stand die Saturnalienfeier vor der Tür, und in dem großen Haus waren alle Betten von Claudias Töchtern, deren Ehemännern und Kindern belegt. Als Germanicus auf das Anwesen ritt, verbreitete sich in Windeseile die Nachricht von seiner Ankunft. Die ganze Familie und die Hausklaven kamen aus dem Haus gerannt und begrüßten ihn stürmisch.

„Germanicus, ich freue mich, dass du wohlbehalten von deiner langen Reise zurückgekehrt bist, wir haben alle sehnsüchtig auf meine Mutter und dich gewartet. Aber wo ist sie?"

Claudia drehte sich suchend nach dem Wagen um.

„Hast du sie nicht mitgebracht?"

„Liebe Claudia, lass mich erst einmal zu Atem kommen, bevor ich anfange zu erzählen."

Germanicus hatte den Satz noch nicht beendet, als vier kleine Mädchen und drei Jungen, die bisher artig, aber ungeduldig herumhopsend in der Tür gestanden hatten, auf ihn zustürmten. Die Kleinsten hängten sich an seine Beine, eine sprang auf seinen Arm, eine andere hing an seinen Hals, und die kaum ein Jahr alte Julia stolperte hastig auf wackligen Beinen auf ihn zu, fiel hin und fing wütend an zu schreien.

„Ihr Racker, habt ihr euren Müttern auch keinen Ärger gemacht, während ich auf Reisen war? Aber was frage ich", sagte er lachend, „vermutlich habt ihr ständig Schande über dieses Haus gebracht. Komm Claudia, lass dich umarmen, und wenn diese kleinen Furien mich loslassen, will ich euch alles erzählen."

Nachdem die Mädchen und Jungen nur widerstrebend Germanicus losließen und auf einen Wink von Claudia von ihren Sklavinnen ins Haus gebracht wurden, ging Germanicus mit Claudia und ihren Töchtern in das Empfangszimmer, und setzte sich umringt von ihnen auf eine Bank, die mitten im Raum stand. Er nahm einen kleinen Schluck von dem von Haussklavinnen servierten Wein, einen Bissen vom Brot und begann zu erzählen.

„Meine Lieben, ich habe leider unseren gemeinsamen Wunsch, deine Mutter, eure Großmutter und meine verehrte Herrin, zurück nach Augusta Treverorum zu holen, nicht erfolgreich zu Ende bringen können. Schon bei unserer Abreise aus Constantinopolis war die Gesundheit der Herrin angegriffen. Aber sie hat auch diese Prüfung, wie ihr ganzes aufregendes Leben, ohne Klagen auf sich genommen. Von Tag zu Tag wurde sie schwächer, und kurz vor Roma hat sie uns für immer verlassen, um heim zu ihrem Herrgott zu gehen."

Claudia starrte Germanicus verwirrt an. Als sie endlich den Sinn seiner Worte verstand, verlor sie alle Farbe aus dem Gesicht und wäre zu Boden gefallen, hätte er sie nicht geistesgegenwärtig aufgefangen. Cornelia, Claudias zweitälteste Tochter, gab schnell zwei Sklaven einen Wink, die Claudia vorsichtig hochhoben, sie in ihr Zimmer trugen und auf das Bett legten. Nach kurzer Zeit kam Claudia wieder zu sich und ließ Germanicus zu sich rufen. Sie setzte sich auf und zeigte auf einen Stuhl neben ihrem Bett, auf den Gemanicus sich niederließ.

„Wo ist der Leichnam meiner Mutter jetzt?"

„Sie hat kurz vor ihrem Tod verfügt, in Roma begraben zu werden, im Mausoleum ihrer Familie, auf dem Friedhof nahe der Petersbasilika. Dein Bruder Marcus hat die Beerdigung organisiert."

„Warum habt ihr mich nicht benachrichtigt, ich wäre nach Roma gereist, um an der Beerdigung teilzunehmen."

„Aber Claudia, wir haben Hochsommer, wir hätten nicht so lange mit der Beisetzung warten können, bis du Roma erreicht hast."

Claudia machte ein unglückliches Gesicht und fragte:

„In welcher Kirche fand die Trauerfeier statt?"

„In der wunderbaren Petersbasilika. Monsignore Paulus, der persönliche Sekretär von Bischof Alexander von Roma, war uns in allem behilflich. Zudem hat er dafür Sorge getragen, dass der Bischof die Trauerfeier zelebriert hat."

„Das ist er meiner Mutter schuldig. Ihr Leben wäre anders verlaufen, wenn der liebe Monsignore sich damals nicht für seine Kirche entschieden hätte. Das hat Mutter fast das Herz gebrochen."

„Ich habe erst auf unserer Heimreise von der Herrin über ihre und Marcus´ Verbindung zu Monsignore Paulus erfahren."

„Mutter hat nicht gerne darüber gesprochen, aber sie hat sich sehr gefreut, dass Marcus sich mit seinem Vater schon seit vielen Jahren gut versteht, die beiden sind in Roma häufig zusammen. Es wundert mich, dass sie dir das Intimste aus ihrem Leben erzählt hat, Germanicus, bisher wussten nur ich und Marcus davon. Selbst Vater war sich bis zu seinem Tod nicht sicher, ob Marcus nicht doch sein Sohn ist."

„Claudia, deine Mutter hat zeit ihres Lebens Tagebuch geführt, aber es war uns nicht möglich ihre Aufzeichnungen aus Gründen, die ich dir später berichten werde, aus Constantinopolis mit zurückzunehmen. Darum hat sie mir auf unserer langen Reise, oder richtiger Flucht, alles, was sie in ihrem Leben erlebt hat, erzählt.

„Tagebuch?", fragte Claudia zunächst etwas ratlos.

„Jetzt erinnere ich mich: Selbst wenn Mutter spät in der Nacht von ihrer Gemeindearbeit oder einem Fest zurückkam, hat sie sich in ihre Bibliothek zurückgezogen. Oft haben wir Geschwister uns als Kinder gefragt, was sie da macht. Aber auf unsere neugierigen Fragen hat sie immer nur geheimnisvoll gelächelt, uns über den Kopf gestrichen und zu unserer Amme geschickt. Und später habe ich das Ganze vergessen."

„Immer, wenn die Herrin auf unserer Flucht von ihrem Leben erzählte, habe ich mir Notizen gemacht. So war es mir möglich, in Roma schnell ihre Lebensgeschichte niederzuschreiben."

„Ich möchte die Lebensgeschichte meiner Mutter lesen, wo ist sie?"

„Sie ist in Roma. Die Herrin ordnete an, dass Monsignore Paulus eine Kopie der Aufzeichnungen erhält. Auch in dieser Angelegenheit war dieser außergewöhnlich hilfreich: Ich habe ihm meine Niederschrift überlassen, er wird sie kopieren lassen und das Original an dich zurücksenden. Deine Mutter hat verfügt, dass du meine Aufzeichnungen bekommst, sie im Tresor bei den Familienschriftstücken aufbewahrst und am Ende deines Lebens deinem Erben übergibst."

Als Claudia das hörte, kam ihr sofort der Gedanke, ob Germanicus, als er die Aufzeichnungen Paulus übergab, schlau gehandelt hatte. Sie war sicher, dass der römische Monsignore alles tun würde, um die nahezu göttliche Aura des ersten getauften christlichen Kaisers zu schützen. Er wäre fähig, die Aufzeichnungen verschwinden zu lassen, um einer Aufdeckung der leiblichen Mutterschaft Constantinus' und der Morde von Fausta und Crispus zuvorzukommen.

Claudia beschloss, die Angelegenheit mit Germanicus nicht weiter zu erörtern, und fragte stattdessen:

„Aber wie kam es, dass Mutter so schnell gestorben ist?"

„Wie ich schon erzählte, war ihre Gesundheit bereits in Constantinopolis angegriffen. Und die lange und beschwerliche Reise hat ein Übriges getan: Es war uns nicht möglich, die übliche Reiseroute, die über das Meer zu nehmen. Wir ließen das von mir gecharterte Schiff auslaufen, während wir mit Wagen über Land flüchteten, eine lange und beschwerliche Reise für eine alte Frau. Wie ich vermutet hatte, schickte der Hof Soldaten hinter uns her, die unser Schiff viele Tage verfolgten. Bis der Hof feststellte, dass wir die Landroute gewählt hatten, waren wir über alle Berge."

„Haben die Söhne von Konstantin ihre Verfolgung verfügt", fragte Claudia leise.

„Nein, es waren Constantina und Helena, wie mir deine Mutter auf der Reise erzählte: Beide hatten davon Kenntnis, dass die Herrin Tagebuch geführt hat, und vermutlich fürchten sie, dass das Andenken ihres Vaters beschmutzt wird, würde der Inhalt des Buches bekannt werden."

Claudia fragte leise:

„Hast du Constantinus gesehen?"

„Ja, aber ich sah Caesar Constantinus nur kurz von Weitem vor Kaiser Konstantins Mausoleum, er sieht kräftig und gesund aus."

Entschlossen richtete sich Claudia im Bett auf.

„Ich reise nach Roma, werde das Grab von Mutter besuchen und dort für ihr Seelenheil beten. Außerdem werde ich Monsignore Paulus aufsuchen und deine Aufzeichnungen von ihm zurückfordern und sie nach Augusta Treverorum bringen."

Sie straffte ihre Schultern, zog die Augenbrauen zusammen und sagte beklommen:

„Ich hoffe, er gibt es heraus."

Reise nach Roma 338 n. u. Z.

Im gleichen Jahr reiste Claudia nach Roma, die Heilige Stadt. Sie wohnte bei Marcus, der glücklich war, seine Schwester nach vielen Jahren bei sich zu haben. Sein Interesse, den Lebensbericht seiner Mutter zurück nach Augusta Treverorum zu holen, war weniger ausgeprägt als bei seiner Halbschwester.

„Claudia, das ist Schnee von gestern, lass die Vergangenheit ruhen. Kaiser Konstantin hat viel für das Römische Reich getan: An den Grenzen herrscht Friede, die Germanen haben sich mit uns arrangiert, sogar von den Persern ist nicht mehr viel zu hören."

Schon nach wenigen Tagen gewährte der mächtige Monsignore Paulus Claudia eine Audienz in seinen Räumen in der Peterbasilika. Claudia war wie geblendet von dem monumentalen Gebäude. Um eine ebene Baufläche für die Basilika in der Hanglage zu erhalten, waren die Gräber unterhalb der verehrten Grabstätte des Apostels Petrus zugeschüttet worden. Das übriggebliebene, jetzt mit kostbarem Marmor verkleidete Apostelgrab, bekam seinen Platz in der Apsis der Basilika. Das fünfschiffige Bauwerk mit einem einschiffigen Querhaus war im Jahr 326 n. u. Z. von Bischof Alexander in Gegenwart Kaiser Konstantins und der kaiserlichen Familie geweiht worden.

Freudestrahlend kam Paulus Claudia entgegen, nahm sie in die Arme und küsste sie zärtlich auf die Stirn. Als sie seinen Duft roch, fühlte sie sich auf einmal wieder genauso entspannt und froh wie in ihrer Kindheit, wenn er sie anlässlich von Besuchen bei ihrer Mutter auf den Schoss genommen hatte. Aber war es überhaupt möglich, dass sie sich daran erinnerte?

„Wie freue ich mich, dich wiederzusehen, Claudia. Ich dachte mir, dass du das Grab deiner Mutter aufsuchen wirst, aber so schnell habe ich dich nicht in Roma erwartet."

Claudia straffte die Schultern und schüttelte die angenehme Kindheitserinnerung, an den Mann, der vor ihr stand, ab.

„Monsignore Paulus, es war mir ein großes Bedürfnis am Grab meiner Mutter zu beten. Wie gerne hätte ich sie bei uns zu Hause auf unserem Landgut an der Mosella zur letzten Ruhe gebettet, aber in den vergangenen Jahren hat sie ihre alte gallische Heimat immer mehr vergessen."

„Claudia, ich bin sicher, dass sie die Heimat mit ihren Kindern und Enkeln nicht vergessen hat. Daphne war eine tiefgläubige Christin, es war ihr fester Wille nahe dem Grab unseres heiligen Apostels Petrus zusammen mit ihrer Mutter ihre letzte Ruhe zu finden. Ich verstehe das."

„Vielleicht hast du recht", antwortete Claudia seufzend.

„Aber mein Besuch in Roma hat noch einen anderen Grund. Ich will, wie meine Mutter verfügt hat, ihre Lebensgeschichte, die Germanicus angefertigt hat, nach Augusta Treverorum holen."

Paulus´ Lächeln erlosch und sein Gesicht verschloss sich. Langsam ging er zu einem kleinen Tisch, setzte sich und lud Claudia mit einer kurzen Geste ein, ihm gegenüber Platz zu nehmen. Dann begann er zu sprechen.

„Ich habe Germanicus´ Manuskript gelesen", sagte er und machte eine Pause, um nach den richtigen Worten zu suchen.

„Ich liebe und schätze Germanicus, er ist für unsere christliche Gemeinde in Augusta Treverorum unverzichtbar. Aber er ist von Geburt Germane und nicht nur das, er ist der Sohn von Ascarius, dem Fürsten der Franken, der im Treverer Amphitheater zu Tode gekommen ist. Um es klar und deutlich zu sagen, Claudia, ich glaube nicht, dass seine Aufzeichnungen mit dem identisch sind, was deine Mutter ihm erzählt hat."

Claudia atmete scharf ein und sah Monsignore Paulus entgeistert an.

„Mir ist unbegreiflich, wie du so denken kannst, Paulus. Germanicus ist ein Mann Gottes, er würde nie lügen und was Falsches, Unwahres niederschreiben, etwas was meine Mutter ihm nie erzählt hat."

„Claudia, nur Gott ist fähig einem Menschen in das Herz zu sehen, und deine Mutter, die Germanicus geliebt hat und der er dankbar ist, weil sie ihn vor dem sicheren Tod gerettet hat, ist bei unserem himmlischen Vater. Germanicus kann sie nicht mehr kränken, aber er kann mit diesen Lügen dem Andenken des ersten christlich getauften Kaisers schaden und das werde ich nicht zulassen."

„Heißt das Paulus, dass du Mutters Aufzeichnungen nicht herausgeben willst?"

„Claudia, ich kann sie dir nicht geben, selbst, wenn ich wollte, ich habe diese Lügen vernichtet."

Claudia sah Paulus sprachlos an.

„Das kann nicht wahr sein, du darfst doch nicht die schriftlich niedergelegten Erlebnisse eines verstorbenen Menschen ohne die Einwilligung seiner Familie vernichten!"

„Ich habe die Entscheidung nicht allein getroffen, sondern mit Billigung und sogar auf Wunsch des Heiligen Vaters."

„Dann werde ich meinen Sohn Constantinus um Hilfe bitten."

„Das würde ich an deiner Stelle lassen, Claudia", antwortete Paulus mit schneidender Stimme.

„Du willst doch nicht deine große Familie ins Unglück stürzen."

Claudia sah Paulus, der sich von seinem Stuhl erhoben hatte, entsetzt an, und wie in Trance stand auch sie auf und verließ ohne ein Wort des Abschieds das Zimmer und die Petersbasilika.

Zurück bei Marcus erzählte sie aufgeregt, was sie erlebt hatte. Der wiegte bedächtig den Kopf.

„Lass gut sein, Schwester. Wenn der Heilige Vater, Bischof Marcus, nicht gestattet, dass wir die Erinnerungen unserer Mutter erhalten, wird er seine Gründe haben."

„Ich verstehe dich nicht, Marcus. Hast du den Tod unseres Bruders Fabius, den von Crispus, seiner Ehefrau Helena und ihres kleinen Sohnes, den Tod von Fausta, von Licinianus Licinius und den vielen anderen vergessen? Und kannst du dich nicht erinnern, was mir geschehen ist? Ich habe meinen Sohn seit seiner Geburt nicht in den Armen gehalten."

„Claudia, Kaiser Konstantin ist der erste getaufte, christliche Kaiser des Römischen Reiches. Ich bin sicher, dass das Christentum die Zukunft des Imperiums und anderer Länder prägen wird. Die Menschen werden noch in zweitausend Jahren von Kaiser Konstantin sprechen, was machen da ein paar Morde."

ISBN 978-3-7485-0662-1

9 783748 506621

0000

www.epubli.de